KB003168

# 린든 샌즈 미스터리
# Mystery at Lynden Sands

# 린든 샌즈 미스터리

## Mystery at Lynden Sands

J. J. Connington

J. J. 코닝턴 지음 | 최호정 옮김

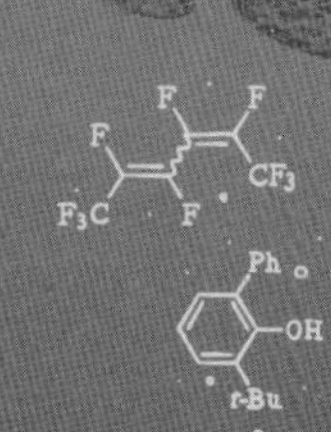


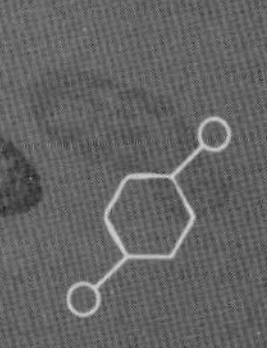

키멜리움

## 린든 샌즈 미스터리
## Mystery at Lynden Sands

# 1

## 폭스힐스에서의 죽음

폴 포딩브리지는 타임스지의 경제면을 유심히 읽고 있다가 신문을 무릎에 내려놓고 은근한 비난의 눈빛으로 누이를 쳐다봤다. 그는 돋보기안경을 천천히 벗고 일반 안경을 썼다. 그러고는 거실 창 쪽에 안절부절못하며 서 있는 누이에게 시선을 돌렸다.

"제이, 뭔가 마음속으로 생각하는 게 있는 것 같은데, 그게 뭐든 그냥 말해서 맘 편히 신문 좀 읽게 해달라고 하면 무리한 부탁이니? 언제든 무슨 말을 하려고 벼르고 있는 사람을 앞에 두고는 일에 집중할 수가 없잖아."

미스 포딩브리지는 서정 시인인 헤릭을 찬미했던 아버지를 원망하며 반백 년을 족히 보탠 터였다. "난 시 <야경화>에 나오는 줄리아가 아니야." 그녀는 자제하는 기색도 거의 없이 불평했다. 가족 간에 말을 나눌 때 그 싫어하는 이름을 첫 글자로 축약한 것은 그녀 자신의 바람이었는데도 말이다.

오빠의 목소리에 그녀는 바다를 향해 있던 눈길을 거뒀다.

"난 오빠가 왜 굳이 이 호텔에 오겠다고 고집을 부린 건지 모르겠어." 그녀는 좀 짜증스럽게 말했다. "이곳은 견디기가 힘들어. 물론, 문을 연 지 얼마 안 됐으니 모든 게 완벽하길 기대하긴 어렵지만, 아무리 그래도 관리가 엉망인 것 같아. 오늘 아침에는 내 방에서 뜨거운 물에 손을 델 뻔했어. 온수가 그렇게 뜨겁다니, 말이 안 되잖아! 그리고 내게 온 편지가 엉뚱한 우편함에 들어가는 바람에 눈이 빠지도록 기다려야 했어. 직원이야 물론 미안하다고 했지만 그게 무슨 소용이 있어? 난 그가 난감해지는 건 바라지 않아. 제때 편지를 받고 싶은 거라고."

"당연히 그렇지."

"게다가 몇 분 전에 내 방에 갔더니 말벌이 있는 거야. 말벌과 한방을 쓰려고 내가 더블 침대를 원했다면 예약할 때 그렇게 요청하지 않았겠어? 프런트에 전화해서 말벌을 없애달라고 했는데, 객실 도우미가 말벌을 무서워하는 바람에 결국 다른 사람을 불러서 그 문제를 해결할 수밖에 없었어. 당연히 그 와중에 나는 방이 정리될 때까지 기다려야만 했고. 진짜 좋은 호텔이네!"

"아, 여긴 그 나름의 장점이 있어." 폴 포딩브리지는 차분하게 말을 이어갔다. "꽤 괜찮은 와인을 마실 수가 있거든. 그리고 이 의자도 불편하지 않고 말이야."

"온종일 의자에 앉아서 와인을 마시지는 않잖아." 그의 누이가 투덜거리며 항변했다. "그리고 아래층의 재즈 밴드는 그냥 끔찍함 그 자체야. 그 밴드가 연주를 시작할 때마다 고막이 떨려."

"최소한 애들은 즐거워해. 난 지금까지 스탠리나 크레시다가 그 밴드에 대해 불평하는 걸 들은 적이 없어. 걔들은 저녁마다 춤을 추며 시간을 보내는 것 같은데 말이야."

"요즘 젊은 세대가 그렇지 뭐! 결혼을 해, 그리고 춤을 춰. 그들에 대해 할 말은 그게 거의 다야."

"저런, 그건 아니지. 공정하게 말하자." 그녀의 오빠는 부드럽게 그 말을 바로잡았다. "걔들은 둘 다 브리지 게임을 상당히 즐기지. 그리고 크레시다는 골프도 꽤 잘 치고. 전반적으로 볼 때, 난 걔가 조카로서 부끄럽다고 말하지는 못하겠어. 그리고 스탠리는 걔의 첫 남편인 스테이블리라는 친구에 비하면 대단히 훌륭하지."

미스 포딩브리지는 짜증 난다는 시늉을 했다.

"아, 물론, 오빠 식으로 말하면, 모든 게 그냥 훌륭해. 매력적인 조카, 잘생긴 조카사위, 그리고 한 달 정도 묵을 수 있는 멋진 호텔까지, 더 이상 바랄 게 뭐가 있겠어? 한 가지 이해할 수 없는 건 엎어지면 코 닿을 곳에 폭스힐스가 빈 채로 있는데 이 가족이 지금 호텔에서 뭘 하느냐는 거야. 내가 호텔을 얼마나 싫어하는지 알잖아. 그런데도 오빠는 폭스힐스를 다시 열어서 우리가 그곳에서 지내게 해주지 않아. 우리 집에 머물면서 최소한의 사생활도 보장받지 못한다면 린든 샌즈에 오는 게 무슨 의미가 있겠어?"

그녀의 오빠는 양미간을 살짝 찌푸렸다.

"폭스힐스는 다시 열지 않을 거야. 제대로 유지하려면 얼마나 많은 인원이 필요한지 잘 알 텐데 그래. 폭스힐스에 한 달 정도 머물고서 다시 문을 닫으려고 그런 비용을 쓸 필요는 없어. 게다가, 제이, 새로운 골프장이 들어서면서 상황이 조금 달라졌어. 난 폭스힐스를 임대하려고 하고 있어. 세입자가 생기면 우리는 제대로 짐을 풀기도 전에 거길 비워야 할지도 몰라. 이 호텔과 폭스힐스 사이에 생긴 새 골프 코스 덕분에 머지않아 린든 샌즈는 더 인기 있게 될 거야. 폭스힐스를 임대할 기회가 충분해지는 거지."

미스 포딩브리지는 이 소식을 듣고 당황한 기색이 역력했다.

"폭스힐스를, 옛날 우리 집을 임대하려고 한다고? 왜, 그건 오빠 소유가 아니잖아! 데릭의 소유라고."

폴 포딩브리지는 아픈 데를 찔린 것 같았다. 대답하는 그의 어조에는 불쾌감이 확연했다.

"데릭의 **소유인지**, 아니면 **소유였을** 뿐인지는 아직 답이 나오지 않은 문제야. 데릭이 나타나지 않고 있기 때문에 어떤 식으로든 결정을 내릴 수가 없는 거라고."

그는 누이의 얼굴을 힐끗 쳐다보며 그녀의 표정에서 무언가를 읽은 듯 살짝 거친 어조로 말을 이어갔다.

"내 입장은 이미 충분히 설명했다고 생각했는데, 아직 이해하지 못한 것 같으니까 다시 한번 설명할게. 하지만 이번이 마지막일 거야, 제이. 내가 어떤 처지에 있는지 네가 충분히 이해하고 있는데도 네게 사태를 명확히 설명하는 데 난 정말 지쳤어."

그는 자기주장을 말하기 전에 사실을 정리하려는 듯 잠깐 말을 멈췄다.

"너와 이 일을 논하는 건 이번이 마지막이 될 테니까 다시 처음부터 말하려고 해. 그러니까 너도 제대로 집중해 주면 좋겠어, 제이. 나는 이 주제에 지친 상태야. 특히 절대로 들으려 하지 않는 네게 설명하는 데 지쳤다고.

아버지의 유언에 따라, 폭스힐스 부지를 포함한 우리 가족의 부동산 대부분은 장남인 존 형의 종신 소유권으로 넘어갔어. 존 형이 죽으면 그 모든 자산은 제한 없이 호주에 있는 차남 루퍼스 형이나 그의 아들인 데릭에게 가게 됐지. 데릭이 못 받을 경우 셋째인 크레시다의 아버지에게 가게 돼 있었어. 그가 먼저 죽을 경우에는 크레시다에게 가는 거지. 크레시다가 그때까지 살아 있지 않으면 그다음엔 내 몫이 되는 거고, 마지막으로 우리가 모두 다 죽고 없으면 네가 갖게 되어 있어. 물론, 아버지는 우리가 어떤 경우라도 안락하게 살 수 있을 만큼의 재산을 우리 각자에게 남겨 주셨어. 폭스힐스와 그 부속물은 그에 덧붙여 가외로 있던 것이었고. 그 부분은 분명히 알고 있겠지?"

미스 포딩브리지는 고개를 끄덕였다. 그러나 그 이야기를 귀담아듣고 있는지는 의문스러웠다. 실제로 그녀는 무슨 생각에 빠져 있는 듯 오빠의 말에 거의 주의를 기울이지 않았다. 폴은 그녀의 얼굴을 또다시 힐끗 보며 약간 망설이는 듯하더니 말을 계속하기로 했다.

"전쟁 직전까지는 우리 중 누구도 데릭을 본 적이 없어. 그러다가 걔가 폭스힐스에 와서 잠시 우리와 함께 지냈지. 나보다는 네가 데릭을 더 좋아했지. 내가 볼 때 걔는 지극히 평범한 젊은 친구였어. 그사이, 아버지가 돌아가신 후 존 형이 부동산과 나머지 재산에 대한 종신 소유권을 갖게 됐고.

그러다 전쟁이 일어났지. 데릭은 호주의 어느 연대에 부임했어. 우리는 당연히 걔를 거의 보지 못했고. 차라리 더 보지 않는 편이 좋았을 텐데 말이야. 데릭이 휴가 중이던 친구 닉 스테이블리를 집으로 데려오는 바람에 그가 크레시다 주위를 맴돌다가 걔와 결혼했잖아. 우리 가족으로선 최악의 날이었어. 데릭이 포로가 되던 날 그가 사라져 버린 건 걔에겐 행운이었어."

미스 포딩브리지는 조카의 첫 남편 이름에 움찔했다. 이렇게 오랜 시간이 흐른 뒤에도 스테이블리를 생각하는 것 자체가 가족들에겐 고통스러운 일이었던 것이다. 그러나 이것 외에는 그녀는 오빠의 이야기에 관심을 보이지 않았는데, 옛날부터 익히 들어오던 말인데다가 오로지 오빠의 행동 동기로 작용하는 한에서만 중요한 이야기였기 때문이었다.

"그사이, 루퍼스 형이 호주에서 뇌졸중으로 죽고 말았어. 그리고 얼마 안 있어 존 형도 교통사고로 죽었지. 유언에 따라 재산의 소유권은 데릭에게 넘어갔고. 내가 사태를 정확히 예견했다고는 할 수 없지만, 난 그런 일이 일어날까 봐 두려웠어. 전쟁 중에는 세심한 주의가 필요했지. 그리고 난 폭스힐스가 변호사의 손에 넘어가는 건 보고 싶지 않았어. 그래서 데릭이 전선으로 떠나기 전에 걔의 모든 일을 처리할 수 있는 위임장을 내게 주도록 한 거야. 듣고 있는 거지, 제이?"

미스 포딩브리지는 무심히 고개를 끄덕였다. 그녀는 여전히 오빠를 깜짝 놀라게 할 일을 마음속에 품고 있는 분위기였다.

"그다음에 무슨 일이 있었는지는 알지?" 폴 포딩브리지가 계속 말했다. "데릭은 포로가 되어 클라우스탈로 보내졌어. 걔는 거의 그 즉시 그곳에서 탈출해서 네덜란드 국경을 간신히 넘어갈 뻔했지. 하지만 거기서 독일군에게 붙잡혔고, 그 결과 잉골슈타트 제9 요새로 보내졌어. 우리는 걔가 거기서 탈출했다는 건 알고 있어. 편지 한 통 보낸 적이 없으니까 거의 즉시였을 거야. 그 후 걔의 흔적은 완전히 사라졌어. 국경을 넘으려다 총에 맞았는지, 아니면 기억을 잃었는지, 무슨 일이 있었는지 아무도 알 수가 없어. 우리가 아는 한, 걔는 사라져 버린 거야."

미스 포딩브리지는 번지는 미소를 어렵사리 억누르고 있었지만, 오빠는 그녀의 얼굴에 순간적으로 스친 표정을 알아채지 못했다.

"자 이제, 이 모든 혼돈 속에서 내가 어떤 처지에 놓여 있는지 네가 알면 좋겠어." 그는 말을 이어갔다. "우리가 아는 모든 것으로 볼 때, 데릭은 살아 있을 수도 있고 죽었을 수도 있어. 살아 있다면 폭스힐스는 데릭의 소유야. 그리고 죽었다는 증거가 나오기 전까지는 그게 사태의 정황이야. 그동안 걔의 위임장을 가진 나는 일을 관리하고, 수리하고, 걔의 돈에 대해 최대한의 수익을 내고, 폭스힐스를 유지하는 일을 해야 해. 법원에 가서 사망 추정 허가를 요청할 수도 있겠지만, 그런 방향으로 어떤 조처를 하기 전에 아직은 좀 더 기다리는 게 공정하다고 나는 생각해. 그 모든 일에도 불구하고 걔가 나타날지도 모르니까 말이야."

말투로 볼 때 그는 그럴 개연성이 아예 없지는 않겠지만 매우 낮다고 생각하는 것이 분명했다.

"어쨌든 나는 걔에게 이익이 되도록 최선을 다해야 해. 폭스힐스를 단기 임대할 사람을 찾을 수 있다면 폭스힐스를 맡기겠다고 내가 제안한 것도 그런 이유에서야. 데릭의 소유지를 — 만일 **그렇다면** 말이지 — 그냥 방치할 수는 없으니까. 게다가 그 정도 규모의 공간이면 활용도가 훨씬 높아. 지금은 피터 헤이 영감이 오두막에 살면서 돌보고 있어서 어느 정도 괜찮지만, 누군가가 그곳에 계속 살면서 난방을 유지하면 훨씬 더 나을 거야. 난 목재가 언젠가는 썩어갈까 봐 걱정되거든. 이제 상황이 이해되니, 제이? 그게 최선이라는 걸 모르겠어?"

미스 포딩브리지는 두 질문 어느 쪽에도 관심을 두지 않았다.

"오빠 말은 잘 들었어." 다소 정확하지 않은 말투로 그녀가 말했다. "이제 오빠가 내 말을 들을 차례야. 데릭에 관한 의문으로 나를 설득하려고 해봐야 아무 소용 없어. 난 걔가 살아 있다는 걸 너무나 잘 알고 있어."

폴 포딩브리지는 무의식적으로 짜증스러운 반응이 나오는 것을 조금도 숨기려 하지 않았다. 무슨 말이 나올지 거의 분명히 알고 있었던 것이다.

"자, 줄리아, 이 얘기를 다시 꺼낼 필요는 없어. 난 그걸 눈곱만큼도 믿지 않는다고 이미 50번은 말했잖아. 네가 그 저절로 움직이는 테이블이며, 강신이며, 심령 읽기, 그리고 다른 그 온갖 형편없는 일에 빠진 이래, 그 문제에 대해 넌 거의 제정신이 아니었어. 데릭이 여기 있었을 때 넌 걔를 아꼈을 거야. 물론 넌 데릭과 연결돼 보려는 이 모든 심령술이 정당하다고 생각하겠지. 하지만 솔직히 말해서, 지각 있는 사람이라면 모두 그렇듯이 난 그에 대해 완전히 회의적이야."

미스 포딩브리지는 그 주제를 꺼냈을 때 이런 식의 대접을 받는 데 아주 익숙해져 있는 것이 분명했다. 그녀는 오빠의 항변을 무시하고 마치 그가 말에 끼어들지 않은 것처럼 하던 말을 계속했다.

"내가 그 훌륭한 심령 모임에서 돌아와서 데릭이 아직 살아 있는 게 확실하다고 했을 때 오빠가 나를 얼마나 비웃었는지 아주 잘 기억하고 있어. 5년 전 일이지만 완벽하게 기억이 나. 그런데 난 그게 사실이었다는 걸 알아. 오빠가 거기 가서 오빠 귀로 직접 들었더라면 오빠도 믿었을 거야. 믿지 않을 수가 없었을 거라고. 너무나 설득력 있었으니까 말이야. 영매가 무아지경에 빠진 후, 가이드가 내게 데릭에 관한 모든 걸 말해줬어. 데릭이 어느 부대에 있었는지, 언제 포로가 됐는지, 어떻게 사라졌는지, 그리고 내가 데릭을 얼마나 걱정했는지, 우리가 어떻게 걔의 자취를 놓쳐버렸는지 말이야. 오빠가 거기서 그 모든 걸 들었더라면 오빠도 제대로 확신했을 거야."

"나**야말로** 제대로 확신하고 있어." 그녀의 오빠가 능청스럽게 대답했다. "무슨 말이냐면, 그들이 사상자 명단에서 데릭의 이름을 찾아보고 미리 수집할 수 있는 모든 자료를 모았다는 걸 확신한다는 거야. 내 생각엔 네가 질문을 해서 스스로 많은 것을 알려줬을 것 같아. 어떤 사람이 제대로 된 방법으로 접근하면 술술 불게 만들기 제일 쉬운 사람이 너니까 말이야."

미스 포딩브리지는 자기 손에 비장의 카드가 있는 것을 알고 있다는 듯이 우월한 태도로 미소를 지었다.

"내가 데릭을 **봤다고** 하면 믿겠어?"

"그 빌어먹을 거창한 의식이 더 있는 거야? 아니, 그런 걸로 날 설득하지는 못해. 어린아이라도 널 속일 수 있을 거야, 제이. 네가 속고 **싶으니까** 말이야. 넌 데릭이 죽었다는 생각을 견딜 수가 없잖아. 바로 그러니까 증거라는 이름으로 네가 신성시하는 이런 게 먹히지 않는 거야."

"저속한 말을 마구 해도 심령론자들은 상처받지 않아. 우리는 그런 것에 익숙하거든." 미스 포딩브리지는 품위 있게 대답했다. "하지만 늘 그렇듯이, 오빠는 틀렸어. 내가 데릭을 본 건 심령 모임에서가 아니야. 여기, 린든 샌즈에서였다고. 그리고 어젯밤이었어."

그의 얼굴에는 이 소식을 어떻게 받아들여야 할지 모르겠다는 표정이 선연했다.

"어젯밤에 여기서 걔를 봤다고? 꿈에서?"

"아니, 꿈이 아니야. 난 해변 바위에서, 우리가 '포세이돈의 좌'라고 부르던 그 바위 밑에서 약속을 잡고 그 애를 만났어. 그리고 착오가 있을 수 없을 만큼 가까이서, 지금 오빠를 보는 것만큼이나 가까이서 걔를 봤어. 게다가 얘기도 나눴어. 그건 데릭이었어. 의심할 여지가 없어."

폴 포딩브리지는 깜짝 놀란 모양이었다. 누이의 이 따끈따끈한 이야기는 이전의 무모한 말들보다는 더 확실한 뭔가가 있는 것처럼 보였기 때문이었다.

"내게는 그런 얘기를 전혀 하지 않았잖아. 왜 그랬어?"

미스 포딩브리지는 자기가 한 방 먹인 바람에 오빠가 화들짝 놀라 평소의 회의적인 태도를 벗어던졌다는 것을 알아차렸다. 대답은 이미 준비되어 있었다.

"전혀 모르는 사람들이 50명이나 둘러앉아 있는 아침 식사 자리에서, 그들이 귀를 쫑긋 기울일 그런 일을 내가 논할 거로 생각하는 건 당연히 아니겠지? 오빠가 호텔에 묵는 걸 고집한다면 그런 결과는 감내해야 하잖아. 내가 걔를 만난 이후 오빠와 단둘이 있는 건 이번이 처음이라고."

폴 포딩브리지는 그녀의 견해가 정당하다는 것을 인정한다는 뜻으로 고개를 끄덕였다.

"그건 그렇지." 그가 시인했다. "그래서 네가 그 친구와 얘기를 나눴다고?"

대답하는 미스 포딩브리지의 말투에는 화난 기색이 역력히 드러났다.

"부탁인데, 데릭을 '그 친구'라고 부르지 말아줘. 데릭이 맞아. 그 애는 꽤나 오랫동안 내게 전쟁 전에 폭스힐스에서 있었던 일들과 휴가를 받아 집에 왔을 때 있었던 일들을 얘기했어. 그리고 클라우스탈과 제9 요새에 대해서도 한참 말해줬어."

그녀의 오빠는 다시 회의적인 태도를 분명히 보였다.

"데릭이 아니어도 제9 요새와 클라우스탈에는 많은 사람이 있었어. 그런 걸로는 아무것도 증명하지 못해."

"좋아, 그렇다면 말이지, 데릭은 사소한 많은 일들을 언급했어. 난 그 애 말을 듣고 크레시다가 결혼식이 끝나고 혼인 신고서에 서명할 때 부케를 떨어뜨렸던 일이 생각났어. 그리고 걔는 그때 어떤 결혼 행진곡이 연주됐는지도 기억하고 있었어."

"린든 샌즈 사람이라면 거의 누구라도 그에게 그런 걸 말해줄 수 있었을걸."

미스 포딩브리지는 잠시 생각에 잠겼다. 결정적인 어떤 증거를 찾아 기억을 더듬는 것이 분명했다.

"그 애는 자기가 전선으로 떠날 때마다 우리가 빈73 술집에서 오래 묵은 포트 와인을 가져다주곤 했던 걸 기억하고 있었어. 공격 개시 전이면 그게 먹고 싶었던 적이 많았다고 했어."

폴 포딩브리지는 고개를 내저었다.

"고용인 중 한 명이 마을에서 그런 얘기를 해서 그런 내용을 알게 됐을 수도 있어. 그가 데릭이라는 걸 증명하는 데 이런 종류의 잡담거리 이상이 없다면 별 소득이 없을 거야."

그는 잠시 생각에 잠기더니 물었다.

"물론, 걔 얼굴은 알아본 거지?"

누이의 얼굴에 순간적으로 반발하는 표정이 스쳐 갔다.

"얼굴은 봤어." 그녀가 말했다. "폴 오빠, 그 애는 얼굴이 끔찍하게 망가졌어, 불쌍한 녀석. 포탄이 터졌거나 뭐 그랬던 거지. 무시무시한 일이야. 그 애가 데릭인 줄 몰랐다면 거의 알아보지 못했을 거야. 옛날에 그 애는 정말 잘생겼었잖아. 하지만 난 그 애가 데릭이라는 걸 알아. 정말 그래. 그 영매의 가이드는 실수하는 법이 없어. 데릭이 죽었다면 그녀가 데릭을 찾아내어 그 심령 모임 자리에서 내게 말을 걸게 했을 거야. 하지만 그녀는 그러지 못했어. 그리고 이제 그 애는 실물로 돌아왔어. 오빠는 온통 비웃었지만 심령론에 뭔가가 **있다**는 걸 보여주는 거지. 그건 인정해야 할 거야, 오빠."

그녀의 말에 오빠의 마음속에서는 새로운 생각이 꼬리를 물기 시작한 것 같았다.

"목소리는 알아들었어?" 그가 물었다.

미스 포딩브리지는 자신이 들었던 음색을 기억해 내려고 애쓰는 듯했다.

"데릭의 목소리였어, 그렇고말고." 그녀는 살짝 머뭇거리는 태도로 말했다. "물론 내가 예상했던 목소리가 아니기는 했어. 그렇게 끔찍하게 부상당할 때 입을 다쳤던 거야. 혀도 손상돼서 목소리가 예전 같지 않았어. 맑은 목소리가 아니라 허스키했어. 그 애는 몇 마디 말을 하는 데도 어려움이 있었어. 하지만 예전에 우리가 놀려대곤 하던 호주식 억양을 들으니까 한 번씩 데릭이 예전처럼 말하는 게 상상이 됐어."

"아, 데릭이 사투리를 쓴다고?"

"물론이지. 데릭은 성인이 다 될 때까지 호주에서 자랐으니 어쩔 수 없지 않겠어? 어젯밤에 그 애는 우리가 자기 사투리를 두고 놀리던 얘기를 하며 웃었어."

"그 사람에 대해 더 기억나는 건?"

"그 애는 끔찍하게 다쳤어. 오른손 손가락 두 개가 없어졌더라고. 악수하면서 얼마나 놀랐는지 몰라."

폴 포딩브리지는 자신이 알게 된 정보를 두고 잠시 생각에 잠긴 듯했다.

"흠!" 마침내 그가 말했다. "그의 신원을 확인하기는 어려울 거야. 그건 분명하군그래. 얼굴은 상처 때문에 알아볼 수 없고, 목소리도 변했고, 오른손 손가락 두 개가 없어졌으니 필체도 식별할 수 없겠지. 우리가 데릭의 지문을 채취했다면야 일종의 증거가 있었겠지. 지금으로서는 근거로 삼을 만한 게 거의 없단 말이야."

미스 포딩브리지는 경멸 어린 표정으로 이 일련의 말을 듣고 있었다.

"그러니까 데릭이 전쟁에서 우리 모두를 위해 그토록 끔찍한 고통을 겪은 것에 대해 오빠가 해줄 감사의 말은 그게 다야?"

"너는 그 친구가 데릭이라고 번번이 가정하고 있구나. 이런 종류의 일을 내가 믿지 못하는 게 이해가 안 돼? 데릭이 아직 살아 있다고 가정했을 때, 난 데릭의 재산을 책임지고 있는 사람으로서 자기가 상속인라고 주장하며 제일 먼저 등장한 사람에게 그걸 넘겨주고 그다음에 데릭이 오면 처음에 나타난 그 사람이 개연성 있게 말을 해서 그랬다고 변명할 수는 없다는 거야. 진짜 증거가 있어야 해. 내 입장에서는 그게 그냥 아주 솔직한 말이야. 그리고 제이, 네가 내게 묻는다면 말이지, 진짜 증거는 그야말로 찾기 어려울 거야. 넌 그걸 분명히 알아야 해."

"데릭이야." 미스 포딩브리지는 고집스럽게 되풀이해 말했다. "우리 가족만 알 수 있는, 그런 종류의 온갖 것들을 말할 수 있는 조카를 내가 못 알아볼 것 같아?"

그녀의 오빠는 유감 섞인 표정으로 그녀를 바라봤다.

"너는 증인석에 가서 그 사람이 데릭이라고 선서하겠지." 그가 우울하게 말했다. "넌 데릭이 조만간 돌아올 거라고 마음을 굳힌 상태잖아. 그러니 이제 자신이 틀렸다는 걸 인정하기보다는 침팬지라도 오래전에 잃어버린 조카라고 받아드릴 태세인 거야. 너의 그 망할 놈의 심령론! 그게 모든 문제의 근원이야. 네가 데릭이 올 거라고 기대하게 된 건 그것 때문이지. 너는 어떤 형태로든 데릭을 만들어내고 싶은 거라고."

그는 어떤 생각의 흐름을 따라가는 듯 잠시 말을 멎었다가 이렇게 덧붙였다.

"그리고 이 일이 배심원단 앞으로 가게 되기라도 하면 몇몇 얼간이들이 네 말을 믿을 거라는 건 불을 보듯 뻔해. '자기 조카를 설마 모르겠어?'라는 식으로 말이야. 그들은 네가 그런 시답

잖은 데 빠져 있는 걸 모르잖아."

미스 포딩브리지는 오빠의 목소리에서 뭔가 잘못되었다는 듯한 투가 느껴지자 고개를 들었다.

"왜 그 일에 의심의 눈길을 보내려는 건지 모르겠어, 오빠. 오빠는 데릭을 못 봤지만 난 봤어. 그런데도 오빠는 그 애를 직접 만나고 싶어 하지도 않잖아. 곧바로 데릭이 아니라고 하고. 그리고 내가 그 일에 대해 선입견이 있다고 해. 내가 볼 때 오빠야말로 선입견이 있는 사람이야. 오빠는 이미 그 문제에 관해 마음을 정했다고 볼 수도 있어."

폴 포딩브리지는 그 역공격을 받아들였다.

"네 말이 일리가 있을지도 모르지, 제이. 하지만 넌 이 일 전체가 약간 예기치 못한 거라는 걸 인정해야 해. 모든 게 당당하고 숨길 게 없다면, 이건 예상할 수 있는 방식과는 거리가 멀어. 그 사람이 데릭**이라고** 가정해 보자. 그럼 아직 설명되지 않은 부분이 얼마나 많은지 보일 거야. 우선, 전쟁이 끝난 지 몇 년이 지났어. 그는 왜 지금까지 나타나지 않았을까? 그건 분명 이상한 일이야. 다음으로, 다시 나타나서는 왜 내게 먼저 오지 않는 거지? 자기 일을 내가 주관하도록 맡겨 놓고 갔으니까 그가 제일 먼저 할 일은 나와 얘기하는 거라고 나는 생각해. 하지만 그는 예고도 없이 이곳에 내려와서 너와 비밀스럽게 만나기로 해. 내 생각에 그건 이상한 일이야. 그리고 그보다 더한 게 있어. 어젯밤에 그는 너를 만나서 대화를 나눴지만 나를 보러 오겠다고는 하지 않아. 아니면, 그가 내게 보내는 어떤 전갈이라도 네게 줬어?"

"상황이 좀 그렇긴 한데, 그러지는 않았어. 하지만 오빠는 우리가 무슨 사업 이야기라도 나누고 있는 걸로 생각하나 봐. 그 애가 돌아온 건 내게는 충격이었어. 그리고 아마도 내가 얘기를 거의 다 하는 바람에 그 애는 오빠한테 무슨 전갈을 보낼 겨를이 없었을 거야. 나는 그 상황에서 온통 제정신이 아니었는데 그 애는 너무나 다정하게 나를 대했어."

그녀의 오빠는 그녀가 그려낸 그림이 별로 만족스럽지 못한 것 같았다.

"그래, 제이, 난 네가 말을 대부분 다 했을 걸로 예상해. 그는 네 말을 별로 중단시키지 않았겠지. 그런데 그 모든 건 그렇다 치고, 지금은 점심시간이 가까워지고 있어. 그는 아침 내내 우리 앞에 나타날 시간이 있었지만 아직도 근처에 오지 않고 있어. 내가 기억하기로 데릭은 숫기가 없는 점이 단점인 애가 아니야. 네가 어떻게 생각하든, 나로서는 좀 수상한 냄새가 나. 사실, 진짜 이상해. 난 이 문제에 대해 어떤 확실한 입장을 취하지는 않겠지만, 이건 설명이 좀 필요한 일이야."

미스 포딩브리지는 오빠의 분석에 잠시 당황한 듯했지만, 곧 원래 상태를 회복하고 그의 마지막 지적을 걸고넘어졌다.

"그 애의 얼굴이 끔찍할 정도로 엉망진창이 됐다고 내가 말하지 않았어? 달빛 아래서도 보기 끔찍한 모습이었어. 오늘 아침 날이 환할 때 그 애가 이 호텔에 들어와서 모든 사람이 자기를 쳐다보게 할 거라고 생각해? 오빠는 정말 상식이라곤 없어. 내 생각에 그건 우리를 가십거리로 만들지 않으려고 그 애가 최대한 배려하는 거로 보여. 호텔이 어떤 곳인지, 그리고 그 안에서 사람들이 어떤 식으로 수다거리를 찾고 있는지 잘 알잖아. 그리고 이런 일, 그러니까 행방불명이던 상속인이 돌아온다든지 하는 경우가 생기면 어떤 상황이 벌어질지 짐작할 수 있지. 우리가 지나갈 때 쳐다보면서 등 뒤에서 수군거리는 사람들 틈에서 우리는 생활이 피폐해질 거라고. 난 데릭이 정말 현명하고 상식적인 행동을 보여줬다고 생각해. 그 애가 나를 먼저 만나자고 한 건 당연한 일이야. 그 애는 내가 자기를 얼마나 좋아하는지 알고 있으니까 말이야."

그녀의 오빠는 그녀가 했던 다른 말들에 쏟았던 것보다는 더 오랜 시간을 두고 사태를 보는 이 신선한 관점을 생각해 보는 듯했다. 결국 그는 의문스럽다는 듯 고개를 저었다.

"물론 네 말대로 그럴 수도 있겠지." 그가 마지못해 인정하는 말을 했다. "어떤 결과가 나올지는 기다려 봐야 해. 하지만 제이, 훨씬 더 괜찮은 뭔가가 증거로 나오지 않는 한 내가 만족하지 못할 거라는 건 확실해. 지금까지로 봐서는, 이건 쉽지 않은 상황이야."

미스 포딩브리지는 적어도 당분간은 문제의 그런 측면은 접어두기로 한듯했다. 하지만 그녀에게는 할 말이 더 있었다.

"폭스힐스를 내놓겠다는 터무니없는 생각은 당연히 포기할 거지, 오빠?"

그녀의 오빠는 대화가 이렇게 새로이 전환된 것에 짜증이 난 것 같았다.

"내가 왜 그래야 하지? 데릭을 위해 최선을 다하는 게 내 일이고, 데릭이 돌아온다고 해도 폭스힐스 월세는 충분히 받을 가치가 있을 거라고 너한테 여러 번 말했잖아. 데릭이 거기서 지내야 한다고 말하는 건 아니겠지? 설령 걔가 여기 린든 샌즈에서 살고 싶다고 해도 거기는 독신남이 살기에는 너무 큰 곳이야."

미스 포딩브리지는 이 의견에 화가 난 기색이 역력했다.

"그 애는 당연히 거기서 지낼 거야. 그 애가 없을 때, 내가 그 애 방을 떠났을 때와 똑같은 상태로 계속 유지해 오지 않았어? 그 애가 내일이라도 돌아가면 떠날 때와 똑같은 상태의 서재를 보게 될 거야. 책, 파이프, 옛날 일기장, 재떨이 등 모든 게 예전 그대로 있어. 폭스힐스를 닫으면서 난 그 애가 전쟁에서 돌아왔을 때 모든 게 제자리에 있는 걸 보게 하고 싶었어. 집 안으로 들어와서 모든 게 예전과 똑같다는 것, 우리가 자기를 잊지 않았다는 걸 바로 느낄 수 있도록 말이야. 그런데 지금, 그 애가 돌아오는 바로 그 순간에 폭스힐스를 세주고 싶어 하다니, 그건 그 가엾은 애가 이 세상에서 집이라고 부를 수 있는 유일한 장소를 빼앗아 버리는 거잖아. 난 그렇게는 못 해, 오빠!"

"네가 그렇게 하건 못 하건, 제이, 그건 전혀 내 알 바가 아니야. 위임장이 철회될 때까지 나는 최선으로 생각되는 걸 할 거야. 그리고 폭스힐스를 내놓는 건 내가 분명히 하게 될 일 중 하나야."

"하지만 그건 데릭이 원하는 일이 아니라는 걸 난 알고 있어." 미스 포딩브리지가 울먹였다. "어젯밤에 난 그 애에게 내가 자기를 위해서 그 물건들을 얼마나 정성껏 보관해 왔는지 말해줬어. 그 가엾은 녀석이 얼마나 감격스러워했는지 오빠가 봤어야 해! 그 애는 최고로 감동적이라고 했어. 그리고 나한테 더없이 고마워했어. 그런데 그런 세월을 지내고 난 지금, 오빠는 그 모든 걸

망치려고 하고 있어!"

그녀는 다른 얘기로 넘어갔다.

"그리고 불쌍한 피터 헤이 영감은 어떻게 하려고? 폭스힐스를 내놓으면 관리인이 필요 없어지겠지. 불쌍한 피터를 해고하겠네? 기억하겠지만, 피터는 전에 데릭이 여기 있을 때 제일 좋아했던 사람 중 하나였어. 그 애는 항상 피터와 함께 다녔고, 피터가 동반자 같다고 했지. 그리고 그 애는 호주에서 온 때부터 짐승들이나 그 밖의 것들에 대해 피터에게 많은 걸 배웠어. 자기로서는 다 생소한 것들이었으니까. 그런데 오빠는 피터에게 일주일 통지를 주고 떠나라고 할 것 같네? 사람들을 대하는 아주 훌륭한 방식이군그래."

그녀의 오빠는 대답하기 전에 여러 가지를 생각하는 듯했다.

"피터한테는 내가 자리를 좀 찾아주려고 할 거야. 네 말이 맞아, 제이. 그렇다고 내가 피터를 해고할 생각은 아니었지만 말이야. 만약 피터가 그만둬야만 한다면 다른 일자리가 생길 때까지는 내 주머니에서 월급을 줄 거야. 피터는 내치기엔 너무 괜찮은 사람이지. 특히 폭스힐스에서 평생을 일해온 뒤에 그럴 수는 없지. 우리 집 마지막 고용인이었던 에어드라는 친구였다면 두 번 생각할 것도 없이 하루 전에 통보하고 나가라고 했을 거야. 하지만 피터는 내가 돌봐줄 거라는 걸 믿어도 돼."

미스 포딩브리지는 오빠의 양보에 약간 마음이 누그러진 듯해 보였지만 자기의 요점은 고수했다.

"어떤 경우라도 폭스힐스를 세놓으면 안 돼. 내가 절대 그렇게 하도록 하지 않을 거야!"

그러나 아무런 대답도 나오지 않는 걸로 보아 그녀의 오빠는 말다툼에 지친 것 같았다.

"난 오늘 시간 봐서 폭스힐스에 올라가 볼 거야. 항상 내가 올라가서 데릭의 방에 먼지를 털곤 하잖아." 그녀는 계속 말했다.

"도대체 뭐 하러 그러는 거야?" 그녀의 오빠가 성난 어조로 채근했다. "가정부 자리를 구하려고 연습하는 거야? 그런 쪽에 인력이 부족하다고 듣긴 했지만, 넌 신참으로 전혀 쓸 만해 보이지 않는다고, 제이."

"데릭의 방은 내가 항상 돌봐왔어. 옛날에 그 애가 여기 폭스힐스에 있을 때 난 누구도 데릭의 서재에는 손도 대지 못하게 했어. 그 애가 물건을 제자리에 두는 걸 얼마나 좋아하는지 잘 알기 때문에 가정부가 부산을 떨며 모든 걸 다른 데 옮겨 놓게 할 수는 없단 말이야."

"아, 너야 물론 개를 애지중지했지." 그녀의 오빠가 쏘아붙였다. "하지만 지금 이 시점에서 그건 좀 필요 없는 일로 보여."

"필요 없다고? 데릭이 막 돌아왔는데?"

폴 포딩브리지는 짜증 난 표정을 숨기려 하지 않았다. 하지만 그 불편한 주제를 다시 꺼내지는 않았다.

"어쨌든, 피터를 만나게 되면 내게 내려오라고 해줘. 우리가 여기 온 뒤 그를 본 적이 없는데, 이런저런 얘기를 나누고 싶거든. 아마 한두 가지 수리를 고려할 것들이 있을 거야. 그의 오두막에 들러서 그를 만나보도록 해."

미스 포딩브리지는 알겠다는 뜻으로 고개를 끄덕였다.

"피터와 얘기를 나누면 정말 기분 좋을 것 같아. 데릭이 드디어 돌아왔다는 사실을 알면 그는 정말 기뻐할 거야. 바로 얼마 전에도 데릭에 관해 같이 얘기했거든. 피터는 데릭 같은 사람은 없다고 생각해."

"그럼 아무 말도 하지 말아야 할 이유가 더 많은걸. 네가 그에게 희망을 불어넣었다가 그 사람이 데릭이 아닌 걸로 밝혀지면 정말 크게 실망할 테니까 말이야."

그런 다음 그는 자기의 회의적인 태도가 누이의 성질을 다시 자극하는 것을 보고는 급하게 덧붙였다.

"그건 그렇고, 피터는 어떻게 지내고 있어? 그 뇌졸중인가로 또 쓰러지지는 않았대?"

"지난번에 봤을 때는 꽤 건강해 보였어. 물론 조심해야 하고 흥분하지 말아야 하지만, 봄에 있었던 경미한 발작에서는 온전히 회복된 것처럼 보였어."

"그 늙은 다람쥐는 아직 있어?"

"아직 거기 있어. 그리고 나머지 동물들도. 내게 그것들을 죄다 보여주겠다고 고집을 부리기에 당연히도 난 엄청나게 보고 싶은 척해야 했어. 불쌍한 노인네, 아내가 죽은 이후 지금은 그것들이 그가 가진 전부잖아. 가까운 반경에 사람이라곤 없는 그 위에서 정말 외로울 거야. 그는 자기 새와 동물들이 정말 좋은 동반자라고 말하곤 해."

폴 포딩브리지는 대화가 위험한 주제에서 벗어나고 있다는 사실에 안도하는 듯했다. 그는 대화를 더 먼 다른 쪽으로 이끌었다.

"오늘 아침에 크레시다와 스탠리 봤어? 걔들은 내가 가기 전에 아침 식사를 마치고 나갔더군."
"골프 치러 갔을걸. 지금쯤이면 돌아왔겠지."
그녀는 창문으로 가서 아무 말 없이 잠시 밖을 내다봤다.
그녀의 오빠는 확연히 안도하며 타임스지를 집어 들고 주식 시장 연구를 재개했다.
"이 호텔이 린든 샌즈를 망치고 있어." 미스 포딩브리지가 짧은 침묵을 깨고 말했다. "폭스힐스 전면에서 보면 여기가 바로 시야에 들어와. 저 멋진 건물에서 말이야! 게다가 만을 따라 어디를 가든 이 괴물 같은 건물이 시야 한가운데서 번쩍거려. 이게 이 장소를 망칠 거야. 그리고 또 마을 사람들은 여길 두고 온갖 생각을 하게 되겠지. 작은 마을은 항상 관광객 때문에 망가지는 법이야."
그녀의 오빠는 아무 대답도 하지 않았고, 그녀가 불평을 멈추자 더는 대화하지 않겠다는 듯 어색하게 신문을 바스락거렸다. 바로 그때 문 두드리는 소리가 들렸다.
"들어와!" 미스 포딩브리지가 지시했다.
벨보이가 모습을 보였다.
"전화 전갈이 왔습니다, 선생님."
폴 포딩브리지는 마지못해 자리에서 일어나 방을 나갔다. 그는 아주 잠깐 자리를 비웠는데 그가 돌아왔을 때 누이는 그가 동요하는 모습을 볼 수 있었다.
"의사가 보낸 전갈이었어. 불쌍한 피터 영감이 간 것 같아."
"가다니? 그에게 무슨 일이라도 생겼다는 말이야?"
"간밤에, 아니면 그보다 좀 더 이른 시간에 다시 중풍을 맞았어. 아침이 되어서야 사람들이 알게 됐다고 해. 의사가 막 그 오두막에 올라가 있다니까 의심의 여지가 없지."

"불쌍한 피터! 저번에 봤을 때는 정말 건강해 보였는데. 여든 살까지는 살 줄 알았어. 데릭이 정말 크게 낙심할 거야. 그 애는 그 노인을 정말 좋아했는데."

그녀는 그 소식을 믿을 수 없다는 듯 잠시 말을 멎었다.

"착오가 아닌 건 확실해, 오빠?"

"전혀 아니야. 전화를 한 사람이 의사였어. 피터는 아무런 연고가 없으니까 당연히 우리가 뒷일을 처리해야 할 거야. 그는 우리를 위해 성실하게 일했잖아, 제이."

"그가 폭스힐스에 왔을 때가 기억나. 하세월이 흘렀네. 그가 없는 그곳은 전혀 예전 같지 않을 거야. 의사는 뭐라고 했어, 오빠?"

"자세한 얘기는 없었어. 그는 우리가 그 노인과 실질적인 관계가 있는 유일한 사람들인 것 같아서 우리에게 알려주려고 전화를 걸었다고 하더군. 지금 생각해 보니, 그 의사는 뭔가 좀 딱딱한 느낌이 들었어. 수화기 너머에서 느껴지는 태도가 약간 퉁명스러웠고, 새로 온 사람인 것 같아. 내가 모르는 이름이었어. 아마도 그래서 그런 식이었는지 모르지."

# 2

## 버스 운전사의 휴가

클린턴 드리필드 경은 지면을 면밀히 살펴본 후 린든 샌즈 코스의 마지막 그린 위에서 신중하게 긴 퍼팅을 했다. 상대인 스탠리 플리트우드가 몸을 숙여 자기 공을 집어 들었다.

그는 퍼터를 도로 캐디에게 건네며 말했다. “이번 홀과 시합을 이기셨습니다.”

클린턴 경은 고개를 끄덕였다.

“시합 고마웠네.” 그가 말했다. “우린 거의 대등한 실력인 것 같네. 마지막 그린까지 승부가 불확실하면 훨씬 더 재미가 있지. 그래, 그것들은 치워도 돼.” 그는 캐디의 물음에 답하며 덧붙여 말했다. “내일까지는 필요 없을 거야.”

캐디가 홀의 핀을 교체하자 그린이 내려다보이는 좌석에 앉아 있던 어떤 젊은 여자가 자리에서 일어나 골프 치는 사람들 쪽으로 내려왔다. 스탠리 플리트우드는 그녀에게 손을 흔들었다. 그러고는 그녀의 말 없는 물음에 대한 대답으로 졌다는 시늉을 했다.

“이분은 클린턴 드리필드 경이야, 크레시다.” 두 사람이 만나자 그가 설명했다.

클린턴 경은 하던 일을 멈추지 않고도 세밀하게 관찰하는 훈련을 해온 사람이었다. 그리고 그렇게 면밀히 관찰한 결과를 마음속에 기록하는 습관이 있었다. 그가 가장 주의 깊게 연구해 온 것은 정형화된 습관적인 동작이었다. 크레시다 플리트우드가 그들을 향해 천천히 다가올 때 그는 무심한 듯한 시선으로 아직 20대에 불과한 날씬하고 우아한 검은 머리 여성을 기계적으로 쳐다봤지만, 그녀의 매력에 더해진 보일 듯 말 듯 한 수줍음에 주목했고 그녀의 눈빛에서 더욱 평범하지 않은 뭔가를 읽었다고 생각했다. 마치 자연스러운 솔직함 위에 세상에 대한 불신이 살짝 덧씌워진 것 같은 느낌이었다.

"오늘 아침에 제가 남편을 데려가서 당신이 할 경기를 훔친 게 아니었으면 좋겠네요, 플리트우드 부인." 호텔로 향하는 길로 접어들면서 그가 말했다.

크레시다는 곧바로 그의 마음을 가볍게 해주었다.

"마침," 그녀가 설명했다. "제가 오늘 골프 칠 기분이 아니어서 남편이 심심하던 참이었어요. 그런데 선생님이 남편을 불쌍히 여겨주신 덕분에 제가 미안한 마음을 덜게 되어 정말 기뻤는걸요."

"그렇다면 제가 운이 좋았네요." 클린턴 경이 대답했다. "지금 저와 함께 묵고 있는 친구가 오늘 아침에 나올 수가 없었어요. 어제 발을 살짝 삐었거든요. 그래서 난감했는데 플리트우드 씨가 시간이 비어 저를 상대해 줄 수 있다는 걸 알게 됐으니 정말 운이 좋았던 거죠."

그들은 호텔 경내로 들어왔다. 지나가는 길목에서 크레시다 플리트우드는 일행을 지나치던 어떤 젊은 여성에게 인사를 건넸다. 새로 온 그 젊은 여성은 예쁘다기보다는 잘생긴 얼굴이었는데 얼굴이 살짝 굳어 있어서 매력이 반감되었다. 그녀는 골프장이 있는 호텔에서 그런 시간대에 보기 힘든 세련된 옷을 입고 있었고, 운동 잘하는 영국 여성의 특징인 자유로운 활보와는 거리가 먼 걸음걸이를 보이고 있었다. 그녀는 자기 이익에 집착하지만 그 이익을 항상 취하지는 못했던 여자의 느낌을 고스란히 드러내고 있었다.

말소리가 들리지 않을 정도로 그녀가 멀어져 가자 크레시다가 남편을 향해 말했다.

"저 사람이 바로 내가 자기한테 말한 그 프랑스 여자, 로랑-데루소 부인이야, 스탠리. 호텔 데스크에서 영어 때문에 곤란을 겪는 걸 보고 내가 조금 도와줬어."

스탠리 플리트우드는 말없이 고개를 끄덕였는데, 클린턴 경은 그가 로랑-데루소 부인과 자기 아내가 더 친해지기를 바라지 않는다는 것을 금방 알아차렸다. 그는 그 프랑스 여성이 즐길 거리도 없고 지인도 없는 것 같은 이 조용하고 후미진 곳으로 오게 된 연유를 추측하지 않을 수가 없었다.

그러나 그 문제를 마음속으로 곰곰이 생각해 보기도 전에 새로운 인물이 등장하는 바람에 그의 생각은 흐름이 막히고 말았다.

"삔 발은 어떤가, 친구?" 그는 새로 나타난 인물에게 인사를 건넸다. 그리고 웬도버가 일행에게 다가오자 옆에 있던 두 사람을 그에게 소개했다.

"라운드가 재미있었어야 하는데요." 웬도버가 스탠리 플리트우드를 향해 말했다. "오늘 아침 이 친구가 당신을 상대로 특출한 실력을 제대로 발휘했나요?"

"저를 이겼습니다, 말씀하시는 게 그런 뜻이라면요."

"흠! 저도 보통 진답니다." 웬도버가 고백했다. "저는 시합에 지는 건 상관없지만 규칙으로 두들겨 맞는 게 싫어요."

"그게 무슨 말씀이세요, 웬도버 씨? 뭔가 불만이 있으신가 봐요?" 크레시다가 웬도버의 눈에서 불꽃이 튀는 것을 보며 말했다.

"사실은," 웬도버가 설명했다. "어제 제 공이 그린 위에 있던 큰 벌레에 부딪혀 멈췄거든요. 저는 인도주의적인 성향이라 몸을 숙여 벌레를 치웠죠. 그 연약한 벌레의 몸 너머로 퍼팅하지 않으려고요. 이 친구는 성장하고 있는 건 무엇이건 치우면 안 된다는 이유로 이의를 제기했어요. 저야 그게 성장하고 있는지 아닌지 모르잖아요. 제 눈에는 확연히 큰 벌레로 보여서 성장기는 지났을 것 같았거든요. 하지만 제가 그렇게 우기자 이 친구는 로열 앤드 에인션트 골프 클럽의 최근 결정을 인용해서 저를 어안이 벙벙하게 만들었답니다."

"시합을 시작했으면 **그** 규칙을 따라야 하는 거지 즉흥적으로 규칙을 해석해서는 안 되는 거야, 친구." 클린턴 경은 동정의 기색이라고는 없는 어조로 경고했다. "법을 모른다는 게 변명이 될 수는 없어."

"경찰청장의 말을 경청하라!" 웬도버가 투덜거렸다. "그래요, 이 친구는 사물의 법적인 측면에 빠져 있어서 모든 종류의 규칙과 규정을 머릿속에 담아두고 있답니다. 골프 규칙에 대한 이 친구의 지식은 어떤 라운드에서라도 핸디캡 몇 스트로크 정도의 가치가 있죠."

크레시다는 클린턴 경을 힐끗 쳐다봤다.

"정말로 경찰청장님이세요?" 그녀가 물었다. "제가 생각했던 경찰청장과는 좀 다르신걸요."

"지금은 휴가 중이랍니다." 클린턴 경이 가볍게 대답했다. "아마도 그래서 다른 거겠죠. 하지만 당신의 이상에 미치지 못한다니 죄송하군요. 특히나 제 분야에서 말이죠. 어떤 점이 아쉬운지 말씀해 주시면 제가 채울 수 있을 텐데요. 어떤 걸 원하시죠? 경찰 군화, 아니면 찌푸린 눈썹, 아니면 언제든 사용할 수 있는 수첩, 아니면 돋보기, 뭐 그런 건가요?"

"꼭 그런 건 아니에요. 하지만 어쩐지 경찰청장은 좀 더 공직자처럼 보일 거로 생각했거든요."

"음, 그건 어떤 면에서는 칭찬인걸요. 저는 꽤 오랜 시간을 공직자처럼 보이지 **않으려고** 노력하면서 살아왔으니까요. 태어날 때부터 제가 경찰청장이었던 건 아니잖아요. 예전에는 저 먼 다른 곳에서 탐정 비슷한 사람이었을 뿐이랍니다."

"정말요? 하지만, 그렇다면 당신은 제가 생각하는 탐정의 모습과도 전혀 다른걸요!"

클린턴 경은 웃음을 터트렸다.

"당신을 만족시키기는 힘들 것 같네요, 플리트우드 부인. 웬도버 씨도 마찬가지랍니다. 그는 고전을 충실히 읽는 사람이어서 탐정 일을 하려는 사람에게 강철 같은 눈과 돋보기가 없다는 건 상상도 못 해요. 이 두 가지가 없는 탐정을 떠올리는 것만으로도 그의 섬세한 감정은 상처받죠. 유일하게 저를 구원해 주는 건 지금은 제가 탐정이 아니라는 거예요. 그리고 그는 제가 한때는 탐정이었다는 걸 믿지 않음으로써 마음이 편해지는 거죠."

웬도버가 그 도발에 응수했다.

"옛날에 자네가 탐정같이 일하는 걸 딱 한 번 보기는 했지." 그가 털어놓았다. "그리고 자네의 방식은 그저 개탄스러울 뿐이라고 생각했다는 걸 고백해야만 하겠네, 클린턴."

"맞는 말이야." 클린턴 경은 그 말을 받아들였다. "그 미로 살인 사건[1]에서 난 자네에게 큰 실망을 안겨줬지. 결국은 성공했다고 해도 그 성공을 위해 사용한 수단이 정당화되기는 어려워. 그건 덮어버리자고, 응?"

그들은 호텔 문 앞에 도착했다. 그리고 몇 마디 말을 나눈 후 크레시다와 그녀의 남편은 건물 안으로 들어갔다.

"멋진 커플이야." 웬도버가 걸어가는 그들의 뒷모습에 눈길을 주며 말했다. "난 저런 젊은이들을 보는 게 좋아. 젊은 세대가 부모 세대보다 나쁘지 않고 호들갑도 훨씬 덜 떤다는 걸 느끼게 해준단 말이지. 인간에 대한 믿음이랄까, 그런 것들이 회복되고."

"맞네." 클린턴 경은 눈을 희미하게 반짝이며 그 말에 동의했다. "본능적으로 사람을 끄는 사람들이 있지. 그렇게 만드는 건 태도야. 예전에 우연히 만났던 한 남자가 기억나는군. 사람을 끄는 인성을 지닌 매력적이고 멋진 친구였어."

그의 목소리가 잦아들었다. 마치 이 문제에 흥미를 잃어버린 것만 같았다.

"그래서?" 그 이야기가 너무 빨리 끝났다고 느낀 웬도버가 물었다.

"그는 선상에서 만난 최악의 포커 사기꾼이었지." 클린턴 경이 점잖게 덧붙였다. "매력적인 태도가 그의 자산 중 하나였단 말이지."

[1] 코닝턴이 1927년 발표한 <미로 살인>(Murder in the Maze)을 말하는 것으로, 이 작품에서 클린턴 드리필드 경이 처음으로 등장한다.

웬도버는 짐짓 짜증을 냈는데 반쯤은 실제로도 그랬다.

"야비하군, 클린턴. 그런 식으로 사람들에 대한 힌트를 던지는 말이 난 듣기 싫네. 저 젊은 여성이 평범하지 않다는 건 누구라도 알 수 있어. 그런데 자네가 그와 관련해서 생각할 수 있는 게 카드 게임 사기꾼뿐이라니."

클린턴 경은 친구가 짜증을 내자 진지해진 듯했다.

"자네 말이 맞네, 친구." 그가 동의했다. "자네 말대로 그녀는 평범하지 않네. 난 그녀의 과거에 대해 아무것도 모르지만, 그녀가 어떤 일을 겪었다는 걸 아는 건 별로 어렵지 않더군. 그녀는 처음엔 자신의 잣대로 세상을 보고 모든 사람을 믿었던 것처럼 보였어. 그러다가 어느 날 엄청난 충격을 받은 거야. 최소한 그녀의 관점에서 볼 때 그런 게 아니라면, 내가 깨끗이 승복하지. 난 예전에 그와 똑같은 표정을 한두 번 본 적이 있거든."

그들은 호텔로 들어와서 라운지에 앉았다. 웬도버는 창문 너머로 골프장을 내다봤다.

"새 코스에서 사람들이 1, 2년 골프를 치면 이곳은 꽤 괜찮아질 거야. 린든 샌즈는 상당히 유명해질 게 분명해."

클린턴 경이 대답하려던 찰나 벨보이가 라운지에 들어와서 단조로운 목소리로 외치며 천천히 지나갔다.

"89호! 89호! 89호!"

청장은 재빨리 자리에서 일어나 손가락을 튕겨 벨보이가 자기를 쳐다보게 했다.

"내 방 번호잖아." 그가 웬도버에게 말했다. "하지만 나를 찾는 사람이 있다고는 생각할 수 없는걸. 이곳에는 나를 아는 사람이 아무도 없어."

"89호 손님이십니까?" 벨보이가 물었다. "선생님을 찾는 분이 계십니다. 아마데일 경위라고 했습니다."

"아마데일이? 도대체 뭐가 필요한 거지?" 클린턴 경은 큰소리로 의아해했다. "들여보내 주게." 잠시 후 경위가 나타났다.

"중요한 일인가 보군, 경위." 클린턴 경이 인사를 건넸다. "그렇지 않다면 자네가 왔을 리가 없지. 하지만 무슨 일로 온 건지 상상이 안 되네."

아마데일 경위는 웬도버를 힐끗 쳐다보더니 아무 말 없이 클린턴 경의 시선을 붙잡았다. 청장은 그의 눈빛에서 의미를 읽어냈다.

"이 사람은 내 친구네, 경위. 웬도버 씨라고 해. 치안 판사이고 완벽하게 신뢰할 수 있는 사람이야. 공식적인 일이라도 이 사람 앞에서는 맘 놓고 말해도 돼."

아마데일은 마음을 놓은 듯했다.

"이건 업무 건입니다, 클린턴 경. 오늘 아침 린든 샌즈의 의사가 전화로 전갈을 보냈습니다. 이 근처의 폭스힐스라는 큰 저택 관리인이 자기 오두막 근처에서 사망한 채 발견되었다는 겁니다. 래포드 박사는 시신을 확인하러 올라갔습니다. 그는 처음에는 뇌졸중으로 사망한 것으로 생각했답니다. 그런데 시신에서 의심스러운 흔적이 눈에 띄었고, 그래서 그는 사망 진단서를 발급하지 않겠다고 합니다. 그는 곧바로 우리에게 사건을 접수했습니다. 이 근방에는 순경 말고는 아무도 없답니다. 그래서 제가 직접 조사하러 오게 됐죠. 그때 청장님이 이 호텔에 묵고 계신다는 사실이 갑자기 떠올라서 오는 길에 들러야겠다고 생각한 겁니다."

클린턴 경은 보일 듯 말 듯 흥미로운 표정으로 경위를 바라봤다.

"우정 방문인가?" 그가 말했다. "아주 좋군. 점심을 같이할까?"

경위는 문제가 이런 식으로 받아들여지리라고는 분명 예상하지 못한 것 같았다.

"그게 그러니까, 청장님." 그가 조심스럽게 말했다. "청장님이 아마 관심이 있으실 것 같아서요."

"몹시 그렇지, 경위, 몹시. 일을 해결하면 와서 다 말해주게. 내가 꼭 듣겠네."

경위의 얼굴에 살짝 화난 표정이 드러났다.

"저는 청장님이 저와 함께 가서 직접 살펴보고 싶으실 거로 생각했습니다. 일이 좀 기이해 보이거든요."

클린턴 경은 짐짓 놀랍다는 표정으로 그를 쳐다봤다.

"우리는 목적이 엇갈리는 것 같군, 경위. 분명히 해보지. 우선, 난 지금 휴가 중이네. 그러니까 범죄 건은 나와는 아무 상관이 없어. 둘째, 설령 내가 휴가 중이 아니라도 경찰청장이라는 직위는 범인을 찾아서 검거하는 업무에 특별히 결부되어 있지도 않네. 셋째, 내가 형사의 사건에 끼어들면 직업적 질투와 속앓이 등등을 유발할 수도 있어. 어떻게 생각하나?"

"이건 제 사건입니다." 아마데일은 위장하려는 모든 시도를 포기하고 말했다. "제가 전화로 들은 모든 것으로 판단하면, 이건 기이한 일 같다는 게 명백한 진실입니다. 저는 청장님의 의견을 듣고 싶은 겁니다. 직접 조사해 보신 후에 의견을 말씀해 주시면 좋겠습니다."

클린턴 경의 얼굴이 풀어졌다.

"아," 그가 털어놓았다. "이제 자네가 원하는 게 뭔지 좀 알 것 같군. 그렇다면, 부탁도 안 했는데 내가 간섭했다는 문제가 불거질 염려는 전혀 없으니 내가 그 사건을 들여다 볼 수도 있겠군. 하지만 내가 자네에게 호의를 베푸는 거라면 — 자네가 그렇게 생각하는 것 같으니까 — 한 가지 조건을 내걸겠네. 웬도버 씨가 탐정 일에 관심이 많아. 이 친구는 고전을 싹 다 알고 있다네. 셜록 홈즈, 아노[2], 손다이크[3] 등등 말이야. 그러니까 내가 합류하면 이 친구가 우리와 함께하게 해주게. 그렇게 하겠나, 경위?"

경위는 다소 불쾌한 표정으로 웬도버를 쳐다봤다. 그가 얼마나 큰 골칫거리가 될지 예상이라도 해보려는 듯했다. 그러나 클린턴 경의 도움을 얻으려면 대가를 치러야 하는 것이 분명했기 때문에 아마데일은 다소 불손한 태도로 이 제안에 동의했다.

클린턴 경은 자신의 결정을 후회하는 듯했다.

"나는 버스 운전사의 휴가 같은 걸 기대하지는 않았는데." 그가 유감스럽다는 듯이 말했다.

경위의 얼굴을 보니 무슨 뜻인지 알아채지 못한 표정이었다. 클린턴 경은 자기 말의 뜻을 더 분명히 했다.

"옛날에 말이 버스를 끌던 시절에는 말이야, 경위. 버스 운전사가 휴가를 받으면 다른 사람의 버스를 타고 그 운전사의 운전 요령을 배우며 휴가를 보냈다는 풍문이 있었네. 자네는 내가 자네의 업무

[2] 영국 작가 A.E.W. 메이슨(1865-1948)이 쓴 여러 편의 추리 소설에 등장하는 프랑스 경찰. 애거서 크리스티의 에르퀼 푸아로의 원형이라고 한다.

[3] 영국 작가 R. 오스틴 프리먼(1862-1943)의 추리 소설에 등장하는 법의학자. 과학 수사에 기반한 추리를 선보인다.

수행을 지켜보면서 요령을 배우며 휴가를 보내길 바라는 것 같군."

아마데일 경위는 클린턴 경의 예의 바른 말 뒤에 뭔가 숨겨져 있는 게 아닐까 생각하는 듯했다. 그는 상관을 다소 침울하게 바라보며 대답했다.

"항상 그렇듯이 저는 도움과 야유를 반반 섞어 받게 되겠군요. 뭐, 채찍질이야 이미 당한 거고, 청장님의 도움은 그만한 값어치가 있죠."

클린턴 경은 단호한 어조로 그의 말을 바로잡았다.

"내가 말한 건 '사건을 들여다보겠다'는 것이네. 이건 자네 사건이야, 경위. 난 자네 일을 덜어주겠다는 게 아니야. 자네와 함께 다녀주겠지만, 공식적으로 그 사건은 자네가 맡은 일이고 난 상관없는 구경꾼일 뿐이라는 걸 명심하게."

이런 명확한 설명을 듣고서 아마데일의 분위기는 더욱 침울해졌다.

"레이븐스토프 사건[4]과 똑같다는 말씀이시겠죠." 그가 추측했다. "우리가 모두 제각각 사실들을 수집하지만, 우리가 찾은 것들을 청장님이 어떻게 생각하는지는 말씀해 주시지 않는다는 거죠. 그런 건가요, 청장님?"

클린턴 경은 고개를 끄덕였다.

"바로 그거야, 경위. 자 이제, 자네는 웬도버 씨와 함께 정문으로 가게. 그럼 내가 금방 차를 갖고 나와서 자네들 둘을 태우겠네."

[4] 클린턴 드리필드 경이 등장하는 코닝턴의 또 다른 작품 <레이븐스토프의 비극>(Tragedy at Ravensthorpe)을 말한다.

# 3

## 관리인의 집에 간 경찰

친구의 얼굴을 훑어보던 웬도버는 그의 표정에서 태평함이 싹 사라졌다는 것을 알 수 있었다. 앞에 놓인 정해진 일을 생각하며 클린턴 경은 휴가 기분을 완전히 접어버린 듯했다.

"의사에게 제일 먼저 가봐야 할 것 같네." 린든 샌즈 마을로 향하는 도로로 차를 돌리면서 그가 말했다. "처음부터 시작하는 게 좋아, 경위. 그런데 그 의사가 현장에 제일 먼저 도착한 전문가인 것 같군."

그들은 정원에서 깨끗한 오토바이를 만지작거리고 있는 래포드 박사를 발견했다. 그 젊은 의사의 기민한 모습이 웬도버에게는 인상적이었다. 아마데일은 같이 온 사람들을 소개한 후 바로 본론으로 들어갔다.

"제가 온 건 그 사건 — 폭스힐스 관리인 사건 — 때문입니다, 의사 선생. 우리가 저 위에서 조사에 착수하기 전에 일어난 일에 관해 말씀해 주시겠습니까?"

이야기를 하는 래포드 박사에게서 능숙한 분위기가 풍기는 것은 괜한 것이 아니었다.

"오늘 아침 8시 반쯤, 콜비라는 어린 친구가 우리 집 문을 있는 대로 쾅쾅 두드리고 들어왔어요. 그 아이는 이 근처에서 우유

배달을 하는데, 피터 헤이의 집은 걔가 우유를 배달하는 곳 중 하나죠. 콜비는 평소처럼 그곳으로 올라간 것 같아요. 하지만 오두막의 대문에 도착했을 때 헤이 노인의 시신이 문으로 올라가는 길에 누워 있는 것을 본 겁니다. 어떻게 누워 있었는지는 제가 설명할 필요가 없습니다. 직접 보시면 되니까요. 저는 건드리지 않았어요. 그럴 필요도 없었습니다.”

아마데일 경위는 고개를 끄덕이며 이 소식에 흡족함을 표현했다. 의사는 계속 말했다.

“콜비는 아직 어린아이라서 약간 겁을 먹었습니다. 하지만 머리는 제대로 굴렸죠. 저를 만나려고 여기로 곧장 달려왔으니까요. 다행히도 저는 그렇게 일찍 회진을 나가지 않았기에 콜비가 왔을 때 아침 식사를 막 끝낸 참이었습니다. 저는 자전거를 꺼내서 즉시 폭스힐스로 올라갔습니다.

어린 콜비의 말을 들었을 때 저는 자연스럽게 그 불쌍한 헤이 노인이 뇌졸중을 일으킨 걸로 결론 내렸습니다. 저는 그 노인의 고혈압을 치료하려고 최선을 다하고 있었거든요. 하지만 해줄 수 있는 일이 그리 많지는 않았어요. 그리고 그는 한두 번 경미한 발작을 일으켰었고요. 언젠가는 세상을 뜰 수밖에 없었던 거죠. 그래서 저는 그가 과로나 뭐 그런 걸로 인해 마지막 발작을 일으켰다고 결론지었던 겁니다.”

그는 잠시 이야기를 멈추고 모여 있는 사람들의 얼굴을 한 번씩 훑어봤다.

“그런 까닭에 살인이라는 생각은 마지막까지 제 머릿속에 들어오지 않았어요. 저는 오두막으로 올라가서 그를 발견했습니다. 콜비가 말한 대로 정원 길에 엎드려 있더군요. 겉으로 보기에 그는 혈관이 막혀 사망한 것이 분명했습니다. 모든 게 명확해 보였죠. 사실, 저는 그를 두고 도와줄 사람을 좀 찾으려고 막 가려던 참이었는데, 그때 뭔가가 눈에 띄었어요. 그는 양팔을 머리 위로 한껏 쭉 뻗고 있었어요. 마치 한 번에 그대로 쓰러진 것처럼 말이죠. 오른쪽 소매가 살짝 걷혀 있어서 팔이 조금 보였어요. 그래서 우연히 손목 바로 위쪽 피부에 난 자국이 제 눈에 들어온 겁니다. 아주 희미했지만, 그곳에 압박이 있었던 게 분명해 보였어요. 저는 의문스러웠습니다. 지금도 여전히 그렇습니다. 하지만 그건 당신들의 일이죠. 다른 쪽 팔도 살펴보는 게 좋겠다는 생각이 들어서 외투 소매를 살짝 위로 올렸습니다. 어쨌거나 그게 제가 그 사체에 가한 유일한 변경이었는데요. 첫 번째와 유사한 두 번째 자국을 거기서도 발견한 겁니다."

그는 경위에게 질문할 기회를 주려는 듯 잠시 말을 멈췄다. 그러나 아무 질문도 나오지 않자 이야기를 계속 이어갔다.

"제가 받은 인상은 — 물론 틀릴 수도 있지만 — 그런 종류의 자국은 중요한 것일 수 있다는 것이었습니다. 그 자국들을 보고 나니, 당연히도 저는 헤이 노인의 죽음이 전적으로 자연사라고 단언하고 싶지 않더군요. 그가 혈관이 막혀 사망한 건 맞습니다. 검시관이 그걸 확인해 줄 거라고 분명히 확신해요. 하지만 뇌의 울혈은 사람의 손목에 자국을 남기지 않습니다. 당신들에게 전화해야 할 것 같았어요. 별일 아니라면 아닐 테고, 그렇다면 귀찮게 해드려서 제가 죄송할 겁니다. 하지만 저는 모든 일이 깔끔하게 진행되도록 해야 한다고 믿습니다. 그리고 만약 이 일에 수상한 점이 조금이라도 있다면 제가 처리할 수 없는 일에 손을 대는 것보다야 당신들을 귀찮게 하는 편이 낫다고 생각한 겁니다."

아마데일 경위는 이 문제를 어떻게 받아들여야 할지 다소 어정쩡한 기색이었다. 웬도버가 볼 때 그는 클린턴 경을 그 일에 서둘러 끌어들인 것을 후회하는 것 같았다. 사태가 별일 아닌 것으로 판명되면 아마데일의 예상으로는 분명 상관의 야유가 있을 것이었다. 그리고 의사의 설명에 따르면 그 남자는 뇌의 울혈로 사망했기 때문에 죽은 사람의 손목에 자국이 몇 개 있다는 것이 꼭 범죄 행위로 귀결되는 것은 아님이 명백했다.

결국 경위는 한두 가지 질문을 하기로 했다.

"헤이에게 원한을 품은 사람은 없나요?"

래포드는 웃음을 자제하려는 시늉도 하지 않았다.

"헤이에게요?" 그가 말했다. "피터 노인에게 원한을 품을 사람은 있을 수가 없을 겁니다. 그는 어디서나 볼 수 있는 아주 점잖은 노인 중 한 사람이었죠. 언제나, 누구에게나 선행을 베풀 준비가 되어 있는 사람 말입니다."

"그런데도 선생께서는 피터가 살해당했다고 주장하시나요?" 경위가 물었다.

"아뇨, 그건 아닙니다." 의사가 날카롭게 반박했다. "제가 말씀드릴 모든 건 사망 진단서에 서명하는 것이 정당하게 느껴지지 않는다는 겁니다. 제 역할은 여기까지입니다. 그 이후는 당신들이 움직여야 할 일이죠."

아마데일은 래포드를 헛소리하는 사람으로 쉽게 치부할 수는 없음을 깨달은 것 같았다.

"사망 시점은 언제라고 생각하십니까?"

의사는 잠시 생각했다.

"확실한 시각을 말하는 건 무의미합니다." 그가 말했다. "사건별로 징후가 얼마나 다른지 저만큼 잘 아시잖아요. 저는 그가 대충 한밤중이나 그보다 조금 이른 시간에 사망했을 가능성이 크다고 생각합니다. 하지만 미리 말씀드리는데, 증인석에서 선서는 할 수 없을 겁니다."

"제가 가장 자주 들은 말이," 경위가 낙담한 어조로 말했다. "당신들 과학자들이 최악의 증인이라는 겁니다. 당신들은 보통 사람들처럼 '네', 혹은 '아니오'라고 간단하게 말하지 않죠. 항상 에둘러 말하고 단서를 달곤 해요."

"정확성에 대한 훈련을 받았으니까 그렇겠죠." 래포드가 대답했다. "우리는 스스로 확신하기 전에는 어떤 일에 대해 맹세하고 싶지 않답니다."

아마데일은 더 이상 그 주제에 천착하지 않기로 한 것 같았다.

"시신은요?" 그가 물었다.

"마을 순경인 삽코트를 보내서 시신을 관리하도록 했습니다. 그가 지금 폭스힐스에 있답니다. 조사를 위해 시신을 남겨두려면 시신을 건드리지 않도록 지켜볼 누군가가 거기 있어야 하니까요."

경위는 알겠다는 듯 고개를 끄덕였다.

"맞는 말입니다. 그리고 이 어린 친구 — 이름이 콜비죠? — 는 언제라도 필요할 때 제가 연락할 수 있겠죠?"

래포드가 그 소년의 주소를 주자 그는 그것을 수첩에 적어 넣었다.

"혹시 유용할지 모른다고 생각되는 다른 건 없습니까?" 그가 수첩을 주머니에 다시 넣으며 물었다.
의사는 고개를 저었다.
"없습니다. 검시관이 검사하겠죠?"
"그럴 겁니다." 아마데일이 대답했다.
그는 웬도버와 클린턴 경을 힐끗 쳐다보며 이제 그들에게 일을 넘기겠다는 표시를 했다. 웬도버가 그 암묵적인 허락을 먼저 누렸다.
"독극물을 암시하는 건 보지 못한 건가요?" 그가 의사에게 물었다.
래포드는 희미한 미소로 대답을 엿보였다.
"손목의 자국이 아니었다면 뇌 울혈을 사망 진단서에 썼을 거라고 말씀드린 것 같은데요. 독극물로 손목에 자국이 남는다고는 생각하지 않습니다."
자신의 개입이 빛을 발하지 못했다고 느낀 웬도버는 더는 질문하지 않고 클린턴 경을 힐끗 쳐다봤다. 청장은 더 이상의 질문은 잠시 보류해도 된다고 생각하는 것 같았다.
"이제 가보는 게 좋을 것 같군요." 그가 제의했다. "도와주셔서 감사합니다, 래포드 박사님. 시신을 보고 나면 뭔가 새로운 것이 발견될 수도 있고, 그러면 저희가 또다시 선생을 귀찮게 해드려야 할지도 모르겠군요. 그건 그렇고," 그가 덧붙였다. "어젯밤에 이슬이 짙게 내렸는지 어땠는지 혹시 아시는지요? 저는 호텔에서 브리지 게임을 하느라 저녁 식사 후 밖에 나가지 않았지만, 선생은 어쩌면 외출해서 아시지 않을까 해서요."

"사실 이슬이 제법 짙게 내렸습니다." 래포드가 잠시 생각해 보더니 말했다. "마침 저는 일이 있어 외출했는데, 이슬이 눈에 띌 정도였어요. 헤이의 죽음이 외기에 노출된 것 때문일 가능성을 생각하시는 건가요?"

"꼭 그런 건 아닙니다." 클린턴 경은 보일 듯 말 듯 빈정거리는 미소를 지으며 대답했다. "선생 식으로 말하자면, 노출이 사람의 손목에 자국을 남기지는 않지요. 적어도 그렇게 빨리는 말입니다."

래포드는 그 비꼬는 말을 유쾌하게 인정하고는 그들이 나가는 길을 정원 문까지 함께 걸어갔다.

"제가 당신들에게 부질없는 짓을 하도록 한 건 아니었으면 좋겠습니다, 경위." 그가 작별 인사를 하며 말했다. "하지만 어쨌든, 당신들의 하루 업무라는 건 다 그런 종류의 일이겠죠."

아마데일은 차가 폭스힐스를 향해 달리는 동안 조용히 이 말을 곱씹었다. 그러고는 마침내 한 문장으로 자신의 견해를 말했다.

"저 젊은 친구는 보기 드물게 경쾌해서 제가 한 방 먹었습니다."

그리고 그는 목적지에 도착할 때까지 넋을 놓은 채 고집스레 침묵했다.

"여기가 바로 그곳인 것 같군." 몇 분 뒤, 폭스힐스 도로에서 오두막으로 이어지는 나무들 사이 샛길에 차를 세우며 클린턴 경이 말했다. "정원에 순경이 있는 게 보여."

그들은 차에서 내린 다음 샛길을 따라 짧은 거리를 이동했다. 정원 문에 다다르자 아마데일이 순경을 불렀다. 삽코트는 시신

옆의 나무 의자에 앉아 신문을 읽으며 시간을 때우고 있었는데, 경위의 목소리가 들리자 일어나서 판석이 깔린 길을 따라 앞으로 나왔다.

"아무것도 손대지 않고 원래 상태 그대로 둔 거겠지?" 아마데일이 다그치듯 물었다.

삽코트는 그렇다고 하고는 즉시 뒤로 물러섰다. 그는 경위가 관심을 가질 만한 보고 거리가 자신에게는 하나도 없다는 것을 깨달은 것 같았다. 그는 나중에 마을 친구들에게 자세히 말해줄 요량으로 긴밀한 관심을 기울이며 상관의 진행을 따르는 것으로 만족했다.

아마데일은 포장로에 발을 내딛고 의사의 설명대로 팔을 머리 위로 뻗은 채 엎드려 누워 있는 시신 옆에 무릎을 꿇었다.

"흠! 지금 막 비틀거리며 엎어진 것 같은 모습이군." 경위가 촌평했다. "어쨌든 싸움을 벌인 흔적은 없어."

그는 포장로에 눈길을 보냈다.

"**저기**서는 발자국을 찾을 가능성이 별로 없지." 그가 으스대는 투로 말했다.

웬도버와 클린턴 경이 시신의 머리 쪽으로 다가왔고, 청장은 허리를 굽혀 손목을 살폈다. 아마데일도 몸을 기울였기에 웬도버는 그들의 어깨 너머로 들여다보느라 조금 힘이 들었다. 삽코트 순경은 가능한 한 모든 것을 보고 싶었지만, 앞으로 들이밀고 나가면 경위의 주의를 끌게 될까 봐 마음 졸이며 뒤쪽을 맴돌았다. 웬도버는 아마데일이 규율이 엄격한 사람으로 정평이 나 있을 거로 추측했다.

"자국 같은 것들이 있는 것 같네요." 경위는 피부를 잠깐 살펴본 후 마지못해 인정했다. "그 자국들이 특별한 의미가 있는지는 또 다른 문제이기는 하지만 말이죠. 문 앞에서 쓰러져서 손목이 빗장에 부딪혔을 수도 있습니다. 그러고는 일어나서 비틀거리며 걸어가다가 여기서 쓰러져 죽었을지도 모르는 거죠."

클린턴 경은 좀 더 신중하게 그 자국들을 관찰하고 있었다. 그는 경위가 제시한 가능성에 대해 고개를 가로저었다.

"보면 알겠지만, 문의 빗장은 둥글게 생겼네. 그런데 — 보이나? — 이 자국은 어느 지점에서 살 위에 날카로운 선을 보이고 있어. 물론 한 군데만 그렇다는 건 인정하네. 나머지 부분은 일반적인 압력에 의해 생긴 자국에 가까워. 하지만 그래도 거기 그 부분을 잘못 판단해서는 안 되네."

아마데일은 좀 더 주의 깊게 그 자국을 다시 살펴본 후 대답했다.

"무슨 말씀인지 알겠습니다." 그가 수긍했다.

"그럼 가서 그 문빗장에 직접 팔을 갖다 대보게. 그런 자국은 생기지 않는다는 걸 인정하게 될 거야."

경위는 문으로 가서 소매를 걷어 올리고 빗장의 가장 편한 지점에 팔뚝을 세게 눌렀다. 그가 그렇게 하는 동안 웬도버는 허리를 숙여 그 자국들을 직접 살펴봤다.

"문빗장은 왜 바로 조사한 거야, 클린턴?" 그가 물었다. "들어왔을 때 나는 그게 어떤 종류의 문인지 전혀 주목하지 않았는데 말이야."

"너무 뻔한 거지. 여기 한 남자가 쓰러져 있어. 손목에는 자국들이 있고. 우리는 의사 말을 듣고 그걸 알게 됐잖아. 그 말을 들었을 때 나는 당연히 그가 쓰러지면서 뭔가에 부딪히지 않았을까 궁금해지기 시작했어. 그래서 차에서 내리자마자 헤이가 타박상을 입을 만한 게 없는지 눈을 크게 뜨고 살폈던 거야. 문빗장이 그럴 만했기에 지나가면서 눈여겨봤지. 눈을 크게 뜨고 있어야 하는 거야, 친구. 하지만 이걸 보자마자," 그는 살이 거의 일직선으로 패인 부분을 가리켰다. "빗장에 대한 의심은 거둬버렸어. 그걸로는 생길 수가 없는 자국이었거든."

그는 눈을 들어 위를 봤다.

"이제 됐나, 경위?"

아마데일은 빗장에서 팔을 떼어내고 압력에 의해 생긴 자국을 살펴본 후 우울하게 고개를 끄덕였다.

"이건 아니었군요. 가운데 깊숙한 자국을 남기고 양쪽으로 희미해지네요."

그는 다시 시신 쪽으로 돌아와서 다시 한번 그 자국을 살폈다.

"손목 위에 있는 이건 가운데가 없네요. 날카로운 부분만 빼면 상당히 고르게 나 있고요."

어떤 생각이 갑자기 떠오른 듯 그는 주머니에서 확대경을 꺼내 초점을 조정하고 죽은 남자의 손목을 세밀하게 검사했다.

"밧줄일지도 모른다고 생각했는데요." 그가 실망한 표정으로 렌즈를 치우며 설명했다. "하지만 밧줄이 남기는 규칙적인 패턴이 없습니다. 그건 어떻게 생각하십니까, 클린턴 경?"

"자네 주머니에 분필 있나, 경위?" 청장이 물었다.

아마데일의 얼굴에는 약간 놀라는 기색이 보였는데 그는 최대한 그걸 감추려고 애썼다.

"아뇨, 클린턴 경. 없습니다."

"사진사를 데려와 기념사진을 찍을 생각인가?"

경위는 잠시 고민했다.

"아뇨." 그가 결국 말했다. "그건 별로 쓸모없을 것 같은데요. 시신이 아주 자연스럽게 누워 있지 않나요?"

"그런 걸로 보이네. 하지만 모르는 일이지."

클린턴 경은 기계적으로 조끼 주머니에 손가락을 넣었다.

"분필이 없다고 했지, 경위?"

"네, 없습니다."

"아, 그런데도 어떤 사람들은 당구를 치는 게 시간 낭비라고 말하지. 큐에 초크를 칠한 다음 초크를 주머니에 넣는 습관은 부끄러운 거라고 말이야. 이제 그들의 코를 납작하게 해주지."

그는 그렇게 말하면서 네모난 당구용 초크를 꺼냈다. 그리고 주머니칼을 꺼내 종이로 된 초크 케이스를 잘라냈다.

"시신의 윤곽선을 초크로 그냥 그리게나, 경위. 이 포장로에서는 선이 선명하게 보일 거야. 나중에 필요하면 그 위에 판자를 깔아서 비를 맞지 않도록 하면 되네."

누가 봐도 성질을 죽이고 있는 것 같은 경위가 초크로 선을 긋는 동안 클린턴 경은 순경을 향해 말했다.

"자네가 우리를 좀 도와줄 수 있을 것 같은데, 순경. 자네는 피터 헤이를 알고 있었나?"

"잘 알던 사이입니다, 청장님."

"이 일에 대해 자네가 뭔가 실마리를 던져줄 수는 없을까?"

"아뇨, 청장님. 의사가 말한 그런 뭔가가 있다면 저로서는 놀라운 일인걸요."

"아! 의사가 뭐라고 하던가?"

"왠지 모르겠지만, 맹세코 범죄라고요."

"정말인가? 내게는 그렇게까지 말하지는 않았는데."

순경은 자기 말이 문자 그대로 받아들여진 것에 다소 당황한 듯했다.

"진짜로 그런 뜻은 아니었습니다, 청장님. 제 말은 그의 태도에서 뭔가 잘못됐다는 것을 알 수 있다는 뜻이었어요."

삽코트는 자기가 입을 함부로 놀렸다는 생각에 클린턴 경의 얼굴을 불안하게 쳐다봤다. 그의 표정을 보고 그는 안도했다. 이 사람은 실수했다고 잡아먹으려고 드는 사람은 아닌 게 분명했던 것이다. 부하는 경찰청장을 상당히 높게 평가하게 되었다.

"멋진 작은 정원이군, 여기는." 클린턴 경은 작은 울타리를 둘러보며 한마디 했다. "주변의 이 많은 나무 때문에 조금 그늘진 편이긴 하지만. 여기로 피터 헤이를 보러 온 적이 있나, 순경?"

"굉장히 자주 왔답니다, 청장님. 비번일 때는 함께 저기 저 자리에 앉아 있기도 했고, 아니면 제 류머티즘 때문에 너무 추울 때는 집 안에 있기도 했습니다."

"류머티즘을 앓고 있나, 순경? 그건 참 힘든 병인데. 내 친구 중 하나가 쓰는 류머티즘 약이 있는데 그는 그 약의 효능을 철석같이 믿더군. 내가 그 약 이름을 적어주지. 도움이 될 거야."

클린턴 경은 수첩 한 장을 찢어서 약 이름을 적고 그걸 순경에게 건넸다. 순경은 그러한 관심에 감격한 듯했다. 이 상관은 '정말 좋은 사람'이라고 결정되는 순간이었다.

"피터 헤이는 나이가 상당히 들었더군." 클린턴 경은 시신의 은빛 머리카락을 힐끗 바라보며 계속해서 말했다. "그도 문제가 있었을 것 같은데. 류머티즘이나 뭐 그런 것 말이야?"

"아뇨, 청장님. 그런 건 전혀 없었습니다. 이 뇌졸중을 제외하면 완벽하게 건강하셨죠. 날씨를 가리지 않고 다니셨고 비도 신경 쓰지 않으셨어요. 저처럼 추위를 타지도 않으셨죠. 교회에다 재킷을 보관해 두곤 하셨다고, 사람들이 말하곤 했어요. 저녁에 우리는 종종 여기 앉아 있곤 했는데 제가 '저기요, 영감님, 외투를 입고 있는 저보다 셔츠 바람의 영감님이 더 따뜻한 것 같네요. 하지만 이제 안으로 들어가야 할 때예요.'라고 말하곤 했어요. 그러고서 들어가면 그는 자기 다람쥐를 데리고 놀기 시작했어요."

"그는 어떤 사람이었나?" 클린턴 경이 물었다. "모르는 사람에게는 뻣뻣하게 대하거나 그런 사람인가? 내가 이 주변을 어슬렁거리면 나를 쫓아 보내려고 땍땍거리고 나왔을 사람인가?"

"땍땍거린다고요, 청장님? 그런 말은 피터 영감님께 전혀 해당하지 않을 말이죠. 아니면 뻣뻣하다는 것도요. 영감님은 항상 미소를 띠고 모든 사람에게 상냥하게 말을 했습니다. 정말 점잖은 분이셨죠. 신사분들에겐 항상 예의를 갖추고 모든 사람에게 친절하게 대하셨어요."

"그럼 어쩌다 고약하게 굴기도 하는 사람은 아니겠군?"

"그럼요, 전혀요, 청장님."

아마데일 경위는 이제 초크 작업을 끝내고 옆에 서 있었는데, 당면한 일을 빨리 처리하고 싶어 조바심을 내는 기색이 역력했다. 그의 얼굴에는 클린턴 경이 시간 낭비를 하고 있다는 생각이 너무도 고스란히 드러나 있었다.

"다 끝냈나?" 청장이 물었다.

"그럼요." 아마데일은 해야 할 일이 훨씬 더 많다는 것을 강하게 암시하는 어조로 대답했다.

"그렇다면 사체를 뒤집어도 되겠군." 클린턴 경은 이렇게 말하고 앞으로 한 걸음 나서서 순경에게 손짓했다.

그들은 죽은 남자를 조심스럽게 등으로 눕혔다. 그러자 클린턴 경은 시신의 앞쪽을 손으로 훑은 후 일어섰다. 그는 아마데일에게 자신이 했던 대로 따라 하라는 동작을 했다.

"조끼와 바지가 약간 축축하군요." 조끼와 바지를 만져본 후 경위가 말했다. "이걸 말씀하신 건가요?"

클린턴 경은 고개를 끄덕여서 그 말을 확인해 줬다. 경위의 얼굴에 이해한다는 표정이 스쳐 지나갔다.

"그래서 어젯밤 이슬에 관해 물어보신 거군요?" 그가 물었다. "저는 뭘 찾으시는지 궁금했답니다, 청장님."

"뭐 그 비슷한 생각이 들었다네." 청장이 인정했다. "이제 얼굴을 보게, 경위. 코에 출혈은 없었나? 아니면 관심이 갈 만큼 눈에 띄는 다른 건?"

아마데일은 허리를 굽혀 죽은 남자의 얼굴을 자세히 살폈다.

"제 눈에 이상한 것은 아무것도 없습니다." 그가 보고했다. "물론, 얼굴이 약간 충혈되어 있긴 하지만요. 그건 뇌졸중 때문이겠죠."

"아니면 사망 후 중력에 의해 피가 가라앉았을 수도 있지." 클린턴 경이 지적했다. "코피를 발견할 거라고는 기대하지 않았네. 코에서 피가 났다면 뇌졸중은 피했을지도 모르니까."

아마데일은 의문스럽다는 눈으로 쳐다봤다.

"그냥 뇌졸중이라고 생각하시는 건가요, 청장님?"

"이곳은 법적 의미에서 '사건 장소'인 것 같은데, 경위. 그게 아니라면 난 래포드 박사가 부검을 해서 뇌의 울혈로 인한 사망으로 보고할 거라는 데 큰돈을 걸겠네. 내기해도 좋아."

경위는 클린턴 경의 말에 숨겨진 의미를 읽어낸 것 같았다. 그는 아무 말도 하지 않고 점잔을 빼며 고개를 끄덕였다.

"다음엔 뭘 할까요, 청장님?" 그가 물었다. "시신을 오두막 안으로 옮겨 거기서 조사할까요?"

클린턴 경은 고개를 저었다.

"아직은 아니야. 한 가지 확인하고 싶은 게 있는데, 보기 쉽지 않을 수도 있어. 불빛은 여기가 더 좋네. 발목부터 바지를 걷어 올려서 정강이 앞쪽에 자국이 있는지 잘 살펴보게, 경위. 승산이 좀 없기는 하지만 자네가 뭔가 찾을 거라는 생각이 드네."

아마데일은 그가 시키는 대로 했다.

"맞습니다, 청장님. 말씀하신 대로 양쪽 정강이 앞쪽에는 손목에 난 자국보다 훨씬 희미한 자국이 있습니다. 뭔가에 부딪혀서 생긴 자국이라기보다는 아주 희미한 멍에 가깝습니다. 피부가 벗겨지지는 않았어요. 이건 당연히 사후라서 나타나는 것이지 그렇지 않았다면 거의 보이지 않았을 겁니다."

클린턴 경은 아무 말도 하지 않고 고개를 끄덕였다. 그는 몸을 숙여 죽은 사람의 얼굴을 자세히 살폈다. 잠시 후 그는 웬도버에게 자기 곁으로 오라고 신호를 보냈다.
"특이한 냄새가 나지 않나, 친구?"
웬도버는 기민하게 한두 번 코를 킁킁거리더니 얼굴이 환해졌다. 그러나 곧이어 당황스러운 표정이 얼굴에 번졌다.
"이건 잘 아는 냄새야, 클린턴. 아주 잘 알지. 하지만 왠지 이름을 대지 못하겠는걸."
"다시 생각해 보게." 청장이 충고했다. "어린 시절로 돌아가면 아마 그 냄새가 기억날 거야."
웬도버는 몇 번이나 냄새를 맡았지만 여전히 당황스러운 표정이었다. 삽코트의 얼굴에 흥미로운 표정이 스쳐 지나갔다. 그는 앞으로 나와 몸을 굽히고 자기 차례에 냄새를 맡았다.
"전 이게 뭔지 압니다, 청장님. 아이들이 먹는 눈깔사탕이에요. 피터 영감은 자기를 보러 오는 아이들을 위해 항상 사탕 한 봉지를 두고 있었어요."
"바로 그거야." 웬도버가 약간 안도하며 소리쳤다. "그 향을 맡지 못한 지 하세월이 흘렀지만, 옛날에 익히 알던 향이야."
클린턴 경은 아까 하고 있던 생각으로 넘어간 것 같았다. 그는 순경을 향했다.
"피터 헤이는 뇌졸중 때문에 고생했다고 의사가 말했네. 다른 문제는 없었나? 소화 불량? 천식? 뭐 생각나는 것 있나?"
삽코트는 단호히 고개를 저었다.
"아뇨, 청장님." 그가 주저 없이 말했다. "피터 영감님은 그것 말고는 완벽하게 건강했습니다. 지난 10년간 다른 문제가 있었다는 얘기는 들어본 적이 없습니다."

청장은 그 정보가 만족스럽다는 듯 고개를 끄덕였지만 별다른 말은 하지 않았다.

“이제 시신을 자기 침대로 옮기는 게 좋을 것 같군.” 그가 시신을 힐끗 쳐다보며 말했다. “그 후에 주변을 둘러보고 주목할 만한 게 있는지 살펴보면 되네.”

그들은 피터 헤이의 유해를 오두막으로 옮겨서 잠을 잔 흔적이 없는 침대 위에 눕혔다.

“그를 검사하게, 경위.” 클린턴 경이 말했다.

경위가 일을 시작하자 청장은 옆에 있던 이들을 오두막의 두 번째 방으로 오게 했다. 경위가 검사하는 동안 흥미로운 소리가 나면 들을 수 있도록 침실 문은 열어 두었다.

웬도버가 볼 때 그 작은 방에는 별다른 관심거리는 없는 것 같았다. 부엌과 거실을 같이 쓰는 방임이 분명했다. 조리용 석유난로 하나와 벽난로, 개수대, 목제 찬장, 그리고 의자 두 개와 탁자 등이 눈에 띄는 물건들이었다. 위쪽을 살피던 그의 눈에 벽 한쪽에 있는 우리 안에서 길든 다람쥐 한 마리가 움직이는 것이 포착됐다.

“반려동물을 키운다고 들었는데요.” 그가 순경에게 말하자 순경은 다소 우울한 표정으로 다람쥐를 살펴보기 위해 건너갔다.

“그렇습니다.” 삽코트가 대답했다. “영감님은 야생 동물들을 아주 좋아했습니다. 몇 마리는 오두막 뒤의 우리에 있습니다.”

그는 잠시 생각에 잠기더니 이렇게 덧붙였다.

“이제 영감님이 저세상으로 갔으니 누군가 저 불쌍한 동물들을 돌봐야겠죠. 제가 데려가도 괜찮을까요? 먹이를 먹어야 하니까요."

클린턴 경을 향한 것이 분명한 그 질문에 그는 즉시 허락했다.

"동물들을 굶주리게 해서는 안 되지. 동물 우리들도 당연히 가져가야겠지?"

"네, 청장님. 저희 집 뒷마당에 두면 됩니다."

순경은 잠시 말을 멈췄다가 겸연쩍은 듯이 덧붙였다.

"피터 영감님은 제게 좋은 친구였고 저는 그분의 반려동물들이 동물을 잔인하게 다루거나 방치할지도 모르는 사람의 손에 넘어가는 건 보고 싶지 않습니다. 영감님은 반려동물들을 정말로 좋아했답니다."

웬도버의 시선이 서랍장 선반 위에 놓인 작은 흰색 종이봉투에 가서 멎었다. 그는 다가서서 그 꾸러미를 열고 잠시 냄새를 맡은 다음 클린턴 경에게 건넸다.

"그 향의 출처가 여기 있네, 클린턴. 순경이 말한 대로 눈깔사탕이 든 봉지야. 그는 죽기 직전에 이걸 몇 개 먹은 게 틀림없어."

청장은 구겨진 봉투를 쳐다봤다.

"지문을 채취하고 싶어도 **거기서** 지문이 나올 확률은 별로 없어. 그 봉투를 경위에게 넘기는 게 좋겠군. 분석을 의뢰하는 게 나을 테니까. 독극물일 가능성은 항상 있지. 아, 경위, 자네가 얼마 전에 그 얘기를 했군그래."

아마데일 경위가 침실에서 나오더니 무덤덤하게 보고했다.

"시신에는 우리가 이미 발견한 흔적 외에는 아무것도 보이지 않습니다. 어떤 종류의 상처도, 멍도 없습니다. 의심할 만한 게 하나도 없다는 거죠. 이 네 개의 자국이 아니라면 거의 별일 아닌 걸로 보입니다."

클린턴 경은 매우 의심스러운 가설을 확인했다는 듯이 고개를 끄덕였다. 그는 방을 가로질러 가서 익살스럽게 노는 다람쥐를 보느라 여념이 없는 것 같았다. 잠시 후 그는 순경을 향해 말했다.

"자네는 피터 헤이와 잘 알고 지냈으니 말인데, 순경, 그의 습관 같은 것을 좀 알고 싶네. 그는 온종일 혼자서 뭘 하고 지냈나?"

순경은 귀를 긁적거렸다. 마치 그렇게 하는 것으로 기억을 자극하기라도 하려는 듯이.

"솔직히 말씀드리자면, 청장님, 피터 영감님은 별다른 일을 하지는 않았습니다. 그분은 이곳의 관리인이었을 뿐이었어요. 날씨가 좋으면 아침에 폭스힐스에 올라가서 창문을 열어 환기를 시키곤 했죠. 그런 다음 모든 게 제대로 있는지 점검하기 위해 한 바퀴 둘러봤을 거고요. 차나 버터 같은 걸 사러 마을로 내려가야 할 수도 있었죠. 그러고 나면 집으로 돌아와서 저녁을 먹었습니다. 오후에는 낮잠을 좀 자고 — 점점 연세 들고 계셨으니까요 — 여기 정원에서 흙을 좀 파고 꽃을 돌보며 차를 마시곤 했어요. 가끔은 올라가서 폭스힐스를 다시 둘러보고 열려 있던 창문을 닫기도 했고요. 그러고는 다시 여기로 돌아와서 정원에 물을 주곤 했죠. 그리고 아마 우리 몇몇이 잠시 들르면 대화를 나누고요. 아니면 저나 마을의 다른 사람을 만나러 갈 때도 있겠죠. 또 가끔 책을 읽기도 했어요."

클린턴 경은 가구가 거의 없는 방을 휙 둘러보았다.

"책이 있었나? 하나도 안 보이는걸."

"영감님은 성경을 읽었습니다, 청장님. 다른 책을 읽는 건 본 적이 없어요."

"침실에 성경이 있습니다, 클린턴 경." 아마데일이 확인해 줬다.

"우여곡절 없는 삶이었나 보군." 청장이 존평했다. 나쁜 어투는 아니었다. "이제 그가 어떤 사람이었는지 좀 듣고 싶군. 예의 발랐다고 했지?"

"아주 예의 바른 분이죠." 삽코트가 주장했다. "어떤 방문객이 피터 영감은 천생 신사라고 말하는 걸 들은 기억이 납니다."

"요즘에도 그런 사람들이 여기저기 있기는 하지." 클린턴 경이 인정했다. "이제 구체적으로 한 번 보지, 순경. 내 머릿속에 그의 모습을 그려보고 싶은데 자네가 그를 잘 아는 것 같으니 도와주게. 어디 보자, 내가 어디선가 그를 만나서 한번 보러 가겠다고 하거나 그가 내게 여기로 오라고 했다고 가정해 보게. 무슨 일이 일어났을까? 내가 문을 두드리면 그가 나와서 나를 안으로 들이겠지. 어떤 의자를 내게 내밀까?"

"청장님이 가장 마음에 드는 의자죠. 근데 의자들은 거의 똑같아요. 조금이라도 차이가 있었다면 제일 좋은 걸 줬을 겁니다."

"그렇군. 이제 그가 더 잘 보이기 시작하네. 계속해 보지, 순경. 내가 그를 가늠할 수 있다면, 그는 편하고 자연스럽기도 한 사람이었을 것 같은데, 자네를 만났을 때처럼 셔츠만 입은 채 날 만났을까? 부산을 떨지 않고?"

"부산 떨지는 않았을 겁니다. 하지만 자기 집을 특별히 방문한 낯선 신사인 청장님을 위해 재킷을 입었을 것이고, 시간이 맞았다면 차 한 잔 권했을 겁니다."

"밤늦은 시간이었다면? 그에게 위스키가 좀 있었다면?"

"아뇨, 청장님. 피터 영감님은 술은 한 방울도 입에 대지 않았습니다."

클린턴 경은 모든 접시가 가지런히 쌓여 있는 목제 찬장을 힐끗 훑어봤다.

"그는 깔끔한 사람이었군?"

"정말 그랬습니다, 청장님. 모든 게 항상 정돈되어 있었습니다. 물건이 어지럽게 놓여 있는 걸 절대 견디지 못했죠. 가끔은 찻잔을 설거지하려는데 제가 말을 걸려고 해서 화를 내기도 했어요. 물론 청장님이었다면 나가실 때까지 기다렸을 거로 생각해요. 낯선 사람이 있는데 설거지를 하는 건 예의가 아니었을 테니까요."

"자네는 내게 큰 도움이 되고 있네, 순경." 클린턴 경이 격려하며 말했다. "자, 또 하나, 그는 돈을 좀 모았겠지. 아주 검소하게 살았던 것 같은데, 이렇다 할 만한 지출은 전혀 없었나?"

"맞습니다, 청장님. 남는 돈은 우체국 적금에 모두 넣었어요. 집에는 마을에서 물건을 사는 데 필요한 돈만 뒀고요."

"그럴 거로 예상했네. 자네는 정말 그의 모습을 잘 그려줬네, 순경. 자 이제, 그는 돈을 어디에 보관했나?"

"찬장 속 저 서랍 안에요." 순경은 자물쇠가 달린 큰 서랍 중 하나를 가리키며 말했다. "열쇠는 영감님이 가지고 다녔어요."

"열쇠를 찾을 수 있는지 한번 보게, 경위. 아마 그의 주머니에 있을 거야."

아마데일은 거의 즉시 열쇠를 가져왔고 클린턴 경은 서랍을 열었다. 그러자 순경은 깜짝 놀라 소리를 질렀다. 웬도버가 앞으로 몸을 기울였더니 서랍 안에는 돈만 조금 있는 것이 아니라 은제품 몇 개가 들어 있었다.

클린턴 경은 손짓으로 그들에게 경고했다.

“만지지 말게. 여기서 지문을 찾아야 할지도 몰라. 이 물건들은 문장이 있는 것 같군.” 그는 물건들을 면밀히 살펴본 후 계속 말했다.

“그건 폭스힐스 문장입니다, 청장님.” 순경이 서둘러 설명했다. “하지만 피터 영감님이 이걸로 뭘 하고 있었는지 도통 모르겠네요. 저기 있는 저건,” 그는 어떤 물건을 가리켰다. “폭스힐스의 응접실에 있던 겁니다. 영감님이 밤에 창문을 닫고 있을 때 제가 함께 집 안을 한 바퀴 돌다가 본 기억이 납니다. 값나가는 물건이죠? 은으로 만들었다는 것과는 또 별개로 뭔가 가치가 있다고 영감님이 말했는데, 아마도 가족 중 한 명에게서 들어서 아는 거로 저는 생각했어요.”

클린턴 경은 은 제품들을 그대로 두고 서랍 한구석에 놓여 있던 돈을 집어 들었다.

“1파운드 7센트, 그리고 4펜스 1/2페니군. 이 정도면 여기서 볼 수 있는 금액 같은가, 순경?”

“그 정도는 될 것 같은데요, 청장님. 주중 이 무렵인 걸로 보면 말이죠.”

클린턴 경은 느릿느릿 은행 저축 통장을 집어 들고 잔액을 살펴본 후 다시 내려놓았다. 특별한 의미는 없는 것 같았다.

“자네가 이 장신구들을 맡는 게 좋겠어, 경위. 지문이라고 할 만한 걸 알아낼 수 있는지 확인해 보게. 조심해서 다루게. 잠깐!

내가 좀 보고 싶네."

경위가 앞으로 나왔다.

"제게 분필은 없지만, 청장님, 주머니에 고무장갑은 있답니다." 그는 의기양양한 기색을 억누르며 말했다. "제가 그 물건들을 테이블 위에 올려드릴 테니 거기서 보시면 됩니다."

그는 장갑을 끼고 조심조심 그 물건들을 집어 맞은편 테이블로 옮겼다. 클린턴 경이 따라가서 몸을 숙여 매우 주의 깊게 그것들을 조사했다.

"뭐라도 보이는 건?" 이윽고 그는 경위에게 자리를 양보하며 다그치듯 물었다.

아마데일이 은빛 표면을 사방에서 살펴본 후 웬도버가 그의 뒤를 이었다. 몸을 일으켰을 때 그는 고개를 저었다. 클린턴 경은 경위를 힐끗 쳐다봤고 경위 역시 모르겠다는 몸짓을 했다.

"그럼 우리 모두 똑같은 걸 보고 있군." 이윽고 클린턴 경이 말했다. "개연성을 지나치게 강조하지 않아도 적어도 한 가지는 추정할 수 있겠어."

"그게 뭔가?" 경위를 막아서며 웬도버가 물었다.

"저기엔 볼 게 없다는 거지." 클린턴 경은 가볍게 대꾸했다. "난 자네 스스로 알아챘을 줄 알았는데, 친구."

경위는 웬도버의 뒤에서 그가 불편해하는 것을 즐기면서 자기가 질문할 시간이 없었던 상황에 감사했다. 청장은 삽코트에게로 몸을 돌렸다.

"피터 헤이는 폭스힐스의 열쇠들, 그러니까 어쨌든 필요한 열쇠들을 손 닿기 편한 데 보관하고 있었겠지?"

"항상 주머니에 넣고 다녔습니다. 제 기억으로는, 작은 고리가 달린 열쇠 꾸러미였습니다."

"그 열쇠들은 찾게 될 거야, 경위. 이제 저 위로 올라가서 눈여겨볼 만한 게 있는지 살펴보는 게 좋을 것 같군. 하지만, 당연히, 허락 없이 함부로 들어갈 수는 없지."

그는 다시 삽코트를 향해 말했다.

"순경, 이곳을 잠그는 대로 당장 출발해서 호텔에 묵고 있는 폭스힐스 사람들을 만나게. 그들에게 여기로 오라고 요청해. 그 집의 도난품과 관련해서 폭스힐스를 조사하고 싶다고 하게. 자네가 기억할 건, 상황을 설명하되 긴 이야기는 하지 않는다는 거네. 그리고 래포드 박사에게 아마도 검시를 해야 할 거라고 전갈해 주게. 다시 올 때는 수레를 가져와서 우리에 갇힌 동물들을 데려가는 게 좋겠네."

그는 삽코트에게 피터 헤이의 시신 처리에 관해 몇 가지 추가 지시를 내린 다음 경위를 향해 말했다.

"자네는 나중에 피터 헤이의 지문을 채취하는 게 좋을 것 같네. 그냥 대비하는 차원에서지. 내가 볼 때는 지문이 필요할 것 같지는 않아. 현재로서는 우리가 여기서 더 할 일은 없을 것 같네."

그는 오두막 밖으로 향했다. 순경은 문을 잠근 뒤 열쇠를 주머니에 넣고 집 뒤에서 자전거를 꺼내 서둘러 페달을 밟아 내려갔다.

클린턴 경은 동료들을 오두막 뒤쪽으로 이끌었다. 하지만 죽은 남자의 동물들을 조사한 결과 당면 문제에 관한 한 그 동물들 중 관심을 끌 만한 것은 하나도 없었다.

"여기서 자리에 좀 앉아 있지." 앞쪽 정원으로 되돌아오자 청장이 말했다. "우리는 호텔에서 그 사람들이 오는 걸 기다려야 할 거야. 뭔가 더 발견하기 전에 우리가 확보한 사실들을 정리해서 나쁠 건 없지."

"그럼 이건 별일 아닌 게 아니라 사건인 게 확실한가요?" 아마데일이 조심스럽게 물었다.

"난 래포드 박사가 자기 생각을 좀 더 파고들지 않은 것에 놀라고 있네." 클린턴 경은 무심하게 대답했다. "어쨌든, 지금 밝혀내야 할 문제는 폭스힐스의 은붙이들이야."

# 4

## 밤에 일어난 일

클린턴 경은 담뱃갑을 꺼내 동료들에게 차례로 건넸다.

"먼저 관계자가 아닌 사람의 견해부터 들어보지." 그가 말했다. "고전에 비춰 볼 때 자네는 이 모든 것을 어떻게 생각하나, 친구?"

웬도버는 비난하듯 고개를 내저었다.

"아마추어부터 시작하는 건 전혀 공평하지 않아, 클린턴. 고전적인 방식에 따르면 경찰이 먼저 시작하고, 경찰이 불명예스럽게 실패하면 아마추어가 나서서 문제를 만족스럽게 해결하지. 자네는 일의 섭리를 뒤집고 있는 거야. 하지만 난 이 사건에서 논란의 여지가 없다고 생각되는 점을 기꺼이 말해주겠네."

"우리가 원하는 게 바로 그거야, 친구." 클린턴 경이 고마워하며 말했다. "이 사건이 법정으로 넘어가면 논란의 여지가 없는 점이 우리에게는 한없이 필요할 거야. 말해보게."

"음, 우선, 그의 손목과 발목에 있는 이 자국들은 그가 어젯밤에 묶여 있었음을 보여준다고 생각하네. 손목의 자국은 정강이 자국보다 더 깊게 패어 있는데, 이건 다소 예상이 되는 일이야. 손목의 경우 묶인 자국이 맨살에 닿은 것이지만 발목은 바지와 양말의 천이 끼어 압력이 직접 가해지지 않았겠지."

아마데일 경위는 웬도버에 대한 평가가 조금 높아졌다는 듯이 고개를 끄덕였다.

"그게 맞는다면," 웬도버가 계속 말했다. "누군가 피터 헤이를 공격해서 묶어 둔 것 같다는 생각이 드네. 하지만 피터 헤이는 정상적인 사람이 아니었잖아. 의사가 말해준 바로는, 그는 고혈압을 앓고 있었고 가벼운 뇌졸중을 한두 번 겪었어. 다시 말해, 피터 헤이는 무리하면 뇌에 울혈이 생길 수 있는 사람이었던 거지. 심하게 몸싸움하면 그는 발작을 일으킬 수도 있고, 그러면 가해자는 그를 죽일 의도가 없어도 시신을 보게 됐을 거야."

아마데일은 이 일련의 추론에 동의하는 듯 다시 한번 고개를 끄덕였다.

"만약 범인이 시신을 묶어 놓은 채 그대로 뒀다면 쇼는 물 건너갔을 거야." 웬도버가 얘기를 더 진전시켰다. "그래서 그는 결박을 풀고 시신을 밖으로 옮긴 다음 심장마비로 사망한 것처럼 보이도록 해놓았던 거지."

그는 잠깐 말을 멈췄다. 그러자 클린턴 경이 질문을 던졌다.

"그게 전부인가, 친구? 예를 들어, 서랍에 있는 은붙이는 뭐지?"

웬도버는 모호하다는 시늉을 했다.

"그 은붙이와 이 사건의 연관성을 난 전혀 모르겠네. 물론 범인이 은을 노렸다가 일이 벌어지자 너무 겁이 나서 기다려 보지도 않고 그냥 빠져나갔을 수도 있지. 내가 만약 어떤 곳에 단순히 금품을 털러 갔는데 살인 혐의를 받을 수 있는 상황이 발생했다면 계속 금품을 털고 있을 거로는 생각하지 않네. 발각되지 않을 게 확실한 상황에서 자리를 떴겠지."

"그럼 더는 없는 건가? 그렇다면, 경위, 이제 자네가 우리의 공동 자원에 기여할 차례네."

아마데일은 증거에만 엄격히 한정한 채 어떤 이론도 제시하지 않으려 했었다. 그러나 아마추어의 결론을 개선할 기회라는 것은 너무나 큰 유혹이었다. 클린턴 경이 예상했던 대로였다.

"그가 묶여 있었다는 것은 의심의 여지가 없습니다." 경위가 말문을 열었다. "그 자국들이 모두 그걸 가리키고 있지요. 하지만 웬도버 씨가 그것들을 두고 설명하지 못한 게 하나 있습니다. 다리에 난 자국은 앞쪽에만 있었다는 거죠. 다리 뒤쪽에는 자국이 없었습니다."

그는 잠시 말을 멈추고 부드러운 승리의 눈빛으로 웬도버를 봤다.

"그래서 자네의 추론은?" 클린턴 경이 물었다.

"제 생각에 그는 뭔가에 묶여 있었는데, 다리 뒤쪽이 거기 닿은 채로 끈이 다리와 그 물건을 빙 둘렀던 것 같습니다. 그런 식이면 다리 뒤쪽에는 끈 자국이 전혀 나지 않겠죠."

"그럼 그가 묶여 있었던 게 뭐였죠?" 웬도버가 물었다.

"오두막 안의 의자 중 하나죠." 경위가 말을 이어갔다. "만약 그가 의자에 앉혀서 양쪽 다리가 의자 다리 하나씩에 각각 묶인 채로 있었다면 우리가 그 피부에서 본 것과 똑같은 게 생겼을 겁니다."

클린턴 경은 고개를 끄덕이며 동의했다.

"또 다른 건?" 그가 물었다.

"아직 다가 아닙니다." 아마데일이 계속해서 말했다. "제가 설명한 대로 그가 묶여 있었다고 가정해 보죠. 만약 단독범의 소행이었다면 뭔가 몸싸움의 흔적이 있었을 겁니다. 손목 상처라든가 그런 종류의 것들 말입니다. 피터 헤이는 꽤 근육형 인간으로, 기회가 생기면 뭔가 보여줄 만큼 강한 사람이었던 것 같습니다. 즉, 자기 피부에 흔적이 여럿 남을 정도로 누가 공격한다면 충분히 그를 힘들게 했을 거라는 말이죠."

"그럼 한 사람 이상이라는 건가?" 클린턴 경이 시사했다.

"적어도 두 사람입니다. 한 사람이 그와 대화를 나누는 동안 다른 사람이 그를 기습했다고 가정해 보죠. 한 사람이 그를 덮치고 다른 한 사람이 가세해서 그가 상처를 입을 정도로 싸움을 하기도 전에 그를 묶어버렸을 겁니다."

"그럴 것 같군요." 웬도버가 인정했다.

클린턴 경이 악의 없는 질문을 던졌다.

"만약 단독범의 사건이고 큰 몸싸움이 벌어졌다면 피터 헤이는 싸우는 동안 공격받았을 것이고 그 과정에서 그가 죽었다면 묶을 필요가 없었겠지? 그렇지 않나, 친구?"

웬도버는 그 점을 곰곰이 생각한 후 그럴 것 같다고 마지못해 동의했다.

"계속하게, 경위." 클린턴 경은 부수적인 문제는 더 거론하지 않고서 지시했다.

"그들이 그를 묶고서 무엇을 했는지는 잘 알 수가 없네요." 경위가 자인했다. "제가 보기에 그들은 오두막을 뒤지면서 별 대단한 걸 한 것 같지는 않습니다. 그들이 노렸던 것이 무엇이든

간에 서랍에 있던 현금은 아니었습니다. 두세 점의 은붙이도 아니었고요. 그들이 원하던 게 그것들이었다면 쉽게 가져갈 수 있는데도 고스란히 그냥 뒀으니까 말입니다. 그 부분을 지금으로서는 전혀 모르겠습니다."

웬도버는 경위가 자기 이야기에 허점이 있음을 인정하는 것을 보고는 조금 흐뭇해졌다.

"어떤 일이 일어났든 간에, 피터 헤이는 의자에서 사망한 것 같습니다." 아마데일은 계속 말했다. "그야말로 흥분된 순간이었겠죠. 어쨌든 그들 앞에 죽은 사람이 있었으니까요. 그래서 웬도버 씨가 지적했듯이 그들은 자신들의 흔적을 감추기 위해 최선을 다했습니다. 그들은 그를 풀어 밖으로 데리고 나가서 그가 의식을 잃고 쓰러져서 거기서 죽은 것처럼 눕혔습니다. 하지만 그들은 한 가지를 잊었습니다. 그들이 보여주고 싶었던 대로 그가 갑자기 쓰러졌다면 그의 얼굴은 길의 돌에 부딪혀 조금 으깨어졌을 것입니다. 그들은 마치 그가 앞으로 곧장 쓰러진 것처럼 손을 머리 위로 올린 상태를 연출했습니다. 그런 자세로 넘어지면서 얼굴을 보호할 수는 없죠. 사람이 넘어지면 보통은 손을 얼굴과 가슴 사이, 즉 몸 밑에 짚게 됩니다. 하지만 그의 손은 머리 위에 있었죠. 게다가 얼굴에는 멍 하나 없었고요. 그건 자연스럽지 않습니다."

"상당히 명쾌하군, 경위."

"그다음으로, 또 다른 점이 있습니다. 청장님은 시신의 아래쪽인 그의 옷 앞이 축축한 것에 주의를 기울이라고 하셨는데요. 이슬이 거기까지 들어갔을 리가 없습니다."

"정확히 그렇네." 클린턴 경이 동의했다. "그것으로 그들이 시신을 내려놓은 시간이 추정되는 거라고 자네는 생각하는 게로군그래?"

"그건 시신이 이슬 위에 놓였다는 것을 보여주고, 그러므로 그들이 그를 데리고 나간 시간은 이슬이 내린 후였습니다. 그리고 다른 쪽으로는, 그의 침대에 잠을 잔 흔적이 없었다는 사실이 있습니다. 따라서 사건 발생 시각은 이슬이 내린 시간과 피터 헤이가 보통 잠자리에 들던 시간 사이로 제한됩니다."

"그가 그날 밤 특별히 늦게까지 자지 않고 있었던 게 아니라면 말이죠." 웬도버가 끼어들었다.

아마데일은 이 제안에 대해 다소 퉁명스럽게 고개를 끄덕였다. 그리고 말을 이어갔다.

"두 가지 점이 더 있습니다. 방금 떠오른 생각들인데요. 우선 그 은붙이 말입니다."

"그래." 클린턴 경은 경위가 자신 없어 하는 것 같았기 때문에 그를 격려했다.

"강도를 배제해도 될지 저는 잘 모르겠습니다, 청장님. 이건 어쩌면 하나의 범죄가 다른 범죄로 이어진 경우인지도 모릅니다. 피터 헤이가 관리인의 지위를 이용해 폭스힐스에 남아 있던 은을 빼돌려서 편리한 때 처분하려고 여기 보관해 뒀다고 가정해 봅시다. 어젯밤에 그를 죽인 자들은 그 은을 대부분 훔쳤는데 현금 서랍에 들어 있던 자잘한 것들은 못 봤을 수도 있습니다. 우리가 알 수 있는 모든 것에도 불구하고, 그들은 한탕 했을지도 모른다는 거죠."

"그리고 또 다른 건, 경위?"

"다음은 피부에 난 자국들입니다. 그것들은 밧줄에 의해 생긴 게 아닙니다. 뭐, 천 조각이나 손수건, 수술용 붕대 등 다른 것들로도 사람을 묶을 수 있죠. 수술용 붕대의 가장자리는 아주 팽팽하게 당기거나 사람이 의자에 묶인 후 몸부림치면 살갗에 날카로운 선을 남길 수 있습니다. 무슨 말인지 이해하시겠습니까?"

웬도버가 끼어들었다.

"밧줄은 원통형이고 볼록한 곡선이 살을 파고들기 때문에 주로 가운데에 자국이 남지만, 납작한 붕대는 천 가장자리를 따라 부풀어 오르는 살을 제외하고는 전체적으로 고른 압력을 준다는 말인가요?"

"바로 그 말입니다." 경위가 맞는다고 했다.

클린턴 경은 경위의 지적을 즉각적으로 비판하지는 않았다. 대신 그는 행동 방침을 고민하는 듯했다. 이윽고 그는 마음을 정했다.

"우리는 원래의 합의에서 약간 벗어났네, 경위. 하지만 자네가 자기 패를 보였으니 나도 똑같이 하겠네. 그래야 공평하겠지. 하지만 자네는 이번 일을 선례로 삼아서는 안 되네, 명심하게. 나는 일을 진행할 때 기존에 만들어진 공허한 이론을 자세히 설명하는 것에는 관심이 없네. 구식으로 우리 각자가 자기 관점에서 증거를 수집하면서 그걸 심사숙고하는 편이 훨씬 낫지. 우리의 견해를 한데 모은다는 건 세 가지 다른 관점이 갖는 이점을 잃는 것에 불과해. 자네와 웬도버 씨는 이 사건의 기본 요소에 대해 약간 다른 결론을 내렸어. 그래서, 만약 자네가 자기 생각을 말로 표현하지 않았다면 그는 한 명의 범인을 찾아 나섰을 반면 자네는 두 명 이상의 범인을 좇았을 테지. 따라서 우리는 두 가지 가능성을 모두 다루게 됐을 거야. 이제 내 생각엔, 자네가 경위의 견해를 받아들였을 것 같은데, 어떤가, 친구?"

"내 추론보다는 그게 사실에 더 부합하는 것 같네." 웬도버가 인정했다.

"봐, 이렇다니까!" 클린턴 경이 말했다. "이렇게 해서 우리는 단독범의 가능성이 아직 분명히 있는데도 자네가 그 귀중한 의견을 포기하게 해버린 거지. 이래서 내가 생각을 모으는 걸 좋아하지 않는 거야. 하지만 경위, 자네 의견만 듣고 내 의견을 말하지 않는 건 공평하지 않을 테니 내 생각을 말하겠네. 그러나 이건 전례 없는 일이라는 걸 명심하게."

아마데일은 마지못해 동의한다는 시늉을 했다.

"지금까지 내가 정리한 사태는 이렇네." 클린턴 경이 말을 이어갔다. "우선, 이 사건에 연루된 남자들 중 적어도 한 명은 상류계급 사람이네. 그리고 그는, 어쨌든, 피터 헤이를 느닷없이 찾아온 건 아니었어. 그는 손님으로 찾아온 거였고, 그래서 피터는 그가 올 것을 알고 있었네."

"어째서 그렇게 생각하는 건가?" 웬도버가 채근하듯 물었다.

"아주 간단하지. 시신이 재킷을 입고 있지 않았나? 의사가 자국을 보기 위해 소매를 걷어 올려야 했다고 했을 때 알았지. 그리고 물론, 시신을 봤더니 외투가 있었고. 피터 헤이 계급의 남자들은 우리만큼 재킷을 많이 입지 않네. 그들은 일과가 끝나면 저녁에 셔츠와 넥타이 등을 벗고 편안하게 앉는 걸 좋아하지. 문제는 피터 헤이가 다른 유형이냐는 거였어. 그래서 내가 순경과 얘기를 했던 거네, 경위. 자네가 내게 계속해서 못마땅한 눈길을 보내는 걸 봤지만 나는 그 대화를 통해 피터 헤이가 방문객, 그것도 자기보다 계급이 높은 방문객을 기다리지 않았다면 결코 재킷을 입지 않았을 것이라는 명백한 사실을 긁어모았지. 이제 알겠나?"

"거기에 뭔가가 있을지도 모르겠군요." 경위는 주저하며 동의했다.

클린턴 경은 특별히 고양된 기색 없이 조사한 내용을 계속 말했다.

"다음으로 눈에 띈 점은 — 내가 자네에게 주의 깊게 보라고 한 것처럼 — 그 자국의 성격이었네. 날카로운 끝부분 말이야. 내 생각에 그를 묶을 때 어떤 천 조각이 사용되었다는 것에는 의심의 여지가 없어. 하지만 누구라도 천 조각을 그 순간에 바로 찾을 수는 없단 말이지. 손수건이라면 그 목적에 부합했을 거야. 그러나 여기서는 양쪽 다리가 의자에 묶여 있고 손목도 묶여 있었네. 공격에 가담한 사람이 세 명이 아니라면, 사람들은 대부분 손수건은 한 장이면 족하기 때문에 그 순간 모을 수 있는 손수건이 두 장밖에 없었을 거야. 찢어낸 침대 시트가 답이 될 수도 있지만, 그들이 나중에 피터 헤이를 묶으려고 시트를 찢는 동안 그가 느긋하게 서 있었다고는 생각할 수가 없어. 게다가 내가 봤을 때 그의 침구는 멀쩡했어. 그리고 그는 시트는 사용하지도 않아."

"무슨 말인지 알겠네, 클린턴." 웬도버가 끼어들었다. "자네는 이게 계획된 사건이라고 말하고 싶은 거군그래. 그들은 사용할 도구를 주머니 속에 가져온 것이지 순간적으로 제일 먼저 눈에 띈 걸로 노인을 묶은 게 아니라는 거지?"

"상황이 그런 것 같지 않나?" 클린턴 경은 말을 이어갔다. "그렇다면 일이 어떻게 이루어졌냐는 물음이 나오지. 나는 이게 한 사람 이상의 짓이라는 자네 의견에 동의하네, 경위. 그들은 피터 헤이가 저항할 틈도 없이 거의 순식간에 그를 제압했던 게 분명해. 그런데 그걸 성공적으로 하려면 두 사람이, 그것도 상당히 힘센 남자들이 필요했을 거야. 또한 두 사람이 있었다면, 한 명이 피터 헤이와 이야기를 나누는 동안 다른 한 명은 아마도 다람쥐를 본다며 어슬렁거리다가 피터 헤이가 알지 못하게 뒤에서 그를 붙잡을 수 있는 자세를 취했겠지."

청장이 이 점에서 자기에게 동의한다는 걸 알게 되자 아마데일의 얼굴에는 확연한 만족감이 감돌았다.

"그러면 이제 그들이 그를 제압했다고 가정해 보겠네. 이게 단순 강도 사건이었다면 제일 쉬운 방법은 그의 손발을 묶은 다음 그들이 집을 뒤지는 동안 그를 바닥에 놔두는 거였겠지. 그러나 그들은 그를 의자에 묶었어. 그렇게 하기는 쉽지 않아. 그들에게는 뭔가 이유가 있었던 게 분명해. 그렇지 않았다면 이렇게 과도하게 애쓰지는 않았을 거야."

"손과 발을 묶어 놓아도 이리저리 구르면서 성가시게 할 수도 있죠." 경위가 의견을 개진했다. "의자에 묶으면 빠르게 제압됩니다."

"맞는 말이네." 클린턴 경이 인정했다. "그러나 내가 말한 것처럼, 사건이 우연히 발생했다면 자네는 그렇게 과도한 노력을 기울이겠나, 경위? 아니라고? 나도 안 그럴 걸세. 더 나은 해결책이 있을 것 같단 말이지. 자네는 아픈 친구를 병문안한 적이 있나?"

"네." 아마데일이 말했다. 그 질문에 당황한 기색이 역력했다.

"그렇다면, 친구가 침대에 누워 있지 않고 앉아 있으면 대화하기가 더 쉽다는 걸 알았겠지?"

"거기 뭔가가 있군요." 경위가 인정했다. "저는 거기 대해서는 전혀 신경 쓰지 않았는데, 지금 그 말씀을 하시니까 청장님 말씀이 맞는다고 생각합니다. 침대에 누워 있지 않을 때 대화를 하면 더 많은 걸 알게 되죠. 누워서 대화하는 건 익숙하지 않을 것 같습니다."

"그게 아니면 앉아 있을 때 사람의 얼굴 표정을 잘 알아볼 수도 있을 테고." 클린턴 경이 대안을 제시했다.

웬도버는 청장의 발언이 무슨 뜻인지 아는 듯했다.

"그러니까 클린턴, 그들이 그와 대화하고 싶어서, 그리고 대화하는 동안 그의 얼굴을 분명히 보고 싶어서 그런 식으로 묶어 두었다고 생각하는 건가?"

"그런 종류의 뭔가로 상황이 설명될 수도 있다는 거야. 그걸 새삼 강조하지는 않겠네. 이제 다음 항목인 눈깔사탕 냄새 차례야."

"하지만 그건 확실히 설명돼. 서랍장에서 내가 사탕 봉지를 직접 발견했잖아." 웬도버가 항변했다. "피터 헤이가 먹고 있던 것들이었어. 그건 아무것도 아니야, 클린턴."

클린턴 경은 살짝 조소하는 듯한 미소를 지었다.

"너무 빠르군, 친구. 자네가 눈깔사탕 한 봉지를 발견한 건 인정하네. 하지만 피터 헤이가 그걸 사서 거기 놓았다고 누가 말해줬지?"

"당연히 그가 그랬겠지." 웬도버가 항변했다. "그가 아이들에게 주려고 사탕 봉지 하나를 집에 뒀다고 순경이 말했지 않나."

"그렇지. 그리고 거기 두 번째 봉지는 없었지. 내 그건 인정하겠네. 하지만 잠시 눈깔사탕 한 가지만 한번 보자고. 그 사탕에서 진한 향이 풍기는 건 부인할 수 없는 사실이야. 자네는 그런 냄새가 나는 다른 어떤 게 생각나지 않나?"

아마데일 경위의 얼굴이 환해졌다.

"베인 상처에 붙이는 그거, 뉴스킨요. 맞죠? 그게 눈깔사탕 냄새가 나요."

그의 얼굴에서 알겠다는 표정이 사라져가더니 그가 덧붙여 말했다.

"하지만 뉴스킨이 이 사건과 어떤 관계가 있는지 모르겠습니다."

"나도 마찬가지네, 경위." 클린턴 경이 담백하게 대꾸했다. "뉴스킨은 사건과 아무 관련이 없다고 생각해야겠지."

"그럼 뭐가 문제죠?" 아마데일이 따지고 들었다.

"자네가 귀를 계속 열어뒀다면, 그건 아주 간단한 거야. 내가 순경을 독려해서 피터 헤이에 관해 떠들게 했을 때 나는 한 가지를 알아보려던 거였어. 그가 천식을 앓지 않는다는 사실을 알게 됐고."

"아직 뭔지 모르겠습니다." 경위가 당황한 표정으로 자인했다.

웬도버는 아마데일이 모르는 내용을 알고 있었다.

"이제야 자네가 뭘 좇고 있는지 알겠군, 클린턴. 천식 환자들이 증상이 심할 때 흡입하는 그 아질산 아밀을 생각하고 있는 거지? 피터 헤이가 그걸 약으로 사용한 적이 있는지 알고 싶었던 거였어? 물론, 지금 생각해보니, 그것도 눈깔사탕 냄새가 나는군그래."

"바로 그거야, 친구. 천식 치료제 아질산 아밀, 뉴스킨을 사용할 때 그 용제가 증발하면서 남는 콜로디온, 그리고 눈깔사탕에서 나는 향 — 이것들은 모두 아밀 알코올이라는 물질에서 나오는 건데 거의 똑같은 냄새가 나. 뉴스킨은 빼게. 이 사건에는 맞지 않는 것 같으니까. 그러면 시신에서 났던 냄새는 눈깔사탕이나 **아질산 아밀**이었을 가능성이 남게 되지."

아마데일 경위는 힘겨운 기색이 역력했다.

"제가 보기에는 더 진전된 게 없는 것 같은데요, 청장님. 어쨌든, 눈깔사탕이 있는 거니까요. 더 나아간다고 무슨 소용이 있겠습니까? 청장님이 생각하시는 게 독극물이라면, 이 아질산 아밀이 독성이 있는데 그걸 눈깔사탕 속에 사용했다고 생각하시는 건가요? 그래서 사탕 냄새로 그 냄새를 가리려고 했다고요?"

"이건 그보다는 좀 더 미묘한 문제라네, 경위. 이제 나는 이게 다 순수한 가설에 불과하다는 것을 솔직히 인정하겠네. 말하자면, 나는 모든 가능성을 다 다뤘다는 걸 확실히 하기 위해 그 가설을 시도하는 것뿐이야. 하지만, 도움이 된다면 말이지, 자 이런 거라네. 자네를 위해 간단히 설명해 주지. 아질산 아밀을 흡입하면 뇌로 혈액이 급격하게 몰리게 되네."

"그리고 어쨌든 피터 헤이는 고혈압을 앓고 있었지." 웬도버가 끼어들었다. "그러니까 머리에 피가 더 많이 몰리면 그걸로 죽게 될까? 이게 자네가 말하고자 하는 건가?"

"글쎄, 항상 가능성인 거지. 안 그런가?" 클린턴 경이 되물었다. "경미한 양으로도, 그러니까 냄새를 조금만 맡아도 자네는 오후 내내 심한 두통에 시달리게 될 거야. 끔찍한 물질이지."

아마데일 경위는 잠시 생각에 잠겼다.

"그럼 그들이 그에게 볼일을 다 보고 나서 이 물질을 투여해서 뇌졸중을 일으켰다고 생각하십니까, 청장님?"

"아주 쉽게 할 수 있는 일이지." 클린턴 경이 조심스럽게 말했다. "뇌졸중에 걸리기 쉬운 사람이라면 탈지면에 티스푼 정도만 묻혀 코 밑에 대기만 해도 효과가 있을 거야. 하지만 그들은 오두막에서 그렇게 하지는 않았어. 그들은 그를 의자째 여기로 데리고 나와서 야외에서 그에게 투약했을 거야. 그렇지 않았다면 방에서 냄새가 심하게 났겠지. 아마도 그래서 그를 밤새도록 밖에 남겨 뒀다는 유추가 가능해. 그 물질이 최대한 증발하도록 하기 위해서 말이야. 검시가 끝나면 확실히 알게 되겠지. 어쨌거나, 그 생각이 맞는다면 그의 폐에는 아질산염이 꽤 많이 남아 있어야 해."

그는 잠시 말을 멈췄다가 다시 이어갔다.

"지금 나는 그게 정확하다고 말하는 게 아니네. 아직 확실히는 모르는 일이야. 하지만 그렇다고 가정하고, 그걸로 우리가 더 나아갈 수 있는지 한번 보지. 그들은 아질산 아밀을 미리 구했고 사용할 목적으로 여기 가져온 게 틀림없어. 자 그런데, 보통 사람은 아질산 아밀로는 죽지 않네. 따라서 그들은 피터 헤이의 건강 상태를 알고 있었던 게 틀림없어. 그리고 그들은 그가 집에 항상 단것을 둔다는 것도 알고 있었을 거야. 내 느낌으로는 그들이 눈깔사탕 봉지를 가져와서 사탕이 없던 피터의 봉지와 바꿔치기한 것 같아. 경위, 자네는 피터가 최근에 마을에서 단것을 산 내역을 조사해 보는 게 좋겠네. 그가 마지막으로 뭘 샀는지 알아내게."

클린턴 경은 담배꽁초를 울타리 너머로 던지고 담뱃갑을 꺼냈다.

"이런 일들이 뭘 가리키는지 알겠나?" 그가 새 담배에 불을 붙이면서 물었다.

"자네가 그런 식으로 말하면 쉽게 알 수 있지." 웬도버가 대답했다. "자네 말은, 그들이 그 정도로 피터의 건강과 습관에 대해 알고 있었다면 낯선 이들이 아니라 현지인들임이 틀림없다는 뜻이지."

"우리가 가정한 게 맞는다면, 그럴 거로 생각하네." 클린턴 경이 확실히 말했다. "하지만 기억하게. 지금까지는 추측일 뿐이라는 것 말이야. 확인하려면 검시를 해야겠지. 그럼 이제, 세 가지 추가 사항만 남아 있네. 사망 시각, 얼굴이나 다른 곳에 상처가 없는 점, 서랍에 있던 은붙이, 이렇게 말이야. 처음 두 가지에 관해서는 아질산 아밀 개념이 아주 잘 맞네. 살인범들은, 살인이었다면 말이야, 그를 아주 조심스럽게 눕히면서 사체 아래에 손을 배치하는 것을 잊어서 첫 번째 실수를 저질렀어. 그들은 자신들이 선택한 자세가 마치 피터 헤이가 벼락이라도 맞고 쓰러진 것 같은 암시를 줄 거로 생각했다고 나는 추정하네. 살인이라고 추정할 때 그 시각에 대해 우리가 실제로 아는 건 이슬이 내린 후라는 게 전부야. 우리가 파악할 수 있는 걸로 볼 때, 그들은 그 노인을 죽이기 전에 몇 시간 동안 대화를 나눴을 수도 있어. 아니면 그를 묶자마자 거의 곧바로 아질산 아밀을 투여했을 수도 있고. 그건 모르는 일이고, 어쨌건 그다지 중요하지 않아."

그는 담뱃재를 떨어냈다.

"이제 배심원들이 알고 싶어 할 진짜 문제에 도달했네. 범행 동기 말이야. 그들은 뭘 노렸을까?"

그는 의견을 구한다는 듯 두 동료를 힐끗 쳐다봤다.

"저는 동기일 수 있는 걸 제시했습니다, 청장님." 경위가 그를 상기시켰다.

"그렇지. 하지만 배심원단의 관점에서 자네의 말이 설득력 있으려면 두 가지를 입증해야 할 거야. 피터 헤이가 폭스힐스에서 물건을 훔쳤다는 걸 증명해야 하고, 살인범들이 그 대부분을 훔쳐 달아났다는 걸 입증해야 해. 그건 그 자체로 거의 하나의 사건이지. 자네가 내게 묻는다면, 경위, 난 그 은붙이는 흔한 어떤 걸 나타낸다고 보네. 즉, 살인범이 일을 너무 그럴듯하게 보이려고 시도하는 그런 것 말이야."

아마데일의 얼굴에는 믿지 못하겠다는 표정이 떠올랐다.

"그 실수를 모르겠나?" 클린턴 경이 계속 말했다. "피터 헤이는 어떤 사람이었나? 내가 순경에게 질문을 퍼붓는 걸 듣지 않았나? 그래서 내가 뭘 알게 됐지? 피터 헤이는 성경 외에는 사실상 아무것도 읽지 않는 단순한 노인이었다는 거네. 자, 그 물건들 어느 하나에도 지문 하나 없었다는 사실을 기억해 보게. 게다가 은은 대부분의 다른 표면들보다 지문이 더 선명하게 찍힌단 말이지. 이 장식품들을 다룬 사람은 지문의 위험성을 잘 알고 있었어. 그가 누구든 그는 장갑을 끼고 있었어. 피터 헤이에 관한 순경의 보고를 듣고 나서 그가 그런 종류의 예방 조치를 생각할 만한 사람이라고 나를 설득하기는 어려울 거야."

경위는 의문스럽다는 표정이었다.

"아마도 그런 사람은 아니겠죠, 청장님. 하지만 결코 알 수 없는 일입니다."

"글쎄, 피터 헤이는 절대 그 물건들을 다룬 적이 없다는 게 내 추측이네. 그건 살인범들이 거기 둔 거야. 그리고 그들은 만진 흔적을 남기지 않으려고 세심하게 주의했어. 그런 물건들이 있다는 건 뭔가 다른 걸 암시하지 않나?"

"자네 말은," 웬도버가 말했다. "그들이 폭스힐스를 직접 털고, 피터 헤이의 서랍에 이 물건들을 넣어 둬서 그가 한 짓이라는 냄새를 풍기고서는 큰 덩어리는 자기들이 가지고 달아났다는 뜻인가, 클린턴?"

클린턴 경은 이 말을 진심으로 지지하지는 않는 듯했다.

"가능한 일이네, 친구. 하지만 아직은 그걸 깊이 생각할 필요는 없어. 우리가 폭스힐스에 들어가 보면 이것들을 제외하고 없어진 물건이 있는지 알게 될 테니까."

그는 손목시계를 힐끗 봤다.

"시간이 다 되어가네. 순경이 시간을 허비하지 않았다면 이 사람들이 곧 도착할지도 모르겠군. 이 논의는 끝내도록 하지. 강도를 동기에서 지운다고 가정하면, 그러면 —"

그는 갑자기 말을 중단했다. 자동차 한 대가 도로로 달려와서 오두막으로 이어지는 잔디밭 입구에 멈추었던 것이다. 폴 포딩브리지가 운전을 하고 그의 누이가 옆에 앉아 있었다. 클린턴 경은 차가 멈춰 선 잔디밭으로 걸어갔고 두 동료가 그의 뒤를 따랐다.

# 5

## 일기장

"순경이 어느 정도 설명을 했겠죠, 포딩브리지 씨?" 클린턴 경이 차 옆으로 와서 물었다.

미스 포딩브리지는 오빠가 대답하도록 기다리지 않았다.

"정말 무서운 일이에요, 클린턴 경." 그녀는 감정을 가누지 못했다. "그게 사실이라는 게 믿기지 않아요. 세상에 적이라곤 없던 피터 헤이를 누가 죽이고 싶을 수 있는지 도저히 이해할 수가 없어요. 당최 상상이 안 돼요. 무엇 때문에 그런 짓을 했을까요? 추측할 수가 없군요. 다음 심령 모임에서 어떤 거라도 이 일을 비춰줄 수 있을지 시도해 봐야겠어요. 하지만 아마도 청장님이 이미 다 알아내셨겠죠."

클린턴 경은 고개를 저었다.

"알아낸 것이 거의 없습니다. 유감스럽군요."

미스 포딩브리지는 못마땅한 표정으로 그를 바라봤다.

"그럼 그를 죽인 사람을 체포하지 않을 거란 말인가요?"

"결국에는 하겠죠. 그러길 바랍니다." 클린턴 경이 참을성 있게 대답했다. 그리고 폴 포딩브리지를 향해 말했다. "이것들은 피터 헤이가 보관하고 있던 폭스힐스의 열쇠입니다. 제게 수색영장은 없지만, 우리는 그 집에 들어가 봐야 합니다. 우리가 집을 조사하도록 허락해 주신다면요. 그곳을 보여주실 수 있을까요? 당신이 잘 아시는 곳이니만큼 거기에 뭔가 잘못된 것이 있다면 우리에게 큰 도움을 주실 수 있을 겁니다."

'수색 영장'이라는 말에 폴 포딩브리지는 귀를 곤두세우는 것 같았다. 그리고 눈에 띄게 멈칫했다가 청장의 질문에 대답했다.

"물론이죠, 원하신다면요." 그가 부드럽게 대답했다. "제가 도와드릴 수 있다면 더없이 기쁠 겁니다. 하지만 폭스힐스에 뭔가 잘못된 게 있다고 생각하시는 이유가 있습니까? 순경은 우리에게 피터 헤이가 자기 오두막에서 발견되었다고 했는데요."

클린턴 경이 손짓하자 경위는 청장의 차로 가서 고무장갑을 끼고 피터 헤이의 서랍에서 꺼낸 은 장식품 중 하나를 가져왔다.

"이거 알아보시겠습니까?" 클린턴 경이 물었다.

"네, 그럼요." 미스 포딩브리지가 주저 없이 대답했다. "폭스힐스를 폐쇄할 때 남겨둔 물건 중 하나예요. 크게 가치 있는 게 아니어서 다른 물건들과 함께 은행 금고에 넣지는 않았답니다."

"피터 헤이는 누군가에게 이게 귀한 거라고 했습니다." 경위가 끼어들었다.

"아, 어떤 면에서는 그랬죠." 미스 포딩브리지가 대답했다. "그건 옛 친구가 제게 준 선물이었습니다. 그러니까 감성적 가치가 있는 물건이었죠. 하지만 보시다시피 그 자체로는 가치가 거의 없습니다."

피터 헤이는 들은 말을 뭔가 오해한 것이 분명했다. 새로운 정보에 기분이 좀 나빠진 아마데일은 그것들을 청장의 차로 도로 가져갔다.

"저것과 다른 것들은 당분간 우리가 보관해야 할 겁니다." 클린턴 경이 사과하듯 말했다. "피터 헤이의 오두막에서 발견되었으니까요. 그 물건들이 폭스힐스에서 치워진 이유를 두 분은 아실 것 같은데요?"

"제가 알 수 있는 이유는 전혀 없어요." 미스 포딩브리지가 곧바로 대답했다. "피터 헤이는 그것들과 아무 관계가 없고 그 집에서 그걸 가져갈 권리가 없습니다. 전혀 없죠."

"아마도 그는 그것들을 가치 있는 걸로 착각하고 오두막에 두는 게 더 안전하다고 생각한 거겠죠." 웬도버가 의견을 피력했다.

"그는 내 물건에 손을 댈 권리가 없어요." 미스 포딩브리지는 단호하게 말했다.

"그 집으로 올라가 보죠?" 폴 포딩브리지가 무색무취한 목소리로 제안했다. "당신은 당신 차로 가실 거죠? 좋습니다. 그럼 제가 먼저 가겠습니다."

그는 시동을 걸고 차를 위로 몰고 갔다. 클린턴 경과 그의 일행은 자기들의 차에 올라타서 뒤따라갔다.

"자네들은 그에게서 알아낸 게 많지 않군그래." 웬도버가 두 사람에게 말했다.

클린턴 경은 미소 지었다.

"나는 그가 자진해서 정보를 제공할 거라고는 별로 생각하지 않았네." 그가 지적했다.

그들이 폭스힐스에 도착했을 때 폴 포딩브리지는 저택의 정문을 열고 있었다. 그는 손짓으로 그들을 들어오라고 했다.

"한번 전체적으로 둘러보고 싶으신 거겠죠?" 그가 물었다. "원하시는 대로 하십시오. 제가 같이 다니면서 뭐든 물어보시면 대답할 수 있는 건 말씀드리겠습니다."

미스 포딩브리지가 그들에게 합류했고 그들은 이 방 저 방 돌아다녔다. 클린턴 경과 경위는 창문 걸쇠를 자세히 살펴봤지만 아무런 성과도 없었다. 마지막에 미스 포딩브리지가 뭔가 이상한 점을 발견했다.

"조그마한 은 장식품 몇 개를 놓아뒀는데요. 그것들이 전혀 보이지 않네요."

아마데일 경위는 수첩에 간단히 써넣었다.

"그 목록을 주실 수 있을까요?" 그가 물었다.

미스 포딩브리지는 당황한 듯했다.

"아뇨, 그건 못 하겠는데요. 우리가 남겨 두고 간 사소한 것들을 제가 어떻게 다 기억할 수 있겠어요? 몇 가지는 기억할 수 있어요. 꽃꽂이용 은 수반이 있었는데 아주 얇아서 별 가치가 없었던 걸로 알아요. 그리고 속이 빈 작은 조각상 몇 개와 다른 것들이 있었어요. 아무런 가치도 없는 것들이었죠."

"여기는 어떤 방이죠?" 그들이 새로운 문 앞에서 잠시 멈춰 서자 클린턴 경이 그녀의 장광설을 끊으며 물었다.

"응접실이에요."

그녀는 다른 사람들보다 먼저 들어가서 방을 쓱 둘러봤다.

"저건 뭐죠?" 그녀는 창문 근처에 세워진 마대를 보고는 마치 그들 일행이 책임져야 할 물건이라도 된다는 듯 다그쳐 물었다.

아마데일이 재빨리 방을 가로질러 가서 마대의 입구를 열고 안을 들여다봤다.

"그 사라진 도난품 같은데요." 그가 말했다. "안에 은 수반 같은 것과 조각상 머리가 하나 보이는군요. 직접 들여다보시죠, 미스 포딩브리지."

그는 그녀가 마대 안의 내용물을 살펴볼 수 있도록 옆으로 물러섰다.

"맞아요, 이것들이 그중 일부예요." 그녀는 바로 확인해 줬다.

클린턴 경과 웬도버는 발견한 물건들을 차례로 살펴봤다. 청장은 마대와 그 내용물의 무게를 가늠해 봤다.

"그다지 많지는 않군." 그가 마대를 다시 바닥에 내려놓으며 말했다. "순은을 온스당 8실링으로 계산하고 합금까지 감안하면 20파운드도 채 안 될 거야."

"도둑들이 동요하는 바람에 훔친 물건들을 두고 떠난 것 같은데요." 폴 포딩브리지가 의견을 제시했다.

클린턴 경은 창문 잠금장치를 조사할 생각인 것 같았다. 그러나 아마데일 경위는 폴 포딩브리지의 가설에 무뚝뚝하게 동의했다.

"그런 것 같군요."

청장은 새로운 방으로 향했다.

"이 방은 뭐죠?" 그가 물었다.

미스 포딩브리지는 갑자기 수색에 더 예민한 관심을 보이는 듯했다.

"여기는 제 조카 방이에요. 도둑들이 아무것도 흩트려 놓지 않았기를 정말 바라요. 여기를 예전 모습 그대로 유지하려고 얼마나 신경을 썼는지 몰라요. 그런데 그 애가 돌아온 바로 그 순간에 이 방이 엉망이 된다면 너무나 안타까울 거예요."

누이가 조카 이야기를 하는 동안 폴 포딩브리지의 얼굴에 나타난 짜증 섞인 표정이 클린턴 경의 눈에 포착되었다.

"그럼 그 조카는 먼 곳에 있었던 건가요?" 그가 물었다.

미스 포딩브리지는 곧 그 문제를 얘기하기 시작했고 그녀의 실종된 조카 문제는 몇 분도 되지 않아 그들 앞에 전모를 드러냈다. 그녀의 이야기가 진행되는 동안 클린턴 경은 오빠의 얼굴에 짜증스러운 표정이 깊어지는 것을 볼 수 있었다.

"그러니까 이해하시겠지만, 클린턴 경, 저는 조카의 방에 있던 모든 것을 예전 그대로 보관해 뒀어요. 그 애가 돌아왔을 때 아무것도 낯설게 느끼지 않도록 말이에요. 그 애는 마치 주말에 우리를 떠나 있었던 것 같은 느낌일 거예요."

웬도버는 그녀의 태도에서 애잔한 어떤 느낌을 포착했다. 그녀의 태도에서 늘 보이던 모난 면과 안절부절못하던 모습이 한순간 사라진 것 같았다.

'불쌍한 영혼이로군!' 그는 생각했다. '충족되지 못한 모성의 또 다른 사례겠지. 그녀는 이 조카를 정말 사랑했던 것 같군.'

폴 포딩브리지는 가족의 사적인 일을 가지고 너무 많은 시간을 보냈다고 생각하는 것 같았다.

"더 보고 싶으신 게 있을까요?" 그는 무심한 어조로 클린턴 경에게 물었다.

청장은 미스 포딩브리지의 이야기가 흥미로운 듯했다.

"잠시만요." 그는 폴 포딩브리지에게 반쯤 사과하듯 말했다. "한두 가지만 확실히 하고 싶습니다."

그는 방을 가로질러 가서 창문 걸쇠들을 조심스럽게 살폈다.

"자, 미스 포딩브리지," 다른 잠금장치들과 마찬가지로 그 잠금장치들에 이상이 없다는 것을 안 후 그가 돌아서면서 말했다. "이 방은 당신이 직접 관리하셨다고 하신 만큼 정확하게 기억하고 계실 텐데요. 없어진 게 있는지 보이나요?"

미스 포딩브리지는 여기저기를 훑어보며 머릿속에 저장된 여러 물건을 확인했다.

"네," 그녀가 갑자기 말했다. "책상에서 작은 은 잉크통이 없어졌어요."

"마대에 잉크통이 있는 걸 봤습니다." 아마데일이 확인했다.

클린턴 경은 고개를 끄덕였다.

"다른 건요, 미스 포딩브리지?"

한동안 그녀의 눈은 없어진 것을 찾지 못한 채 방 안을 두리번거렸다. 그러더니 놀라움과 실망이 뒤섞인 소리를 질렀다. 그녀의 손가락은 여러 권의 책이 깔끔하게 정리된 책장을 가리켰다.

"뭐지," 그녀가 말했다. "분명 뭔가 없어진 게 있어요! 제가 기억하는 것만큼 꽉 차 있지 않아요."

그녀는 서둘러 방을 가로질러 가서 무릎을 꿇고 선반들을 면밀히 훑었다. 다시 입을 열었을 때 그녀는 분명 가슴이 미어지는 모양이었다.

"네, 없어졌어요! 아, 이런 일이 생기게 하느니 뭐든지 다 줬을 텐데요! 뭔지 알아, 오빠? 데릭의 일기장이야. 전권이 다 없어졌어. 데릭이 여기 있을 때 그걸 얼마나 세심하게 간직했는지 알잖아. 그런데 이제 잃어버렸어. 데릭은 며칠 후에 여기로 돌아올 거고, 그러면 분명 그걸 보고 싶을 텐데."

그녀는 여전히 책장 앞에 무릎을 꿇은 채로 청장을 향해 몸을 돌렸다.

"클린턴 경, 그건 꼭 제게 돌려주셔야 **해요**. 그들이 다른 건 뭘 가져갔대도 전 상관없어요."

청장은 어떤 약속도 하지 않았다. 그는 폴 포딩브리지를 힐끗 쳐다봤고 그의 표정에서 읽힌 것에 의아해했다. 누이에 대한 측은지심과 클린턴 경으로서는 이해할 수 없는 다른 어떤 감정이 뒤섞여 있는 것 같았다. 격렬한 짜증을 애써 억누르는 것도 한몫하는 것 같았다. 그러나 약간의 낭패감을 넘어서는 뭔가도 엿보였다.

"그건 좀 중요한 문서입니다." 폴 포딩브리지가 잠깐 말을 멈췄다가 다시 말했다. "클린턴 경, 이 일을 해결해 주실 수 있으면 제 누이는 당신에게 큰 빚을 지게 될 겁니다. 누이의 생각이 아니었다면 그것들은 여기 남아 있지 않았을 겁니다. 제이, 네가 내 충고를 들었더라면 얼마나 좋았겠어." 그는 여동생을 보며 짜증스럽게 말했다. "내가 그것들을 직접 보관하고 싶어 했다는 걸 너도 잘 알잖아. 하지만 네가 너무 법석을 떠는 바람에 네 마음대로 하게 내버려 뒀던 거야. 그런데 이제 그 망할 것들은 사라지고 말았어!"

미스 포딩브리지는 아무런 대답도 하지 않았다. 팽팽히 긴장된 상황을 풀기 위해 클린턴 경이 재치 있게 끼어들었다.

"저희가 최선을 다하겠습니다, 미스 포딩브리지. 아시겠지만, 그 이상은 약속드리지 못합니다. 자 이제, 여기서 또 없어진 게 있습니까?"

미스 포딩브리지는 겨우겨우 기운을 되찾았다. 일기장을 잃어버린 것은 조카의 서재에 그녀가 갖고 있던 감정에 심각한 타격을 준 것이 분명했다. 그녀는 방 안을 훑어보면서 의심이 들 때면 여기저기 눈길을 멈췄다. 마침내 그녀가 조사를 끝마쳤다.

"하나도 빼놓지 않고 다 본 것 같아요." 그녀가 말했다. "그리고 없어진 건 하나도 없다고 생각해요. 어떤 게 없어졌다면 제가 놓치지 않았을 거예요."

클린턴 경은 생각에 잠긴 듯 고개를 끄덕이며 집의 나머지 부분을 조사하러 움직였다. 다른 어떤 중요한 것도 발견되지 않았다. 모든 창문의 잠금장치는 온전해 보였고 도둑이 침입할 수 있었던 통로로 볼 만한 지점도 전혀 없었다. 응접실에 있던 마대의 내용물을 검사했지만 놀라운 결과는 없었다. 마대에는 단지 은이라는 이유만으로 주워 담은 장식품들이 가득했다. 폴 포딩브리지나 그의 누이 둘 다 진가가 있는 것 중 도난당했을지도 모를 물건을 생각해 내지는 못했다.

"기껏해야 '20파운드' 정도야. 그리고 그들은 심지어 그것들을 가져가지도 않았어." 클린턴 경은 고무장갑을 낀 경위가 마대에 담긴 물품을 차에 옮길 준비를 하는 것을 보면서 무심하게 말했다.

"이걸로 저희가 해드릴 수 있는 일은 다한 걸까요?" 폴 포딩브리지는 경위가 작업을 마치자 다소 절제된 태도로 물었다.

클린턴 경은 고개를 끄덕이는 것으로 답했다. 그는 생각이 다른 데 가 있다가 폴 포딩브리지의 목소리에 의해 현재로 소환된 듯한 분위기를 풍겼다.

"그렇다면 우리는 가도 되겠군, 제이. 클린턴 경은 물건들이 현재 상태 그대로 있는 쪽을 선호할 테니 허락을 받기 전까지는 아무것도 옮기지 말고 여기로 다시 와서도 안 돼. 열쇠를 갖고 계시겠습니까?" 그가 청장을 향해 돌아서며 덧붙여 물었다.

"아마데일 경위가 갖고 있는 편이 낫겠습니다." 클린턴 경이 대답했다.

폴 포딩브리지는 열쇠 다발을 건네며 작별을 고하는 희미한 몸짓을 하고는 누이를 따라 차에 올랐다. 클린턴 경은 창문 쪽으로 건너가서 아무 말도 하지 않고 그들이 길 아래로 출발하는 모습을 지켜봤다. 그들이 길모퉁이를 돌아 사라지자 그는 다시 두 동료를 향해 돌아섰다. 웬도버는 그가 피터 헤이의 오두막에 있을 때보다 더 심각해 보인다는 것을 알 수 있었다.

"난 버스 운전사의 휴가를 호주 출장으로 연장할 생각은 없다고 즉시 말하고 싶네, 경위."

아마데일은 생각의 이런 흐름을 따라가지 못한 것 같았다.

"호주라뇨, 청장님? 전 호주 얘기는 꺼낸 적도 없는데요."

클린턴 경은 다시 기분이 좋아지는 듯했다.

"맞네. 지금 생각해 보니 그렇군. 텔레파시에 대한 이 모든 얘기가 얼마나 허무맹랑한지 알 수 있지. 나는 자네 생각을 제대로 읽었다고 확신했는데, 인제 보니 자네는 생각이라는 걸 전혀 하고 있지 않았던 거야. 음, 머릿속이 하얗게 된 건가, 뭔가? 쯧쯧! 이건 결론을 성급히 내리지 말라는 경고라네, 경위."

"아무튼 저는 호주로 성급히 가지는 않을 것 같은데요, 청장님."

"흠! 운이 좋으면 그러지 않아도 우리가 잘 풀어나갈지 모르지. 하지만 오리너구리를 생각해 보게, 경위. 녀석을 고향에서 보고 싶지 않나?"

경위는 이를 악물고 성질을 부리지 않으려고 애썼다. 그는 웬도버가 있는 것이 성가시다는 듯이 그에게 눈길을 휙 보냈다.

"아무튼 멋진 문제가 될 거야." 클린턴 경이 좀 더 사려 깊은 어조로 계속 말했다. "자 이제, 증거는 어떤가? 증거가 우리 마음속에 생생할 때 한데 모으는 게 좋겠어. 민간인이 먼저 하지. 자네는 그 모든 것에서 뭘 봤나, 친구?"

웬도버는 간결하게 말하기로 마음먹었다.

"집에 침입한 흔적은 없어. 응접실에 마치 가져갈 준비가 된 것처럼 자질구레한 은붙이들이 든 마대가 놓여 있었지. 조카의 서재에서 일기장이 다 없어졌고. 실종된 조카가 나타났다는 이상한 이야기가 있어. 지금 내가 생각할 수 있는 건 그게 다네."

"노련한 관찰이야, 친구." 클린턴 경이 다정하게 말했다. "중요한 사항을 대부분 빠뜨린 것만 빼면 말이지."

그는 아마데일을 향해 고갯짓했다.

"자네가 본 건, 경위? 공권력의 명예가 달려 있다는 걸 명심하게."

"포딩브리지 씨는 피터 헤이의 죽음에 크게 상심한 것 같지 않았습니다, 청장님."

"거기엔 뭔가 있지. 그가 천성적으로 내성적인 사람이거나, 아니면 마음속에 뭔가 더 중요한 생각이 있는 거겠지. 우리가 본 걸로 판단할 수 있다면 말이지. 또 다른 건?"

"포딩브리지 씨와 미스 포딩브리지는 이 조카에 대해 서로 생각이 다른 것 같습니다."

"그건 두말할 필요가 없네, 인정하지. 또 다른 건?"

"그 은을 넣은 사람이 누구든 그는 열쇠로 들어온 게 틀림없어요."

"그건 웬도버의 점수로 기록될 것 같군, 경위. 그 집에 어떤 식으로든 침입이 없었다는 사실에서 바로 이어지는 거니까."

"여기 있는 은과 피터 헤이의 집에 있는 은이 두 사건을 연결해 줍니다."

"아마도 맞을 거야. 그다음은?"

"더 이상의 증거는 없습니다, 청장님."

클린턴 경은 잠시 뭔가를 생각했다.

"자네한테 내 하나 알려주지. 일기장이 없어졌다는 사실을 발견했을 때 난 포딩브리지 씨의 표정을 지켜보고 있었네. 그는 그 사실이 드러나자 좀 유난히 기분 나빠했어. 자네는 그때 그를 쳐다보고 있지 않았으니까 내가 말해주는 거네."

"감사합니다." 아마데일이 대답했다. 목소리에는 약간의 흥미가 담겨 있었다.

"그 잃어버린 일기장은 유용한 무기가 될 거야." 클린턴 경이 계속 말했다. "그 일기장으로 진술을 확인할 수 있지. 혹은 사기를 치는 자칭 상속인이라면 그걸 통해 허위 진술을 만들어 낼 수 있고."

"그건 자명하지." 웬도버가 참견했다.

"그렇네." 클린턴 경은 담백하게 인정했다. "그래서 자네는 그걸 직접 언급하지 않았나 보군, 친구. 계속하지. 나로서는 한 가지 점이 흥미롭네. 만약 미스 포딩브리지가 오늘 여기 오지 않았다고 가정하면, 자네는 우리가 일기장이 사라진 걸 발견했을 거로 생각하나?"

"아니, 포딩브리지 씨가 분실 사실을 알아채지 못한 한 몰랐겠지."

"당연하네. 이제 내가 평이한 힌트를 하나 주지. 포딩브리지 씨가 그렇게 기분이 나쁜 이유가 뭘까? 그게 나로서는 생산적으로 추측해 볼 대목인 것 같네. 자네들이 생각해 볼 의향이 있다면 말이야."

웬도버는 잠시 생각에 잠겼다.

"그 일기장이 자칭 상속인에게는 매우 유용할 것이기 때문에 그게 없어져서 포딩브리지는 화가 났을지도 모른다는 뜻이군. 아니면 없어진 사실이 발견됐기 때문에 포딩브리지가 화가 났다는 뜻이든지. 자네가 찾아내려는 게 그건가?"

대답을 하는 클린턴 경의 몸짓은 성급함을 탓하는 것 같았다.

"난 특별히 뭘 찾아내려는 게 아니네, 친구." 그는 웬도버에게 공언했다. "난 아직 이 사건을 어떻게 봐야 할지 모르는 것뿐이야. 그저 자네들이 살펴볼 만한 문제를 추천하는 거지. 셰익스피어에 관한 말이 있잖아. 문제를 새롭게 살펴볼 때마다 새로운 전망이 눈앞에 열린다고. 그건 그렇고, 집중적인 사고를 오래 할 때 하이포아인산염이 기운을 북돋아 준다고 하더군. 집에 가는 길에 약국에 들러서 살 생각이야. 이 사건에는 눈에 보이는 것보다 더 많은 게 있어."

경위는 마대를 집어 들었다. 그러다 문득 생각이 난 듯 그걸 바닥에 다시 내려놓고 수첩을 꺼냈다.

"제가 바로 수행했으면 하시는 게 있으면 명령해 주시겠습니까, 청장님?" 그가 물었다. "마을에서 필요한 정보 같은 거라도요?"

클린턴 경은 놀리듯이 놀란 시늉을 하며 그를 보고는 '가난한 칼갈이[5]'를 패러디해서 대답했다. "명령이라니! 신의 축복이 있기를! 저는 드릴 명령이 없습니다, 선생님. 이건 자네 사건이지 내 사건이 아니라네, 경위."

아마데일은 상관이 말을 해주도록 우회적으로 다시 질문하는 데 성공했다.

"그럼, 청장님, 청장님이 제 입장이라면, 뭘 알아내는 게 유용하다고 생각하십니까?"

"매우 많은 게 있지, 경위. 누가 피터 헤이를 죽였는가, 이게 하나이고, 누가 일기장을 훔쳤는가, 이게 다음이지. 내가 점심을 언제 먹을 수 있는가, 이게 세 번째고, 그리고 기타 등등이 있어. 생각해 보면 더 많은 것들이 있고. 하지만 내가 자네 입장이라면 시신을 발견한 어린 콜비를 조사하는 것부터 시작하겠네. 그다음엔 과자 가게를 조사해서 최근에 누가 거기서 눈깔사탕을 샀는지 알아내겠어. 또 은붙이에는 지문이 없다는 걸 확인하고, 가능한 한 빨리 검시를 진행하겠네. 아질산 아밀은 휘발성이라 시신을 너무 오래 두면 사라질 수 있으니까 말이야. 그리고 오랜 기간 실종되었던 조카가 이 근처에 있는지 조심스럽게 수소문할

[5] 영국 토리당 국회의원, 외무장관, 수상을 지낸 조지 캐닝(1770-1827)이 쓴 <안티 자코뱅>에 나오는 '칼갈이- 인류의 친구' 부분을 패러디한 것이다.

것 같네. 또한, 당연히도, 어제 피터 헤이의 마지막 행적에 대해서도 목격자를 통해 최대한 알아내려고 노력할 걸세."

아마데일 경위는 청장의 조언을 속기로 받아 적었다. 그리고 클린턴 경의 말이 끝나자 수첩을 덮어서 다시 주머니에 넣었다.

"난 피터 헤이 사건이 이해가 안 돼." 웬도버가 차를 향해 가며 신중하게 말했다.

"아마도 피터 헤이는 너무 많은 걸 알고 있어서 안전하지 못했던 것 같네." 클린턴 경이 폭스힐스의 문을 닫으며 대답했다.

웬도버의 머리에 신선한 생각이 하나 떠올랐다.

"이 실종된 조카는 호주 출신이야, 클린턴. 난 내일 아침에 호텔에 묵고 있는 그 호주 남자와 골프를 치기로 했어. 혹시 그가 그 실종된 상속인이 아닐까?"

"미스 포딩브리지에게서 들은 이야기로 보면, 난 그렇게 생각하지 않아. 이 자칭 상속인은 아주 심하게 얼굴이 망가졌는데 카길은 꽤 잘생긴 친구잖아. 또한 그녀는 호텔에서 카길과 분명히 마주쳤을 거야. 그는 최소한 일주일은 이곳에 묵고 있었어. 그런데, 기억하는지 모르겠지만, 상속권을 주장하는 그 남자는 어젯밤에야 그녀 앞에 나타났네."

# 6

## 해변의 비극

침대 옆에 있던 전화벨이 울리는 바람에 갑자기 잠이 깬 클린턴 경은 린든 샌즈 호텔이 객실 전화 시스템으로 대표되는 최신식 시설을 갖추려 노력하는 것이 유감천만이었다. 그는 몸을 기울여 수화기를 들었다.

“클린턴 드리필드 경입니다.”

“아마데일입니다, 청장님.” 대답이 돌아왔다. “좀 뵐 수 있을까요? 중요한 일이라 전화로는 말씀드리기 어렵습니다, 청장님.”

클린턴 경의 얼굴에는 자연스러운 짜증이 묻어났다.

“잠자리에 있는 사람에게 전화를 걸기엔 부적절한 시간인걸, 경위. 이제 겨우 동틀 무렵이네. 하지만 자네가 여기 있다니 올라오는 게 낫겠어. 내 방은 89호네.”

그는 수화기를 내려놓고 침대에서 나와서 가운을 입었다. 방을 가로질러 가서 기계적으로 머리를 빗기 시작하면서 창밖을 보자 전날 밤 내리던 비가 그치고 하늘이 푸르렀다. 해는 아직 뜨지 않았고 서쪽 지평선에는 창백한 보름달이 낮게 떠 있었다. 해변에서는 밀물 밀려드는 소리가 들렸다. 그리고 반쯤 희미한 빛 사이로 파도의 하얀 포말이 어슴푸레 보였다.

“자, 경위, 무슨 일인가?” 클린턴 경이 짜증스럽게 물었다. “흔히 하는 말로, 짧게, 사무적으로 하고 가면 좋겠어. 난 다시 자고 싶다네."

"또 다른 살인이 일어났습니다."

클린턴 경은 애써 놀라움을 감추려 하지 않았다.

"또 다른 살인이라! 이 정도 규모의 장소에서? 놈들은 살인을 취미로 삼은 게 틀림없군그래."

경위는 상관이 잠잘 생각을 포기하고 옷을 입기 시작한 것을 만족스럽게 지켜봤다.

"일어난 일은 이렇습니다, 청장님." 아마데일이 말을 이어갔다. "자정이 막 지난 시간에 한 남자가 삽코트 — 삽코트, 기억하시겠죠 — 의 집에 나타나서 삽코트가 내려올 때까지 문을 쾅쾅 두드렸습니다. 그는 횡설수설 말을 하기 시작했지만, 삽코트는 아주 현명하게도 옷을 입고 그 친구를 제게 데려왔어요. 저는 근처에 있는 집에 방을 하나 얻어서 이 피터 헤이 사건이 해결될 때까지 묵고 있거든요."

클린턴 경은 이야기를 잘 듣고 있다는 걸 보여주려고 고개를 끄덕였지만, 신속하게 옷을 갈아입었다.

"저는 그 남자를 조사했습니다." 아마데일이 계속 말했다. "그의 이름은 제임스 빌링포드입니다. 그는 여기 온 관광객입니다. 이곳과 린든 샌즈 마을 사이에 있는 플랫의 낡은 별장을 임대하고 있습니다. 그는 가끔 불면증에 시달리는 것 같았는데, 어젯밤에는 산책이 도움이 될까 싶어서 좀 늦은 시간에 밖으로 나갔답니다. 그는 주변을 눈여겨보지 않고 이 방향으로 해변을 따라 걸었습니다. 그러다가 해변 저 멀리서 총소리를 들었던 겁니다."

"한 발, 아니면 여러 발?" 클린턴 경이 넥타이를 매던 거울 앞에서 고개를 돌리며 물었다.

"그는 그 점에 관해 약간 자신이 없었습니다." 아마데일이 설명했다. "제가 다그쳐 물었더니 두 발이 들린 것 같다고 최종적으로 말하더군요. 하지만 확신은 못 했습니다. 어떤 소리가 들렸을 때 그는 아무것에도 눈길을 주지 않고 어슬렁어슬렁 걷고 있었던 것 같았습니다. 몇 초 지나지 않아 그는 그 소리가 무엇인지 알아차렸고, 그때쯤엔 자기가 실제로 들은 소리가 무엇인지 상당히 혼란스러워진 거죠. 그는 그다지 똑똑해 보이지는 않았어요." 경위는 무시하는 어투로 덧붙여 말했다.

"그럼, 해변에서 그 서부 활극이 벌어지고 난 후에는 무슨 일이 있었나?" 클린턴 경은 신발을 찾으면서 물었다.

"아마도," 아마데일이 계속했다. "그는 물이 들어오는 지점까지 해변을 달렸던 것 같습니다. 해변에는 아무것도 보이지 않았지만, '포세이돈의 좌'라고 불리는 큰 바위에 다다랐을 때 그 위에 죽은 남자가 누워 있는 것이 보였다는 게 그의 이야기입니다."

"그 남자가 죽었다는 건 확실한가?"

"빌링포드는 매우 확실하다고 했습니다. 그는 전쟁 때 왕립육군 의무대에 있었기 때문에 죽은 사람을 보면 바로 알아본다고 합니다."

"그래서, 다음은?"

"저는 그에게 별로 많은 걸 묻지 않았고, 삽코트에게 제가 돌아갈 때까지 그를 맡고 있으라고 했습니다. 그런 다음, 마을에서 어부 두 명을 찾아서 그들과 함께 '포세이돈의 좌'로 갔습니다.

저는 그들에게 길을 지키도록 했죠. 그러니까, 그 바위에서 몇백 미터쯤 되는 지점까지 들어갔을 때 저는 그들을 남겨 두고는 물의 제일 가장자리까지 내려간 겁니다. 물이 여전히 빠지고 있었기 때문에 빌링포드가 있던 자국 아래까지 간 거죠. 그리고 거기를 계속 따라갔습니다. 달빛이 밝았기 때문에 다른 사람의 발자국을 밟지 않을 수 있었고, 그런 종류의 것은 뭐든 다 피하려고 주의를 기울였습니다."

클린턴 경은 알겠다는 듯 고개를 끄덕였지만, 입을 열어서 그의 말을 중단시키지는 않았다.

"시신은 그대로 거기 있었습니다." 아마데일은 계속 말했다. "그는 심장에 총을 맞았습니다. 제 생각엔, 아마도 소구경 총알에 맞았을 겁니다. 어쨌든 완전히 죽어 있었죠. 그를 위해 할 수 있는 일이 없었기 때문에 저는 그를 그대로 두었습니다. 제가 주로 생각한 것은 모래 위에 있을지도 모르는 발자국들이 하나도 뭉개져서는 안 된다는 것이었습니다."

클린턴 경은 아무 말 없이 다시 한번 경위의 방식을 승인하는 모습을 보였다. 아마데일은 이야기를 계속했다.

"그때만 해도 너무 어둡고 날씨도 약간 흐려서 사물을 확인하기가 어려웠습니다. 그래서 가장 좋은 방법은 제가 데리고 간 사람들을 도로 순찰에 투입해서 모래사장에 사람이 아무도 접근하지 못하도록 하는 것일 듯했습니다. 아침 그 시간대에 누가 있을 것 같지는 않았지만 말이죠. 날이 좀 더 밝아질 때까지 청장님을 깨울 일은 아니라고 생각했습니다. 하지만, 일할 수 있을 것 같아지자마자 여기로 올라온 겁니다. 이해하시겠지만, 밀물이 들어오고 있습니다. 밀물이 들어오면 모든 흔적을 쓸어버릴 것입니다. 청장님이 보고 싶으셔도 지금이 아니면 절대 못 보시는 상황인 거죠. 그래서 더는 지체할 수 없었던 겁니다. 우리는 새벽과 만조 사이의 시간을 최대한 활용해야 합니다."

아마데일은 잠시 말을 멈추고는 불안한 표정으로 클린턴 경을 쳐다봤다.

"알겠네, 경위." 청장은 그의 무언의 질문에 대답했다. "지금은 바보같이 굴 여유가 없어. 이건 시간을 다투는 사건이야. 같이 가세!"

경위가 방에서 나가도록 옆으로 물러서 있던 클린턴 경에게 새로운 생각이 떠올랐다.

"가서 웬도버 씨 방문을 두드리게, 경위. 옆 방인 90호야. 그에게 옷을 입고 우리 뒤를 따라오라고 하게. 내가 차를 가져오겠네. 그러면 거기까지 가는 데 1, 2분 정도는 절약할 수 있을 거야."

아마데일은 그의 말에 복종하기 전에 잠시 주저했다.

"모르겠나, 경위? 한두 시간이 지나면 이 모든 흔적은 다 지워질 걸세. 우리가 뭘 발견하든 증인이 한 명 있다고 해서 더 나쁠 건 없어. 그리고 자네의 어부 친구들은 뭐가 중요하고 뭐가 중요하지 않은지 절대 이해하지 못할 거야. 웬도버 씨는 우리가 필요할 때 유용한 증인이 될 거야. 서두르게, 당장!"

경위는 요점을 알아듣고 순순히 웬도버를 깨우러 갔고, 클린턴 경은 호텔 주차장으로 향했다.

몇 분 후 경위가 그에게 왔다.

"웬도버 씨를 깨웠습니다, 청장님. 저는 상황을 전부 설명하지는 않았지만, 그가 서둘러 옷을 입을 수 있을 만큼은 충분히 말해줬습니다. 그는 5분 안에 따라오겠다고 했습니다."

"좋아! 타게."

아마데일이 차에 올라타서 문을 쾅 닫자 클린턴 경은 클러치를 밟았다.

"밀물이 빠르게 밀려들고 있어." 그가 걱정스럽게 말했다. "저 위 블로홀에서 벌써 분출이 시작되고 있어."

아마데일은 청장의 시선이 가는 방향을 따라갔다. 그랬더니 호텔 옆 곶의 꼭대기에서 하얀 물보라가 공중으로 솟구치는 것이 보였다.

"저게 뭐죠?" 그 위협적인 분수가 숨이 막힌 듯 식식거리다가 떨어지자 그가 물었다.

"프랑스 해안에서는 '수플뢰르(고래의 물 뿜는 구멍)'라고 부르는 거라네." 클린턴 경이 대답했다. "조수 간만의 차로 인해 동굴이 압축 공기로 가득 차면 육지를 향해 난 통풍구를 통해 물이 터져 나오는 거지. 그런 식으로 간헐적 분출이 생기는 거야."

호텔에서 약 1.5km쯤 떨어진 곳에서 경위는 클린턴 경에게 차를 세우라는 몸짓을 했다. 육지 쪽 모래 언덕 아래의 해변 가까운 지점이었다. 차가 멈추자 운동복을 입은 한 남자가 서둘러 그들에게 다가왔다.

"아무도 오지 않았겠죠?" 새롭게 합류한 이가 그들에게 오자 경위가 다그쳐 물었다. 그러고는 클린턴 경을 향해 덧붙였다. "이 사람은 저를 위해 이곳을 지키고 있던 사람 중 한 명입니다."

클린턴 경은 미소를 지으며 고개를 들어 소개에 응했다.

"도와줘서 정말 고맙소. 성함이?"

"워크라고 합니다, 청장님."

"… 워크 씨, 그런데 당신은 어부죠? 그럼 오늘 아침 만조가 언제인지 말해줄 수 있겠군요."

"신의 시간으로 7시 반쯤입니다, 청장님."

클린턴 경은 잠시 당혹스러워했다. 그러더니 아까와는 조금 다른 미소를 억눌렀다.

"그럼 서머타임으로는 8시 반쯤이겠군요?" 그가 물었다.

그는 손목시계를 힐끗 쳐다본 다음 포켓 다이어리를 들여다봤다.

"일출이 약 25분 후로 예정되어 있군. 자네가 계산을 잘해서 날 깨운 셈이야, 경위. 자, 두 시간이 채 남지 않았어. 밀물이 들어와서 발자국들이 지워지기 전에 가능한 모든 자료를 캐내려면 우리는 상당히 바쁘게 됐네."

그는 잠시 생각하더니 어부를 향해 말했다.

"린든 샌즈 마을로 좀 가주겠소? 고맙군요. 양초가 좀 필요해요. 최대 수십 개까지요. 그리고 구할 수 있으면 배관공이 쓰는 소형 버너도요."

어부는 예상치 못한 요구에 당황한 듯 말했다.

"양초라고요, 청장님?" 그는 새벽의 황금빛 노을이 수평선에 걸려 있는 동쪽을 바라보며 물었다.

"그렇소, 양초 말이오. 어떤 것이든 괜찮으니 많이 가져오시오. 그리고 물론 소형 버너도요."

"버너는 대장장이에게 하나 있습니다, 청장님."

"그의 집 문을 두드려 그를 깨워요. 그리고 그가 까다롭게 굴면 클린턴 드리필드 경이 돈을 낼 거라고 해요. 서두를 수 있겠소?"

"저는 여기 자전거를 가져왔습니다, 청장님."

"훌륭하군요! 당신이 시간을 허비하지 않을 사람이라는 걸 압니다, 워크 씨."

어부는 서둘러 자기 자전거를 찾아 떠났고, 얼마 지나지 않아 그들은 그가 자전거에 올라타고 마을 방향으로 떠나는 것을 봤다. 경위도 워크만큼이나 당황스러웠지만 양초와 소형 버너에 대한 호기심은 자제하는 것이 최선이라고 생각한 것 같았다.

"우리가 해변으로 내려가는 동안 자네의 두 번째 순찰자에게 도로를 감시하라고 하게, 경위. 저게 자네가 말한 그 바위인 것 같은데?"

"네, 청장님. 여기서는 시신이 보이지 않습니다. 저 바위는 낮은 소파 같은 모양인데, 시신은 좌석이라고 할 부분에 누워 있습니다."

클린턴 경은 태양이 수평선 아래 있음을 말해주는 동쪽의 황금빛 노을에 눈길을 보냈다.

"난 무작정 모래로 뛰어들고 싶지는 않네, 경위. 우선 일반적인 조사를 해보는 게 어떻겠나? 우리가 길 뒤쪽에서 이 모래 언덕을 올라간다면 발자국들을 뭉개지 않고 어떻게 걸으면 될지 대충 알게 될 걸세. 따라오게!"

그들은 몇 초 만에 낮은 둔덕 꼭대기에 다다랐다. 이때쯤에는 새벽 어스름이 밝아와서 상당히 먼 거리도 선명하게 보였다. 클린턴 경은 아무 말도 하지 않고 잠시 해변을 살펴봤다.

"마을에서 해변을 따라온 저건 제 발자국이 틀림없습니다, 청장님. 물에 가장 가까이 있는 것 말입니다. 썰물이 나가고 있었기 때문에 저는 가능한 한 물결에 접해서 걸었는데 빌링포드가 왔을 때는 저기는 분명 물에 잠겨 있었을 겁니다."

"그 어부들은?" 클린턴 경이 물었다.

"저는 발자국이 생기지 않게 하려고 그들에게 도로를 지키라고 했습니다."

클린턴 경은 알겠다는 몸짓을 하고 넓게 뻗은 모래를 계속 조사했다.

"흠!" 이윽고 그가 말했다. "자네가 원하는 게 단서라면, 경위, 주변엔 상당히 많은 게 있는 것 같군. 자네 발자국을 제외한 네 개의 발자국을 뚜렷하게 볼 수 있네. 여기서는 보이지 않는 다른 발자국이 더 있을 수도 있어. 발자국들이 온통 뒤죽박죽 엉켜 있지 않아서 다행이군. 적어도 세 가지 경우는 교차점을 보면 만들어진 순서를 알 수 있을 정도야. 이제 선명히 보일 정도로 날이 밝았으니 여기서 발자국들을 스케치하는 게 좋겠네. 시간상 자네는 대략적인 도식을 그리는 게 전부일 거야."

경위는 지시에 응하겠다는 듯 고개를 끄덕이고는 임무에 착수했다. 클린턴 경의 시선은 호텔에서 이어지는 도로로 향했다.

"웬도버 씨가 오는군." 그가 말했다. "자네가 바쁘니까 우리는 여기서 그가 도착하기를 기다릴 거네, 경위."

잠시 후 웬도버가 모래 언덕을 올라왔다.

"호텔로 되돌아갈 일이 있었나?" 그들 앞에 오자 그가 물었다.

"아니, 친구. 그건 왜?"

"길을 따라오다가 한 지점에서 도로 위에 나 있는 두 번째 차 바퀴 자국을 봤다네. 여기로 가까이 올수록 그 자국이 희미해져서 난 자네가 뭔가 다른 일로 되돌아간 줄 알았네."

"그러면 바퀴 자국이 두 개가 아니라 세 개, 그러니까 하나는 호텔에서 나온 자국, 하나는 돌아간 자국, 그리고 마지막 하나는 다시 나온 자국이 됐겠지."

"그렇겠군." 웬도버가 수긍했다. 실수한 것이 분한 모양이었다.

"그 자국은 나중에 다시 살펴볼 거야." 클린턴 경이 약속했다. "여기 오면서 나는 그 바퀴 자국 위에 내 차 바퀴가 겹치지 않도록 조심했거든."

"아, 그걸 봤군?" 웬도버가 실망하며 말했다. "젠장, 클린턴, 자네는 모든 게 다 눈에 들어오는 모양이군."

"젖은 도로에서 미끄럼 방지 바퀴 자국은 아주 쉽게 눈에 띄지. 특히 내가 만드는 자국은 보이지 않으니까 말일세. 내 타이어는 일반 타이어고 약간 마모된 상태라서 설령 두 타이어가 여기저기서 교차하더라도 구분하는 데 아무런 문제가 없을 거야. 우리 순찰대가 자기들이 이 도로에 들어온 이후 차량 통행은 없었다고 보고했고, 내 기억에 초저녁에는 비가 내리지 않았기 때문에 차가 진흙 위에 바퀴 자국을 남긴 시각을 어느 정도는 짐작할 수 있을 것 같네."

"비는 11시 반쯤에 내렸습니다." 경위가 스케치를 끝내면서 자청해서 말했다. "제가 잠자리에 든 직후 창문에 비가 들이치는 소리가 들렸는데, 전 11시 20분쯤 위층으로 올라갔으니까요."

클린턴 경은 경위에게 수첩을 달라고 손을 내밀었고 그의 앞에 있는 장면과 그림을 비교한 후 그 수첩을 웬도버에게 건넸다. 웬도버 역시 비교해 봤다.

“서명을 남기는 게 좋겠네, 친구.” 청장이 말했다. “이 밀물이 들어오고 나면 우리에겐 눈에 보이는 증거가 남지 않을 테니 나중에 이게 정확하다는 선서를 자네가 해야 할지도 몰라.”

웬도버는 그 말대로 한 다음 그 수첩을 경위에게 돌려줬고, 그들은 모래 언덕에서 도로 쪽으로 내려가기 시작했다. 반쯤 내려가다가 클린턴 경이 걸음을 멈췄다.

“우리가 있던 곳에서는 보이지 않던 또 다른 발자국이 있군.” 그가 가리키며 말했다. “저 방파제 뒤에서 바위를 향해 가는 발자국이야. 방파제는 우리 눈높이로 쭉 이어져 있지만 왼쪽으로 조금만 이동하면 발자국 한두 개를 볼 수 있네. 저쪽이야, 경위. 도로에 도착해서 시야가 확보되면 그 발자국들을 그려 넣는 게 좋겠어.”

경위는 그림을 완성한 후 동료들에게 차례로 건네 확인케 했다.

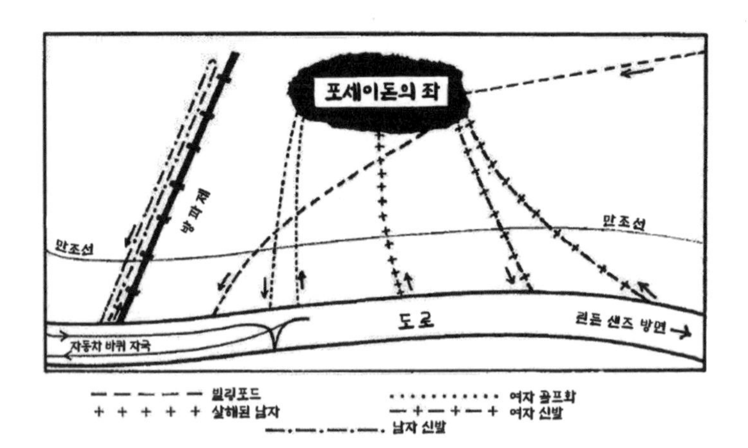

"이 발자국부터 시작하는 게 좋겠어." 클린턴 경이 말했다. "이건 상당히 짧고 방파제로 인해 다른 모든 발자국과 분리돼 따로 있는 것 같으니까."

클린턴 경은 그 발자국과 거리를 유지하도록 조심하며 모래 위에 발을 내디뎠다. 동료들이 뒤를 따라갔다. 그들은 방파제 밑으로 바싹 붙어 나아간 그 발자국과 평행하게 걸었다. 처음에는 발자국의 윤곽이 별로 선명하지 않았다. 하지만 그러다가 갑자기 예리해졌다.

"이건 그가 밀물에 젖어 있던 모래를 밟은 곳이 분명해." 웬도버가 말했다. "하지만 이 궤적은 보통 사람의 걸음과는 사뭇 달라서 좀 신기해 보이는데."

"그가 방파제 아래서 웅크리고 걸어갔다고 가정해 보지." 클린턴 경이 제안했다. "그렇다면 설명이 되지 않을까? 보게!"

그는 밟히지 않은 모래 부분으로 이동하여 거의 앉다시피 몸을 숙이고는 조심스럽게 움직이기 시작했다. 웬도버와 경위는 그의 발자국이 방파제 옆의 자국과 매우 흡사하다는 사실을 인정해야 했다.

"누군가 바위 위에 있는 사람들을 염탐하고 있었다?" 웬도버가 추측해 봤다. "그를 찾을 수 있다면 유용한 증인이 될 게 분명해, 클린턴."

경위는 몸을 굽혀 그 발자국을 자세히 훑어봤다.

"눌린 윤곽이 아주 선명합니다. 앞코가 뾰족한 남자 신발인 걸로 보입니다." 그가 단언했다. "물론 그가 방파제 뒤에서 기듯이 가고 있었다면 우리는 그의 일반적인 보폭을 알 수 없기 때문에 키는 전혀 추정할 수가 없습니다."

클린턴 경은 궤적이 끝난 지점까지 이동했다.

"그는 여기서 꽤 오랫동안 웅크리고 있었던 것 같군." 그가 지적했다. "이 눌린 깊이와 그가 몸을 풀려고 발의 위치를 바꾼 횟수를 한번 보게. 그러다가 그는 다시 돌아서 여전히 웅크린 채로 도로로 되돌아갔어."

그는 천천히 몸을 회전시켜 주위를 둘러봤다. 해변은 텅 비어 있었다. 그 해변을 따라 호텔 쪽 저 멀리 투숙객용으로 세워 놓은 탈의장이 있었다. 방파제의 다른 쪽에는 발자국이 돌아선 지점에서 채 10m도 안 되는 거리에 '포세이돈의 좌'가 주변 모래 위로 불쑥 튀어나와 있었다. 경위가 말했듯이, 그것은 땅을 등지고 서 있는 거대한 돌 소파 같았는데, 그 바위의 평평한 부분에 남자의 사체가 누워 있었다. 클린턴 경은 몸을 굽혀 몇 분 동안 발자국이 돌아선 지점 주변의 모래 표면을 면밀히 관찰했으나 관찰을 마칠 때까지 아무런 말도 하지 않았다. 그가 다시 몸을 일으켜 세웠을 때 도로 위에 어부의 모습이 보였다. 워크였다. 청장은 그에게 모래 쪽으로 오지 말라는 손짓을 했다.

"가서 양초와 버너를 가져왔는지 확인해 보게, 경위. 그랬으면 여기서는 일을 끝내는 게 좋겠어."

아마데일은 곧 그 물건들을 가지고 돌아왔다.

"훌륭한 친구군." 클린턴 경이 평했다. "시간을 낭비하지 않았어!"

그는 고개를 돌려 다가오는 밀물을 바라봤다.

"서둘러야겠어. 시간이 얼마 없네. 30분만 더 지나면 물이 저 바위 근처까지 차오를 거야. 우리는 바다를 향해 간 발자국들을 먼저 처리해야 해. 내가 양초를 꺼낼 동안 그 버너 좀 잡고 있겠나, 경위?"

웬도버의 얼굴은 청장의 말을 아직도 이해하지 못하고 있음을 보여주고 있었다. 클린턴 경은 양초를 꺼내 버너로 불을 붙였다.

"석고 반죽으로 모래 자국을 본뜨려고 하면 결과가 엉망이 되지." 그가 설명했다. "고전 추리 소설들은 그 점을 좀 가볍게 치부하지만, 사실이 그렇네. 따라서 우리는 녹인 왁스나 수지를 사용해서 처음에는 얇은 층을 이루도록 아주 조심스럽게 떨어뜨리는 방법을 쓸 거야. 그렇게 해야 목적에 부합하는 결과를 얻게 되네. 그래서 양초와 버너인 거야. 알겠나?"

그는 그 말을 그대로 행동으로 옮기며 자신이 고를 수 있는 제일 선명한 자국들을 취해서 모래에 있는 오른쪽과 왼쪽 발자국들의 본을 떴다.

"자 이제, 빌링포드 씨의 발자국이 다음 차례네." 그가 왁스 두 덩이를 통에서 꺼내며 말했다. "그의 발자국이 제일 먼저 밀물에 휩쓸릴 테니 서둘러 그쪽으로 가야 해."

그는 일행을 이끌고 도로로 돌아와서 방파제의 육지 쪽 끝을 돌았다.

"여기가 그가 도로로 올라선 곳이 분명해. 이제 내 발자국 안을 밟으면서 그 선을 벗어나지 말게. 바닥을 여기저기 찍고 다녀선 안 돼."

그는 그 발자국을 따라 이동했고 곧 만조선에 도달했다. 발자국은 그 지점부터 더 선명해졌다. 조금 더 가서 그는 빌링포드의 발자국이 그 전에 난 발자국과 교차하는 지점에 이르렀다. 그 발자국은 징이 박힌 여자 신발 자국이었다.

“모양을 보니 골프화로군.” 그가 일행에게 그 발자국을 가리켰다. “지금은 그냥 놔둬도 되겠어. 밀물이 여기까지 이르려면 아직은 꽤 시간이 오래 걸릴 테니 우리가 돌아올 시간은 넉넉하네. 현재로선 빌링포드의 발자국이 중요해.”

빌링포드의 발자국은 ‘포세이돈의 좌’까지 이어졌지만 바위의 딱딱한 표면에서 사라졌다. 클린턴 경은 머뭇거리지 않고 일행에게 바위에서 도로 쪽으로 나 있는 두 번째 남자 발자국을 보라고 했다. 그 발자국은 ‘포세이돈의 좌’ 육지 쪽 바로 앞에서 빌링포드의 발자국과 교차했다.

“내 눈에 보이는 한, 이 발자국에는 돌아온 궤적이 없어.” 그가 가리켰다. “그러니까 살해된 남자가 만든 것 같네.”

그는 시신에는 눈길도 주지 않고 바위 위에 올라서서 더 멀리 있는 빌링포드의 발자국을 집어내어 해변을 따라 린든 샌즈 마을로 이어진 그 발자국을 따라가기 시작했다. 그 발자국들은 고래 등같이 살짝 부푼 모래 언덕 위를 따라 이어졌다. 그 모래 언덕 뒤에는 만조선 쪽으로 올라가는 좀 더 평평한 지대가 있었다. 바다 더 가까이에는 경위가 밤사이 앞으로 나간 선을 보여주는 발자국이 있었다. 거의 400m 정도 발자국을 따라가던 클린턴 경은 그 발자국의 특징이 바뀐 것을 가리켰다.

“여기는 그가 달리기 시작한 지점이네. 이보다 전에는 보다시피 보폭이 더 짧지.”

일행으로서는 다소 놀랍게도 클린턴 경은 계속해서 그 발자국을 따라갔다.

"진짜 이렇게까지 멀리 가야 할 필요가 있나?" 잠시 후 웬도버가 따져 물었다. "저 바위에서 거의 1km 이상 왔네. 자네는 뭘 하려는 건가?"

"당연히, 빌링포드가 바위에 도달할 수 있었던 가장 이른 시점을 알아내려고 하는 거지." 클린턴 경이 짜증 난 기색으로 설명했다.

몇 미터 더 나아가자 빌링포드의 발자국은 깨끗이 사라졌다. 모래 위에는 6m 정도 발자국이 보이지 않았다. 그러다가 다시 그 전만큼 선명한 발자국이 나타났다. 그 공백을 보고 클린턴 경은 얼굴이 환해졌다.

"여기 뭔가 단단한 것이 있으면 좋겠는데." 그가 말했다. "말뚝이 제일 좋겠지만 우리에겐 없단 말이지. 돌무덤으로 해야겠어. 자네들이 들 수 있는 가장 큰 돌들을 가져오게. 만조선 위 저 너머에 많이 있군그래."

클린턴 경이 먼저 그들에게 시범을 보였고, 그들은 곧 꽤 많은 무거운 돌을 모았다. 클린턴 경은 걱정스러운 눈으로 밀물을 바라보며 빌링포드의 발자국이 마지막으로 보였던 곳 옆에 튼튼한 돌무덤을 쌓았다.

"이제 공백 건너 반대편에도 똑같이 하게." 청장이 지시했다.

웬도버는 작업이 끝날 때까지 호기심을 억누르고 있었지만, 빌링포드의 발자국이 모래 위에 다시 나타난 지점에 두 번째 돌무덤이 세워지자마자 설명을 채근했다.

"빌링포드가 어젯밤 저 지점을 통과한 시점을 추정해 보려고 하는 거야." 클린턴 경이 대답했다. "일단, 지금은 그에 관한 모든 걸 설명할 시간이 없어, 친구. 우리는 너무 바빠. 열두 시간쯤 뒤에 다시 물어보면 전부 답해주지. 이건 중요할 수도 있고 아닐 수도 있네. 아직은 모르겠어."

그는 고개를 돌려 차오르는 밀물을 바라봤다.

"맙소사! 재빨리 해야겠어. 밀물이 저 바위에 가까워지고 있어. 이것 봐, 경위. 이 어부들 중 한 명에게 제일 가까이 있는 보트를 타고 그걸 바위 근처로 몰고 오라고 해. 그러면 우리는 마지막 순간까지 바위 위에 있는 걸 모두 그대로 두고 모래에서 시간을 쓸 수 있네. 모래 위 발자국은 영원히 있지 않으니까 제일 먼저 해결해야 해. 우리가 밀물에 갇힌다 해도 보트가 하나 있으면 언제든지 시신을 보트 위로 옮길 수 있으니까."

경위는 어부들을 부르려고 손을 흔들며 서둘러 자리를 떴다. 그는 잠시 후 다시 돌아왔다.

"제일 가까이 있는 보트는 저쪽 끝에 있는 플랫의 별장에 있다고 합니다. 그들이 가지러 가는 중입니다. 그건 그렇고, 그들이 제게 만을 따라 저 멀리 있는 낡은 난파선 근처로는 가지 말라고 경고했습니다. 그 난파선의 바다 방향에 유사(流沙)가 쌓여 있는 것 같습니다. 아주 위험하죠."

"알겠네, 경위. 지금으로서는 이 방향으로는 더 이상 가지 않을 거야. 시신이 있는 바위로 돌아가세. 아직 조사해야 할 다른 발자국들이 있으니까."

그들은 서둘러 '포세이돈의 좌' 쪽으로 출발했다. 그리고 바위 끝에서 클린턴 경이 걸음을 멈췄다.

"여기 한 벌의 발자국이 있어. 모양으로 보아하니 매끈한 신발을 신은 여자네." 그가 가리켰다. "그녀는 바위로 왔다가 거의 같은 선으로 되돌아갔어. 본을 잘 뜨게, 경위. 왼발과 오른발 모두 말이야. 왁스를 떨어뜨릴 때 조심하게."

웬도버는 조심스럽게 발자국들을 살펴봤다.

"이것들로는 별로 알 수 있는 게 없는걸." 그가 지적했다. "빌링포드의 발자국은 이 발자국과 교차하지 않아서 언제 생긴 건지 알 수가 없지. 어제 오후에 해변으로 내려온 관광객이었을 수도 있잖아."

"그럴 가능성은 희박해." 클린턴 경이 끼어들었다. "만조가 8시 반이었어. 그리고 이것들은 그로부터 한참 뒤에 생긴 게 분명하네. 그렇지 않았다면 이 부분의 모래는 물에 잠겨 있었을 테니까. 하지만 밤에는 달빛이 밝았으니 누군가 저녁 늦게 바다를 보러 여기로 내려왔을 가능성은 충분히 있어."

"이건 작은 신발이군." 웬도버는 비판에는 답하지 않고 계속 말했다.

"사이즈 230 전후입니다." 아마데일은 자신의 작업물을 힐끗 쳐다보며 다시 말했다. "230보다 크다고는 할 수 없습니다. 더 작을 수는 있지만요."

웬도버는 그 수치 조정을 받아들이고는 말을 이었다.

"보폭도 크지 않아. 발이 여자아이처럼 작아 보이지 않나?"

클린턴 경은 고개를 끄덕였다.

"그런 것 같군. 줄자 있나, 경위? 보폭의 길이를 기록해야 할 것 같네. 유용하게 쓰일 수도 있어. 알 수 없는 일이지만 말일세."

경위는 주머니에서 줄자를 꺼냈다. 그리고 클린턴 경은 웬도버의 도움을 받으며 다양한 구간을 측정했다.

"오른쪽 발가락 끝에서 다음까지 60cm밖에 안 되는군." 그가 알려줬다. "그리고 걸음걸이가 아주 규칙적인 것 같아. 이제 자네가 준비됐으면 다음 발자국으로 넘어갈 걸세, 경위. 이건 편도만 있는 발자국이니 살해된 남자의 것이야."

그들은 조금 움직여서 바위를 따라 돌았다. 발자국이 보이자 경위의 얼굴이 환해졌다.

"고무 밑창입니다, 청장님. 바닥에 팬 문양이 뚜렷해서 확인할 수 있습니다. 만약 살해된 남자의 것이라면 신원 확인은 전혀 어렵지 않을 겁니다."

클린턴 경도 동의했다.

"아직 본은 뜨지 말게. 필요 없을지도 몰라. 다음 발자국으로 가지."

목표물에 도달하기 위해서 그들은 빌링포드의 발자국을 가로질러 바위의 제일 끝으로 걸어가야만 했다.

"이게 우리가 아까 발견한 발자국의 다른 쪽 끝이군." 웬도버가 지적했다. "방파제 근처의 도로에서 내려온 골프화를 신은 여자야."

경위가 본뜨는 일에 몰두하고 있는 동안 클린턴 경은 발자국들의 보폭을 또다시 측정했다.

"67cm군." 몇 차례 비교를 해본 후 그가 알렸다. "이제 경위가 본 뜨는 일을 마치고 난 뒤 시신을 살펴보면 되네. 지금 밀물이 바위의 밑부분을 적시고 있는 만큼 우리는 제때 일을 끝낸 셈이야."

# 7

## 편지

클린턴 경은 '포세이돈의 좌' 상단으로 올라갔고 웬도버와 경위가 그 뒤를 따랐다. 상단의 노출부는 길이 20m, 넓이 10m 정도로 형성되어 있었는데 육지 쪽이 급격히 높아져서 자연스럽게 낮은 벽이 되어 있었다. 살해된 남자의 사체는 방파제에서 가장 가까운 끝부분의 작은 고원에 누워 있었다. 시신은 등을 대고 누워 있었는데 왼팔이 몸 아래에 약간 접혀 있었다. 가슴에 난 상처에서 피가 흘러 우물처럼 고여 있었다.

"누군지 아는 사람?" 클린턴 경이 물었다. "어쨌든 호텔 투숙객은 아니군그래."

아마데일은 고개를 저었다.

"저는 모르는 사람입니다."

클린턴 경은 머리를 들어 올려 조사했다.

"두개골 뒤쪽에 타박상이 있군. 아마도 쓰러지면서 바위에 부딪혀서 생긴 상처일 거야."

그는 시신의 발로 눈을 돌렸다.

"부츠 밑창은 고무로 되어 있고 저기 있는 발자국에 일치하는 문양이 있어. 괜찮군." 그는 말을 계속했다. "옷은, 내 생각엔, 세련되긴 하지만 좀 화려한 취향이고, 나이는 30대 초반으로 보이는군."

그는 몸을 숙여 가슴의 상처를 검사했다.

"이 구멍을 보니 자네 말이 맞는 것 같군, 경위. 소구경 총알이었던 것 같네. 아마도 자동 권총에서 발사됐겠지. 그를 옮기기 전에 대략적인 자세를 스케치하는 게 좋겠어. 밀물이 덮쳐 오기 전에 카메라를 가져올 시간이 없어."

아마데일은 바위 위에 기준점으로 한두 개의 선을 그었고, 그런 다음 몇 가지 측정을 한 후 시신의 위치와 자세를 대략 그렸다.

"끝났나?" 클린턴 경이 물었다. 그리고 경위의 확인을 받은 후 시신 옆에 무릎을 꿇고 시신이 입고 있던 레인코트의 앞자락을 풀었다.

"흥미롭군." 그는 재킷 안쪽을 손으로 쓸어보며 말했다. "옷감의 촉감으로 봐서 그는 피부까지 젖어 있었어. 어젯밤에 갑자기 비가 내렸나, 경위?"

"천둥 소나기 소리 같았습니다, 청장님. 마른하늘인가 싶었는데 다음 순간 폭우가 쏟아졌던 기억이 납니다."

"그럼 설명이 되겠군. 계속 진행하지. 앞쪽을 보면, 상처는 하나밖에 보이지 않아. 레인코트 단추가 채워져 있고 재킷도 그런 상태이니 강도는 아니야. 내가 그를 들어 올리는 걸 도와주게, 경위. 그래야 이 팔을 너무 많이 긁지 않고 풀 수 있을 테니까. 그가 손목시계를 차고 있었다면 넘어졌을 때 편의적으로 멈췄을지도 모르네. 그는 쓰러질 때 급격히 쿵 떨어진 것 같거든."

아마데일이 시신의 왼편을 살짝 들어 올리자 클린턴 경은 뒤틀린 팔을 부드럽게 움직여 정상 위치로 돌려놓았다.

"맞습니다, 청장님." 경위가 죽은 남자의 손목에 있는 시곗줄을 가리키며 외쳤다. 그는 시신의 손을 돌리려는 듯 앞으로 몸을 구부렸지만, 청장은 단호한 몸짓으로 그를 제지했다.

"살살하게, 경위, 살살. 조심해서 해야 할 거야."

그는 시계의 전면이 보일 때까지 죽은 남자의 손목을 아주 조심스럽게 움직였다.

"시계가 11시 19분에 멈췄습니다." 아마데일이 가리켰다. "그렇다면 이건 그가 쓰러진 시각을 알려주는군요. 하지만 아직은 그다지 쓸모 있어 보이지 않는데요."

웬도버는 경위의 추정에서 결함을 찾아냈다.

"어떤 사람들은 가끔 시계태엽 감는 걸 잊어버리기도 하죠. 어쩌면 전날 밤에 그가 그랬을 수도 있고요. 그러니까 11시 19분에 시계가 저절로 멈췄는데 그때는 그가 총에 맞기 전이었을 수도 있다는 거죠."

"아 이런, 친구! 이건 고전에서 엄청나게 벗어난 거야. 살인이 일어난 바로 그 순간 편리하게도 시계가 멈추는 게 항상 당연하다고 난 생각했네. 하지만 어쩌면 자네 말이 맞을지도 모르지. 그건 언제든 시험해 볼 수 있어."

"어떻게?" 웬도버가 다그쳤다.

"지금 태엽을 감으면서 톱니바퀴의 째깍거리는 횟수를 세고, 그런 다음 태엽이 완전히 풀릴 때까지 뒀다가 그 상태에서 다시 감으면서 째깍거리는 횟수를 세어보면 돼. 두 수치가 일치하면 시계가 자연스럽게 작동을 멈춘 것이고 그렇지 않으면 중간에 강제로 작동이 멈춘 거야. 하지만 우리가 거기 신경 쓸 필요가 있을지 의문이네. 어딘가 그보다 더 나은 증거가 있을 게 분명해. 우리가 발견하기만 한다면 말일세."

웬도버의 눈은 바위의 표면을 훑고 있었다. 그리고 클린턴 경이 설명을 마치자 웬도버는 그에게 '포세이돈의 좌' 저쪽 끝에 놓여 있는 반짝이는 물체를 보라고 했다.

"그냥 자네가 그걸 보고 있게, 친구, 알겠나? 난 지금 바쁘네. 경위, 이 시계 유리 중 일부가 없어진 것 같은데. 눈금판을 덮을 만큼 크지 않은 것 같단 말이지. 시계 본체 밑을 살펴보고 나머지 부분이 거기 있는지 확인해 보지."

아마데일은 죽은 남자의 몸을 충분히 일으켜서 클린턴 경이 시계가 바위에 부딪힌 지점을 조사할 수 있도록 했다.

"그럼 그렇지. 여기 나머지 유리가 있어." 청장이 전했다. "그리고 바위 표면에 희미하게 긁힌 자국이 있는 걸로 봐서 그는 분명 쿵 소리를 내며 떨어졌을 거야. 고맙네, 경위, 이제 그를 다시 내려놔도 돼."

아마데일이 시신을 다시 원래 위치로 내려놓자 클린턴 경은 무릎을 꿇고 손목시계를 풀어 손수건으로 조심스럽게 감쌌다. 그는 유리 조각들을 경위에게 넘겼고 경위는 그것들을 봉투에 넣어 보관했다.

그러는 동안 웬도버가 한 가지를 발견했다.

"이리 와봐, 클린턴. 저 노란 건 총알이 발사된 황동 탄피였어."

클린턴 경은 바위를 가로질러 가서 그 작은 물체를 집어 들고는 주머니칼로 돌에 십자 모양을 그어 위치를 표시했다.

"38구경인 것 같군." 그가 쓱 쳐다본 뒤 말했다. "이걸 보관하는 게 좋을 걸세, 경위. 어이! 여기 보트가 들어오는군."

어부 두 사람이 노를 젓는 보트가 '포세이돈의 좌'로 다가오고 있었다.

"잘됐어. 이제 우리는 이 자리에서 검사를 끝낼 수 있네. 당분간은 밀물이 바위 높이까지 차오르지 않을 거야. 그리고 배가 여기까지 왔으니 밀물에 고립돼도 상관없어. 물이 충분하면 배를 가까이 대세요."

어부들은 일의 진행 상황을 더 가까이서 보려고 바위에 자연적으로 형성된 부두까지 뱃머리를 끌어올렸다. 그런 다음 노를 저으면서 무슨 일이 벌어지고 있는지 보려고 자리에 앉았다.

"다음으로, 그의 주머니를 뒤져보는 게 좋겠네." 클린턴 경이 시신을 향해 되돌아가면서 말했다. "자, 어서, 경위."

아마데일은 수색을 시작했고 발견한 물건들을 하나하나 보고했다.

"레인코트 주머니 — 양쪽 다 아무것도 없습니다. 재킷 왼쪽 가슴 주머니 — 손수건이 있습니다. 오른쪽 가슴 주머니 — 지갑이 있습니다."

그가 지갑을 건네주자 클린턴 경이 열어봤다.

"15파운드와 10펜스짜리 지폐. 다른 건 없어. 음, 이건 강도 사건은 아니었던 것 같군. 계속하게, 경위."

"오른쪽 조끼 주머니에," 경위는 공손하게 웅얼거리듯 말했다. "포켓 다이어리가 있습니다."

클린턴 경은 그것을 받아 페이지를 스르륵 넘겨보고는 내려놓았다.

"이건 다이어리 달력인데 비어 있어. 표지에 우표들이 있는 건데 우표 몇 장이 사라졌군. 별로 도움이 될 만한 건 없어. 계속하게."

경위는 수색을 계속했다.

"다른 쪽 조끼 주머니 — 연필과 만년필, 조끼 왼쪽 아래 주머니 — 이니셜 S와 N이 얽혀 있는 은색 성냥갑, 조끼 오른쪽 아래 주머니 — 주머니칼과 엽궐련 커터가 있습니다. 바지 양옆 주머니 — 약간의 돈이 있는데 대부분 은화이고, 손톱깎이와 열쇠 몇 개가 있습니다. 바지 뒷주머니 — 담뱃갑이 있습니다."

그는 다양한 물건들을 청장에게 건넸다.

"가슴 안주머니에는 아무것도 없습니다. 재킷 바깥쪽 아래 주머니들입니다. 왼쪽 주머니 — 파이프와 담배 쌈지, 오른쪽 주머니 — 아, 여기 좀 더 흥미로운 게 있습니다! 봉함엽서인데 수신인이 'N. 스테이블리 씨, 빌링포드 씨 댁, 플랫 별장, 린든 샌즈'라고 되어 있네요. 그러니까 그의 이름이 스테이블리였군요? 모노그램의 S와 일치합니다. 그리고 여기 또 다른 종이가 있는데요. 쪽지 같습니다. 봉투는 없어요."

그는 두 장의 종이를 클린턴 경에게 내밀었고 클린턴 경은 봉함엽서부터 먼저 살펴봤다.

"이틀 전에 런던의 W.1지구에서 부친 거군. 흠! 여기선 건질 게 많지 않을 것 같네. '친애하는 닉, 화요일에 당신을 못 봐서 미안해요. 시내로 돌아오면 봐요.' 주소도 없고, 서명을 갈겨 썼어."

그는 낱장으로 된 쪽지로 눈을 돌렸다. 그리고 그가 그것을 펼쳤을 때 웬도버는 그의 눈썹이 저도 모르게 치켜 올라가는 것을 봤다. 그는 잠시 의아한 표정을 지었다가 두 어부를 힐끗 쳐다본 후 조심스럽게 그 종이를 다시 접어 수첩에 집어넣었다.

"당분간 보관해야겠군." 그가 말했다.

웬도버의 눈에 청장의 어깨 너머로 호텔 탈의장 방향에서 모래사장을 걸어오는 형체 하나가 보였다. 어깨에 두른 수건으로 보아 그 낯선 사람이 아침 식사 전에 해변에 나타난 이유를 알 수 있었다. 웬도버는 다가오는 사람의 걸음걸이를 알아봤다.

"저기 오는 사람은 카길이라고, 호텔에 묵고 있는 그 호주인이야, 클린턴. 해수욕하러 내려온 모양이야. 자네가 우리 대신 말을 하는 게 낫겠지."

카길은 그들을 알아본 듯했다. 발걸음을 재촉해서 금방 방파제에 다다랐던 것이다.

"거기가 살인이 일어난 곳인가요?" 그가 물었다.

"그걸 어떻게 아십니까?" 클린턴 경은 질문에 질문으로 답했다.

"아, 그 소식이 우유에 실려 호텔까지 온 모양이더군요." 호주인이 대답했다. "해수욕하러 나오다가 웨이터에게 들었습니다. 직원들 전체가 그 일로 웅성거리고 있어요. 그 사람은 누군가요?"

"아직은 말할 수 없습니다." 클린턴 경이 솔직하게 대답했다. 그런 다음 덧붙여 말했다. "유감스럽지만, 지금은 그 얘기를 할 시간이 없습니다, 카길 씨. 서두르지 않으면 이 밀물이 곧 우리를 덮칠 겁니다."

그는 어부들을 향해 말했다.

"이제 시신을 보트로 옮길 테니 천천히 노를 저어 마을로 가세요. 서두르지 말아요. 아마데일 경위가 해변에 보이기 전에는 거기로 가면 안 됩니다. 그가 당신들에게서 시신을 인계받을 겁니다. 아시겠죠? 감사합니다."

보트가 자연적으로 형성된 부두 가까이 왔고 스테이블리의 시신은 아무 사고 없이 배에 실렸다. 클린턴 경의 신호가 떨어지자 보트는 만을 향해 나아갔다. 아마데일은 이 절차에 약간 당황한 듯 보였지만 항의하는 말은 하지 않았다. 카길은 방파제의 반대편에 남아 있었는데 이 모든 일에 지대한 흥미가 있는 것이 분명했다.

클린턴 경은 바위 상단부를 마지막으로 한번 둘러본 다음 위쪽 모래사장으로 물러났고 일행은 그 뒤를 따라갔다. 그렇게 해서 홀로 남겨진 카길은 한동안 머뭇거리며 맴돌다가 이윽고 방파제 위에 앉아 발 주위의 모래를 멍하니 바라보고 있었다. 그는 자신이 불청객임을 분명히 알고 있었지만, 그 무리에 낄 수 있을 것이라는 막연한 희망을 여전히 품고 있는 것처럼 보였다.

"우리는 이 모든 것들을 차까지 옮겨야 하네." 클린턴 경이 일행을 상기시켰다. "발자국 본 중 몇 개는 내가 맡을 테니 나머지는 자네가 맡아, 경위. 웬도버, 괜찮다면, 버너와 나머지 양초는 자네 몫이네."

차가 있는 곳에 도착하자 그는 웬도버에게 운전석에 앉으라는 시늉을 하고 경위에게도 차에 타라고 지시했다.

"나는 호텔로 향하는 길을 따라 잠깐 걷겠네." 그가 설명했다. "내가 조금 앞서가겠네, 친구. 그러고 나면 천천히 따라오게. 난 그 다른 바퀴 자국을 가까이서 살펴보려고 해. 1, 2분이면 충분해."

그는 길을 따라 방파제 바로 앞 지점까지 온 후 잠시 멈춰 서서 차가 회전하면서 남긴 희미한 자국을 살폈다. 그런 다음 호텔을 향해 계속 걸어가면서 땅을 면밀히 관찰했다. 수백 미터쯤 지나자 그는 걸음을 멈췄다. 그리고 웬도버가 그의 차를 운전해서 오자 차 앞자리에 올라탔다.

"저기에 정말 두 개의 자국이 있어." 그가 차 문을 닫으며 설명했다. "해변 근처에서는 두 자국이 아주 희미했는데 나는 그 자국들 위에 비가 온 흔적이 있는 것을 발견했네. 그다음, 여기서 겨우 수십 미터 뒤에 바퀴 자국 중 하나가 진하게 나 있고 다른 자국은 희미하게 남아 있어. 너무 희미해서 자네가 오늘 아침에 놓쳤을 거로 생각하네, 친구. 자, 자네는 어떻게 생각하나?"

웬도버는 잠시 생각에 잠겼다.

"누군가 비가 오기 전에 차를 타고 길을 내려와서 희미한 자국이 생긴 거군." 그가 추측했다. "그런 다음 그 사람은 차를 돌려 이 방향으로 돌아온 거지. 이만큼 왔을 때 비가 내려서 그 후의 바퀴 자국은 마른 땅이 아닌 진흙에 있게 됐고, 그래서 더 진해졌겠지. 그런 건가?"

"그런 것 같네." 클린턴 경이 인정했다. "그만, 아직은 계속 가지 말게. 우리가 더 멀리 가기 전에 보여줄 게 있어. 그 모든 청중이 앞에 있는 바위에서 꺼내 보이고 싶지는 않았거든."

그는 주머니에 손을 넣고 스테이블리의 시신에서 발견된 쪽지 한 장을 꺼냈다. 청장이 그 쪽지를 펼치자 웬도버는 몸을 기울여 그것을 살펴봤다.

“이런! 종이에 호텔명이 적혀 있어, 클린턴!” 그가 외쳤다. “이걸로 점점 근접해지고 있는 거군그래.”

“그렇네.” 클린턴 경이 건조하게 말했다. “내가 읽어보겠네, 경위. 짧고 요점이 아주 분명해 보여. 어제 날짜야. 이렇게 씌어 있군. 서두에 쓰는 말이나 ‘친애하는 누구누구’ 같은 건 없네.

> 당신의 편지는 당신이 예상한 대로 놀라움 그 자체였어. 무슨 일이 있었는지 당신은 모두 다 알고 있는 것 같고, 상황을 최악으로 만들기 위해 할 수 있는 모든 걸 다하겠지. 적어도 당신이 쓴 글에서는 다른 어떤 의미도 찾을 수가 없어. 오늘 밤 11시에 ‘포세이돈의 좌’로 가서 당신이 해야 할 말을 들을게. 하지만 당신이 내심 바라는 게 뭔지 알 것 같으니까 분명히 경고하는데, 난 당신의 협박에 굴복하지 않을 거야.

그리고 서명은,” 클린턴 경이 마무리 지으며 말했다. “크레시다 플리트우드야.”

경위가 몸을 앞으로 기울여서 편지를 받아 들었다.

“**이제** 근거가 될 뭔가가 생겼네요!” 그가 기쁨에 찬 목소리로 외쳤다. “그 이름과 호텔 메모지 덕분에 우리는 운이 좋다면 30분 안에 그녀를 덮칠 수 있을 겁니다.”

웬도버는 그 서명이 밝혀진 것에 전율을 느꼈다. 본 지 24시간도 안 된 크레시다의 모습이 머릿속에 저도 모르게 떠올랐다. 남편과 함께 너무나 행복해 보였던, 솔직하고 무사태평하던 그 모습이. 그런 젊은 여인이 잔인한 살인과 엮인다는 것은 있을 수 없는 일이었다. 너무나 어울리지 않아 보였다. 그러자 그의 기억

속에는 포커 사기꾼에 관한 클린턴 경의 설명과, 외모를 너무 믿지 말라는 암묵적인 경고가 스쳐 지나갔다. 하지만 그는 단호하게 그 생각을 외면했다. 아마데일의 얼굴을 힐끗 보자 그의 편견은 더 커졌다. 그 얼굴은 거의 절제되지 않은 기쁨을 드러내고 있었기 때문이었다. 경위는 자기 사건이 이제 만족스러운 해결의 길로 접어들었다고 생각하고 있음이 분명했다.

'빌어먹을 인간 사냥꾼!' 웬도버는 몇 분 전까지만 해도 자기도 경위만큼이나 열성적이었다는 사실은 까맣게 잊은 채 속으로 말했다. '그녀가 저 야수의 손아귀에 들어가는 건 보고 싶지 않아.'

상상 속에서 그는 망할 놈의 진술 따위를 억지로 받아내려고 작정한 아마데일의 가혹한 신문과 그 앞에서 크레시다의 매혹적인 수줍음이 침울함으로 바뀌는 모습을 그리고 있었다. 경위는 죄인인 것 같다고 속으로 이미 단정한 여성을 친절하게 대할 이유가 없다고 생각할 것이었다.

웬도버는 클린턴 경에게서 다른 감정의 신호를 보기를 바라는 마음으로 그를 돌아봤다. 그러나 청장의 얼굴에서는 어떤 생각도 읽을 수가 없었다. 웬도버는 클린턴 경이 해변을 떠나기 전에 그 서신의 내용을 알고 있었다는 것이 기억났다. 그것을 읽었을 때 클린턴 경은 전혀 동요하지 않았던 기억이었다. 그의 태도에 아무런 변화가 없었던 것이다.

갑자기 그는 일행으로부터 고립된 느낌이었다. 그들은 일의 결말이 어떻게 되든 단지 업무를 수행하는 두 명의 경찰일 뿐이었다. 반면에 자신은 여전히 인간 본연의 동정심이 있기에 판단이 흔들리고, 의혹이 있으면 저울추가 한쪽으로 기우는 것이었다. 그는 한 시간 안에 터질 것 같은 재앙을 전혀 신경 쓰지 않는, 거대하고 거친 생명체인 아마데일이 너무나도 싫어서 스스로 놀랄 지경이었다.

생각에서 깨어난 웬도버는 클린턴 경이 무표정한 얼굴로 자기를 바라보는 것을 발견했다.

"여기서 물러나 주겠나, 친구? 자네 얼굴이 다 말해주네. 지금 상황이 마음에 들지 않는 거지? 우리끼리 일을 끝내도록 좀 비켜주는 게 좋겠어."

웬도버에게는 마음먹으면 기민하게 움직일 수 있는 두뇌가 있었다. 그는 거의 순간적으로 상황을 파악했다. 그가 빠지면 두 경찰이 함께 나아갈 것이고 사냥꾼들에게 인간적인 감정이란 없을 것이었다. 만약 그가 그들과 함께 있다면, 그는 적어도 비평가의 역할을 할 수 있고, 경위가 담금질 중인 사슬에 약한 고리가 있다면 그 부분에서 경위의 확신을 흔들 수 있을 것이다. 그 이상의 일은 할 수 없겠지만 적어도 크레시다를 지켜볼 수는 있을 것이다. 그는 곧바로 마음을 정했다.

"아니," 그가 대답했다. "나는 지금 이 일의 일원인 셈이니 괜찮다면 남아 있겠네. 공평무사한 증인이 다시 필요할지도 모르니 내가 그 일을 맡는 편이 낫지."

경위는 혐오감을 숨기려 하지 않았다. 클린턴 경은 찬성도 반대도 하지 않았지만, 경고는 하는 것이 옳다고 생각한 모양이었다.

"좋아, 친구. 자네 스스로 선택한 일이네. 하지만 자네는 증인일 뿐이라는 걸 명심하게. 필요치 않을 때 관여해서는 안 돼."

웬도버는 고개를 살짝 끄덕이는 것으로 알겠다는 표시를 했다. 클린턴 경은 차를 다시 출발시켰고 선명하게 찍힌 미끄럼 방지 타이어 자국에 시선을 고정한 채 차를 몰았다. 호텔 입구에서 징이 박힌 그 바퀴 자국은 안쪽으로 향하더니 호텔로 올라가는 자갈길에서 사라졌다.

경위는 이것을 보고 절로 만족스럽다는 몸짓을 했고, 웬도버는 이 마지막 증거 하나로 인해 그물망이 더욱 촘촘해졌다는 걸 느꼈다.

"저건 결정타입니다, 청장님." 아마데일이 웬도버의 신경을 강하게 긁는 노골적인 만족감을 드러내며 지적했다. "그녀는 차를 타고 내려갔다가 돌아왔어요. 이번 일은 누워서 떡 먹기일 겁니다."

"자네는 그 차가 돌아오는 길에 한 번도 멈추지 않았다는 걸 알아봤을 거야." 클린턴 경이 아무렇지 않게 말했다. "바퀴 자국을 보면 차가 일단 출발하고 나서는 멈췄다가 다시 출발한 흔적이 전혀 없어."

그는 차를 호텔 차고에 집어넣은 후에야 다시 말을 했다.

"현재로서는 도움이 될 수 있는 것 이상으로 떠들면 안 되네, 경위. 아직 누구의 유죄도 입증할 근거가 없어. 그러니 세간의 주목을 받으며 돌진할 일도 없을 거야. 웬도버 씨가 플리트우드 부인을 보자고 청하는 게 좋을 것 같군. 자네가 그녀를 찾으면 5분 안에 호텔의 모든 입이 움직일 거야. 그래서 그들이 의견을 교환할 무렵이면 그들 중 한두 명이 혹시라도 정말 알고 있을지도 모를 어떤 일을 파헤치는 게 거의 불가능할 걸세. 그들은 머릿속에서 모든 것이 뒤섞여서 자기들이 어떤 걸 직접 본 건지, 아니면 다른 사람한테서 들은 것에 불과한지 기억하지 못할 거야."

웬도버는 그 주장의 힘을 알았다. 그러나 자신이 어떤 입장에 내몰리고 있는지도 분명히 알아차렸다.

"클린턴, 나는 그 일을 해야 하는지 잘 모르겠네." 그가 항변했다. "그렇게 하면 내 입장이 곤란해질 거야."

청장은 냉혹하게 그의 말을 잘랐다.

"5분 전에 난 자네에게 버스에서 내릴 기회를 주겠다고 했네. 자네는 우리와 함께 있는 쪽을 택했어. 그러니 시키는 대로 하게. 그 얘기는 끝났어."

웬도버는 이제 이 사냥꾼들과 계속 관계를 유지할 수 있는 유일한 기회는 명령에 복종하는 것밖에 없다는 것을 알았다. 그는 침울하게 굴복했다.

"알겠네, 클린턴. 마음에 들지는 않지만 그게 좋은 점도 몇 가지 있는 것 같군."

그들과 함께 호텔로 들어가서 그는 프런트로 향했고 두 경찰은 멀찌감치 물러나 있었다.

"플리트우드 부인 말씀이세요?" 웬도버가 물어보자 직원이 되물었다. "네, 선생님, 위층에 계십니다. 어젯밤에 플리트우드 씨가 다리 골절을 당했는데 모르셨습니까? 의사가 지금 치료 중입니다. 플리트우드 부인은 그와 함께 방에 계실 거로 생각합니다."

"몇 호죠?" 웬도버가 물었다.

"35호입니다, 선생님. 제가 전화해서 부인을 뵐 수 있는지 여줘볼까요? 그건 전혀 어렵지 않습니다."

웬도버는 고개를 저었고 프런트에서 돌아섰다. 그가 복도를 건너오자 다른 두 사람이 다시 그와 합류했다.

"그 방은 2층에 있어. 걸어 올라가지." 클린턴 경이 계단 쪽을 향하며 말했다. "자네가 말을 나누면 되네, 경위."

아마데일은 기분 좋게 35호 문을 두드렸고, 대답을 듣고는 손잡이를 돌려 방으로 들어갔다. 클린턴 경은 그 뒤를 따랐지만, 웬도버는 심하게 불편한 상태로 문턱에서 머뭇거렸다. 침대 위에는 창백하고 지친 스탠리 플리트우드가 누워 있었다. 크레시다는 안락의자에서 일어나 침입자들에게 놀란 시선을 던졌다.

경위는 재치 있게 말문을 여는 방법이 있다고 믿지 않는 사람이었다.

"귀찮게 해서 죄송합니다만," 그가 무뚝뚝하게 말했다. "어젯밤 해변에서 있었던 사건에 관해서 제게 주실 정보가 있으실 거로 아는데요."

웬도버는 아마데일에 대한 적개심에도 불구하고, 너무 당연한 듯하면서도 범죄자가 대답하기 곤란한, 이 영리하고 모호한 문구에 감탄하지 않을 수 없었다. 그러나 그의 주된 관심은 크레시다에게 집중되어 있었다. 그녀의 얼굴을 보자 그의 가슴은 덜컥 내려앉았다. 긴장, 혼란, 그리고 절망도 보이는 듯했다. 그러나 그 무엇보다 명백한 것은 두려움이었다. 그녀의 시선은 남편에게서 아마데일에게로 옮겨갔고, 그것은 그녀가 위험의 심각성을 이해했다는 것을 명백히 보여줬다.

'뭐람,' 그는 낭패감을 느끼며 자인했다. '마치 진짜로 범행을

저지른 것처럼 보이잖아! 게다가 그녀는 아마데일이 그걸 증명할 수 있을까 봐 극도로 두려워하고 있어.'

크레시다는 금방 대답하려는 것처럼 자동으로 입술을 적셨다. 그러나 그녀가 입을 열기도 전에 남편이 끼어들었다.

"무엇 때문에 여기 와서 묻는 겁니까? 어떤 권한이 있나 보죠? 아니면 기자인가요?"

"저는 아마데일 경위입니다."

스탠리 플리트우드는 육체적 고통을 겪고 있음이 분명한데도 자제력을 유지하려고 애쓰는 모습이 역력했다. 그는 경위의 소개를 인정한다는 듯 고개를 끄덕인 다음 질문을 되풀이했다.

"무엇 때문에 우리에게 온 겁니까?"

아마데일은 자기가 얼마나 많은 내용을 알고 있는지 보여주는 쪽으로 유도되지 않았다.

"그건 말씀드릴 수가 없습니다, 플리트우드 씨. 저는 몇 가지 질문을 하러 온 거지 질문에 대답하러 온 게 아닙니다. 솔직하게 대답하는 것이 본인에게 이로울 겁니다."

그는 크레시다를 향했다.

"어젯밤 11시쯤 해변에 계셨죠?"

크레시다가 대답하기 전에 스탠리 플리트우드가 다시 끼어들었다.

"잠깐만요, 경위. 저를 기소하시겠다는 겁니까?"

아마데일은 다음 행동을 결정하지 못한 듯 잠시 머뭇거렸다. 그는 그 질문 뒤에 뭔가가 더 있다고 보는 듯했다.

"아무도 기소되는 사람은 없습니다, 아직은요." 그는 마지막 단어를 내뱉을 때 좀 꾸물거렸지만, 말을 하면서 그의 눈은 크레시다의 핼쑥한 얼굴을 위협적인 분위기로 훑었다.

"아무것도 말하지 마, 크레시다." 그녀의 남편이 그녀에게 경고했다.

그는 다시 경위를 향해 말했다.

"우리가 증언을 제공하지 않으면 증언을 억지로 끌어낼 권한이 당신에겐 없는 거죠?" 그가 물었다.

"그렇습니다." 경위는 조심스럽게 시인했다. "하지만 경고하건대, 증거를 숨기는 것은 때로는 위험한 일입니다."

"나는 협박을 고분고분 받아들이는 사람이 아닙니다, 경위." 스탠리 플리트우드가 건조하게 대답했다. "이건 뭔가 심각한 일인 것 같군요. 그렇지 않다면 당신이 이런 소란을 피우지는 않을 테죠?"

그 말에 대답하면서 아마데일은 냉소를 섞어 더 강하게 경고했다.

"지금 호텔에서는 해변에서 살인이 일어났다는 이야기가 공공연하게 돌고 있습니다. 소문이 이미 당신에게도 전해졌을 텐데요?"

"그랬죠." 스탠리 플리트우드가 시인했다. "그래서 조심스러운 겁니다, 경위. 살인은 민감하고 신중하게 다룰 일이고, 그래서 나는 법률 자문을 받기 전까지는 어떤 증언도 제공하지 않을 생각입니다. 아내도 우리 변호사와 상의할 때까지는 어떤 증언도 하지 않을 것입니다."

아마데일은 이런 종류의 행보를 본 적이 없었고, 그래서 당황한 모습이 확연했다. 이제 엄숙한 신문 장면은 결코 연출되지 못할 것이었다. 그리고 미처 대비하지 못한 범죄자들에게서 자백을 짜낼 수 있을 것이라는 그의 희망도 사라졌다. 두 사람을 조사할 때 변호사가 곁에 있다면 그들에게 덫을 놓아 부주의한 진술을 끌어낼 가능성은 거의 없을 것이었다. 경위가 다시 말을 할 때 그의 말투가 달라진 것을 보고 웬도버는 기분이 좋았다.

"그건 별로 좋은 생각이 아닌 것 같은데요, 플리트우드 씨."

"당신이 병실에 불쑥 들어온 것도 마찬가지죠, 경위."

클린턴 경은 일이 너무 커질까 봐 우려되는 듯했다. 서둘러 개입하는 그의 태도는 경위의 위협적인 말투와는 크게 대조적이었다.

"당신은 경위의 논점을 거의 이해하지 못하는 것 같군요, 플리트우드 씨. 만약 당신과 당신 부인이 제공할 수 있는 게 분명한 증언을 우리가 확보한다면, 우리는 아마도 살인범을 추적할 수 있을 겁니다. 하지만 당신이 지금 그 증언을 하지 않는다면 수사가 지연될 것이고, 그러면 당신이 의심받지 않을 거라고 장담할 수 없습니다. 쓸데없는 많은 소문이 여기 호텔에 돌 게 분명한데, 할 수 있다면 그런 건 피하고 싶습니다. 우리는 절대 무고한 사람들을 불편하게 하고 싶지 않습니다."

스탠리 플리트우드는 육체적 고통과 정신적 고충의 복합적인 영향으로 될 대로 되라는 태도가 되었다.

"비누는 어디서 사시나요?" 그가 빈정거리며 물었다. "좋은 브랜드인 것 같네요. 하지만 그걸로는 안 씻겨요. 아무 효과가 없다고요."

아마데일 경위는 상관의 개입이 시간 낭비였을 뿐이었음을 암시하는 듯한 눈빛을 클린턴 경에게 던졌다.

"변호사는 여기 언제 옵니까?" 그가 퉁명스럽게 물었다.

스탠리 플리트우드는 잠시 생각한 후 대답했다.

"오늘 그에게 전보를 칠 겁니다. 하지만 전보는 월요일까지는 그의 사무실에 놓여 있겠죠. 월요일 오후가 그가 올 수 있는 제일 이른 시간일 것 같고, 어쩌면 그때도 나타나지 않을지도 모릅니다."

아마데일 경위는 남편에게서 아내에게로, 그리고 다시 역으로 그들을 봤다.

"그럼 그가 올 때까지 당신들은 아무 말도 하지 않을 겁니까?"

스탠리 플리트우드는 굳이 대답할 필요가 있다고 생각하지 않았다.

"후회하실 겁니다, 선생. 하지만 스스로 택한 일이죠. 지금은 더는 당신을 귀찮게 할 필요가 없군요."

아마데일은 의심과 분노를 온몸으로 표출하면서 방을 걸어 나갔다. 클린턴 경도 뒤따랐다. 마지막으로 나가며 문을 닫은 웬도버의 눈에 남편 쪽으로 재빨리 건너가서 침대 밑에 무릎을 꿇으며 쓰러지는 크레시다의 모습이 보였다.

# 8

## 콜트 자동 권총

계단 밑에서 아마데일은 그만 가보겠다고 했다.

"아침을 좀 먹어야지, 경위." 클린턴 경이 말했다. "밤을 새웠으니 배가 고플 거야."

웬도버로서는 다행히도 아마데일은 그 암묵적인 초대를 거절했다.

"저는 이따가 샌드위치를 먹으면 됩니다, 청장님. 하지만 괜찮으시다면 먼저 확인하고 싶은 게 있습니다. 30분 정도 후면 다시 움직일 수 있으실까요?"

클린턴 경은 시계를 힐끗 쳐다봤다.

"서두르게, 경위. 이제 맡겨 놓은 빌링포드를 찾아올 때가 됐어. 지금쯤이면 그 순경은 그와 함께 있는 것에 지쳤을 거야."

아마데일 경위는 빌링포드나 삽코트에게는 연민의 마음이 전혀 없는 것 같았다.

"스테이블리의 시신도 수습해야 합니다." 그가 지적했다. "저는 더 많은 인력을 요청할 의향이 있습니다. 사실 이대로는 그 모든 것을 감당할 수 없으니까요."

"내가 자네라도 그렇게 할 거야, 경위. 그들을 자동차로 보내 달라고 하고, 그들에게 린든 샌즈에서 만나자고 하게. 경사 한 명과 순경 세 명이면 아마 충분할 거야."

"알겠습니다, 청장님."

경위가 부여받은 일을 하러 떠나자 웬도버는 마음이 한결 놓였다. 아마데일에 대한 그의 적대감은 식을 줄을 몰랐던 것이다. 클린턴 경은 아침을 먹으러 식당으로 가서 웨이터에게 급하다는 신호를 보냈다. 자리에 앉았을 때 웬도버는 식당의 멀리 떨어진 곳에서 다른 손님들이 그들의 테이블을 호기심 어린 시선으로 쳐다보는 것을 보았다. 해변에서 일어난 비극에 대한 소식을 이미 다 알고 있는 것이 분명했다.

"아마데일은 이 일을 깊이 생각한 것 같지 않아." 웬도버는 바로 옆에 있는 사람들이 듣지 못할 정도로 낮은 목소리로 말했다. "일이 잘 안될 때 사람을 괴롭히는 것만큼 품위 없는 짓은 없어."

클린턴 경은 부하에 대한 비판을 그냥 넘어가지 않았다.

"아마데일은 최선을 다했네. 그리고 열에 아홉은 원하던 것을 얻었어. 자네는 사건을 감상적인 관점에서 바라보고 있어. 경찰은 그런 것과는 아무 상관이 없지. 아마데일의 업무는 가능한 모든 정보를 빼내서 사용하는 거야. 그 정보가 뭘 가리킨다 하더라도 말이야. 젊고 예쁜 여자가 쓰러져 운다는 이유만으로 경찰이 수사를 중단해야 한다면 우리는 능률적인 경찰이 될 수 없어."

"그는 젊은 플리트우드라는 호적수를 만났어." 웬도버가 만족감을 감추지 못하고 지적했다.

클린턴 경은 궁금하다는 표정으로 테이블 맞은편을 응시했다.

"자네는 치안 판사인데 이상하게도 법의 종복들에게 연민을 느끼지 않는 것 같군. 내 생각엔 젊은 플리트우드는 지금 일어나는 모든 일에 감사해야 할 거야. 당연히도, 그는 며칠의 시간을 벌었어. 그동안 아내와 모든 것을 상세히 의논할 수 있고, 우리에게 최종적으로 말할 내용을 자기들끼리 만들어 낼 수 있어. 그러나 나는 지금까지 한 번도 조작된 이야기가 신중한 수사와 검사라는 시험을 견뎌내는 걸 본 적이 없네. 그리고 그런 대접을 받았으니 아마데일은 이후 그들에게서 듣게 되는 모든 말을 사실로 받아들이기 전에 현미경으로 들여다볼 것으로 생각하면 되네."

웬도버는 이 견해를 우울하게 수용하며 고개를 끄덕였다.

"그럴 거로 예상하네." 그가 동의했다. "젊은 플리트우드가 그런 말을 한 것은 안타깝게 됐어."

"나는 털어놓을 기회를 그에게 줬네. 우리에게 해줄 이치에 맞는 이야기가 그에게 있다면 말이야." 클린턴 경이 참지 못하겠다는 듯 지적했다. "내가 받은 건 부랑아 같은 무례한 대접뿐이었어. 분명 그는 자기가 우리를 더 잘 다룰 수 있다고 생각하는 거야. 하지만 위기가 오면, 내 생각에 —"

그는 갑자기 말을 중단했다. 웬도버는 주위를 둘러보다가 로랑-데루소 부인이 식당으로 들어와서 자신들의 테이블을 향해 움직이는 것을 보았다. 그녀가 그들에게 오자 그는 반쯤 무의식적으로 그녀를 크레시다 플리트우드와 비교하고 있었다. 두 사람 모두 어느 무리에 있더라도 눈에 띄었을 테지만, 크레시다의 외모는 자연의 선물인 반면 로랑-데루소 부인은 인공의 산물임이 분명했다. 그녀의 모든 것은 그녀가 외모에 최대한의 정성을 들였음을 보여줬고, 절제된 걸음걸이조차도 크레시다의 가볍고 자연스러운 걸음걸이와는 대조적으로 연구된 움직임인 것 같았다. 웬도버는 그녀의 굽실굽실한 적갈색 머리카락이 파마머리라는 것을 알아차렸다. 인위적으로 만들지 않고서는 나올 수 없는, 너무나 잘 디자인된 머리였던 것이다.

'그런데 대체 사람들은 왜 저 여자를 보자마자 '외국인'이라고 할까?'그는 절로 물음이 나왔다. '수많은 젊은 영국 여자들도, 제대로 소화는 못 하지만, 아침에 저런 드레스를 입는데 말이야. 그리고 머리 파마도 하고. 게다가 그녀의 얼굴이 특별히 대륙에 사는 유럽인같이 생긴 것도 아니잖아. 우리나라에서 아주 흔히 보이는 유형이야. 그렇다면 그건 분명 움직이는 방식이나 사람을 쳐다보는 방식 때문일 거야.'

로랑-데루소 부인은 지나가면서 그를 알아보고 환하게 미소지었다. 그러고는 옆 테이블에 앉아서 메뉴판을 집어 들고 못마땅한 표정으로 들여다보는 것이었다. 영국식 아침 식사가 취향에 맞지 않는 게 분명했다. 잠시 고민한 후 그녀는 웨이터에게 메뉴판을 손가락으로 가리키며 음식을 주문했다. 마치 몇 가지 단어의 자기 발음이 미덥지 못한 것 같았다.

클린턴 경은 옆에 듣는 귀가 있는 상황에서 더 이상 경찰의 사건을 논하고 싶지 않은 게 분명했다. 그는 아침 식사를 계속했고, 웬도버가 식사를 마치자마자 손목시계를 힐끗 쳐다보며 자리에서 일어났다.

"경위를 태워서 린든 샌즈로 가야겠어. 내가 차를 가져오지."

몇 분 뒤, 호텔 문 앞에 있던 아마데일은 무슨 이유에선지 기분이 고조된 듯했다. 하지만 어떤 이유로 그렇게 즐거운지는 전혀 내비치지 않았다.

그들은 해안을 따라 몇 분간 달려서 린든 샌즈 마을에 도착했다. 경위는 클린턴 경을 삽코트의 집으로 안내했다. 막 문을 두드리려고 하는데 순경이 나와서 그들을 방으로 안내했던 것으로 보아 그는 망을 보고 있었던 모양이었다. 빌링포드가 방에 앉아 있었다. 웬도버는 첫눈에 그에 대한 편견이 생겼다. 빌링포드는 어색한 상황을 억지로 유쾌하게 넘기려는 분위기를 풍겼는데, 이 상황에서 그런 태도가 웬도버로서는 거슬렸던 것이다. 하지만 곰곰이 생각해 보니, 빌링포드는 어색한 입장이었고 이런 상황에서 편안한 처신을 기대하기는 어렵다는 것을 인정해야 했다.

"자, 빌링포드 씨," 경위는 바로 시작했다. "당신에게 한두 가지 물어볼 게 있습니다. 우선, 왜 순경에게 스테이블리가 당신 친구라고 바로 말하지 않았습니까? 바위 위의 사체를 봤을 때 바로 알아볼 수 있었을 텐데 말이죠."

빌링포드의 놀라는 모습은 진짜가 아니라면 아주 열심히 연습한 결과물임이 분명했다.

"스테이블리라니, 그래요?" 그가 외쳤다. "전 그 사람이 스테이블리인줄 몰랐어요! 시신에 이르렀을 때 달이 구름 속에 가려져 있어서 얼굴이 보이지 않았어요. 당시는 한동안 아주 어두웠다고요. 너무 어두워서 거기로 가는 길에 저는 해변에 자주 생기는 작은 물웅덩이에 첨벙 빠지고 말았죠. 제 바지는 아직도 부츠 윗부분이 다 젖어 있어요. 스테이블리라고요? 이런, 이런!"

웬도버는 그 남자를 판단할 수가 없었다. 보이는 모든 것으로 보면, 빌링포드는 스테이블리의 죽음을 듣고 정말 놀랐을지도 몰랐다. 그러나 그랬다면, 친구를 잃은 그의 감정은 과하다고는 할 수 없는 것이었다.

경위는 다음 질문을 던졌다.

"어젯밤에 스테이블리가 누구를 만나러 나갔는지 알고 있었습니까?"

이 질문에 빌링포드의 눈이 순간적으로 움츠러들었다. 웬도버는 말을 하는 동안 그가 경계심을 늦추지 않고 열심히 생각하고 있다는 인상을 받았다.

"누구를 만난다고요? 스테이블리가요? 아뇨, 그가 제게 그런 말을 한 기억은 없습니다. 그는 10시쯤에 나갔어요. 하지만 전 그냥 바람 쐬러 나간 줄 알았어요. 우리가 담배를 너무 피워서 방이 상당히 답답했거든요."

경위는 다음 질문을 하기 전에 수첩에 무언가를 적었다.

"빌링포드 씨, 직업이 뭡니까?"

빌링포드의 얼굴은 담담한 표정이었다.

"저요? 아, 저는 중개상입니다."

"외판원이란 말씀인가요?" 아마데일이 추궁하듯 물었다.

클린턴 경의 얼굴에 희미한 미소가 번졌다.

"내 생각에 빌링포드 씨는 재간으로 먹고산다는 뜻인 것 같네, 경위. 내 말이 맞습니까?" 그는 빌링포드를 향해 물었다.

"뭐, 어떻게 보면 그렇죠." 부끄러운 기색 없는 대답이었다. "하지만 신문에 오른다면 중개상이라는 말이 더 어감이 좋죠."

"체면치레에 좋은 말이죠." 클린턴 경이 건조하게 일갈했다.

"스테이블리에 대해 당신은 뭘 알고 있었습니까?" 경위가 계속 물었다.

"스테이블리요? 별로 많이 아는 게 없습니다. 어쩌다 한 번씩 만나곤 했죠. 한때 둘이서 함께 사업을 했습니다."

"그도 중개상이었나요?" 경위가 비꼬듯이 물었다.

"글쎄요, 그는 가끔은 그랬다고 말하기도 했고, 또 가끔은 자기가 노동자라고 하기도 했습니다."

"경찰 조서를 쓸 때 말입니까?" 클린턴 경이 물었다.

빌링포드는 활짝 웃었다.

"저는 평생 감옥 안은 본 적도 없는걸요." 그가 으스댔다. "제가 알기로는 스테이블리도 마찬가지였고요."

"내 동료들이 최선을 다했을 거라는 건 믿어 의심치 않소." 클린턴 경은 호쾌하게 말했다.

경위는 앞서 했던 질문으로 되돌아왔다.

"그에 관해 우리에게 말해줄 수 있는 게 그게 전부입니까?"

"누구? 스테이블리요? 글쎄요, 우리는 종종 같이 일하기는 했습니다. 하지만 그런 얘기를 많이 해야 하는 건 아니겠죠?"

"그는 여기서 뭘 하고 있었습니까?"

"하루 이틀 정도 저와 함께 지냈습니다. 저는 도시의 산더미 같은 업무에 지쳐서 잠시 쉬려고 여기 내려왔어요. 그러자 스테이블리가 저와 합류해서 대중에게 혜택을 줄 수 있는 새로운 계획을 세우자고 했습니다."

경위는 고개를 끄덕였다.

"쉽게 돈 버는 모종의 사업 말이겠군요. 이제 어젯밤 일로 돌아갑시다. 그리고 말하는 내용에 주의를 기울이세요. 기억나는 대로 정확히 말해주세요. 저녁 식사 시간부터 시작하세요."

빌링포드는 대답하기 전에 잠시 생각에 잠겼다.

"저녁을 먹고 나서, 상황이 조금 따분했습니다. 그래서 우리 셋이서 시간을 보내려고 포커를 시작했어요."

"셋이라고요?" 아마데일이 끼어들었다. "세 번째 남자는 누구죠?"

"아, 말투로 봐서 호주인이었어요. 데릭 포딩브리지라고 하더군요. 스테이블리가 그를 데려왔어요. 이 근처에 자기 사유지가 있는데 한번 살펴보고 싶다고 하더군요."

"전에 그를 만난 적은 없습니까?"

"제가요? 아, 딱 한 번인가 두 번 만났어요. 저는 그냥 그가 또 다른 포도밭 노동자인 줄 알았죠, 이해하실지 모르겠지만."

"중개 사업에서 당신 경쟁자 중 한 명으로요? 그에게 사유지가 있다면 그런 사업에서 그는 뭘 하고 있었던 거죠?"

"그건 제가 알 리가 없죠!" 빌링포드가 방어적으로 대답했다. "저는 남의 일에 관해 너무 많은 걸 묻는 사람이 아닙니다. '남에게 대접받고 싶은 대로 남을 대하라.'가 제 좌우명이니까요."

아마데일은 이런 쪽으로 계속해서는 아무것도 얻을 수 없다는 것을 깨달은 듯했다.

"그러니까, 당신들은 포커를 쳤군요. 더 있었던 일은요?"

빌링포드는 더 말을 꺼내기 전에 신중하게 고민하는 것 같았다. 이윽고 그는 마음을 정했다.

"9시 반쯤이었던 것 같은데요. 누가 문 앞에 왔어요. 스테이블리가 일어나서 누군지 보러 갔죠. 그가 깜짝 놀란 것처럼 '아, 당신이야?'라고 말하는 소리가 들렸어요. 그다음 어떤 여자 목소리가 뭔가 말하는 소리가 들렸고요. 무슨 말인지 알아듣지는 못했습니다. 스테이블리는 대답하면서 목소리를 낮췄습니다. 그들은 잠시 말을 나눴고, 그런 다음 그가 문을 닫았습니다."

"그리고 그다음에는요? 그 여자가 누군지 알게 됐나요?"

"아뇨. 제 추측으로는 현지인일 것 같아요. 스테이블리는 항상 그들과 잘 어울렸거든요. 그는 일종의 자기 방식이 있어서 사람들을 바로 구워삶을 줄 알죠. 그런 걸 취미 삼아 했어요. 제 생각에는 너무 과하더군요."

"그 후에는 무슨 일이 있었습니까?"

"기억나는 건 별로 없습니다. 우린 포커를 좀 더 쳤고, 그러고 나서 스테이블리는 그곳이 답답하다고 투덜대기 시작했어요. 대부분 자기 잘못이기도 했죠. 그의 궐련 담배가 상당히 진했거든요. 그래서 그는 바람을 쐬러 나갔던 겁니다."

"그게 언제였죠?"

"10시요. 제가 아까 말했잖아요. 아마 10시 15분쯤일 겁니다. 확실치는 않아요."

"그런 다음에는요?"

"전 정신이 좀 말똥말똥한 느낌이었어요. 며칠간 잠을 제대로 못 자고 있답니다. 그래서 해변을 한 바퀴 돌면 괜찮아지지 않을까 생각했어요."

"언제 집을 나섰나요?"

"11시 조금 전이었던 것 같아요. 시간을 확인하지는 않았어요. 어쨌든 포딩브리지가 자러 가고 난 후였어요."

경위는 잠시 무심하게 연필로 수첩을 톡톡 쳤다. 그러고는 클린턴 경을 힐끗 쳐다봤다.

"지금으로서는 당신에게 묻고 싶은 건 이게 전부입니다." 그가 말했다. "당신은 물론 사인 규명 심리에 와야 할 겁니다. 린든 샌즈에 당분간 머무르실 거죠?"

"아, 네." 빌링포드가 무심하게 대답했다. "언제든 원하시면 도와드리겠습니다. 언제라도 좋으실 때 기꺼이 '스무고개'를 해드리죠, 경위님."

"연습을 많이 하셨나 보군요." 아마데일이 으르렁거렸다. "자, 당신은 이제 가도 됩니다. 근데, 잠깐만요! 플랫의 별장으로 가는 길을 안내해 주시죠. 이 포딩브리지라는 당신 친구를 만나야 되겠습니다."

"제가 한 이야기를 확인하러 가신다는 뜻이군요?" 빌링포드는 주눅 들지 않고 말했다. "전에도 이렇게 의심 많은 영혼을 만난 적이 있거든요. 순경 모자를 쓴 젊은 사람들에게 항상 나타나는 것 같아요. 뇌의 신뢰엽이 압박받거나, 뭐 그 비슷한 거겠죠."

아마데일은 아무 대답도 하지 않고 집 밖으로 앞장서 갈 뿐이었다. 그들이 몇 미터 가기도 전에 경사 한 명이 앞으로 나와서 경위에게 다가갔다. 몇 마디 말을 나눈 후 아마데일은 클린턴 경 쪽을 향했다.

"청장님, 이제 순경들이 왔으니까 시신을 해변으로 옮기고 래포드 박사에게 오후에 검시가 필요할 거라고 알리는 게 좋을 듯합니다. 해변을 한 바퀴 돌아도 괜찮으시다면 여기는 경사에게 맡길 수 있습니다. 그런 다음 우리는 플랫의 별장으로 가면 됩니다."

청장은 이의를 제기하지 않았다. 경위는 자기 시간을 더는 허비하지 말라는 빌링포드의 유머 섞인 항의는 귓등으로도 듣지 않았다. 일행이 모두 해변으로 내려가자 마을의 할 일 없는 사람들 대부분이 거기 모여서 배가 들어오기를 기다리고 있었다.

아마데일은 어부 두 사람에게 신호를 보냈다. 곧 그들이 작은 부두로 배를 저어 왔다. 경찰은 시신이 도착하는 동안 군중의 접근을 막고 있었다. 그런 다음 경위가 경사에게 몇 가지 지시를 내렸고 경찰들은 삽코트의 안내를 받으며 시신을 들고 마을로 출발했다.

갑자기 빌링포드가 노 젓는 보트를 알아본 것 같았다.

"제 보트를 훔쳤군요. 그렇죠, 경위님? 흠, 그 배짱이 맘에 드네요! 만약 제가 당신에게 묻지도 않고 당신 손수건을 빌렸다면 경찰 내부가 술렁거렸을 겁니다. 하지만 당신이 제 보트를 훔치면 다들 그건 당신이 **할 법한** 일을 한 거로 생각하는 것 같군요. 뭐, 좋습니다. 그 얘긴 그만하자고요. **난** 그런 거 신경 안 써요. '나도 살고, 너도 살자.'가 제 좌우명이거든요."

아마데일은 그 말에 휩쓸리지 않았다.

"보트는 청소해서 오후에 돌려주겠소." 그는 짧게 말했다. "이제 따라오시죠. 낭비할 시간이 없으니까요."

조금 걸어가자 스테이블리의 시신이 발견된 만과 마을 사이 곶 끄트머리 근처에 있는 플랫의 별장이 나왔다. 별장으로 올라가는 도로는 험하게 대충 만든 길에 가까웠고 여기저기 물웅덩이가 있었는데, 그것들은 전날 밤 내린 비 때문이 아니라 그보다 훨씬 더 오래전에 생긴 것 같았다. 별장 자체는 깔끔하게 관리되어 있었고 꽤 넓어 보였다.

"친구를 부르세요." 그들이 문 앞에 도착하자 아마데일이 지시했다.

빌링포드는 반발하지 않고 그 말에 순응했고, 거의 그 즉시 다가오는 발소리가 들렸다. 문이 열렸을 때 웬도버는 충격을 받았다. 그들 앞에 서 있던 남자는 얼굴이 거의 없었고 오래된 흉터 덩어리 속에 보이는 두 눈은 인간의 눈이 아닌 어떤 것 같았다. 문을 열어준 손에는 처음 두 손가락이 없었다. 웬도버는 그렇게 상한 얼굴은 본 적이 없었다. 일그러진 얼굴에서 눈을 뗐을 때 나머지 부분의 형태가 온전하다는 사실이 놀라울 정도였다.

새로 온 사람은 잠시 그들을 응시했다. 그의 태도는 그의 얼굴이 표현하지 못하는 놀라움을 드러내고 있었다.

"이 사람들 떼거리를 여기로 데려온 이유가 뭐죠, 빌링포드?" 그가 다그쳤다. "손님은 금지라는 걸 잘 알 텐데요."

그는 일그러진 얼굴을 가리키는 시늉을 했다.

아마데일이 앞으로 나섰다.

"당신이 포딩브리지 씨군요. 아닌가요?" 그가 물었다.

그 기괴한 자는 고개를 끄덕이며 아무 말도 하지 않고 그에게 시선을 고정했다.

"저는 아마데일 경위입니다. 어젯밤에 당신 친구 스테이블리가 살해된 건 알고 있겠죠?"

데릭 포딩브리지는 고개를 내저었다.

“살인이 일어났다고 들었습니다. 시신을 실어 나르는 데 쓰려고 여기서 배를 빌려 간 것으로 압니다. 하지만 그게 스테이블리인 줄은 몰랐어요. 누가 그런 겁니까?”

“어젯밤에 그가 집에 돌아오지 않았는데 놀라지 않았습니까?” 경위가 다그치듯 물었다.

그 무너진 얼굴 위로 미소 같은 것이 스쳐 지나갔다.

“아뇨. 그는 툭하면 밤새 외박하는 게 특기였는걸요. 이상한 일이 아니었어요. 사건에 여자가 있었나요?”

“제가 질문하게 해주시면 더 빨리 끝날 겁니다.” 경위가 퉁명스럽게 말했다. “미안하지만, 지금 시간이 별로 없어서요. 스테이블리에 관해 뭐라도 말씀해 주실 수 있을까요?”

“그는 일종의 제 친척이었어요. 전쟁 중에 제 사촌 크레시다와 결혼했거든요.”

이 말을 듣자 아마데일의 얼굴이 환해졌다.

“그럼 그녀가 스탠리 플리트우드 씨의 아내라는 것은 어떻게 설명할 수 있습니까?” 그가 불쑥 물었다.

데릭 포딩브리지는 무심하게 고개를 저었다.

“우발적인 이중 결혼이겠죠. 스테이블리는 전쟁이 끝난 후에도 나타나지 않았으니까 그녀는 아마 그가 죽은 걸로 신고했겠죠. 제가 아는 그의 습성으로 볼 때 그녀는 슬퍼하지도 않았을 겁니다.”

“아,” 경위가 생각에 잠겨 말했다. “그거 흥미롭군요. 그가 여기 내려온 후 혹시 그녀와 마주친 적이 있나요?”

“저는 모르겠군요. 저는 현재로서는 나머지 가족들과 거의 연락하지 않고 있습니다."

경위는 이 사람이 폭스힐스 부지의 상속권 주장자라는 사실을 떠올리며 그 문제는 더 논할 필요가 없다고 생각했다. 그는 더 당면한 질문으로 돌아갔다.

"어젯밤 스테이블리의 동선에 대해 뭐라도 말씀해 주시겠습니까?"

"별게 없는데요. 우리는 저녁을 먹고 나서 포커를 쳤습니다. 그런데 스테이블리의 친구인 누군가 때문에 잠깐 중단됐죠. 그런 다음 조금 더 쳤고요. 그러고서 저는 일찍 잠자리에 들었어요. 그게 다예요."

"그 스테이블리의 친구에 관해서는요? 그 사람은 남자였나요, 아님 여자였나요?"

"여자였던 것 같습니다만 보지는 못했습니다. 스테이블리가 직접 문 앞으로 갔어요. 그때가 9시에서 10시 사이였을 겁니다."

"스테이블리는 언제 밖으로 나갔습니까?"

"그건 모르겠습니다. 어쨌건 10시 이후이긴 합니다. 제가 그때 자러 갔으니까요. 저는 두통이 있었어요."

"살인에 관해 들은 건 언제였습니까?"

"침대에서 나오기 전입니다. 두 남자가 보트를 빌리고 싶어 한다고 들었어요."

경위는 잠깐 멈췄다가 질문을 계속 이어갔다. 다시 말을 했을 때 그는 다른 사항을 언급했다.

"저는 당연히 그의 짐을 조사해야 합니다. 볼 수 있을까요?"

데릭 포딩브리지는 별장 안으로 앞장서 갔다.

"저 안쪽입니다." 그가 방들 중 하나를 가리키며 말했다. "그는 여행 가방 하나만 가져왔습니다."

경위는 무릎을 꿇고 여행 가방의 내용물을 조심스럽게 꺼냈다.

"여긴 아무것도 유용한 게 없군요." 일을 마친 후 그가 실망하며 말했다. "한두 가지 자질구레한 물건들이 있을 뿐 서류 같은 건 없습니다."

그는 가구 서랍들을 뒤졌지만 역시 별다른 성과를 거두지 못했다. 그가 자리에서 일어서자 클린턴 경이 포딩브리지를 향해 말했다.

"당신들 일행 중 네 번째 남자를 보고 싶군요." 그가 신중하게 말했다. "그가 여기 있다면 아마 당신이 연락해서 나를 보도록 해주겠죠."

웬도버와 아마데일은 다소 놀란 표정을 지었지만 포딩브리지는 아무렇지도 않은 듯했다.

"상당히 예리하시군요. **당신**과는 대적하지 않는 게 좋겠어요. 배를 찾는 사람들이 있다고 내게 말해준 사람을 말하는 거죠? 그를 데려올 수 없어서 미안하군요. 그는 우리가 데려온 일꾼이었습니다. 어젯밤에 빌링포드가 그와 다투고서 그를 해고했답니다. 그래서 그는 오늘 아침에 떠났어요."

"그 사람 이름이 뭐였죠?"

빌링포드는 일부러 과장해서 기분 나쁜 표정을 지었다.

"이름요? 뭐, 저는 잭이라고 불렀습니다."

"성은요?"

"그냥 잭요. 아니면 때로는 '어이! 너!' 그랬죠. 그는 어떻게 불러도 대답했으니까요."

아마데일 경위는 점점 성질이 나기 시작했다.

"당신은 그에 관해 분명 더 많이 알고 있을 겁니다. 고용할 당시에는 인성이 나쁘지 않았던 건가요?"

"아, 아뇨. 상당히 나빴죠. 제 위스키를 마시곤 했거든요."

"장난치지 말아요." 아마데일이 딱딱거렸다. "이전 고용주에게서 추천서도 받지 않았다는 거요?"

빌링포드의 눈이 반짝거렸다.

"제가요? 그럼요. 저는 자비로운 성격이랍니다. 성질 나쁜 사람들을 거칠게 대한다면 우리가 있을 곳이 어디겠어요? '용서하고 잊어버리자.'가 제 좌우명이죠. 누군가에게 속기 전까지는 그게 아주 쉽게 통한답니다."

"그래서 당신은 그에 관해 아무것도 모른다고 말하는 거요?"

"그런 식으로 말씀하시는 건 맘에 들지 않네요, 경위님. 무례한 것 같단 말이죠. 하지만 저는 그가 지금 어디 있는지 모른답니다. 원하신다면 성서에 대고 맹세하죠."

아마데일의 표정에는 빌링포드의 제안을 받아들여 봐야 얻을 게 별로 없다는 생각이 고스란히 드러났다. 그는 데릭 포딩브리지에게 사인 규명 심리에 그의 증언이 필요할 수도 있다고 경고했다. 그런 다음 빌링포드에게 차갑게 묵례하고 별장 밖으로 나갔다. 클린턴 경은 그들이 문밖으로 나갈 때까지 침묵을 지키다가 생각에 빠진 채, 마치 온 세상을 향해 말하듯이 말했다.

"저들이 왜 그렇게 많은 색인 카드를 가지고 내려왔는지 의아하군."

아마데일은 당황한 모양이었다.

"색인 카드라고요? 그게 어디 있었습니까?"

"그 열린 문을 통과할 때 거실에 있는 게 눈에 띄더군. 작은 보관함들 중 하나가 그거야."

경위는 제시할 의견이 전혀 없었다. 그리고 클린턴 경도 그 문제를 계속 논하고 싶지 않은 듯했다. 몇 미터 더 가서 그는 걸음을 멈추더니 물웅덩이들 중 하나의 가장자리에 있는 뭔가를 가리켰다.

"저 발자국이 좀 눈에 익은 것 같지 않은가, 경위? 재보겠나?"

아마데일은 눈을 크게 뜨고 쳐다봤다.

"아니, 이건 그 230 신발입니다!" 그는 그 발자국 위로 몸을 구부리고는 소리쳤다.

"올라올 때 저게 눈에 띄었지만 검사하기 최적의 시간은 아닌 것 같았지." 클린턴 경이 설명했다. "자, 경위, 저건 항상 있는 웅덩이야. 이 발자국은 어젯밤 비가 내리기 전에 만들어졌을 가능성이 크네. 그건 지금 물 바로 가장자리에 있는데, 거기는 젊은 여자가 발을 디뎠을 만한 곳이 아니야. 그녀의 발자국이 생긴 이후에 웅덩이가 좀 채워진 거지."

"그럼 어젯밤 스테이블리의 방문객이 그녀였던 거군요?"

"그런 것 같군." 클린턴 경이 동의했다. "이제 조심해서 측정해 보게, 경위."

아마데일은 줄자를 들고 여러 각도에서 치수를 잿다. 그가 다시 일어서자 클린턴 경은 뒤돌아 별장을 봤다. 빌링포드와 그의 동료가 문 앞에서 경찰 일행을 유심히 지켜보고 있었다.

"다 끝냈으면 이제 발로 잘 문지르게, 경위. 빌링포드 씨에게 추측할 거리를 주는 게 좋겠어. 그는 아주 유쾌한 악동이니 난 그가 재미있게 놀았으면 하네."

경위는 부드러운 진흙 위에 자기 신발을 힘차게 문질러 그 발자국을 완전히 지우면서 활짝 웃었다.

"그가 여기 와서 보게 될 때 그 얼굴을 보고 싶네요." 그는 제거 작업을 완료하면서 조롱하듯 말했다. "이 자국에 대해 우리가 할 수 있는 건 다 했네요. 어쨌건 말이죠."

아마데일은 클린턴 경의 차까지 와서 그들과 헤어졌다.

"저는 한두 가지 조사해야 할 게 있습니다." 그가 설명했다. "그 사이에 먹을 것도 좀 사 오겠습니다. 대략 한 시간 이내에 호텔로 갈 테니 괜찮으시면 거기서 기다려 주시면 좋겠습니다. 그때쯤이면 제가 청장님께 보여드릴 만한 게 있을 것 같습니다."

그는 웬도버에게 의기양양한 눈빛을 던지고는 길로 나갔다. 클린턴 경은 부하의 말에 아무런 말도 하지 않은 채 시동을 걸고 호텔을 향해 차를 몰았다. 웬도버는 청장에게서 아무것도 얻어낼 수 없으리라는 것을 알았다. 그리고 당연하게도 점심 자리에서 그 문제는 아예 거론되지 않았다.

아마데일은 그들을 오래 기다리게 하지 않았다. 그들이 점심식사 자리에서 일어나기도 전에 나타났던 것이다. 웬도버는 그들을 만나려고 오는 경위에게서 기쁨에 넘치는 분위기가 느껴지자 당황스러웠다. 그의 손에는 작은 가방이 들려 있었다.

"아무도 우리 대화를 엿듣지 않았으면 좋겠습니다, 청장님." 그가 그들에게 다가서면서 말했다. "그리고 청장님께 보여드릴

게 좀 있는데 아직은 공개적인 곳에서 말하고 싶지 않습니다."

그는 말하면서 가방을 톡톡 두드렸다.

"그럼, 내 방으로 올라가지, 경위. 거기서는 아무도 방해하지 않을 테니까."

그들은 엘리베이터를 타고 올라갔다. 그리고 방에 들어가자 경위는 추가적 예방 조치로 등 뒤 문의 열쇠를 돌렸다.

"저는 이제 사건 전체를 확실히 해결했습니다, 청장님." 그는 저도 모르게 기뻐서 어쩔 줄 모르는 목소리로 설명했다. "아침에 말씀드린 대로 이건 누워서 떡 먹기처럼 쉬운 일이었습니다. 저절로 쉽게 맞춰지더군요."

"좋아, 어디 한번 들어봅시다, 경위." 경위의 말이 떨어지기가 무섭게 클린턴 경이 말했다.

"하나씩 차례로 설명해 드리죠." 경위가 열성적으로 말했다. "그러면 청장님은 이게 얼마나 설득력 있는지 아시게 될 겁니다. 자 먼저, 우리는 그 죽은 남자, 스테이블리가 전쟁 중에 이 플리트우드 여자와 결혼했다는 것을 알고 있습니다."

웬도버는 '이 플리트우드 여자'가 크레시다라는 걸 알고는 약간 움찔했다. 경위의 자질을 미리 보여주는 듯했던 것이다.

"우리가 들은 바에 의하면, 스테이블리는 어떤 식으로든 자랑스러운 사람은 아니었죠." 아마데일이 계속해서 말했다. "그는 분명 망나니였습니다. 아내를 괴롭혔을 측면으로 보자면 특히 더 그렇죠."

"일리 있는 말이네." 클린턴 경이 동의했다. "그건 자세히 설명할 필요도 없지."

"그는 사라지고 그녀는 그가 죽은 걸로 생각합니다." 경위가 계속 밀고 나갔다. "그녀는 아마 그의 종말을 알게 되어 무척 기뻤을 겁니다. 얼마 후 그녀는 젊은 플리트우드와 사랑에 빠지고 그와 결혼합니다. 알고 보니 중혼이 된 거지만 그때는 알지 못합니다."

"그 모든 건 무리하게 쥐어짜지 않아도 누구나 인정할 수 있지." 클린턴 경이 동의했다. "계속하게, 경위."

"그다음 일은 스테이블리가 다시 나타나는 겁니다. 저는 그가 공개적으로 모습을 드러낸 걸로는 보지 않습니다. 그건 그의 계략이 아니겠죠. 이 포딩브리지 사람들에겐 돈이 있고, 우리가 들은 바에 의하면 스테이블리는 다른 사람들의 돈을 자기 주머니로 옮기는 것에 양심의 가책을 느끼지 않았다고 하니까요."

"지금까지는 흔들릴 만한 건 없군그래." 클린턴 경이 그를 격려했다. "계속하게."

"좋습니다." 경위는 계속했다. "그는 그녀에게 편지를 씁니다. 분명 그녀에게서 돈을 갈취하려고 조용히 만나자고 요구했겠죠. 그녀는 틀림없이 조금 놀랐을 겁니다. 그녀는 거의 1년 동안 젊은 플리트우드와 살고 있었어요. 충분히 예상할 수 있는 일이 뭐냐면, 그녀가 혹시 —"

그는 웬도버의 험악한 표정을 쳐다보고는 갑자기 말을 중단했다. 그리고 원래 하려던 말을 수정한 듯했다.

"그러니까 이 일이 드러났을 때 타격을 입을 수 있는 게 젊은 플리트우드와 그녀만이 아니었을 수 있다는 겁니다."

"그러니까 자네는 그걸 동기로 생각하는 거군. 그렇지?" 클린턴 경이 촌평했다. "음, 독창적이긴 해, 내 인정하지. 나는 단지 우발적인 이중 결혼이라는 것에 힘입어 자네가 어떻게 논리를 구성할지 이해가 안 됐었거든. 왜냐하면 그 문제는 아무도 그렇게 대단하게 생각하지 않을 테니까 말이야. 하지만 그녀가 어머니가 되고 보면 그게 어떻게 보일지 알 수 없기는 하네, 당연해. 그렇다면 뭐든 가능하지. 계속해 보게."

"그녀는 그에게 인적 없는 장소인 '포세이돈의 좌'에서 조용한 밤 11시에 만나자는 편지를 씁니다. 그게 시신에서 우리가 발견한 쪽지였습니다. 비밀을 엄수하는 내용이 편지 전반에 다 씌어져 있죠. 배심원이라면 누구나 다 알 겁니다."

그는 잠시 말을 멈췄다. 마치 사건의 다음 조각을 어떻게 이을지 확실히는 모르겠다는 듯한 모습이었다.

"그녀는 자동 권총을 가지고 갑니다. 아마도 남편 것이었겠죠. 그녀가 그때 스테이블리를 살해하려고 확실히 마음먹었다고 말할 처지는 아직 아닙니다. 어쩌면 예방 차원에서 권총을 가져갔을 뿐이었을지도 모르죠. 그녀의 변호사는 아마도 스테이블리가 그런 인간인 만큼 그녀가 자기방어적인 목적에서 그걸 가져간 걸로 애써 포장하려 할 겁니다. 저는 그렇게 생각하지 않습니다. 왜냐? 왜냐하면 그녀는 남편을 대동하고 갔거든요. 그러니까 그가 그녀를 위해 스테이블리를 감시할 수 있었겠죠."

웬도버가 막 끼어들려고 했지만 경위가 그의 입을 막았다.

"바로 증거를 보여드리겠습니다, 청장님. 먼저 가정을 해보겠습니다. 그녀는 모래사장으로 갈 것이었기 때문에 골프화를 신습니다. 골프 재킷을 꺼내서 이브닝드레스 위에 입습니다. 그런 다음 옆문을 통해 나가서 남편이 차고에서 가져온 차를 탑니다. 그게 11시쯤이었을 거예요. 이 호텔같이 넓은 장소에서는 아무도 그녀가 없어진 걸 몰랐을 겁니다."

경위는 무심결이지만 능란하게 잠시 다시 말을 멈췄다. 클린턴 경의 생각을 읽고 싶은 마음에 그의 얼굴을 힐끗 쳐다보던 웬도버는 완전히 당황했다. 경위는 여전히 서술의 역사성을 현재 시제로 유지하면서 말을 다시 이었다.

"그들은 '포세이돈의 좌'에서 가장 가까운 지점의 도로에 도착합니다. 그들은 그때 차를 돌렸을 수도 있고, 나중에 돌렸을 수도 있습니다. 어쨌든 그녀는 차에서 내려 바위를 향해 걸어 내려갑니다. 한편 플리트우드는 방파제 뒤로 살짝 들어가서 그녀와 평행하게 움직이면서 방파제 그늘에 계속 머무릅니다. 이것으로 우리가 오늘 아침에 본 발자국들이 설명됩니다.

그녀는 바위에 도착해서 스테이블리를 만납니다. 그들은 한동안 대화를 나눕니다. 그러다가 그녀가 이성을 잃고 그를 쏩니다. 큰일이 난 거죠. 플리트우드 부부는 차로 돌아가서 다시 호텔로 향합니다. 그들은 차를 차고로 곧장 가져가지 않습니다. 그녀는 차에서 내려 입구 옆을 빙 돌아서 투숙객들이 골프용품을 보관하는 장소로 갑니다. 그러고는 골프화를 벗고 재킷을 벗어서 걸어 둔 후 사람들의 눈에 띄지 않게 호텔로 슬며시 들어갑니다."

웬도버는 점점 더 불안해지는 마음으로 이 자신감 넘치는 발표를 듣고 있었다. 그럼에도 그는 경위가 여러 가지 지점에서 적절한 증거를 제시하기 어려울 것이라는 희망으로 자신을 위로했다. 하지만 아마데일이 사건 재구성을 통해 기대 이상으로 높은 상상의 재능을 드러냈다는 것을 부정할 수는 없었다. 너무나 불길하게도 모든 것이 그럴듯하게 들렸다.

"그사이에," 경위가 다시 말을 시작했다. "젊은 플리트우드는 차를 세워 둔 채 호텔로 들어갑니다. 그가 무엇을 하려 했는지는 제가 알 수 없습니다. 아마도 일종의 알리바이를 구축하려고 했겠죠. 어쨌든 그는 밤 11시 35분에 계단을 급히 내려오다가 발을 헛디뎌 머리가 고꾸라지면서 오른쪽 다리에 복합 골절상을 입습니다. 그것으로 그의 그날 밤은 끝나고 말죠. 호텔에서는 래포드에게 전화하고 래포드가 그를 치료하고 침대에 눕힙니다."

아마데일은 다시 말을 멈추고는 웬도버를 향해 우월한 미소를 던졌다.

"이게 저의 사건 서술입니다. 저는 이것으로 그 여자를 주범으로, 그리고 젊은 플리트우드를 공범으로 체포 영장을 신청하기에 충분하다고 생각합니다."

이제 최악의 상황을 알게 된 만큼 웬도버는 그 암묵적인 도전을 열정적으로 받아들였다. 이것은 자신이 직접 선택한 역할인 만큼 그는 그 역할을 잘 해내고 싶은 마음이 간절했다.

"당신의 사건 전체는 그 근원에 결함이 있어요, 경위." 그는 주장했다. "당신은 사실이 드러날 것에 대한 두려움이 동기로 작용했다고 근거 없이 주장하는 겁니다. 글쎄요, 이 살인으로 인해 오히려 사실이 드러나는 게 불가피해졌죠. 그것도 최악의 형태로요. 이런 곤란을 당신은 어떻게 피해 가죠?"

제기된 반론을 들으면서 아마데일의 우월한 분위기는 되려 더 강해졌다.

"**실제** 살인 사건을 별로 경험해 보지 못하신 것 같군요, 웬도버 씨. 책에서는, 물론, 다를 수 있지요." 그는 명백히 비웃는 듯한 표정으로 덧붙여 말했다. "현실의 살인범은 어리석어서 살인이 초래할 일련의 일들을 예측하지 못할 수도 있는 겁니다. 아니면, 영리한 유형의 사람이 순간의 충동적인 감정에 휩쓸려서 쉽게 흥분하는 걸 본 적이 있을 겁니다. 그 결과 그 모든 영리함은 수포가 되고 살인자는 어떤 결과가 생길 수 있을지 개의치 않고 범행을 저지르는 거죠."

"그래서, 당연히도, 어리석지도 않고 잘 흥분하지도 않는 살인자들은 절대 잡히지 않는 거야. 안 그런가?" 클린턴 경이 즐거운 말투로 끼어들었다. "우리 경찰이 가끔 실수하는 게 그걸로 설명되지."

웬도버는 아마데일의 논지를 주의 깊게 생각해 봤다.

"그럼, 플리트우드 부인은 바보가 아닌 만큼," 그가 냉정하게 말했다. "어떤 강한 도발을 받고서 이성을 잃었다고 가정하는 건가요?"

"그럴 가능성이 크죠." 아마데일이 주장했다. "그 도발이 정확히 뭔지 우리가 서술하지 못한다는 이유만으로 그런 생각을 배척하는 배심원은 아무도 없을 겁니다. 배심원들은 바위 위에서 오간 대화가 그대로 보고될 거로 기대하지 않을 테니까요."

웬도버는 마음속으로 이 사실을 부인할 수 없었고, 경위의 자신만만한 선언을 들으며 가슴이 내려앉았다. 그는 새로운 지점을 공격해 보려 시도했다.

"당신은 자신의 이런 생각을 뒷받침할 확실한 증거가 있다고 했죠? 그렇다면 어젯밤 플리트우드 부인이 거기 있었다는 걸 어떻게 증명할 겁니까?"

아마데일의 미소에는 승리의 기운이 감돌았다. 그는 가방 쪽으로 몸을 구부렸고 그 속에서 밀랍 주조를 하나 꺼내 테이블 위에 올려놓았다. 두 번째로 몸을 구부리자 여자의 골프화 한 켤레가 나왔다. 그는 신발 한쪽을 골라 밑창이 위로 향하도록 주조 옆에 나란히 놓았다. 웬도버는 심장이 철렁해서 두 물체의 해당 부분을 비교했다. 트집 잡기의 일인자인 비평가라고 해도 그 둘의 일치를 부인할 수 없을 것이었다.

"이것은 플리트우드 여자의 골프화입니다." 경위가 다소 엄숙하게 말했다. "제가 여자 골프 탈의실에서 찾은 겁니다. 필요하다면 확인해 줄 증인 한두 명을 데려올 수 있습니다."

웬도버는 문득 경위의 주장에 결함이 있을 수 있다는 것을 감지했지만, 즉시 자기 무기를 드러내는 대신 아마데일을 미혹게 해서 가능하다면 그가 방심하도록 만들려고 결심했다. 그는 신발이라는 증거 앞에서 믿음이 흔들린 것처럼 크나큰 실망감을 얼굴에 완연히 드러냈다. 그리고 그 문제는 더 논하지 않고 새로운 말을 꺼냈다.

"그럼 그 골프 재킷은요? 그건 어떤가요? 그건 모래에 자국을 남기지 않았죠."

아마데일의 승리의 미소가 더욱더 뚜렷해졌다. 그는 가방 쪽으로 다시 한번 향하더니 손에 고무장갑을 끼고 최대한 조심하며 더러워 보이는 콜트 자동 권총을 눈에 보이도록 집어 들었다.

"이건 38구경 권총입니다." 그가 총을 가리켜 보였다. "우리가 그 바위에서 주운 탄피와 같은 구경이죠. 그리고 우리가 시신에서 총알을 꺼내게 되면 그 구경도 같을 겁니다. 총신을 검사했는데 아주 최근에 총알이 발사되었더군요. 탄창도 살펴봤는데 장전된 총알 하나가 비어 있습니다."

그는 마지막 요점을 말하기 전에 극적으로 말을 멈췄다.

"그리고 여자 골프 탈의실에서 플리트우드 여자의 외투걸이에 걸려 있던 그녀의 골프 재킷 주머니에서 이 권총을 발견했습니다."

또 한 번 말이 멎었다. 웬도버의 마음속에 그 사실이 자리 잡을 시간을 준다는 의미였다. 그런 다음 아마데일은 덧붙여 말했다.

"이런 종류의 장난감은 평범한 숙녀가 가지고 다니는 물건이 아니라는 것은 인정하실 겁니다, 선생."

웬도버는 이제 적당한 때가 왔다고 생각하고 지뢰를 터뜨릴 준비를 했다.

"이 일을 확실히 합시다, 경위. 내가 이해하는 바로는 당신은 여자 탈의실에 들어가서 플리트우드 부인의 외투걸이를 찾다가 재킷이 거기 걸려 있고 신발이 바닥에 있는 것을 발견했다는 거군요."

"정확히 그렇습니다, 선생. 플리트우드 부인의 회원 카드가 거기 못에 표시되어 있었습니다. 전혀 어렵지 않았죠."

웬도버는 입술에 번지는 미소를 억누르려 하지 않았다.

"그래요, 경위. 다른 누구라도 그 물건들을 쉽게 찾을 수 있었을 겁니다. 그것들은 누구나 접근할 수 있도록 거기 놓여 있었어요. 심지어 그것을 집어 들기 위해 열쇠를 돌릴 필요도 없었죠.

그리고 어두워지고 나면 그 탈의실은 그냥 방치됩니다. 우연히 가게 되는 경우가 아니면 아무도 거기 가지 않죠."

자기 차례를 맞은 그는 공격을 개시하기 전에 잠시 말을 멈췄다. 그리고 덧붙였다.

"사실, 다른 어떤 여자가 플리트우드 부인 대신 거기 가서 그녀의 신발과 재킷을 입었을 수도 있어요. 그래서 당신을 완전히 오도했을 수 있는 거죠. 누구라도 걸이에서 그 재킷을, 바닥에서 그 신발을 가져갈 수 있는 겁니다, 경위. 당신의 증거는 어느 정도는 다 괜찮아요, 인정할게요. 하지만 그 밤에는 누구라도 그 물건들에 접근할 수 있었기 때문에 물건 소유자의 유죄를 입증하지는 못합니다."

웬도버는 경위의 자긍심이 무너지는 것을 보리라 예상했다. 그러나 아마데일의 얼굴은 그가 과녁을 명중하지 못했음을 분명히 보여주고 있었다. 경위는 살짝 손짓하여 웬도버의 시선이 권총으로 가도록 했다.

"이 위에 지문이 몇 개 있습니다. 아주 선명합니다, 선생. 감식해 보니 신원 확인 수단으로 완벽하더군요."

"하지만 그 지문이 불리하게 작용한다면 플리트우드 부인이 지문 채취를 허락할 거라고 생각하진 않겠죠?"

아마데일이 얼굴에는 비난을 미연에 방지할 수 있어 기쁘다는 표정이 드러났다. 그는 권총을 가방 안의 어떤 통에 조심조심 넣은 다음, 세심한 주의를 기울이며 식탁용 칼을 꺼냈다. 웬도버는 문양을 보고 그 칼이 호텔에서 사용되는 것임을 알아차렸다.

"이건 플리트우드 여자가 오늘 점심에 사용했던 칼입니다. 그녀를 담당했던 웨이터에게 보관하라고 해뒀죠. 그는 칼에 손을 대지 않고 접시 위에 올려놓았어요. 제가 감식해 보니 당연히도 그녀의 지문이 몇 개 나왔습니다. 권총에 있던 지문과 동일하더군요. 그에 대해 답할 게 있으실까요, 선생?"

웬도버는 발밑의 땅이 갈라져 꺼지는 느낌이었다. 그는 경위의 조사 결과에 이의를 제기할 어떤 말도 떠오르지 않았다. 그러나 그런 상황에서도 아마데일은 뭔가를 예비적으로 갖고 있는 것 같았다. 그는 칼을 도로 가방에 넣고 가방 속 내용물을 다시 살펴본 다음 신발 한 켤레를 꺼내 테이블 위에 올려놓았다.

"저는 오늘 아침에 플리트우드의 방을 정돈하는 객실 청소부에게 이걸 가져오게 했습니다. 밑창에 손가락을 대보세요. 아직 상당히 축축합니다. 당연한 거죠. 한 자리에 오래 서 있으면 모래에서 물이 스며 나온다는 건 아실 테니까요. 게다가 밑창과 윗부분 사이, 그러니까 두 부분이 이어지는 곳을 보면 모래 알갱이가 약간 붙어 있는 게 보이실 겁니다. 저로선 그 정도면 충분합니다. 플리트우드가 방파제 뒤에 있던 남자였던 겁니다. 자 이제, 플리트우드가 어젯밤 그 바위에서 일어난 사건에서 아내가 아닌 다른 사람, 그러니까 다른 여자를 도우러 나갔다고 절 설득하지는 못하실 테죠."

웬도버는 신발을 세세히 살펴봤다. 그리고 경위의 말이 맞는다는 것을 인정해야만 했다. 아마데일은 그를 조롱하는 표정으로 바라보다가 설명을 끝냈다.

"당신이 요청하신 그 증거입니다, 선생. 플리트우드는 거기 있었습니다. 그의 신발이 그걸 충분히 증명합니다. 아직 발자국

본과 대조해 보지는 않았습니다. 이미 충분하니까요. 하지만 나중에 할 겁니다. 그의 아내도 거기 있었어요. 그 바위에서 우리가 발견한 빈 탄피를 고려하면 골프화, 재킷, 권총, 지문, 이것들이 모두 그 증거가 됩니다. 그리고 밤새도록 세워 둔 차도 있죠. 아마 차를 안으로 들이려다가 그의 다리가 부러졌을 거예요. 이것으로 배심원 누구라도 충분히 납득시킬 만합니다, 선생. 이제 영장을 신청하고 그 두 사람을 체포하는 것 외에는 할 일이 없습니다."

클린턴 경은 경위가 증거를 요약하는 것을 그저 뜨뜻미지근한 태도로 듣고 있었다. 그러나 마지막 문장을 듣고 정신이 든 것 같았다.

"이건 자네 사건이네, 경위." 그는 진지하게 말했다. "하지만 내가 자네라면 영장을 서두르지는 않을 것 같네. 플리트우드 부부 중 누구라도 체포하는 건 권할 만하지 않아, 아직은 말이야."

아마데일은 당황한 기색이 역력했다. 그러나 클린턴 경이 그렇게 입장을 바꾸라고 하는 데는 타당한 이유가 있을 것이라고 믿는 것 또한 분명했다.

"아니라고 생각하시는 겁니까, 청장님?" 그가 걱정스러운 표정으로 물었다.

클린턴 경은 고개를 저었다.

"즉각적으로 행동하는 것은 실수일지도 모른다고 생각하네, 경위. 하지만, 물론, 자네가 책임지지 않도록 해주지. 원한다면 지금 당장 서면으로 그렇게 적어주겠네."

이번에는 아마데일이 고개를 저었다.

"그러실 필요는 없습니다, 청장님. 청장님은 우리 누구도 실망하게 한 적이 없죠. 하지만 무엇 때문에 반대하시는 건가요?"

클린턴 경은 잠시 마음이 정해지지 않은 듯 보였다.

"우선은 말이야, 경위," 이윽고 그가 말했다. "자네의 그 설명에는 결함이 하나 있네. 본질적인 부분에서는 옳을지 모르지만, 미진한 점이 하나 있어. 그리고 그걸로 인해 나는 또 다른 문제를 생각하게 되네. 지금까지 진행된 바로는 이 사건에는 해결되지 않은 부분이 너무 많이 있어. 확실하게 기소하려면 돌이킬 수 없는 일을 하기 전에 이 부분들을 해결해야 해."

"뭘 말씀하시는 건지요, 청장님?"

"다른 가능성들을 없애야 한다는 말이네. 빌링포드가 그중 하나지. 오늘 밤에, 자정쯤 말이야, 내가 그 점을 좀 밝혀보고 싶네, 경위. 그러고 보니 밝힐 불을 자네가 좀 준비해야겠군. 좋은 섬광등 두어 개면 충분할 것 같네. 밤 11시 반쯤에 그것들을 여기 가져와서 나를 부르게. 그다음으로는, 그 매끈한 신발을 신은 여자가 있지. 그녀가 이 복잡한 문제에서 매듭되지 않은 느슨한 부분인데…."

"그건 제가 조사하고 있습니다, 청장님."

클린턴 경은 진심으로 칭찬하는 말을 했다.

"정말이지, 경위, 짧은 시간에 놀랍도록 일을 잘했군그래. 정말 잘하고 있어. 그래서 결과는 어떤가?"

경위의 얼굴은 그 결과가 전혀 흡족하지 않다는 것을 보여주고 있었다.

"그게 말이죠, 청장님, 그 발자국은 호텔 투숙객 누구의 것도 아니었어요. 제가 싹 다 조사했거든요. 숙녀분들 중 230 사이즈를 신는 사람은 딱 세 명입니다. 해밀턴 양, 리벨 씨 부인, 그리고 스턴튼 양, 이렇게요. 그 별장 진흙에 난 발자국은 어젯밤 9시에서 10시 사이에 만들어졌어요. 그 시간에 해밀턴 양은 춤을 추고 있었습니다. 제가 상대의 이름까지 적어 뒀습니다. 그녀는 이곳에서 춤을 제일 잘 추는 것 같더군요. 많은 사람이 그녀의 춤을 즐겁게 지켜보고 있었어요. 그래서 그녀는 혐의를 벗었죠. 리벨 씨 부인은 저녁 식사 직후부터 11시 반까지 브리지 게임을 하고 있었습니다. 그러니까 그녀일 리가 없죠. 그리고 스턴튼 양은 어제 골프장에서 발목을 삐어서 래포드 박사에게 진료를 받았습니다. 그녀는 지팡이를 짚고 절뚝거리며 돌아다녔는데, 그 발자국에는 절뚝거린 흔적이 없었죠. 그래서 그녀도 제외됩니다."

클린턴 경은 아무런 언급도 하지 않고 그 증거들을 곰곰이 생각하고 있었다. 자신의 열의를 증명하고 싶어 조바심이 난 경위가 계속해서 말했다.

"확인차 드리는 말씀인데, 저는 작은 사이즈의 신발들은 모두 살펴봤습니다. 대략 여섯 명의 숙녀분들이 235 사이즈 신발을 신습니다. 오스턴 양, 위컴 씨 부인, 플리트우드 부인, 페어포드 양, 성을 두 개 쓰는 외국인 여성, 레이튼 양, 스탠모어 양, 그러니까 나이 어린 스탠모어 양까지요. 하지만 제가 잰 치수는 230 사이즈라서 이 사람들은 모두 다 제외됩니다. 마을에 조용히 좀 알아봤는데요. 스테이블리의 습성에 관해 들어보니, 어떤 마을 여자일지도 모르겠더군요. 뭔가 나오면 제가 바로 보고드리겠습니다."

클린턴 경은 경위의 장황한 설명을 참을성 있게 듣고 있었지만, 그가 다음에 한 말을 보면 그의 주의는 다른 데로 흘러가고 있었던 것 같았다.

"경위, 순경 몇 명을 더 불러오는 게 좋겠어. 사복 차림으로 오게 하고 그들이 온다는 걸 알리지 말게. 그리고 삽코트에게 플랫의 별장에 있는 무리를 감시하라고 하면 되네. 난 그 네 번째 남자, 그러니까 <스나크 사냥>[6]에 씌어 있듯이 '안녕하세요!'라든지 크게 부르는 소리에 대답하곤 하는 그런 사람에 대해 점점 관심이 커지고 있네. 그냥 한번 시도해 보는 것일 뿐이기는 하지만 난 그가 다시 별장으로 돌아온 걸 알게 돼도 놀라지 않을 거야. 그건 그렇고, 배를 빌리러 갔을 때 두 어부는 분명 그를 봤을 거야. 자네는 그들에게서 그에 관한 설명을 들을 수도 있을 걸세."

"잘 알겠습니다, 청장님."

"그리고 마지막으로 하나가 더 있네, 경위. 자네를 힘겹게 하고 싶지는 않지만, 피터 헤이 사건은 어떻게 됐나? 더 진전된 거라도?"

아마데일의 얼굴에는 너무 몰아붙인다고 생각하는 표정이 드러났다.

"저, 그게, 청장님." 그가 항변했다. "저는 정말 시간이 별로 없었습니다."

[6] 루이스 캐럴이 1876년 발표한 난센스 풍자시. '스나크'라는 불가사의한 생명체가 사는 섬에 여러 인물이 상륙하여 스타크를 찾아 헤매는데 마침내 이 생명체를 잡은 사람은 바로 그 순간 사라져 버린다는 내용이다.

"자네를 탓하는 게 아니라네, 경위. 그냥 물어본 거였지, 비판한 게 아니야."

아마데일은 얼굴이 밝아졌다.

"과자 가게에는 다녀왔습니다, 청장님. 피터 헤이는 거기서 눈깔사탕을 산 지 한참 되었더군요. 사실, 지금은 재고가 전혀 없었습니다."

"그거 흥미롭군. 안 그런가?"

"그렇습니다, 청장님. 래포드 박사는 시신의 체내에 아질산 아밀이 있는 것은 의심의 여지가 없다고 합니다. 제가 그 얘기를 꺼냈을 때 그는 약간 당황한 것 같았어요. 자력으로 발견하지 못했던 것 같거든요. 하지만 제가 제안하자 그는 몇 가지 검사를 해서 그 물질을 발견했습니다."

클린턴 경은 일이 끝났다는 듯 자리에서 일어났다. 아마데일은 바삐 움직여 가방을 다시 정리했다. 그가 그 일을 마치자 클린턴 경은 문 쪽으로 가서 문의 잠금장치를 풀기 시작했다. 문을 열기 전에 클린턴 경은 마지막 말을 덧붙였다.

"포딩브리지 집안이 이 두 사건에 직간접적으로 연루된 게 분명한데, 좀 이상하지 않나, 경위? 그 점을 잘 생각해 보게. 알겠나?"

# 9

## 두 번째 탄피

아마데일이 떠나자마자 청장은 새로운 임무에 돌입했다. 그는 플랫의 별장에 있던 일행 외에 다른 누군가가 시신의 신원을 꼭 확인해 줄 필요가 있다고 여기는 것 같았다. 스탠리 플리트우드는 움직이고 싶어도 움직일 수 없었다. 그리고 클린턴 경은 크레시다가 죽은 남편의 시신을 마주하게 하고 싶지는 않았다. 폴 포딩브리지는 스테이블리를 잘 알고 있었다. 그래서 청장은 이 어려움을 그를 통해 해결하고자 했다.

그로서는 다행히도, 폴 포딩브리지는 이런 상황에 전혀 짜증스러운 기색을 보이지 않았다. 그는 곧바로 청장과 함께 가서 사체를 살펴보고 신원 확인 증언을 하는 데 동의했다. 웬도버가 그들과 함께 차에 탔고 그 절차는 린든 샌즈 마을에서 금세 끝이 났다. 포딩브리지는 조금도 망설이지 않았다. 첫눈에 스테이블리를 알아봤던 것이다.

마을을 다시 벗어날 때까지 클린턴 경은 정보를 더 캐내려는 시도를 전혀 하지 않았다. 하지만 차가 플랫의 별장 입구 좁은 통로를 가로질러 만의 옆을 따라 달리자 속도를 늦추고 포딩브리지를 향해 말했다.

"포딩브리지 씨, 당신이 밝혀줄 수 있을지도 모르는 사항이 있는데요." 그가 머뭇거리며 말했다. "스테이블리는 전사한 게 거의 분명한 걸로 돼 있었습니다. 그가 예전에 어떻게 살았는지 뭐라도 알려주시겠습니까? 한 번씩 그와 만난 적이 있는 것으로 아는데요."

폴 포딩브리지는 이 요청을 전혀 꺼림칙하게 여기지 않는 듯했다.

"제가 그 친구에 관해 아는 모든 것을 충분히 말씀드릴 수 있습니다." 그는 흔쾌히 대답했다. "그의 과거에 대한 진짜 정보는 다른 곳에서 찾으셔야 할 겁니다. 하지만 제가 관련된 한에서 말하자면, 저는 여기서 그를 만났습니다. 제 조카 데릭이 폭스힐스에서 우리와 함께 휴가를 보내기 위해 그를 데려왔어요. 그게 1916년이었죠. 17년 봄에 그는 경미한 부상을 당했습니다. 그래서 우리는 회복될 때까지 우리와 같이 지내자고 했죠. 그는 1917년 4월에 제 조카와 결혼했습니다. 결혼 생활은 성공적이지 못했어요. 정반대였죠. 그 친구는 최악의 악당이었어요. 1917년 9월에 우리는 그가 군 당국의 블랙리스트에 올랐다는 사실을 비공식적으로 알게 됐습니다. 그리고 제 개인적인 느낌은 — 제가 실제로 알지는 못하기 때문에 오직 느낌일 뿐입니다 — 그가 총살당할 처지에 몰렸다는 것이었습니다. 들리는 말로는 그가 야전에서 재기할 기회를 얻었다고 하더군요. 당시에는 대규모 공격이 벌어지고 있었기에 그는 다른 대원들과 함께 거기 투입되었죠. 그게 우리가 그에 관해 들은 마지막 소식이었습니다. 공격이 있은 후 그는 실종자로 분류되었고 얼마 후 육군성에서 그의 물건 몇 가지를 조카에게 돌려주었습니다. 그의 신원 인식표가 있는 시체를 발견했다는 것 같았어요. 당연히도 우리는 안도했습니다."

그는 잠시 말을 멈췄다. 그러더니 자신이 문제를 필요 이상으로 냉정하게 취급한 것 같다는 생각이 들었는지 이렇게 덧붙였다.

"그는 완전히 나쁜 놈이었어요, 아시겠어요? 수표에 내 이름을 위조해서 거금을 받으려고 한 걸 잡아낸 적도 있습니다."

클린턴 경은 그 정보에 고개를 끄덕이며 고마움을 표시했다.

"그렇다면 그가 실제 전사자와 인식표를 바꿔치기한 다음 어찌어찌 탈출에 성공했다고 가정해야 할 것 같네요." 그가 추측했다. "그게 어떻게 가능했는지 어렵지 않게 알겠군요."

웬도버가 끼어들었다.

"그건 언뜻 보기보다는 어려운 일이네, 클린턴. 전투가 끝난 후 그가 어떻게 자신을 숨길 수 있었다고 상상하나? 자기 모습을 보여줘야 했을 텐데 말이야."

"아, 그는 자기가 신분을 탈취한 인물을 본 적이 없는 사람들에게 갔을 거로 추측하네. 그건 어렵지 않았을 거야."

"그는 발견된 다음 소속 부대, 즉 그 죽은 남자의 부대로 즉시 되돌려 보내졌을 거야. 그랬으면 무사하지 못했을 거고."

"그럼, 그는 돌려보내지지 않았던 게 분명하군, 친구. 자네가 그렇게 원한다면 말이지." 클린턴 경은 그 말을 인정하며 포딩브리지 쪽으로 몸을 돌렸다. "방금 들은 얘기로 스테이블리가 당신 조카, 그러니까 플랫의 별장에 사는 남자와 근래에 어울리고 있는 게 충분히 설명되는군요."

"플랫의 별장에 제 조카가 있다고요?" 폴 포딩브리지가 냉랭하게 물었다. "저는 조카가 살아 있는지조차 확실하게는 모르는데요."

"그는 자기 이름이 데릭 포딩브리지라고 하더군요. 그게 조금이라도 도움이 될지는 모르겠지만 말이죠."

"아, 그 친구 말이군요? 그가 제 조카라는 증거는 전혀 없답니다."

"괜찮으시다면 그에 관한 이야기를 좀 더 듣고 싶군요." 클린턴 경이 말했다.

"그럼요, 전혀 문제없죠." 폴 포딩브리지가 대답했다. "제 조카 데릭은 1914년부터 군에 복무했습니다. 걔는 서부 전선에서 포로가 됐어요. 제가 말씀드린 바로 그 전투에서요. 우리는 나중에 걔가 클라우스탈 포로수용소로 보내졌다는 걸 알게 됐죠. 걔는 거의 즉시 그곳에서 탈출해서 네덜란드 국경을 넘어가려 했지만, 마지막 순간에 붙잡히고 말았다더군요. 그런 다음 잉골슈타트의 제9 요새로 보내졌습니다. 걔는 거기서 일주일도 채 되지 않아 다시 도망쳤어요. 제 느낌에는, 더 일찍이 아니라면, 아마도 스위스 국경을 넘으려다 총에 맞은 것 같고, 신원이 확인되지 못했던 것 같아요. 어쨌든 우리는 걔의 소식을 더 이상 듣지 못했고 휴전 후 포로들이 석방되었을 때 걔는 거기 포함되지 않았어요. 이 친구가 정말 제 조카라면 왜 우리에게 연락하지 않고 그 오랜 시간을 보냈는지 알 수가 없습니다. 그가 정말 제 조카라면 많은 돈이 자기를 기다리고 있단 말이죠. 게다가 걔는 탈출 시도에서 보시다시피 진취적인 친구입니다. 그런데도 우리는 걔가 생포된 공격이 있기 전부터 한마디 소식도 듣지 못했습니다"

"어쩌면 기억을 잃은 게 아닐까요?" 웬도버가 제의했다.

"그럴지도 모르죠." 폴 포딩브리지가 냉랭한 어조로 대답했고 그 말투에 웬도버는 김이 빠져서 더 이상의 추정은 그만두고 말았다. 그는 클린턴 경을 향해 덧붙여 말했다. "더 원하시는 정보가 없다면 저는 여기서 내려서 호텔로 돌아가야 할 것 같습니다. 다리를 좀 뻗으면 좋겠어요."

클린턴 경이 그를 붙잡아 둘 의사를 보이지 않자 그는 차에서 내렸고, 그들은 곧 그를 두고 떠났다.

"그 젊은 여성을 제외하면," 차를 타고 가면서 웬도버가 클린턴 경에게 털어놓았다. "이 포딩브리지 집안은 빌어먹을 괴팍한 인간들 같아."

"날 놀라게 하는군, 친구. 내 관심까지 사로잡았어. 계속해 보게."

"글쎄, 자네는 그 모든 걸 어떻게 생각하나?"

"고도로 발달한 그들의 과묵함이 내 천박한 호기심을 자극한다는 건 인정하겠네. 미스 포딩브리지가 그들 중 유일하게 자기 일을 말하고 싶은 정상적인 인간의 욕구를 가진 것 같더군."

"다른 건 뭘 알게 됐지?"

"그들은 뭐가 뭔지 좀 혼란스러운 것 같아. 하지만 자네는 나보다 훨씬 더 예리하니까 꽤 오래전에 알아챘겠지."

"어렴풋이 느끼긴 했네." 웬도버가 비꼬듯 받아쳤다. "또 다른 건?"

"아, 있지. 우선, 폴 포딩브리지 씨는 유난히 무심한 것 같더군. 아니, 냉정하고 균형 잡힌 지성을 지닌 자네조차 그 사악한 삼촌보다는 더 그 조카의 곤경 때문에 마음이 아픈데 말이야. 완전히 <숲속 아기들>[7] 같지 않나? 자네는 착한 울새 역할을 하고 있고. 일이 제대로 되려면 자네에게 빨간 가슴 깃털과 나뭇잎 몇 개만 있으면 돼."

"이건 웃을 일이 아니야, 클린턴."

"난 웃고 있지 않네." 클린턴 경이 진지하게 말했다. "교수형이 농담은 아니지. <샘 홀의 노래>[8] 알겠지.

'그런 다음 목사님이 오시겠지….'

그리고 끔찍한 예식이 끝나면 남아 있는 일은? 잘못해서 엉뚱한 사람을 교수형에 처한다면 큰일이지."

웬도버가 대답도 하기 전에 차는 호텔 앞에 멈춰 섰다.

"여기서 내리면 되네, 친구. 나와 함께 차고까지 둘러 갈 필요는 없지."

하지만 웬도버가 내릴 준비를 하고 있을 때 호주인 카길이 서둘러 다가오는 것이 보였다. 그는 정원 의자들 중 하나에 앉아서 그들이 도착하는지 내다보고 있었던 것 같았다.

"클린턴 경, 정말 한참 찾아다녔습니다." 그가 차에 다가와서는 설명했다. "점심시간에 당신을 놓쳤죠. 그리고 연락하려고 했을 때는 이미 나가시고 난 뒤였어요. 중요해 보이는 어떤 게 있는데 보여드리고 싶어서요."

그는 조끼 주머니를 뒤져 작고 반짝이는 물건을 꺼내 청장에

7 영국의 전래동화. 숲속에 버려진 두 아이가 죽자 울새가 나뭇잎으로 아이들을 덮어준다.

8 <샘 홀>은 가난한 사람들을 위해 부자들의 집을 털어 사형 선고를 받은 도둑에 관한 영국 민요이다.

게 건넸다. 웬도버는 손에서 손으로 넘어가는 그 물체를 보고 38구경 탄창의 빈 탄피라는 것을 알았다.

"이전에 본 적 있는, 그런 종류의 물건이군요." 클린턴 경은 힐끗 보고는 별 관심 없다는 듯 말했다. "잃어버린 사람이 과연 보상하고 싶을지 모르겠군요."

카길은 어리둥절한 모습이었다.

"이게 중요하다는 걸 모르시는 건가요?" 그가 물었다. "제가 오늘 아침에 저 아래 해변에서 발견한 겁니다."

"당신이 말해주기 전까지 내가 그걸 어떻게 알겠습니까?" 클린턴 경이 가볍게 물었다. "나는 사람들이 말하는 초능력자가 아닙니다. 내게는 그냥 분명하게 말을 해야 해요. 하지만 카길 씨, 정말 중요한 일이라면 큰 소리로 외쳐서는 안 됩니다."

카길은 암묵적인 질책에 목소리를 낮췄다.

"오늘 아침에 제가 식사 전에 저 밑에서 해수욕했던 거 기억하시죠? 그리고 당신은 제게 방파제보다 더 가까이 다가오지 말라고 경고하셨죠. 저는 방파제 위에 앉아서 한동안 당신들을 지켜봤어요. 그 후 당신들은 가버렸고요. 그때 저는 해수욕을 서둘러 할 필요는 없었기 때문에 방파제에 잠시 앉아서 여러 가지 일들을 생각해 보고, 모래 위에 난 발자국들을 보고서 제가 알 수 있는 것들을 종합적으로 정리해 보려고 했죠. 아마 한 15분 정도는 앉아 있었던 것 같아요. 다시 일어났을 때 저는 한동안 제가 발로 모래를 차올리고 있었다는 걸 알게 됐어요. 전 생각에 빠져 있어서 제가 발로 뭘 하고 있는지도 몰랐던 거예요. 그래서 아래를 내려다보니까 제 발가락 옆 모래 위에 뭔가가 반짝이고 있었어요. 반쯤 숨겨져 있어서 집어 들기 전까지 전 그게 뭔지 몰랐어요. 그때는 당신들 일행은 모두 가고 없었어요. 그래서 그 지점을 주의 깊게 봐두고, 그 물건을 주머니에 넣고 당신들을 찾아 출발했습니다. 운 나쁘게도 바로 그때는 당신을 찾을 수 없었어요. 그래서 연락이 될 때까지 기다리고 있었던 겁니다."

그는 수고에 대한 보상으로 어떤 감정적 표현을 기대하는 듯 간절하게 청장을 쳐다봤다. 그러나 클린턴 경의 얼굴에 카길에게 고마워하는 기색 같은 건 전혀 없었다.

"차에 타시겠소?" 그는 곧바로 물었다. "이걸 어디서 찾았는지 보고 싶군요."

그러고는 카길의 기분을 맞춰주듯 이렇게 덧붙였다.

"눈이 상당히 예리하시군요. 난 내가 그 땅바닥을 꽤 주의 깊게 살펴봤다고 생각했는데 말이죠."

"아마도 그건 모래 속에 묻혀 있었을 겁니다." 그 호주인이 지적했다. "얼마 동안 발길질을 하고 나서야 제 눈에 보였거든요."

클린턴 경은 차를 돌려 '포세이돈의 좌'로 내려가는 길로 접어들었다.

"그걸 보고 무슨 생각을 했나요, 카길 씨?" 그가 잠시 후에 물었다.

"별로 생각해 보지는 않았습니다." 카길이 대답했다. "아주 간단해 보였거든요. 누군가 방파제 뒤에 있다가 총을 쏜 게 분명합니다. 그곳은 시신이 발견된 바위에서 사격하기 쉬운 거리니까요."

웬도버가 무슨 말을 하려는 듯 입을 열었다. 그러다가 생각을 바꿔 말을 자제했다.

그들이 해안에 도착했을 때 바닷물은 카길이 탄피를 주운 지점을 보여줄 수 있을 정도로 충분히 멀리 있었다. 웬도버에게는 여전히 머릿속 지도가 있었기에 방파제 뒤에 있던 남자가 총을 발사한 것은 그가 '포세이돈의 좌'에 가장 가까이 있었을 때임이 틀림없다는 것을 알아차렸다. 스탠리 플리트우드가 자동 권총을 어느 정도 쏠 줄 안다면 그 거리에서 스테이블리의 모습을 놓칠 리가 없었을 것이었다.

클린턴 경은 그들이 해안에 도착하자 더 예리하게 관심을 보이는 듯했다. 무심했던 그의 태도가 눈에 띄게 누그러져서 그는 증거를 찾아준 카길에게 다시 한번 감사를 표했다.

"아, 그건 그냥 우연이었습니다." 그 호주인이 사양하는 말을 했다. "저는 뭔가를 찾고 있었던 게 아니에요. 그냥 우연히 눈에 띄었을 뿐이죠. 이걸로 뭔가 밝혀지는 게 있나요?"

클린턴 경은 그 질문이 불쾌한 듯했다.

"모든 게 도움이 됩니다." 그가 훈계하듯 말했다.

카길은 자신이 무분별했다는 것을 알았다.

"아, 저는 주제넘게 끼어들려는 게 아닙니다." 그는 서둘러 청장에게 말했다. "그냥 호기심에서 여쭤봤을 뿐이에요."

그는 자신이 지나치게 호기심 많은 사람으로 보일까 봐 좀 당황한 것 같았다. 그래서 금세 화제를 전환했다.

"그건 그렇고, 호텔에서 누가 말하는 걸 들었는데요. 데릭 포딩브리지라는 사람이 이 근처 어딘가 머물고 있다고 하더군요. 그에 관해 뭐라도 아는 게 있으신가요? 전쟁 중에 그런 이름을 가진 사람을 만났었거든요."

"그는 만 건너편에 있는 저 별장에 묵고 있습니다." 웬도버가 플랫의 별장을 가리키며 설명했다. "당신의 그 친구는 어떤 사람이었나요? 그러니까, 생김새 말입니다."

"아, 제 키와 체격에, 면도를 깔끔하게 하고 머리는 검은색이었습니다. 제 기억이 맞는다면요."

"그럼 이 사람이 당신의 그 남자 같군요." 웬도버가 확인해 줬다. "하지만 모습이 조금 변한 걸 보게 될 겁니다. 심한 부상을 당했거든요."

"그래요? 그거 안됐네요. 지금 당장 건너가서 그가 집에 있는지 보겠습니다. 이미 반은 왔으니까요."

클린턴 경은 카길에게 차를 태워주겠다고 했다. 하지만 카길은 그들의 길을 방해하는 건지도 모른다는 생각에 그 제안을 거절하고 혼자 모래사장을 가로질러 출발했다. 그가 출발하기 전에 웬도버는 그에게 난파선 근처에 유사(流沙)가 있으니 혹시 모르고 빠지지 말라고 주의를 줬다.

"흥미로운 발견인걸." 웬도버가 해변을 오르면서 자청해서 말했다. "카길 앞에서는 아무 말도 하지 않았지만, 그의 탄피가 어려운 증거 문제 중 하나를 해결해 준다는 생각이 들어."

"빌링포드가 발사된 총이 한 발인지 두 발인지 말하지 못했던 걸 말하는 건가?" 클린턴 경이 물었다.

"그렇네. 그게 처음엔 우스운 것 같았거든. 하지만 두 발이 거의 동시에 발사되었다면 총성이 두 번이었는지 아닌지 말하기가 조금 어려웠을 거야."

"그건 그렇지, 친구. 요즘 자네는 지독하게 예리해지고 있군,

인정해야겠어."

하지만 친구의 말투를 들어보니 그 칭찬은 말처럼 따뜻하게 들리지는 않았다. 웬도버는 클린턴 경의 목소리에서 비꼬는 투를 포착했다고 생각했지만, 너무 희미한 느낌이어서 확신할 수는 없었다.

"난 너무 판에 박힌 생활을 하고 있어." 청장이 계속 말했다. "이건 휴가여야 하는데, 난 거의 매 순간을 아마데일의 성공을 향해 동분서주하며 보내고 있단 말이지. 난 정말 좀 쉬어야 해. 오늘 밤에 호텔에서 댄스파티가 있다는데 거기 갈까 생각 중이야. 직업을 바꿔야 하는데 말이지."

웬도버는 춤을 잘 추는 사람은 아니었지만 춤추는 사람들을 보는 건 좋아했다. 그래서 그는 저녁을 먹고 난 후 호텔 연회장에 가서 홀이 잘 보이는 구석에 편안하게 자리를 잡고 즐길 준비를 했다. 그는 클린턴 경이 춤을 두고 난데없는 익살을 부린 것이 단지 쉬고 싶어서 그런 것일 리는 없다는 의심을 반쯤 갖고 있었다. 물론, 청장이 춤을 잘 추는 사람이라는 건 의심의 여지가 없었다. 그는 친구가 어떤 상대를 선택하는지 흥미롭게 지켜봤다.

그러나 그가 가졌던 기대는 하나도 충족되지 않았다. 클린턴 경은 그의 상대들 중 누구에게도 특별히 관심을 기울이는 것 같지 않았다. 게다가 그들 대부분은 그 비극적인 사건들과는 아무런 관련이 없는 사람들이었다. 사실 그는 한 번은 발목에 힘이 없어 춤을 출 수 없었던 스턴튼 양과 함께 앉아 있기도 했다. 그리고 웬도버는 아마데일의 명단에 있던 다른 세 사람, 즉 페어포드 양, 스탠모어 양, 로랑-데루소 부인이 친구의 상대들 중에 있다는 것 역시 눈여겨봤다.

자정이 임박해서야 클린턴 경은 여흥에 지친 듯했다. 그는 함께 춤을 추던 로랑-데루소 부인에게 작별을 고하고 홀을 가로질러 웬도버에게 왔다.

"자네의 뱀파이어 연구가 유익했으면 좋겠는데, 클린턴?"

클린턴 경은 그 질문에 당황스러워했다.

"뱀파이어라고? 아, 로랑-데루소 부인 말이군. 그녀는 내가 자기 재능을 뒷받침하지 못하는 걸 알게 된 것 같네. 나는 처음부터 그녀에게 그녀가 경찰청장들보다는 훨씬 훌륭하다고 분명히 말했어. 난 순수한 우정만 제공하면 됐다네. 그녀로서는 참신한 느낌이었나 보더라고. 전에 만나본 적이 없는 유형이어서 그렇겠지. 상당히 흥미로운 여자더군, 친구. 나와 같은 조건에서 자네는 나처럼 그녀와 친분도 쌓지 못했을 거야. 자, 따라오게. 아마데일이 나타나기 전에 옷을 갈아입어야 할 거야. 저 아래 소금물에 정장 바지를 적시고 싶지 않다면 말이야."

그들은 홀을 나와 엘리베이터로 향했다. 복도에서 그들은 카길과 마주치는 바람에 걸음을 멈췄다.

"그 별장으로 가는 길을 알려주셔서 감사합니다." 그가 말했다. "그는 제가 알던 사람이 맞았어요. 하지만 전 그를 거의 알아보지 못했어요, 불쌍한 친구. 예전엔 잘생긴 녀석이었거든요. 근데 지금 그를 보세요."

"그와 회포를 푸셨나요?" 클린턴 경이 정중하게 물었다.

"아, 네. 하지만 그가 저택과 그런 모든 걸 소유한 꽤 큰 부호라는 얘기를 듣고 조금 놀랐어요. 저야 물론 전쟁 때 그를 알았을 뿐인데, 그는 그 후에 그 재산을 물려받은 것 같더군요. 폭스 힐스가 그의 집이죠?"

"그렇게 들었습니다. 그런데 그의 친구 빌링포드 씨를 만나셨나요? 재미있는 예술가인데요."

카길의 표정이 살짝 어두워졌다.

"그래요?" 그가 의문을 표하며 말했다.

클린턴 경은 손목시계를 힐끗 쳐다봤다.

"미안하지만 우리는 서둘러 가봐야 해서요, 카길 씨. 이렇게 늦은 줄 몰랐어요."

카길은 고개를 끄덕이며 자리를 떴다. 클린턴 경과 웬도버는 서둘러 위층으로 올라가서 모래사장에 적합한 옷으로 갈아입었다. 그들이 막 준비를 마쳤을 때 경위가 청장의 방문을 두드렸다. 몇 분 후 세 사람은 모두 해변으로 향하는 클린턴 경의 차에 올라 있었다.

"섬광등 준비했나, 경위?" 클린턴 경은 '포세이돈의 좌'에서 상당히 떨어진 지점에 차를 세우며 물었다. "좋아. 우리는 여기서 내리면 될 것 같군. 내가 잘못 계산한 게 아니라면, 우리는 우리가 만들어 놓은 그 두 개의 돌무덤 반대편에 있어야 해."

그들은 해변으로 내려가서 이내 어둠 속에 양쪽으로 길게 뻗어 있는 바닷물 웅덩이에 이르렀다. 클린턴 경은 잠시 그곳을 살펴봤다.

"그냥 뛰어들어야겠군." 그는 이렇게 말하고는 먼저 앞장섰다. "발목까지 오지는 않을 거야."

그들은 몇 초 만에 얕은 웅덩이를 통과했고 더 먼 쪽의 마른 모래에 이르렀다.

"이건 낮은 고래 등이야." 클린턴 경이 가리켰다. "만조가 되면 여기도 다른 모든 곳과 마찬가지로 물에 덮이지. 그런 다음 썰물이 되면 고래 등이 댐처럼 작용해서 여기와 도로 사이 모래 위에 큰 바닷물 웅덩이가 남게 되는 거야. 우리가 방금 지나온 곳이 바로 그 웅덩이야. 자, 이제 우리는 다음 걸 찾아볼 거야."

웬도버와 아마데일은 그의 뒤를 따라 모래를 가로질러 넓은 물줄기가 바다를 향해 쏟아져 내리는 곳까지 갔다.

"이건 고래 등과 다음 고래 등 사이의 물길이야." 그들이 고래 등에 이르자 클린턴 경이 설명했다. "이 물은 우리가 건너온 웅덩이에서 나온 것이고 돌무덤은 이 아래 양쪽에 각각 있지."

그날 밤은 날씨가 흐려서 그들은 수시로 섬광등을 이용해야만 했다.

"내가 기록하고 싶은 건 물줄기가 양쪽의 돌무덤을 딱 스치게 되는 정확한 시각이야. 바로 지금은, 자네들이 보다시피, 돌무덤들이 물속에 있네. 하지만 뒤쪽 웅덩이에 있는 물이 줄어들면서 물줄기의 수위가 낮아지고 있어. 그 물줄기가 쌓인 돌무더기 사이로 흐를 때까지 지켜보고 시간을 기록하게."

뒤쪽 물웅덩이에서 물이 비워지면서 물의 흐름이 서서히 줄어들었고, 마침내 두 돌무덤 사이의 물길에 갇힌 작은 냇물이 보였다.

"12시 5분이군." 클린턴 경이 시계에서 눈을 떼며 말했다. "이제 난 '포세이돈의 좌'로 갈 거네. 자네는 여기 남아 있게, 경위.

그리고 내 섬광등이 보이면 바위로 전력 질주해서 내게 오게."

그는 이 작전의 의미가 뭔지 어리둥절해하는 사람들을 남겨두고 어둠 속으로 사라졌다. 이윽고 웬도버는 뭔지 알았다고 생각했다.

"그가 뭘 하려는지 알겠군."

그러나 그가 경위에게 그 문제를 막 설명하려고 할 때 클린턴 경의 등이 번쩍이는 것이 보였다. 그러자 아마데일은 둔한 몸을 빠르게 움직이며 모래사장을 가로질러 출발했고 웬도버가 허겁지겁 그의 뒤를 쫓아갔다.

"이건 아주 간단하네." 세 사람이 '포세이돈의 좌'에 모두 모이자 클린턴 경이 설명했다. "빌링포드의 발자국이 돌무덤들이 있는 곳에서 끊어져서 몇 미터 보이지 않았던 걸 기억하겠지. 거기가 어젯밤에 그가 도랑을 건넜던 지점이었어. 우리가 해야 할 일은 그 도랑이 그 지점에서 오늘 밤 같은 폭이 되는 시각을 기록하고 — 방금 우리가 한 거지 — 그런 다음 오늘 저녁 조수가 늦어지는 것을 감안해서 40분쯤 수정하는 거야. 물론, 정확하지는 않아. 하지만 아마 거의 비슷할 거야."

"난 자네가 그런 종류의 뭔가를 찾는 거로 생각했네." 웬도버가 끼어들었다. "그 도랑에 이르자마자 바로 그 생각이 떠올랐어."

"그럼, 결과를 한번 보지." 클린턴 경이 계속 말했다. "도랑은 오늘 밤 12시 5분에 바로 그런 상태에 있었어. 조수가 어젯밤보다 41분 늦었으니 41분을 빼면 빌링포드가 어젯밤에 그 도랑을 건넌 시각은 밤 11시 25분이야. 자, 그다음으로, 내가 시간을 쟀더니 경위가 그 돌무덤에서 '포세이돈의 좌'에 달려오기까지 걸린 시간은 7분이 좀 넘었어. 따라서 빌링포드가 전 구간을 달렸다고 하더라도 그는 아무리 일러도 11시 32분 전에는 '포세이돈의 좌'에 도달하지 못했을 거야. 실제로, 빌링포드의 발자국은 그가 대부분의 거리를 걸었다는 것을 보여줬고, 따라서 그가 이곳에 도착하는 게 가능했을 시각은 11시 32분이 좀 지나서였어."

"그러니까 스테이블리의 시계가 멈춘 11시 19분에 그는 총을 쏠 수 없었던 거군?" 웬도버가 추론했다.

"그가 그럴 수 없었다는 건 명백해. 거기에는 그보다 더 많은 게 있네. 현재로서는 그런 것에 신경 쓸 필요는 없지만 말이야. 하지만 이 약간의 증거로 내가 관심을 뒀던 또 다른 가능성은 사라지게 되네. 빌링포드가 도랑 속으로 걸어간 뒤 바다로 이어진 물줄기를 따라 걸어서 흔적을 남기지 않았을 수도 있었거든. 그런 다음 그는 해변을 따라 파도 속을 걸으면서 물에서 스테이블리를 쐈을 수도 있고. 그 후 자기가 왔던 길로 돌아갔다면 그는 그 도랑의 같은 지점으로 나왔을 수 있으니까. 단지 물길의 이쪽 모래더미 위로 나왔겠지. 그리고 우리가 발견한 것처럼 '포세이돈의 좌'까지 이어진 편도 발자국을 남겼을 수도 있어. 그러나 그건 분명 밤 11시 19분에 발사된 총과 맞아떨어지지 않게 되지. 그가 만약 그렇게 했다면, 저 먼 쪽에 있는 그의 마지막 발자국은 도랑이 가득 찼을 때 만들어졌을 것이고, 이쪽의 첫 발자국은 나중에, 도랑이 조금 줄어들었을 때 만들어졌을 거야. 그러면 그 두 발자국은 우리가 오늘 밤 발견한 그 도랑 가장자리에 맞아떨어지지 않았을 거야."

"그 모든 건 너무나 잘 알겠습니다, 청장님." 아마데일이 기분 좋게 말했다. "그건 반경이 조금 더 좁혀졌다는 뜻이죠. 빌링포드가 그 총을 쏘지 않았다면 명단에 남은 사람은 플리트우드 두 사람과 230 사이즈 신발을 신은 여자, 이렇게 세 명뿐입니다. 만약 그녀가 빌링포드처럼 제외될 수 있다면 결론은 플리트우드 부부를 기소하는 것이죠."

"너무 서두르지 말게, 경위. 신발 문제는 어떻게 되고 있나?" 클린턴 경이 조금 못된 질문을 했다.

"사실대로 말씀드리자면," 경위는 방어적으로 대답했다. "아직 발본색원하지 못했습니다, 청장님. 마을 여자들 중 그 사이즈의 신발을 신는 사람은 두 명뿐입니다. 한 명은 아직 어린아이고 다른 한 명은 지금 마을 밖에 체류 중입니다. 그 둘 다 아닌 것 같습니다."

"그리고 헤이 사건은?" 청장이 채근했다.

경위는 이 주제에 대해 새롭게 말할 것이 없음을 시사하는 불분명한 소리를 냈다.

"그럼 스테이블리의 시신에 대한 검시는?" 클린턴 경이 계속해서 물었다.

여기서 경위는 대단한 것은 아니었지만 보고할 것이 있었다.

"래포드 박사가 검시했습니다, 청장님. 뒤통수에 난 타박상은 아무것도 아닙니다. 두개골 밑부분은 온전합니다. 그 타격은 그의 죽음과 아무 상관이 없었습니다. 기껏해야 1, 2분 정도 기절했을 뿐일 겁니다. 의사에 의하면 스테이블리는 총에 맞아 사망했습니다. 의사는 총이 아주 가까운 거리에서 발사된 것은 아니라고 생각합니다. 그건 그의 레인코트나 재킷의 총알구멍 주변 옷감의 탄 흔적을 제가 발견할 수 없었다는 사실에 부합합니다. 래포드 박사는 총알을 찾았습니다. 모든 게 정확합니다. 의사의 견해에 따르면 그는 즉사했음이 틀림없습니다. 이것들이 주요한 결과입니다. 그는 물론 참조용으로 상세한 보고서를 작성했습니다."

클린턴 경은 직접적인 논평을 하지는 않았다.

"오늘 밤은 이 정도면 충분할 것 같네, 경위. 차로 오게. 내가 마을로 태워줄 테니까. 그건 그렇고, 내일 아침에 순경 몇 명에게 일을 좀 시키고 싶네. 그리고 자네 역시 일꾼을 좀 고용하는 게 좋겠어. 모두 열두 명 정도로 하지. 그들에게 '포세이돈의 좌'와 바다 사이의 모래를 30cm 깊이까지 파서 그 모래를 만조선 위쪽에 더미가 되도록 쌓으라고 하게."

"얼마나 멀리까지 파내야 하나?" 웬도버가 물었다.

"간조선 아래까지 과연 파낼 수 있을지 모르겠군. 자네는 어떻게 생각하나?"

"그런데 거기서 뭘 찾기를 기대하는 건가?" 웬도버는 끈질기게 물었다.

"아, 아마 껍데기 한두 개 정도겠지." 클린턴 경이 빈정거리며 응수했다. "아닌 것 같나, 친구?"

웬도버는 청장이 자기 패를 보여줄 의사가 없으며 더 고집스럽게 요구해 봐야 얻을 게 없으리라는 것을 감지했다.

# 10

## 공격당한 호주인

다음 날 아침, 클린턴 경은 골프장으로 가기 전에 해변으로 가서 발굴 작업이 시작되는 것을 감독했다. 하지만 실제로 파는 일이 시작되자 그 문제에 대한 흥미를 잃은 듯했다. 그는 늦은 오후가 돼서야 웬도버와 함께 두 번째로 그곳을 찾았다. 그때도 그는 되는 대로 대충 둘러보는 것으로 만족하고 곧 호텔을 향해 돌아섰다.

"자네가 이 온갖 삽질을 해가며 찾는 게 뭐란 말인가?" 웬도버가 길을 걸어가면서 물었다.

클린턴 경은 몸을 돌려 굴착기 주변에 모여 있던 호기심 많은 관광객과 주민들을 손으로 가리켰다.

"소문을 들었는데, 친구, 린든 샌즈의 주민들은 경찰이 수색견 일을 충분히 하지 않는다고 생각한다더군. 비공식적인 의견은 우리가 그저 게으르거나, 아니면 순전히 멍청하다는 걸로 나뉘어 있는 것 같아. 그들은 이 알 수 없는 사건들을 해결하기 위해 실제로 뭔가를 하는 모습을 보고 싶어 한다네. 뭐, 이제 그들도 할 얘기가 생겼잖아. 그런 건 언제나 이득이지. 땅을 파는 모습을 지켜볼 수 있는 한 그 사람들은 우리가 진짜 해야 할 일에는 크게 신경 쓰지 않을 거야."

"하지만 클린턴, 진지하게 묻는 건데, 뭘 찾을 걸 기대하는 건가?"

클린턴 경은 동료에게 담담한 미소를 보냈다.

"아, 껍데기라니까. 아까 말했잖아, 친구. 껍데기라고, 거의 확실해. 그리고 지니가 바다에서 탈출한 뒤 던진 놋쇠 마법 램프일 수도 있고. <아라비안나이트> 말이야, 자네도 알겠지. 본격적으로 땅을 파기 시작하면 뭐가 나올지는 알 수 없는 일이지."

웬도버는 조바심이 난 듯한 몸짓을 했다.

"내가 볼 때 자네는 뭔가를 찾고 있어."

"내가 뭘 발견할 거로 기대하는지 정확히 말했잖아, 친구. 그리고 자네가 가서 이 땅 파는 인부들이나 심지어 경위에게 물어봐도 아무 소용없네. 그들은 모르니까 말이야. 대중이야 지칠 때까지 질문할 수는 있겠지만 해변에서 많은 걸 알게 되지는 못할 거야. 그러면 그들은 계속 열띤 흥분 상태를 유지하게 되고 그걸 넘어서는 관심거리를 찾지 않게 되겠지."

호텔 근처에 왔을 때 그들은 느긋하게 길을 걷던 로랑-데루소 부인을 앞지르게 됐다. 클린턴 경은 그녀의 걸음에 맞춰 속도를 늦추고 그녀 옆에서 나란히 가면서 활기차게 대화를 시작했다. 웬도버는 그럴 기분이 아니어서 약간의 반감을 노골적으로 드러내며 로랑-데루소 부인을 관찰했다.

'흠, 클린턴은 저 뱀파이어에게서 대체 뭘 찾는 거지?' 그는 그들과 함께 걸음을 옮기면서 자문했다. '그는 절대 흔히 보는 멍청이가 아니잖아. 그녀가 그에게서 얻을 건 아무것도 없어. 하지만 그는 그녀에게서 뭘 얻기를 기대하는 거지? 이건 그답지 않

아. 물론, 그녀는 여기서 약간 이질적인 존재이기는 해. 하지만 그녀는 왠지 그런 것에 그렇게 신경 쓸 유형으로 보이지는 않아. 게다가 그는 분명 그녀의 호의를 사려고 안간힘을 쓰고 있어. 이건 좀 이상하단 말이지."

그는 로랑-데루소 부인의 개인적인 매력이 보통 수준을 훨씬 뛰어넘는다는 것을 부인할 수 없었다. 그래서 자기도 모르게 마음 한구석에 불안감을 느꼈다. 결국, 아무리 똑똑한 남자라도 가끔은 걸려들게 되는 법이다. 그리고 클린턴 경이 이 프랑스 여인과 친해지려고 최선을 다하고 있는 것은 너무나 분명했던 것이다.

그들이 호텔 부지에 막 들어섰을 때 웬도버는 진입로를 따라 자신들에게 다가오는 카길의 모습을 봤다. 클린턴 경을 보자 걸음을 재촉하는 것으로 보아 그 호주인은 그들에게 할 말이 있는 것 같았다.

"제가 또 중요할지 모르는 어떤 걸 발견했습니다." 그는 다른 사람들에게는 눈길도 주지 않고 청장에게 말했다. "그건 —"

그는 로랑-데루소 부인을 힐끗 쳐다보더니 갑자기 말을 중단했다. 그녀가 거기 있는 것을 미처 보지 못했거나 막 알아채기라도 한 듯했다.

"나중에 보여드리겠습니다." 그는 다소 당황해하며 설명했다. "좀 찾아봐야겠어요. 다른 재킷 주머니에 넣어둔 것 같아요."

클린턴 경은 호기심을 느꼈는지도 모르지만 그런 표시를 잘 감추고 있었다.

"아, 언제든 좋으실 때 오세요." 그는 그 문제에 큰 관심을 드러내지 않고 말했다.

클린턴 경은 거의 감지되지 않게 일행을 둘로 나눈 뒤 원한다면 따라오라는 듯 웬도버와 호주인을 남겨 두고 로랑-데루소 부인과 함께 호텔 입구로 향했다. 호텔 건물에 들어섰을 때는 거의 저녁 식사 시간이 다 되어 있었다. 그래서 웬도버는 원치 않게 자기에게 달라붙으려는 듯한 카길을 떨쳐버릴 수 있었다.

웬도버로서는 다소 놀랍게도, 클린턴 경은 저녁을 먹고 나서 더는 조사에 뛰어들 의사를 보이지 않았다.

"욕심을 부려서는 안 되네, 친구." 그가 주장했다. "사건의 상당 부분은 경위에게 남겨 둬야 해. 우리 같은 아마추어가 너무 설치고 돌아다니면 전문가가 자기 기술을 발휘하지 못한단 말이지."

"자네가 내게 묻는다면," 웬도버가 반박했다. "그 전문가는 완전히 헛다리 짚으면서 시간을 낭비하고 있는 것 같네."

"그렇게 생각하나? 살인자처럼 울어대는 고양이가 있다면 그를 탓할 수는 없지 않을까?"

"나는 빌어먹을 정도로 준비되지 않은 그의 업무 처리 방식이 마음에 들지 않아." 웬도버가 화를 내며 항변했다. "유죄 판결을 받기 전까지는 무죄로 다뤄져야 한다고 난 항상 생각해. 하지만 당신네 경위는 그 젊은 여성을 마치 교수형 밧줄에 대보기라도 하듯이 신문했어."

"그는 놀랍도록 설득력 있게 사건을 구성해 냈어, 친구. 그걸 잊지 말게."

"하지만 자네가 직접 거기엔 결함이 있다고 인정했잖아, 클린턴. 그런데 그 결함이 대체 뭔가?"

그러나 클린턴 경은 그 미끼를 물지 않았다.

"잘 생각해 보게, 친구. 잘 안되면 다시 생각해 봐. 그래도 안되면 머리를 좀 흔들어 보고 세 번째로 시도해 보게. 그건 너무나 명백하지만 자네 앞에 펴 보이기 싫은 것 중 하나라고. 내가 그걸 설명하면 자네는 단번에 혼란에 빠질 테니까 말이야. 그러나 한 가지는 명심하게. 경위의 주장이 한 가지 세부 사항에서 무너진다고 해도 그가 말한 사실들에 대해 그 대단하신 플리트우드 부부는 지금까지 보여준 것 같은 식이 아니라 훨씬 많은 걸 설명해야 해. 그건 명백해. 그럼 이제, 남자들 둘을 골라서 브리지 한 판 하는 거 어때?"

그날 저녁 웬도버는 평소의 실력을 발휘하지 못했다. 그의 마음 한구석에는 위층에 있는 크레시다와 그녀의 남편 모습이, 공식화된 건 아니어도 자신들에게 씌워진 혐의의 부담감에 짓눌린 채 멀리 미루지 못할 새 종교 재판을 필사적으로 준비하는 모습이 계속해서 맴돌았다. 그는 그들이 증언을 끊임없이 검토하고 재검토하는 모습, 자신들에게 불리하게 작용할 점들을 무마하려 시도하는 모습, 아마데일 때문에 겪을 시련을 두려워하는 모습, 자신들의 방어를 일거에 무너뜨릴지도 모르는 복병을 무서워하는 모습 등을 마음속으로 그려볼 수 있었다. 그는 가능하기만 하다면 경위의 계획을 어그러뜨리고 말겠다고 더욱더 굳게 마음먹었다.

밤늦은 시간에 벨보이가 들어오자 그는 새로운 두려움에 휩싸였다.

"89호! 89호! 89 —"

"이봐, 여기야!" 클린턴 경이 벨보이에게 신호를 보냈다. "무슨 일이지?"

"클린턴 드리필드 경이신가요? 카길 씨에게서 온 전갈입니다. 선생님께서 위로 올라와서 만나주기를 원하십니다. 그분 방은 103호입니다."

클린턴 경은 짜증이 난 게 분명했다.

"나를 만나고 싶으면 여기 있다고 전해주게. 브리지 게임을 하고 있다고 말이야."

그 소년은 그들에게 소란을 일으키는 걸 즐기는 것 같았다.

"죄송합니다만, 그분은 못 오십니다. 위층에 누워 계시거든요. 총에 맞았어요. 플리트우드 부인이 몇 분 전에 차에 태워 와서 사람들이 방으로 옮겨야 했습니다. 의사를 부르러 보낸 상태입니다."

클린턴 경은 카드를 내려놓고 게임을 중단하는 것에 대해 다른 사람들에게 간단히 사과했다.

"자네가 나와 함께 가는 게 좋겠네, 친구. 어쨌든 우리는 게임을 그만해야 하니까 말이야."

그는 그 호주인의 방으로 올라갔고 웬도버가 그의 뒤를 따라갔다. 카길은 발목에 거친 붕대를 감고 침대에 누워 있었는데 상당히 고통스러워 보였다.

"사고를 당하셨다니 유감입니다." 클린턴 경은 허리를 굽혀 붕대를 살피면서 안됐다는 듯이 말했다. "의사가 올 때까지는 이 정도면 충분할 것 같군요. 누가 이렇게 해줬나요?"

"플리트우드 부인입니다." 카길이 대답했다. "그녀는 응급 처치를 좀 아는 것 같더군요."

웬도버로서는 놀랍게도 클린턴 경은 먼저 질문을 이끌지 않고 카길의 설명을 기다렸다. 그 호주인은 그들을 애태우지는 않았다.

"저는 당신이 이 근방에서 최고위급 경찰이기 때문에 당신을 청하는 전갈을 보낸 겁니다. 저를 죽이려고 한 자를 경찰이 빨리 잡을수록 더 기쁠 겁니다. 투숙객이 온 지 일주일 만에 반쯤 살해당한 건 새 호텔의 광고가 아니죠."

"맞습니다. 무슨 일이 있었는지 설명해 주시겠지요."

카길은 자기가 이 문제에 재치 있게 접근하지 못했음을 아는 듯했다.

"제가 지금 좀 아파서 성질을 부리는 걸로 들렸나 봅니다. 하지만 제 생각에, 이건 제가 이성을 잃을 정도의 상황이거든요. 일은 이렇게 된 겁니다. 오늘 저녁에 저는 저녁을 먹고 나서 플랫의 별장에 있는 친구 포딩브리지를 보려고 만을 가로질러 걸어갔어요. 우리는 한동안 거기 앉아서 카드를 쳤어요. 그러다가 집으로 돌아가야겠다고 생각했죠. 그래서 그들에게 잘 있으라고 하고 —"

"거기 누가 있었나요?" 클린턴 경이 끼어들었다.

"포딩브리지와 빌링포드요." 카길이 대답했다. "저는 그들에게 작별 인사를 하고 집으로 출발했습니다."

"당신이 그곳을 떠나는 모습을 본 사람이 있습니까?" 청장이 한 번 더 끼어들었다.

카길은 고개를 저었다.

"저는 포딩브리지의 옛 친구라서 그는 저를 문 앞까지 배웅하는 격식은 차리지 않았어요. 저는 모자와 외투를 입고 별장 문을 뒤로 쾅 닫는 걸로 그들에게 제가 나갔다는 걸 알렸죠. 그리고 그 진흙 길을 따라 걸어갔습니다."

"누군가 당신을 따라오는 걸 의식하지는 못했나요?"

카길은 잠시 생각했다.

"당연히, 특별히 의식하지는 못했습니다. 누가 그랬는지 생각할 수가 없군요. 제 말은, 제 기억 속에 그런 걸 암시하는 어떤 것도 떠오르지 않는다는 겁니다. 아시겠어요?"

클린턴 경은 고개를 끄덕이며 그에게 이야기를 계속하라고 했다.

"도로에 내려와서 저는 이 방향으로 출발했습니다. 그 지점에서 저는 제 뒤에 누군가 있었던 기억이 납니다. 발소리가 들렸어요. 1, 2m쯤 지나서 저는 주위를 둘러봤어요. 아시겠지만 특별한 이유 없이 어쩌다 보니 그렇게 한 거죠. 하지만 구름이 많은 밤이어서 달빛에 사물이 잘 비치지 않았습니다. 제가 볼 수 있었던 건 제 뒤의 길을 따라 터벅터벅 걷는 어떤 사람의 형체뿐이었습니다. 대략 수십 미터쯤 뒤였다고 생각합니다."

"누구였는지는 몰랐겠군요?" 클린턴 경이 물었다.

"전혀 감도 안 왔어요. 저는 호텔 사람들 중 한 명일지도 모른다고 생각해서 같이 가려고 속도를 조금 늦췄습니다. 호텔 사람들이 아니라면 그 시간대에 이 방향으로 걷는 사람은 아무도 없을 테니까요. 그다음에 제가 들은 건 제 뒤까지 온 발소리였고, 그다음엔 날카로운 총소리였죠. 그리고 저는 다리에 총을 맞고 길바닥에 쓰러졌습니다."

"그때 있었던 곳이 어디쯤이었죠?"

"플랫의 별장으로 가는 길에서 도로를 따라 50m 정도 떨어진 곳이었을 겁니다. 하지만 날이 환하면 당신들은 그 장소를 바로 찾을 거예요. 제가 피를 많이 흘렸으니까 쓰러진 도로 일대에 피가 있을 겁니다."

"그다음엔요?"

"일단, 굉장히 놀랐죠." 카길이 건조하게 말했다.

"그 상황에선 당연히 그러셨겠죠." 클린턴 경은 카길의 말에 응수하는 식으로 수긍했다. "무슨 일이 일어났다고 생각했나요?"

"저는 알지 못했죠." 피해자가 계속 말했다. "아시다시피, 저는 여기서 완전히 이방인입니다. 이곳에 있는 사람 중 포딩브리지만 이전에 저를 본 적이 있어요. 제가 아는 한, 그 누구도 제게 원한을 품을 수가 없을 거예요. 그래서 제가 놀랐던 겁니다."

그는 잠시 말을 멈췄다. 여전히 수수께끼 같은 그 일을 생각하고 있는 듯했다.

"아직도 전혀 모르겠어요." 그는 곰곰이 생각해도 해답이 떠오르지 않자 말을 이어갔다. "하지만 그 순간에는 생각할 시간이 많지 않았습니다. 제가 들은 그다음 소리는 가까이 다가오는 발걸음 소리였어요. 그 소리에 저는 화들짝 놀랐어요. 정말이에요. 마치 그 사람이 하던 일을 코앞에서 끝내려고 오는 것만 같았거든요. 틀림없이 총 솜씨가 형편없는 놈이거나, 그게 아니라면 어두워서 문제였던 거였겠죠. 하지만 그가 제 귀에 총구를 들이대는 건 정녕 꿈에도 바라지 않았어요. 전 그냥 비명을 질렀습니다."

이야기에 흥분한 나머지 무의식적으로 상처 입은 발목을 움직였던지 그가 몸을 움찔했다.

"그래서 목숨을 구했던 것 같아요. 왜냐하면 당연히도 저는 그자에게서 달아나기는커녕 일어설 수도 없었으니까요. 제가 비명을 지르는 바람에 그는 겁을 먹었어요. 플랫의 별장에서 소리를 들었을 거고 도로에 다른 사람들이 있었을지도 모르죠. 그래서 그 소리에 그는 몸을 돌려 달아난 것 같아요. 저는 계속해서 비명을 질렀어요. 그게 가장 실용적인 방법 같았죠. 바로 그때 별장으로 들어가는 길모퉁이에서 자동차 경적이 크게 울리더니 거의 동시에 번쩍이는 헤드라이트 불빛이 나타났어요."

"플리트우드 부인의 차였군요?"

"그게 그녀의 이름인가 봐요. 검은 머리의 젊고 예쁜 여자죠? 바로 그 사람이에요. 그녀는 제가 길 위에 널브러져 있는 걸 보고는 차를 세웠어요. 그리고 재빨리 운전석에서 내려와서 무슨 일이냐고 묻더군요. 저는 대충 설명했어요. 그녀는 전혀 허둥대지 않고 침착했어요. 그러더니 경적을 있는 대로 크게 울렸어요. 저는 그녀에게 도로에 혼자 남겨지고 싶지 않다고 설명했죠. 그녀는 자기 차를 타고 가서 도움을 받자고 제의했지만 저는 썩 내키지는 않았어요."

클린턴 경의 얼굴은 이런 조심성을 인정한다는 표정이었다.

"1, 2분 뒤에," 카길이 계속 말했다. "포딩브리지와 빌링포드가 나타났습니다. 그들은 제 비명과 자동차 경적에 놀랐던 거죠. 차 불빛에 비친 포딩브리지를 보고 그녀가 무슨 생각을 했는지는 모르겠지만, 한밤중에 가까운 거리에서 그런 얼굴을 본 것은 분명 충격이었을 겁니다. 하지만 그녀는 배짱이 두둑하더군요.

얼굴빛 하나 변하지 않았어요. 빌링포드가 저를 차에 태워 의사에게 데려가겠다고 했지만, 그녀는 저를 여기로 데려오겠다고 고집했습니다. 그게 더 편할 거라고요. 그래서 그들 모두가 저를 그녀의 차에 올렸고, 그녀는 저를 여기로 태워 왔습니다."

"그럼 다른 두 사람은 거기 두고 온 거군요?"

"네. 그녀는 그들에게 타라고 하지 않았어요. 그런 다음 여기 도착하자 그녀는 저를 임시로 치료해 줬습니다." 그가 고갯짓으로 붕대를 가리켰다. "그러고는 다시 차를 타고 의사를 찾으러 갔어요."

클린턴 경은 더 물어볼 것이 없는 듯했다. 웬도버가 그 틈새로 끼어들었다.

"총을 쏜 그자를 다시 본다면 알아보시겠습니까?"

카길은 고개를 가로저었다.

"그 정도 어두운 곳에서는 사람을 알아보기는커녕 남자인지 여자인지 구별할 수도 없었을 겁니다."

웬도버가 더 무슨 말을 하기도 전에 문이 열리더니 래포드 박사가 들어왔고, 이어서 아마데일 경위가 들어왔다.

"흠!" 클린턴 경이 말했다. "지금으로서는 당신을 더는 귀찮게 할 필요가 없을 것 같군요, 카길 씨. 의사의 치료를 받기도 전에 질문에 시달리고 싶지는 않으실 것 같으니까요. 회복 상태를 확인하러 내일 들르겠습니다. 안녕히 주무세요. 심한 부상이 아니길 바랍니다."

그는 아마데일을 향해 말했다.

"카길 씨를 불안하게 하지 말게, 경위. 내가 모든 걸 알고 있으니 자네에게 필요한 걸 말해줄 수 있어."

웬도버와 아마데일은 의사가 성가시지 않게 일할 수 있도록 그를 따라 방에서 나갔다. 클린턴 경은 자기 방으로 가서 경위에게 자신들이 알게 된 일의 요점을 말해줬다.

"자 이제, 경위," 그가 말을 마무리했다. "자네는 어떻게 그렇게 우연히 튀어나올 수 있었는지 말해주겠지. 이 사건에 대해 어떻게 알게 된 건가?"

"플리트우드 부인이 저를 차로 데려왔습니다, 청장님. 그녀는 먼저 의사에게 차를 몰고 갔고 의사가 붕대 등등을 챙길 시간이 조금 필요하다고 하자 제가 묵고 있는 곳으로 차를 가져와서 저를 불렀습니다. 그녀를 보고 전 조금 놀랐죠. 무슨 일이 있었는지 바로 파악할 수가 없었으니까요. 그녀는 저를 차에 태우더니 눈 깜짝할 사이에 의사에게 갔습니다. 우리는 의사를 태웠고 그녀가 우리 둘을 태워 여기로 데리고 왔습니다. 오는 길에 그녀는 자기가 본 사건에 대해 말해줬고요."

"어떤 이야기였나?"

"그녀 말로는, 중요한 편지가 있어서 아침 첫 우편물 수거 시간 전에 꼭 부치고 싶었답니다. 그녀는 호텔 우편물이 첫 수거 때 수거되지 못할까 봐 린든 샌즈 우체국에 가서 부치려고 차를 몰고 갔어요. 그리고 돌아오던 중 플랫의 별장 모퉁이에 다다랐을 때 누군가의 비명이 들렸습니다. 그녀는 경적을 울리며 모퉁이를 돌았고 그와 거의 동시에 헤드라이트 불빛을 통해 도로에 쓰러져 있는 카길을 봤습니다, 그래서 그녀는 차를 멈추고 내렸습니다. 잠시 뒤 플랫의 별장에서 그 무리가 나타났고 그들이 카길을 차에 태워서 그녀가 여기로 데려온 거죠."

"그녀는 그 도로에서 카길 말고 다른 사람을 봤나?"

"제가 그걸 물어봤습니다, 청장님. 그녀는 아무도 못 봤다고 하더군요. 카길과 그 모퉁이 사이의 도로에는 아무도 없었다고 했어요."

"도로를 슬며시 빠져나간 게 분명하군. 그 근처 길가에는 바위가 많아서 그 바위들 사이로 재빨리 몸을 숨길 수 있을 거야." 클린턴 경이 지적했다.

경위는 그 추측이 만족스럽지 않은 듯했다.

"한 가지 간과하신 점이 있는 것 같습니다, 청장님." 그가 비판했다. "카길이 했던 말 기억하시겠죠. 불빛이 어두워서 총을 쏜 사람이 남자인지 여자인지조차 알 수 없었다고요."

웬도버는 경위가 뭔가를 암시하자 불같이 화를 냈다.

"이봐요, 경위." 그가 성을 내며 말했다. "당신은 플리트우드 부인에 대한 **고정 관념**에 사로잡혀 있는 것 같군요. 먼저, 당신은 그녀가 스테이블리를 죽였다고 주장했죠. 이제 당신은 그녀가 카길을 쐈다고 주장하고 싶은 거군요. 그런데 당신은 그게 터무니없다는 것을 완벽하게 잘 알고 있어요. 이 마지막 사건에 당신의 생각과 일치되는 증거는 단 하나도 없으니까요."

"저는 지금은 증거 얘기는 하지 않겠습니다, 웬도버 씨. 아직 증거를 수집할 시간이 없었으니까요. 저는 단지 가능성을 살펴보는 것뿐입니다. 그리고 이건 보시다시피 가능성의 범주에 속하는 겁니다. 플리트우드 부인이 린든 샌즈 마을에서 나와서 플랫의 별장으로 향하는 길로 차를 몰고 갔다고 가정해 봅시다. 언덕을 올라 모퉁이까지 갈 때 그 집 문이 보였을 겁니다. 그걸 부인하지는 않으시겠죠?"

"그래요." 웬도버가 업신여기는 태도로 시인했다. "그건 가능한 일이죠."

"그럼 조금 더 가정해 보죠." 경위가 말을 이었다. "모퉁이에 이르기 직전에 플랫의 별장 문이 열리고 한 남자가 나왔어요. 그녀가 있던 위치에서는 열린 문에서 비치는 불빛 아래 있는 그가 상당히 분명하게, 하지만 완전히 선명하지는 않게 보였을 겁니다."

"그게 이 일과 무슨 상관이죠?" 웬도버가 퉁명스럽게 물었다. "카길은 데릭 포딩브리지 말고는 이 근처에 아는 사람이 아무도 없다고 증언하지 않았소? 왜 플리트우드 부인이 전혀 모르는 사람을 쏘고 싶어야 한단 말이오? 그녀가 살인광이라는 말을 하려는 건 아니겠죠?"

"아닙니다." 아마데일이 반박했다. "그녀가 카길의 모습을 다른 사람, 즉 그녀가 제거하고 싶은 충분한 이유가 있는 사람으로 착각했다는 말을 하려는 겁니다. 그녀는 카길이 별장 문을 여닫을 때 그를 얼핏 봤을 뿐이었죠. 착각할 가능성이 상당하다는 겁니다. 그게 불가능한 일일까요, 일단은요?"

"아뇨, 하지만 내게 묻는다면, 그게 범죄 혐의가 된다고는 말하지 못할 겁니다."

"그야 그렇죠." 경위는 웬도버의 거만한 태도에 신경질을 내며 대답했다. "그 뒤 일어난 일은 뭘까요? 그녀는 헤드라이트를 끄고 차에서 내립니다. 카길을 여전히 다른 사람으로 착각한 채

뒤따라가죠. 그녀는 카길의 뒤로 몰래 다가가 그를 쏘려고 했지만 어두운 불빛 때문에 일을 망칩니다. 그때 카길이 도움을 청하는 비명을 지르자 그녀는 자기가 실수했음을 깨닫습니다. 그녀는 그 자리를 떠서 차로 돌아갑니다. 그리고 헤드라이트를 켜고 경적을 울린 다음 평소처럼 언덕을 오르다가 그 시각에 우연히 그곳에 도착한 것처럼 행동합니다. 그게 불가능한 일일까요?"

"그렇소!" 웬도버가 퉁명스럽게 말했다.

"이제 이리 오게, 친구." 자신의 두 동료가 거의 위험한 선에 이를 정도로 화가 난 게 명백해지자 클린턴 경이 끼어들었다. "변이 두 개인 삼각형이라든가 그 비슷한 게 아니라면 뭐든 불가능하다고 할 수는 없어. 중요한 건 경위가 내세운 가설의 가능성에 대해 재미있게도 자네와 경위가 의견을 달리한다는 거지. 경위는 그게 가능하다고 생각하지만, 자네는 동의하지 않네. 이는 단지 개인차일 뿐이야. 절대자를 끌어들이지 말게. 그런 건 요즘에는 유행에 뒤떨어지는 거니까."

웬도버는 그 암묵적인 질책에 냉정을 되찾았다. 하지만 경위는 째려보기만 할 뿐이었다. 그는 수긍하는 말을 하지 않을 정도로 자신의 가설을 더 확고하게 고집하고 있는 것이 분명했다.

"우리가 총알을 찾을 가능성은 별로 크지 않습니다." 그가 시인했다. "총알은 카길의 다리를 깨끗이 관통한 것 같아요. 하지만 만약 우리가 총알을 확보하고 그 총알이 그 젊은 여성이 세간의 이목을 끌지 않고 휴대할 수 있는 권총에서 나온 걸로 밝혀진다면, 그때는 웬도버 씨가 본인의 견해를 재고하시겠죠."

# 11

## 로랑-데루소 부인의 증언

"오늘 아침에는 자네와 게임을 할 수가 없겠네, 친구." 클린턴 경이 다음 날 아침 식사 자리에서 양해를 구했다. "다른 약속이 생겼어."

그는 옆 테이블에 비어 있는 로랑-데루소 부인의 좌석 쪽으로 눈길을 주고는 웬도버의 표정을 보며 웃음을 억눌렀다.

"그 방면으로 그렇게 자기를 과시할 필요가 있나, 클린턴?" 일이 그렇게 되어 바람맞은 셈이 된 웬도버가 다그치듯 물었다.

클린턴 경은 마치 여자를 꾀어내는 문제를 두고 반농담을 하는 소년처럼 과장되게 수줍은 표정을 지었다.

"나는 그녀가 흥미롭다고 생각하네, 친구. 그리고 미인이고 매력적이기도 해. 게다가 매혹적이라고 할까? 그런 건 아주 드문 조합이야. 자네도 인정하겠지. 그러니 내게 기회가 왔을 때 누리지 못한다면 유감스러울 거야."

웬도버는 클린턴 경의 눈에 어린 장난스러운 표정을 보고는 다소 안도했다.

"자네가 사교계 여자 비슷한 여성들을 좇아다니는 건 처음 보는군, 클린턴. 그냥 유별난 사례일 뿐인가? 아니면 노망든 건가? 눈에 보듯 뻔한 여자잖아. 특히 이런 배경에서는 말이지."

클린턴 경은 웃음을 참지 못했다.

"둘 다 틀렸네, 친구. 합하면 두 배로 틀린 거지. 유별난 일이 아니야. 노망도 아니고. 이건 업무라고. 요란스러운 상상을 하고 나니 지저분한 것 같지 않나? '사랑을 위해 모든 걸 희생하는 청장', 뭐 이런 류 말이야. 자네를 실망하게 해서 좀 안타깝군."

웬도버는 확실히 안도했다.

"자네 이름에 오점을 남기지 말라는 거네. 생김새를 보면 그녀는 위험한 장난감이야, 클린턴. 내가 자네라면 너무 오래 가지고 놀지는 않을 거야. 저 여자가 여기서 뭘 하는 건지 나로선 도무지 이해가 안 돼."

"바로 그게 내가 알아내려는 거라네, 친구. 그래서 나를 바치는 거야. 더 거칠게 알아낼 방법도 있었지만, 난 증언을 끌어내는 방식에 대해 경위와 생각이 달라. 그녀는 매력을 드러내는 최고의 방법을 배웠고, 남자가 자기 일 이야기를 하도록 이끌면 여자는 언제든지 그의 호의를 얻을 수 있다는 걸 알고 있네. 그렇게 해서 그녀는 이 자유의 땅에서 경찰이 가진 무시무시한 힘에 대해 무섭도록 자세한 수많은 이야기를 내게서 듣게 됐지. 내 생각에 그녀는 내가 부탁하면 원하는 정보를 나눠줄 것 같네."

웬도버는 받아들일 수 없다는 듯 고개를 저었다.

"그건 좀 음흉한 것 같네." 그가 말했다.

"살인 사건에서 섬세하고 고상한 건 집어치우게 되지." 클린턴 경이 인정했다. "후회도 하겠지만 어쩔 수 없어. 교수형에 처해지면서 정장을 입을 수는 없잖아."

"아침이나 먹게, 이 소름 끼치는 악당아." 웬도버는 반은 농담

삼아, 그리고 반은 진심으로 말했다. "다음 일은 모든 용의자를 호텔 체중계로 유인해서 교수형 당할 때의 정확한 낙하 길이를 미리 계산하는 거겠군. 그 짐승 같은 아마데일과 계속 어울리다 보니 자네는 완전히 타락했어."

클린턴 경은 한동안 생각에 잠겨 커피를 저은 다음 다시 말했다.

"자네가 해야 할 일이 있네, 친구." 그가 마침내 진지한 말투로 알렸다. "난 11시경에 로랑-데루소 부인과 약속이 있어. 우리는 만을 따라 산책할 거야. 자네는 지금 린든 샌즈로 가서 아마데일을 태우고 낡은 난파선 근처에서 우리를 만날 수 있도록 돌아오게. 어제가 밀물이 가장 높은 한사리였지. 그래서 아침 이맘때쯤 조수가 막 바뀌고 있어. 그러니까 우리는 모래사장을 걸으면서 계속 도로 가까이에 있어야 할 거야. 자네는 도로에서 아주 쉽게 우리를 맞을 수 있어."

웬도버는 고개를 끄덕여서 임무를 수락했다.

"경위는 주머니에 줄자를 넣어 오면 돼. 그리고 그가 원한다면 버너와 왁스도 가져오면 되네. 그것들이 필요할지는 모르겠지만 말이야."

줄자가 언급되자 웬도버는 귀를 쫑긋 세웠다.

"그녀가 그날 밤 해변에 있었다고 상상하는 건 아니겠지, 클린턴? 아마데일은 그녀의 신발이 235라는 걸 알아냈어. 우리가 아직 확인하지 못한 그 발자국에 비해 너무 커. 적어도 반 사이즈는 크단 말이지. 게다가 그녀는 상당히 키가 커. 플리트우드 부인만큼 크네. 그리고, 기억나겠지, 그 발자국의 보폭은 플리트우드 부인보다 훨씬 짧았네. 이런 발자국을 만든 사람은 틀림없이 로랑-데루소 부인보다는 훨씬 작을 거야. 자네가 찾아내고서 우리에게는 아직 말하지 않은 발자국이 더 있는 건가?"

"모든 건 다 때가 있어, 친구." 클린턴 경이 대답했다. "일이 진행되는 대로 받아들이면 돼."

그는 더 많은 말은 하지 않겠다는 것을 보여주려는 듯 커피를 한 모금 마셨다. 하지만 웬도버는 물러날 태세가 아니었다.

"그 발자국들에 235 사이즈 신발은 맞을 수가 없어."

"그렇지."

"그리고 내가 본 그녀의 발은 그녀의 신발에 딱 맞아."

"자네가 감탄하는 걸 봤지. 아주 타당해, 친구."

"내 참, 그녀는 230 사이즈 신발을 신을 수가 없단 말이야."

"맞아, 그건 인정해. 그건 그녀의 신발 크기가 아니야. 확실해. 그 얘긴 그만하자고, 친구. 이 구역은 낚시가 정말 잘 안되는 곳이야. 난 지금은 자네한테 아무 말도 하지 않을 거야."

웬도버는 청장에게서 더 이상 정보를 얻어낼 수 없다는 것을 알았고, 기껏해야 두어 시간만 지나면 알 수 없는 이 부분은 풀릴 것이라는 생각으로 위안을 삼았다. 아침 식사 후 그는 라운지로 가서 담배를 피우며 상황을 되새기는 것으로 시간을 보냈다. 그는 너무 몰두한 나머지 차를 가지고 아마데일을 데리러 갈 시간이 됐다는 것을 깨닫고는 깜짝 놀랐다.

그와 경위가 마을에서 천천히 차를 몰고 돌아왔을 때 만조선 바로 아래 모래사장을 거닐고 있는 클린턴 경과 로랑-데루소 부인의 모습이 보였다. 차는 잠시 후 걸어가는 사람들과 같은 위치에 다다랐다. 클린턴 경이 팔을 흔들자 웬도버와 아마데일은 차에서 내려 해변으로 걸어갔다.

“이쪽은 아마데일 경위입니다, 로랑-데루소 부인.” 그들이 다가오자 청장이 말했다. “금요일 밤, 당신이 저기 저 바위에 있었을 때의 일에 관해 몇 가지 물어보고 싶어 합니다.”

그는 ‘포세이돈의 좌’를 가리키며 말했다. 로랑-데루소 부인은 깜짝 놀란 표정이었다. 그녀는 잠시 불안하게 이쪽저쪽을 보며 서 있었다. 눈빛에는 두려움 이상의 뭔가가 보였다.

“난 정말 놀랐어요, 클린턴 경.” 그녀가 마침내 말했다. 긴장된 목소리에는 평소보다 더 두드러지게 억양이 드러나고 있었다. “당신이 내게 친절하다고 생각했는데, 지금 보니 당신은 티 내지 않고서, 소위 말하는 영국식 경찰의 함정에 날 빠뜨린 것 같네요. 그렇죠? 그건 좋지 않은 행동이에요.”

아마데일은 클린턴 경의 말에서 힌트를 얻었다.

“유감스럽지만, 제 질문에 대답해 주셔야겠습니다, 부인.” 그가 예의를 갖춰 말했다. 그는 무슨 근거로 그래야 하는지 전혀 확신하지 못하는 게 분명했다.

로랑-데루소 부인은 한동안 말없이 그를 응시했다.

“알고 싶은 게 뭔가요?” 그녀가 마침내 물었다.

아마데일이 질문을 만들어 내기 전에 클린턴 경이 끼어들었다.

“부인, 경위가 다른 어떤 사람을 기소할 준비를 하는 중이라고 제가 말씀드리면 우리 모두에게 일이 더 쉬워질 것 같군요. 경위는 자신의 기소를 뒷받침해 줄 당신의 증언이 필요한 겁니다. 그게 있는 그대로의 진실입니다. 그의 입장에서는 말이죠. 금요일 밤에 관해 당신이 아는 모든 걸 우리에게 말한다면 당신은 전혀 두려워할 필요가 없습니다."

웬도버는 클린턴 경의 말에 담긴 이중적인 의미를 알아차렸다. 그러나 청장이 증인을 속이려는 것인지, 아니면 단순히 안심시키려는 것인지는 분명히 느껴지지 않았다. 클린턴 경이 한 말의 의미를 파악하자 로랑-데루소 부인은 얼굴이 약간 밝아졌다.

"만약 그런 거라면," 그녀는 조심스럽게 말했다. "일어난 일 중 몇 가지는 기억날지도 모르겠네요."

아마데일은 이런 방어적인 제안에 조금 의혹을 가지는 듯 보였지만 몇 가지 질문을 진행했다.

"당신은 이 스테이블리라는 남자와 아는 사이였습니까, 부인?"

"니콜라스 스테이블리요? 네, 알고 있었어요. 오랜 시간 알고 지냈죠."

클린턴 경이 다시 끼어들었다.

"그에 관해 아는 것을 당신은 아마 당신 방식대로 말씀하고 싶을 테죠, 부인. 그렇게 해주시면 우리도 더 편할 것 같습니다."

로랑-데루소 부인은 동의의 표시로 고개를 끄덕였다. 그녀는 긴장을 극복한 것 같았다.

"1915년 전쟁 중의 일이었어요, 신사 여러분. 그때 나는 오데트 파스칼이라는 어린 소녀였어요. 정직한 소녀였죠. 당신들 영국인들이 고지식하다고 하는 그런 사람이랄까요? 알린 로랑-데루소가 된 건 그 뒤였고요. 아시겠죠? 난 파리의 정부 기관에서 일하다가 이 니콜라스 스테이블리를 만났어요. 그는 아주 매력적이고 다정했죠. 사람들이 자기를 사랑하게 만드는 방법을 아는 사람이었던 거죠."

그녀는 반은 냉소적이고 반은 후회하는 시늉을 한 뒤 잠시 말을 멎었다가 더 굳어진 말투로 말을 이었다.

"오래 가지는 못했어요. 그 신혼 말이에요. 그의 인간성을 알게 됐는데 내가 믿었던 것과는 너무나 달랐어요. 그가 나를 버렸던 거지만 난 그를 보내게 돼서 정말 기뻤어요. 하지만 그는 내게 많은 것을 가르쳐 줬고 같이 사는 동안 자기를 위해 일하도록 했어요. 사실, 우리가 헤어졌을 때 난 더 이상 예전의 정직하고 유순한 어린 소녀가 아니었죠. 그 모든 건 다 끝났다고요. 아시겠어요?"

웬도버는 경위가 속기로 그 말을 받아 적는 것을 봤다. 로랑-데루소 부인은 아마데일이 따라올 수 있도록 잠시 말을 멈췄다.

"나머지는 중요하지 않아요. 나는 알린 로랑-데루소 부인이 됐고, 니콜라스 스테이블리는 필요 없어졌어요. 오랫동안 내게는 그가 필요 없었죠. 하지만 때때로 그에 관한 소문을 들었어요. 나는 친구가 많았는데 그중 몇몇이 조금씩 얘기해 줬으니까요. 그는 언제나 한결같더군요. 그다음에 그가 전사했다는 소식이 왔어요."

그녀는 경위의 연필에 시선을 고정하고는 다시 한번 말을 멈췄다.

"시간이 흘러갔어요." 그녀가 다시 말을 시작했다. "나는 그를 잊고 싶었을 뿐이에요. 그가 잘 죽었다고 생각했죠. 그러다 어떤 친구를 통해 전쟁이 끝난 후 그가 다시 목격되었다는 걸 알게 됐어요. 난 관심이 없었어요. 그를 보고 싶은 마음이 없었으니까요. 하지만 갑자기 그의 일을 정확히 아는 게 중요해졌어요. 그건 훨씬 복잡한 상황으로, 그와는 전혀 상관이 없는 거예요. 이건 생략할게요. 하지만 난 그를 만나서 어떤 합의를 하는 게 절실히 필요했어요. 그러지 않으면 내 일이 곤란해지게 된 거죠."

"곤란해진다," 아마데일은 계속할 준비가 되었음을 보여주려고 그 말을 되풀이했다.

"난 친구들에게 조언을 구했죠." 로랑-데루소 부인이 계속했다. "그들 중 몇몇이 나를 도와줄 수 있어서 난 그의 런던 주소를 알아냈어요. 그와 꼭 대화해야 했거든요. 그렇게 해서 난 영국으로, 런던으로 건너온 거예요. 하지만 그는 더 이상 그곳에 있지 않았죠. 린든 샌즈로 떠난 거였어요. 그래서 그의 주소를 알아내고 — 플랫의 별장에 있더군요 — 린든 샌즈 호텔로 직접 온 겁니다."

아마데일은 이 지점에서 흥미가 고조되었는지 저도 모르게 수첩에서 눈을 떼고 위를 올려다봤다.

"나는 여기 도착하자마자 금요일 밤에 그를 만나러 플랫의 별장으로 가겠다고 편지를 씁니다. 답장은 없었지만 예정대로 난 플랫의 별장으로 갔어요. 문을 두드렸더니 스테이블리가 나왔어요."

"그게 금요일 밤 몇 시였습니까?" 아마데일이 끼어들었다.

"편지에 만나자고 정해 둔 시간은 9시 반이었습니다. 난 '정각'에 — 이렇게 말하는 게 맞죠? — 도착했어요. 하지만 이 스테이블리는 나를 거기서 독대할 수가 없는 것 같았어요. 별장에 다른 사람들이 있었던 거죠. 그러자 그는 이따가 10시 반에 바다 옆 큰 바위, '포세이돈의 좌'라고 부르는 바위에서 만나자고 했어요."

"그래서 당신은 떠났고 그는 별장 안으로 도로 들어갔다고요?" 아마데일이 물었다.

로랑-데루소 부인은 맞는다는 뜻으로 살짝 고개를 숙였다.

"난 거기서 나왔어요." 그녀가 계속 말했다. "시간을 보내기 위해 길을 걸었는데 아마도 너무 멀리 걸어간 것 같아요. 내가 그 바위, 이 '포세이돈의 좌' 맞은편에 도착했을 때는 만나기로 한 시간이 한참 지나 있었어요. 난 모래사장으로 내려가 바위에 이르렀죠. 스테이블리는 거기 있었는데 10분이나 늦었기 때문에 매우 화가 나 있었어요. 몇 분 후에 그 장소에서 또 다른 약속이 있었기 때문에 훨씬 더 화가 났던 것 같아요. 그는 그 순간 내 말을 전혀 듣지 않았어요. 나는 그와 협상할 시간이 없다는 걸 알았죠. 그는 너무 화를 냈고 나를 떨쳐내려고 안달이 나 있었거든요. 난 다음에 다시 만나기로 하고 그를 두고 떠났어요."

"그를 바위 위에 두고 온 시각이 몇 시였습니까?" 아마데일이 참견했다.

"그러니까," 로랑-데루소 부인은 생각을 하느라 잠시 주춤했다. "바위 위에서 그와 있었던 게 몇 분 정도니까 최소한 10분은 지났을 거예요."

"그럼 11시 직전에 그 바위를 떠났다는 뜻이군요?"

로랑-데루소 부인은 맞는다는 몸짓을 했다.

"난 왔던 길을 따라 바위에서 나왔어요." 그녀는 계속해서 말했다. "난 굉장히 기분이 안 좋았어요, 아시겠죠? 그 순간 아무런 합의도 얻어내지 못했다는 게 너무 실망스러웠어요. 더 나은 결과를 기대했으니 그렇지 않겠어요? 그리고 스테이블리는 협조하려는 태도가 아니었어요. 매정했다고 해야 하나요? 정말 서글펐어요.

모래사장을 가로질러 가고 있을 때 호텔 쪽에서 오는 도로에 멋진 자동차 한 대가 나타났어요. 그 차가 지나가기를 기다리고 있는데 차가 멈추더니 운전자가 헤드라이트를 꺼버리더군요. 그러고는 어떤 여자가 차에서 내려 그 바위를 향해 모래사장을 걸어갔고요."

웬도버는 아마데일의 얼굴에서 승리의 표정을 읽을 수 있었다. 경위는 크레시다에 대한 자신의 혐의를 뒷받침할 직접적인 증언을 확보한 기쁨에 겨워 자신을 주체하지 못했다. 그리고 웬도버는 로랑-데루소 부인의 이야기가 아마데일의 가설을 매우 깔끔하게 뒷받침한다는 사실을 인정하지 않을 수 없어 불안하기 이를 데 없었다.

"다시 자동차를 봤더니 운전자도 사라지고 없었어요. 그는 도로에 없었어요. 아마 그도 '강기슭'으로 내려간 것 같았어요."

"해변이죠." 그 말에 당황한 아마데일을 보고 클린턴 경이 끼어들었다.

"나는 몇 분 동안 거기 서 있었어요." 로랑-데루소 부인이 계속했다. "저 스테이블리 같은 자를 상대하려면 모든 무기를 동원해야 하지 않겠어요? 스파이 짓까지도요? 무슨 일이 일어날 것 같은 예감이 들더라고요. 스테이블리와 여자, 이해하시겠어요? 나는 무언가, 무엇이든요, 내가 그에게 유리한 입장이 될 일이 일어나기를 바라고 있었어요.

하늘에 구름이 짙게 드리워져 있었다는 말을 잊었네요. 눈앞이 선명하게 보이지 않았어요. 그 바위 위에서 그들은 뭔가를 논하고 또 논했지만, 아무것도 들리지 않았어요. 결국 나는 거기 있는 게 지루해졌죠."

"얼마나 오래 거기 서 있었나요?" 아마데일이 물었다.

"그건 말하기 어렵지만, 아마도 15분 정도였을 거예요. 저는 거기 있는 것에 지쳐서 호텔 반대 방향 길을 따라 아주 천천히 걸어갔어요. 그 자동차는 피해 갔죠, 아시겠어요? 난감한 상황이 생기는 걸 원치 않았거든요. 이 여성의 정체를 알아내는 건 내 일이 아니었어요. 안 그래요? 내가 원한 건 스테이블리를 한 방 먹이는 것뿐이었어요. 다른 건 전혀 없었죠.

난 조금 뒤에 그곳으로 돌아왔어요. 실제로는 그렇지 않았을지 모르지만 난 시간이 꽤 걸렸다고 생각했어요. 그래서 난 그들이, 그 두 사람요, 갔을 거로 믿었죠. 그때 갑자기 그 바위에서 총소리가 들렸던 거예요."

"한 발요?" 클린턴 경이 물었다. "앙 쇨 쿠 드 푀(한 방)?"

"딱 한 번요." 로랑-데루소 부인은 확실히 대답했다. "난 길을 따라 자동차 쪽으로 서둘러 돌아갔어요. 머릿속에 사고가 났을 거라는 생각이 들었죠, 아시겠어요? 너무 어두컴컴했어요. 달 위로 커다란 구름이 지나가고 있었으니까요. 바위에서 자동차를 향해 서둘러 올라가는 여자의 모습은 어렵사리 볼 수가 있었어요. 거의 동시에 운전자가 그녀에게 다시 합류했어요. 그들이 차에 탈 때 나는 아주 가까이 있어서 말소리를 들을 수 있었어요. 비록 너무 어두워서 그들의 모습은 아주 희미하게 보였지만 말이에요. 여자가 먼저 말을 시작했는데 매우 흥분한 상태였어요."

그녀의 말을 듣던 세 사람은 다음 말에 신경을 곤두세웠다. 아마데일은 연필을 들고 그녀의 말을 받아 적을 태세로 고개를 들었다. 웬도버는 경위의 주장을 확인해 주거나 깨뜨려 줄 다음 문장을 기다리면서 숨이 막히는 느낌이었다.

"그녀가 말했어요." 로랑-데루소 부인이 말을 이었다. "바로 이렇게요. '내가 그를 쐈어, 스탠리.' 그 말은 내게는 너무 큰 의미가 있어서 기억 속에 각인돼 버렸죠. 그러나 운전자가 다그치듯 물었어요. '당신이 그를 죽였다고?' 신사 여러분, 여러분은 내가 귀를 쫑긋 세우고 듣고 있었다는 걸 아실 겁니다. 여자는 이렇게 대답하더군요. '그런 것 같아. 그는 곧바로 쓰러져서 꼼짝 않고 누워 있었어. 어떻게 해야 하지?' 그 말에 운전자가 대답했어요. '당장 떠나.' 그리고 그는 시동을 걸려는 듯 움직였죠. 하지만 그 여자는 그를 멈춰 세우고 요구했어요. '그를 보러 가지 않겠어? 뭐라도 할 수 있는지 한번 봐.' 그러자 운전자는 화를 내며 대답했죠. '뻔한 일이야. 안 그래?' 딱 이렇게요. 그리고 그는 계속 말했어요. '어쨌든 당신이 안전하다는 걸 알기 전까지는 안 돼. 난 어떤 위험도 감수하지 않을 거야.'"

웬도버는 마지막 희망의 끈이 끊어져 버렸다는 걸 느꼈다. 기록된 이 대화는 로랑-데루소 부인과 아마데일 사이에 미리 조율된 게 아닐까 할 정도로 경위의 주장에 깔끔하게 맞아떨어졌던 것이다. 클린턴 경의 얼굴을 올려다봤더니 거기에는 새로운 퍼즐 조각을 제자리에 끼워 넣은 남자가 말없이 흐뭇해하는 모습만 보일 뿐이었다.

"그런 다음," 로랑-데루소 부인이 말을 이어갔다. "그 운전자는 시동을 걸고 차를 후진했어요. 난 그들이 볼까 봐 도로에서 한 발짝 물러섰죠. 하지만 그들은 헤드라이트를 켜지 않고 호텔 쪽으로 출발했어요."

그녀는 중요한 이야기는 다 했다고 생각한 듯 거기서 말을 중단했다. 아마데일은 그녀에게 계속 말해야 한다는 기색을 내보였다.

"내 입장에 있다고 생각해 보세요." 그녀는 이어 말했다. "스테이블리는 죽은 채 누워 있었어요. 자동차는 가버렸어요. 난 혼자 남았죠. 누군가 길을 가다가 나와 마주치면 의혹이 생기겠죠. 그리고 내게는 스테이블리를 미워할 충분한 이유가 있다고 하겠죠. 내 앞에는 당황스러운 일들만 보였어요. 그리고 운전자는 나중에 다시 올지도 모른다는 암시를 줬어요. 만약 그가 나를 거기서 발견한다면, 내가 의심받도록 의혹을 제기하는 것보다 더 쉬운 일이 어디 있겠어요? 아니면 심지어 내가 범죄를 저지른 것으로 만드는 건요? 이런 생각을 하자 아찔해졌어요. 눈에 띄지 않게 도망쳐야겠다는 생각만 들더군요. 나는 그 차가 되돌아올까 봐 떨면서 살금살금 길을 걸어갔어요. 아무도 마주치지 않고 호텔 정원으로 다시 왔죠. 오솔길을 지날 때 그 멋진 자동차가 거기 서 있는 게 눈에 띄었어요. 헤드라이트는 꺼져 있더군요. 나는 무사히 호텔로 들어갔습니다."

"호텔로 돌아왔을 때가 몇 시였습니까, 부인?" 그녀가 다시 말을 멈추자 아마데일이 물었다.

"아! 그건 말할 수 있어요, 경위님. 정확하게요. 복도의 시계 때문에 자동으로 시간을 알게 됐거든요. 내가 도착했을 때는 밤

12시 5분 전이었어요."
"20분에서 25분을 걸어왔다는 거군요." 아마데일이 말했다. "그 말은 당신이 해변을 떠난 시각이 11시 반쯤이라는 뜻이죠. 이제 하나만 더 묻겠습니다, 부인. 당신은 그 남자와 여자의 목소리를 알아챘습니까?"
로랑-데루소 부인은 잠시 주저하며 대답하지 않았다.
"그건 말하고 싶지 않아요." 결국 그녀가 마지못해 대답했다.
그 대답에 아마데일의 얼굴이 일그러졌고, 그걸 본 그녀는 클린턴 경에게 호소하려는 듯 고개를 돌렸다.
"그 차는 이미 확인되었습니다, 부인." 청장은 무언의 질문에 대답하며 말했다. "진실을 말씀하시는 것 때문에 피해를 보는 사람은 아무도 없습니다."
그의 말이 그녀의 거부감을 없애준 것 같았다.
"그렇다면, 당신들이 모르는 걸 내가 밝히는 건 전혀 아니군요? 그럼 내가 그날 밤에 들은 건 젊은 플리트우드 부인의 목소리였다고 말씀드리죠."
아마데일은 웬도버에게 눈길을 보냈다. 사건이 빠르게 종결되었다고 말하는 것이나 진배없는 눈길이었다. 로랑-데루소 부인은 이제 이야기를 털어놓아서 마음이 홀가분해지기는 했지만, 뭔가 이해가 안 되는 모양이었다. 그녀는 클린턴 경을 향해 말했다.
"그날 밤에 내가 바위에 있었다는 걸 어떻게 알게 됐는지 당혹스러운데요. 물어봐도 될까요?"
클린턴 경은 미소를 지으며 손으로 자신들이 걸으면서 모래에 남긴 발자국을 가리켰다.

"아, 알겠어요! 내가 바위로 갔을 때 남겼을 발자국을 잊고 있었군요. 그때는 어두웠잖아요, 아시죠? 나는 당연히 발자국을 남기고 있다는 사실을 인지하지 못했어요. 그러니까 그게 다인가요, 클린턴 경?"

아마데일은 의아한 것이 분명했다. 그는 로랑-데루소 부인을 향해 물었다.

"신발 사이즈가 어떻게 되죠, 부인?"

그녀는 깔끔하게 닦은 신발을 힐끗 쳐다봤다.

"이 신발은 며칠 전 런던에서 산 거예요. 사이즈는 235예요."

아마데일은 믿지 못하겠다는 듯 어깨를 으쓱했다.

"여기 모래 위에 있는 이 발자국들을 재보게, 경위." 클린턴 경이 말했다.

아마데일은 줄자를 꺼내 로랑-데루소 부인이 남긴 발자국의 치수를 쟀다.

"그리고 보폭도, 경위." 클린턴 경이 말했다.

"바위로 간 발자국과 일치하는 것은 사실입니다." 경위는 임무를 완수한 후 시인했다. "하지만 230 사이즈 신발만이 그 발자국들을 만들 수 있었을 겁니다."

클린턴 경은 비웃는 것은 아니었지만 웃음을 터트렸다.

"잠시만 신발을 빌려주시겠습니까, 부인?" 그가 물었다. "벗고 있는 동안 젖은 모래에 발이 닿지 않도록 제게 기대시면 됩니다."

로랑-데루소 부인은 오른쪽 신발을 벗어서 내밀었다.

"자, 경위, 속임수라곤 전혀 없네. 이 신발에 찍힌 숫자를 보게. 235, 맞지?"

아마데일은 신발을 살펴보고는 맞는다고 고개를 끄덕였다.

"이제 그 신발을 가지고 로랑-데루소 부인의 오른발 발자국 옆에 있는 모래 위를 살짝 눌러보게. 똑바로 놓아서 발자국이 선명하게 남도록 하게."

경위는 무릎을 꿇고 시키는 대로 했다. 그가 다시 신발을 들어 올렸을 때 웬도버는 그의 얼굴에 나타난 놀란 표정을 봤다.

"이런, 일치하지 않아요!" 그가 소리쳤다. "제가 방금 만든 게 더 큽니다."

"당연하네." 청장이 동의했다. "자, 이제 모래나 진흙 위를 걷게 되면 235 사이즈 신발이 실제보다 작은 발자국을 남길 수 있다는 걸 알겠지? 자네가 230 사이즈 신발을 신는 사람을 찾는 동안 나는 235 사이즈에 주목하고 있었네. 알다시피, 이 호텔에 그 사이즈를 신는 사람은 많지 않아. 그리고 공교롭게도 나는 로랑-데루소 부인부터 시작하게 됐지. 그녀는 친절하게도 나와 함께 산책을 나왔어. 그래서 나는 그녀의 걸음 수를 세면서 보폭을 측정했네. 저 발자국들과 일치하더군."

로랑-데루소 부인은 감탄하는 눈빛으로 클린턴 경을 살펴봤지만 뭔가 불편한 기색이 전혀 없지는 않았다.

"클린턴 경, 당신은 아주 노련해 보이네요." 그녀가 말했다. "그런데 보폭은 무슨 상관인가요?"

"경위는 자유롭게 활보하는, 그래서 보폭이 상당히 큰 젊은 영국 여자들에게 익숙해져 있습니다. 그는 모래 위의 보폭을 보고 키가 그리 크지 않은, 오히려 평균 키에 못 미치는 사람이 만든 발자국이라고 추론했죠. 그는 당신들 파리 사람들 중에는 더 절제되고 더 또박또박 걷는 걸음걸이를 가진 사람들도 있다는 사실을 잊고 있었던 겁니다."

"아, 이제 알겠어요!" 로랑-데루소 부인은 클린턴 경의 말이 지닌 느낌에 완전히 무신경한 채 이렇게 외쳤다. "마차를 끄는 말과 앞발을 사뿐히 올리고 걷는 말의 차이점을 말하는 거죠?"

"맞습니다." 클린턴 경이 무심한 얼굴로 동의했다.

아마데일은 여전히 두 발자국에 대해 의아해하고 있었다. 한쪽 발로 땅을 딛고 서 있는 것에 지친 듯 로랑-데루소 부인은 그에게서 신발을 받아서 다시 신었다. 클린턴 경은 부하에게 측은지심이 들었다.

"설명하자면 이런 거야, 경위. 모래 위를 걸을 때는 뒤꿈치를 먼저 내리지. 하지만 모래는 부드러워서 발을 디딜 때 뒤꿈치가 앞과 밑으로 쏠리게 돼. 그런 다음 움직임 때문에 모래 속에서 뒤꿈치가 들리고 발가락이 내려가기 시작하지. 그래서 걸음이 끝날 때는 발가락 역시 아래로 쏠리지만 **앞으로** 나가는 대신 뒤로 빠지는 거야. 그 결과 눌린 자국에서 뒤꿈치는 너무 앞에 있고 발가락은 실제보다 뒤에 있게 되어 발자국 길이가 정상적인 길이보다 짧아지는 거야. 발이 모래 위에서는 딱딱한 지면에서처럼 발뒤꿈치와 발가락을 축으로 하지 않고 발등 아래 발바닥을 축으로 해서 앞뒤로 회전한다네. 이 눌린 자국들을 보면 신발의 중심을 축으로 회전했기 때문에 발바닥이 있던 지점 아래에 모래가 꽤 많이 쌓여 있는 것을 볼 수 있고 뒤꿈치와 발가락은 깊숙이 파여 있네. 보이나?"

경위는 무릎을 꿇었고 웬도버도 따라 했다. 그들은 클린턴 경이 지적한 점을 어렵지 않게 볼 수 있었다.

"물론," 청장이 계속 말했다. "여자 신발의 경우, 뒤꿈치가 높고 발가락이 뾰족해서 훨씬 더 과장된 결과가 나오지. 모래 위의 발자국에서 여자 발자국은 어떤 것이라도 항상 깔끔하게 보인다는 걸 눈치채지 못했나? 발자국이 실제 발보다 훨씬 작으니까 전혀 투박해 보이지 않는 거야. 아주 쉽지 않나?"

"정말 머리가 좋으시군요, 클린턴 경." 로랑-데루소 부인이 한마디 했다. "당신이 내게 적대적이지 않아서 정말 기뻐요."

클린턴 경은 말을 돌렸다.

"당신이 친절하게 해준 증언의 사본을 경위가 가져다줄 테니 서명해 주시면 됩니다, 부인. 그냥 형식적인 절차일 뿐입니다. 하지만 소송에서 증인으로 부인이 필요할지도 모릅니다. 아시겠죠?"

로랑-데루소 부인은 동의하긴 했으나 다소 떨떠름한 태도였다. 법정 증언은 피하고 싶은 게 분명했다.

"피할 수만 있다면, 난 젊은 플리트우드 부인에 대해서는 증언하고 싶지 않아요." 그녀는 솔직하게 말했다. "그녀는 한두 번 내게 호의를 베풀어 줬어요. 아주 상냥하고 친절했죠. 호텔의 다른 사람들 같지 않았단 말이에요."

경위는 마치 그 문제는 자기 소관이 아니라는 듯 어깨를 으쓱했지만 뭐라고 대답은 하지 않았다.

"당연한 말이지만, 부인, 이 일에 관해 아무에게도 말해선 안 됩니다." 클린턴 경은 모래사장을 가로질러 차로 걸어가면서 그녀에게 경고했다.

호텔에서 클린턴 경은 자기 방으로 올라와 달라는 카길의 전갈을 받았다. 웬도버가 그와 함께 가서 상처가 어떤지 물었고, 의사의 진단을 전해 듣고 마음을 놓자 그 호주인은 청장에게 보여주고 싶었던 문제에 곧장 돌입했다.

"제가 전에 말씀드렸던 그 문제인데요." 그가 설명했다. "이런 일이 있었어요. 어젯밤에는 너무 아파서 그 일을 완전히 잊고 있었지 뭐예요."

그는 베개 밑을 더듬어 구겨진 봉투를 꺼냈다.

"바로 얼마 전이었어요. 하루는 세미나실에 갔는데, 로랑-데루소 부인이 — 그 콧대 높은 프랑스인요 — 테이블에서 뭔가 쓰고 있었어요. 그녀는 주소를 엉망으로 썼는지 옆에 있던 휴지통에 그 망친 편지 봉투를 던져 넣더군요. 그러고는 다른 봉투에 주소를 적고 편지를 봉한 다음 나갔습니다.

저는 하필이면 메모할 게 있었는데, 마침 그녀가 버린 종이가 바로 옆 휴지통에 있더군요. 종이 한 장을 가지러 움직이는 게 귀찮아서 저는 몸을 숙여 그 봉투를 꺼냈습니다. 메모하고 싶은 내용을 거기 적어서 주머니에 넣어 뒀죠. 얼마 뒤에 — 어제였군요 — 적어 놓은 메모가 필요했어요. 그 봉투를 꺼내 메모를 읽다 보니 봉투에 적힌 주소가 갑자기 눈에 들어왔어요."

그가 그 종이를 클린턴 경에게 건네자 클린턴 경은 그걸 읽었다.

니콜라스 스테이블리 씨,
플랫의 별장,
린든 샌즈

"보세요, 그녀는 '별장'의 철자를 '벌'로 쓴 거예요." 카길은 필요 없는 지적을 했다. "그래서 그 봉투를 버린 것 같습니다."

클린턴 경은 그 봉투를 들고 자세히 살펴봤다.

"극히 흥미롭군요." 그가 말했다. "이걸 내가 보관해도 될까요? 그리고 나중에 참고용으로 필요할 경우를 대비해서 거기 서명을 해주시겠습니까?"

그는 카길에게 연필을 건네줬고 그 호주인은 봉투 한구석에 자기 이름을 갈겨썼다. 청장은 별것 아닌 문제들로 몇 분간 이야기를 나눈 후 방을 나왔고 웬도버가 그의 뒤를 따랐다.

"그에게 왜 이미 지나간 일이라고 말하지 않았나?" 계단을 내려가면서 웬도버가 물었다. "지금 그 봉투의 가치는 로랑-데루소 부인의 증언을 한층 더 확실히 해준다는 것뿐이잖아. 그런데도 자네는 그 봉투가 정말 중요한 물건인 것처럼 다루더군."

"난 열의를 꺾는 걸 싫어하네, 친구." 클린턴 경이 대답했다. "부지런한 카길 덕분에 우리가 두 번째 탄피를 알게 된 걸 기억하라고. 만약 내가 그의 봉투 건을 우습게 여기면 그는 우리에게 더 이상 도움을 주고 싶지 않게 될 수도 있어. 그리고 아직 뭐가 더 나올지 아무도 모르는 일이야. 그게 아니어도, 그의 즐거운 기분을 망칠 이유가 뭔가? 그는 자기가 멋진 일을 한다고 생각하는데 말이야."

2층에 도착했을 때 그들은 계단을 향해 복도를 걸어오는 폴포딩브리지를 봤다.

"우리에게 더 귀중한 정보를 줄 수 있는 사람이 여기 있군." 클린턴 경이 낮은 소리로 한마디를 더 했다.

그는 계단 앞에서 폴 포딩브리지를 멈춰 세웠다.

"그런데 포딩브리지 씨," 말소리가 들리는 범위 내에 아무도 없는지 주위를 둘러보며 그가 말했다. "괜찮으시다면 한 가지 확인해 주셨으면 하는 게 있습니다."

폴 포딩브리지는 무표정한 얼굴로 그를 바라봤다.

"뭐라도 기꺼이 해드리죠." 그는 아무것도 드러나지 않는 말투로 말했다.

"별 대단한 건 아닙니다." 클린턴 경이 그를 안심시켰다. "제가 원하는 건 폭스힐스 저택과 그 부속물에 대한 명확한 사실관계입니다. 현재 그곳은 조카의 소유인가요?"

"조카가 생존해 있다면, 물론 그렇습니다. 아실 테지만, 그 부분에 대해서는 제가 제시할 수 있는 의견이 없습니다."

"당연합니다." 클린턴 경은 그 말을 순순히 받아들였다. "그럼 이제, 조카의 죽음이 증명되었다고 가정하면 다음 상속인은 누구인가요? 괜찮으시다면, 그걸 말씀해 주셨으면 합니다. 제가 등기소에서 찾아볼 수도 있지만, 당신이 수고를 덜어준다면 제게는 큰 도움이 될 겁니다."

"조카가 살아 있지 않다면 다른 조카인 플리트우드 부인에게 가게 됩니다."

"만약 그녀에게 무슨 일이 생기면요?"

"그럴 경우엔 제게 옵니다."

"그럼 그 시점에 당신이 없다면요?"

"제 여동생이 받게 됩니다."

"다른 사람은 없습니까? 예를 들어, 젊은 플리트우드는 조카와 결혼한 것으로 당신보다 앞설 수가 없습니까?"

"네." 폴 포딩브리지는 바로 대답했다. "유언장의 대상은 일곱 명입니다. 그리고 보통은 그것으로 충분했을 겁니다. 제 여동생이 재산을 받게 되면, 그녀는 자기가 선택한 누구에게라도 그걸 남길 수 있습니다."

클린턴 경은 생각에 잠긴 것 같았다. 그는 잠시 말을 멈추고 있다가 새로운 질문을 던졌다.

"현재 그 재산의 관리에 관해 뭐라도 말씀해 주시겠습니까? 당신이 위임장을 가지고 계신 것으로 아는데요. 하지만 많은 문제를 변호사에게 맡겨 놓으셨겠죠?"

폴 포딩브리지는 고개를 가로저었다.

"저는 변호사를 별로 믿지 않습니다. 스스로 일을 처리하는 게 낫죠. 저는 바쁜 사람이 아니고, 이건 제게는 심심풀이입니다. 모든 게 제 손을 거칩니다."

"거의 사업에 가까운 일일 텐데요." 클린턴 경이 한마디 했다. "저라면 회계사를 고용해서 장부 관리를 맡기겠습니다."

폴 포딩브리지는 그 말에 약간 성이 난 듯했다.

"아뇨. 제가 1년에 한 번 대차대조표도 작성할 수 없다고 생각하십니까? 전 그렇게 무능하지 않아요."

클린턴 경의 제안이 그의 자부심을 건드린 것이 분명했다. 그의 어조에는 불쾌감을 넘어서는 느낌이 묻어났다. 청장은 서둘러 상황을 수습했다.

"부럽군요, 포딩브리지 씨. 저는 숫자 머리가 없어서 그런 종류의 일을 떠맡는 걸 좋아할 수가 없는데 말이죠."

"아, 저는 아주 잘 처리하고 있습니다." 폴 포딩브리지가 차갑게 대답했다. "더 알고 싶은 게 있습니까?"

클린턴 경은 잠시 생각한 후 대답했다.

"그게 다인 것 같습니다. 아, 당신이 알 것 같은 문제가 하나 더 있군요. 플리트우드 부인의 변호사는 언제쯤 올 것 같습니까?"

"오늘 오후요." 폴 포딩브리지가 알려줬다. "하지만 걔들은 당신들을 다시 보기 전에 변호사와 상의하고 싶어 하는 걸로 압니다. 아마 내일 아마데일 경위와 약속을 잡을 것 같습니다."

클린턴 경은 일이 더 지연된다는 이 소식에 눈썹을 살짝 치켜올렸지만, 아무 말도 하지 않았다. 폴 포딩브리지는 딱딱하게 고개를 숙여 인사를 하고는 그들을 떠나 아래층으로 내려갔다. 클린턴 경은 그의 뒤로 눈길을 주었다.

"난 재킷 주머니에 권총을 계속 넣고 다니는 건 질색이야." 그가 부드럽게 말했다. "저 사람 주머니가 그 물건 때문에 모양이 엉망이 된 걸 봐. 전혀 깔끔하지 않지."

그는 웬도버가 무슨 말을 하려는 것을 손짓으로 막은 다음 포딩브리지를 따라 아래층으로 내려갔다. 웬도버는 정원으로 나가 자리를 골랐다.

"로랑-데루소 부인의 증언에 대해 갑자기 든 생각이 있네." 그들이 자리에 앉자 그가 말했다. "그게 전부 거짓말일 수도 있다는 거야."

클린턴 경은 담뱃갑을 꺼내 담배에 불을 붙인 후 대답했다.

"그렇게 생각하나? 물론 불가능한 건 아니지."

"음, 공정하게 한번 봐보게." 웬도버가 우겼다. "우린 그 여자에 관해 아무것도 몰라. 우리가 판단할 수 있는 모든 걸로 볼 때 그녀는 뛰어난 거짓말쟁이일 수 있어. 그녀가 몸소 온 걸 보면 스테이블리가 사라지기를 원하는 타당한 이유가 있었던 거야."

"그걸 짐작하는 건 어렵지 않아." 클린턴 경이 말을 가로막았다. "난 오늘 아침 우리가 알게 된 것 이상으로 넘어가고 싶지 않았네. 그렇지 않았다면 그녀에게 그걸 물어봤겠지. 하지만 난 그녀가 의심하지 않게 하고 싶은 마음이었고 그 문제는 사건과 직접 관련이 없었기 때문에 그냥 넘어갔던 거야."

"글쎄, 그녀의 이야기가 대부분 거짓이라고 가정하고, 그러면 우리가 어디에 이르게 되는지 한번 보자고." 웬도버는 계속해서 말했다. "우리는 그녀가 별장에 갔다는 걸 아주 잘 알고 있어. 이를 입증할 발자국이 있고. 그녀가 그 바위 위에 있었다는 것 역시 알지. 모래 위에 그녀의 발자국들이 있었고 자기가 거기 있었다는 사실에 그녀가 이의를 제기하지도 않았으니까 말이야. 이게 두 가지 부인할 수 없는 사실이네."

"유클리드 식이군, 친구. 하지만 이야기가 좀 빈약하지 않나? 계속해 보게. 앙상한 뼈에 살을 좀 붙여봐."

웬도버는 토라지지 않았다. 그는 그다지 희망적인 건 아니지만, 살인의 책임을 크레시다의 어깨에서 다른 사람의 어깨로 옮기려고 애쓰고 있었던 것이다. 그는 아무 지푸라기라도 잡아보려는 심정이었다.

"그렇다면, 이건 맞아떨어질까?" 그가 물었다. "로랑-데루소 부인 자신이 살인자라고 가정해 보게. 그녀는 우리에게 말한 대로 별장에서 스테이블리와 만나기로 해. 그리고 말한 것처럼 그곳으로 가. 그녀는 스테이블리를 보지만 그는 그녀와 만나지 않겠다고 해. 밤 11시에 '포세이돈의 좌'에서 플리트우드 부인을 만나기로 했다고 무심결에 말하면서 그날 밤 로랑-데루소 부인과는 아예 약속을 잡지 않는다고 생각해 봐. 당연히, 그녀가 한 이야기의 그 부분은 거짓말이 되는 거지."

클린턴 경은 담뱃재를 옆자리로 튕겨서 그것을 털어내는 데 몰두하고 있는 것 같았다.

"그녀는 밤 11시경에 해안으로 가는 거지." 웬도버는 계속 말했다. "그녀가 우리에게 말한 것처럼 스테이블리를 만나러 간 게 아니라 두 사람을 염탐하러 간 거야. 그녀는 플리트우드 부인이 가버릴 때까지 기다렸다가 기회가 온 걸 본 거야. 직접 바위로 가서 자신의 목적을 위해 스테이블리를 자기 손으로 쏘는 거지. 그러고는 시신을 바위 위에 남겨 두고 그 발자국들이 보여주는 것처럼 도로로 돌아와서 호텔로 오는 거야. 여기 뭐 틀린 게 있나?"

"아무것도 없네, 친구. 경위가 의거하는 가장 치명적인 사실들이 누락되어 있다는 것만 빼면 말이야. 예를 들면, 그가 플리트우드 부인의 골프 재킷에서 발견한 권총이 배제되어 있잖아."

웬도버의 얼굴은 그가 열심히 머리를 쓰고 있다는 것을 보여주고 있었다.

"그건 부정할 수 없겠지." 그가 시인했다. "하지만 스테이블리에게 겁을 주려고 권총을 발사했을 수도 있잖아. 그걸로 설명되는 건 —"

그는 잠시 말을 끊고 곰곰이 생각했다. 그러더니 얼굴이 밝아졌다.

"탄피가 두 개 있었잖아. 하나는 바위에, 그리고 하나는 방파제에. 로랑-데루소 부인이 스테이블리를 죽였다면 바위에 있던 탄피는 그녀의 권총에서 나온 거고 나머지 한 발은 플리트우드 부부가 쏜 거지. 방파제에서 말이야. 그건 방파제 뒤에 있던 스탠리 플리트우드가 스테이블리를 겁주기 위해 총을 쐈다는 뜻이지. 그런 다음 플리트우드 부부가 가고 나서 로랑-데루소 부인이 가서 바위 위에 있던 그를 쐈고. 그러면 모든 게 다 설명이 되지 않나?"

클린턴 경은 고개를 저었다.

"권총을 발사하면 어떤 일이 일어나는지 한번 생각해 보게. 총이 발사되면 빈 탄피는 자네 오른쪽 어깨 너머로 튕겨 나가서 자네 뒤쪽 1, 2m 지점에 떨어지네. 탄피에는 상당히 큰 충격이 가해지지. 내 기억이 맞는다면, 보통은 땅을 따라 통통 튀는 법이야. 플리트우드가 웅크린 자세에서 발사한 총은 카길이 주웠다고 우리에게 보여준 지점에 탄피를 떨구지 않았을 거라고 분명히 말할 수 있어."

웬도버는 잠시 생각에 잠겼다.

"흠, 그럼 누가 했다는 건가?" 그가 채근하듯 물었다. "만약 총이 바위 위에서 발사되었다면 탄피가 그 거리를 건너뛰어 방파제 너머까지 튈 수는 없었을 거야. 그리고 방파제 그 먼 쪽에는 플리트우드의 발자국 말고는 다른 발자국이 없었잖아."

그는 다시 말을 멈추고 열심히 생각했다.

"자네는 경위의 주장에 결함이 있다고 했네. 혹시 이게 그건가?"

고개를 들었더니 그들이 있는 곳에서 그리 멀지 않은 잔디를 가로지르는 로랑-데루소 부인의 모습이 보였다.

"아주 시의적절하군그래." 그가 그녀를 힐끗 보며 말했다. "내가 자네 증인에게 몇 가지 질문을 해도 되겠나, 클린턴?"

"그럼, 되고 말고."

"그럼 이리 오게."

웬도버는 마치 로랑-데루소 부인과 우연히 마주친 것처럼 행동했다. 그래서 그는 이런저런 말을 잠시 나누고 나서야 질문을 해도 괜찮겠다고 생각했다.

"금요일 밤에 호텔에 도착하기 전에 흠뻑 젖었겠군요, 부인? 그것 때문에 어디 아프지는 않았어야 하는데요?"

"네, 정말 그랬어요!" 로랑-데루소 부인은 선뜻 대답했다. "그건 정말 폭풍이 치는 비였어요. 당신들 말로는 뭐라고 하죠?"

"뇌우라고도 하고 폭우라고도 하죠." 클린턴 경이 말했다.

"그렇죠? 폭우요. 난 홀딱 젖었답니다."

"비가 언제 내리기 시작했는지 기억하시나요?" 웬도버가 무심하게 물었다.

로랑-데루소 부인은 전혀 망설이지 않았다.

"그 차가 호텔로 돌아가기 시작한 뒤였어요. 겨우 몇 분 뒤였죠."

"아주 흠뻑 젖었겠군요." 웬도버가 그녀를 위로하듯 말했다. "그러고 보니 생각난 건데, 바위 위에서 당신이 스테이블리를 만났을 때 그가 코트를 — 외투 말입니다. — 입고 있었나요, 아니면 팔에 걸치고 있었나요?”

이번에도 그 프랑스 여인은 생각도 하지 않고 대답했다.

“팔에 걸치고 있었어요. 그건 분명해요.”

웬도버는 더는 물어볼 것이 없어서 화제를 다른 쪽으로 돌렸다. 그리고 얼마 지나지 않아 그들은 로랑-데루소 부인이 자기 볼일을 보도록 자리를 떴다. 다른 사람들이 들을 수 없는 곳에 이르자 클린턴 경은 웬도버를 쳐다봤다.

“그건 자네 머리였나, 친구? 아니면 고전에서 배운 비법이었나? 어느 쪽이든 자네는 성공하고 있어. 아마데일이 화가 **나겠군**. 하지만 이건 자네 혼자 알고 있게. 정보가 퍼져 나가는 거야말로 내가 제일 원치 않는 일이니까 말이야.”

# 12

## 포딩브리지 일가의 미스터리

"오늘이 화요일이지?" 클린턴 경은 아침을 먹으러 들어와서 웬도버가 이미 자리에 앉아 있는 것을 보고 말했다. "플리트우드 부부가 드디어 자신들의 패를 꺼내 보이겠다고 한 날이야. 악마의 변호인 역할을 할 준비는 됐나, 친구?"

웬도버는 기분이 고조된 듯했다.

"아마데일은 바보가 되고 말 거야." 그는 그 생각에 들뜬 기분을 애써 감추려 하지 않고 말했다. "자네가 그에게 말했듯이, 그의 귀중한 주장에는 집채만큼 큰 구멍이 있어."

"드디어 알게 됐군, 그렇지? 자, 이것 보게, 친구. 아마데일은 나쁜 친구가 아니야. 그는 자신의 의무라고 생각하는 일을 하고 있을 뿐이라고. 그리고 그가 한 일을 자네가 적절히 인정하기만 한다면, 그는 놀랍도록 훌륭하게 그 일을 해냈어. 첫째 날 아침에 그가 얼마나 똑똑했는지 기억해 봐. 거의 순식간에 그 많은 증거를 모았어. 난 그를 플리트우드 제단에 제물로 바치진 않을 거야. 그가 이 사람들을 조사하는 동안 그를 놀라게 해서 그들 앞에서 바보로 보이게 하는 일이 있어서는 안 된다는 말이네. 자네가 괜찮다면, 미리 그에게 자네 생각을 말하면 돼."

"내가 왜 그에게 미리 말해야 하지? 그가 바보가 되기로 한 이상 그가 조롱거리가 되든 말든 내 알 바 아니야."

클린턴 경은 미간을 찌푸렸다. 웬도버의 고집에 화가 난 모양이었다.

"요는 이거야." 그가 설명했다. "자네가 경찰을 우스꽝스럽게 만들려고 하는 동안 내가 옆에서 멀뚱멀뚱 있을 수는 없다는 거지. 아마데일이 자네를 요령껏 대하지 않았다는 건 인정하겠네. 그리고 할 수 있다면 그를 이길 자격이 자네에게는 있겠지. 만약 자네가 우리끼리 사적으로 그렇게 한다면 난 아무 말 하지 않을 거야. 하지만 자네가 대서특필하듯 공개적으로 그럴 작정이라면, 그때는 내가 직접 경위를 깨우쳐서 자네를 저격할 걸세. 그렇게 되면 그가 공개적으로 바보가 되는 꼴은 막을 수 있지. 여기까지네. 이제 어떻게 할 생각인가?"

"그런 식으로 생각해 보지는 않았네." 웬도버는 솔직하게 인정했다. "물론, 자네 말이 맞아. 이렇게 하지. 자네가 그에게 미리 조심하라고 힌트를 주면 돼. 그리고 그가 그때도 스스로 그 결함을 발견하지 못한다면 내가 나중에 그에게 보여주겠네."

"그럼 됐군." 클린턴 경이 대답했다. "경찰을 멍청하게 보이게 하는 건 위험한 일이야. 그리고 경위는 웃음거리로 만들기엔 너무 착한 사람이야. 우리 모두 그렇듯이 그도 실수를 하지. 하지만 그 와중에 그는 꽤 훌륭하게 일을 해내고 있어."

반추해 보니 웬도버는 이런 식이 되리라고 예상했던 것인지도 모른다는 생각이 들었다. 클린턴 경은 절대로 부하의 체면을 구겨버리는 법이 없었기 때문이다. 그들은 암묵적인 합의 속에서 그 문제를 더는 거론하지 않았다.

아침 식사가 반쯤 끝나가고 있을 때 벨보이가 전갈을 가지고 그들에게 끼어들었다.

"클린턴 드리필드 경이신가요? 미스 포딩브리지가 인사를 전하셨습니다. 그리고 선생님을 가능한 한 빨리 뵙고 싶다고 하십니다. 위층의 개인 응접실인 28호에 계십니다."

벨보이가 나가자 클린턴 경은 얼굴을 찌푸렸다.

"정말이지, 이 포딩브리지 가족은 특별 경찰세를 내야 해. 그들은 이 지역의 나머지 사람들 대부분보다 더 많이 애를 먹이고 있어. 자네가 나와 함께 가는 게 좋겠어. 얼른 아침을 다 먹도록 하게. 혹시 무슨 중요한 일이 있는 건지도 모르니까 말이야."

웬도버는 청장의 추측을 듣고 앞으로 펼쳐질 일을 생각하니 그다지 기분이 좋지 않은 모양이었다.

"그녀는 **진짜** 뭔가를 말하지." 그는 다가올 면담이 두렵기라도 한 듯 불길한 표정으로 말했다.

위층으로 올라가자 미스 포딩브리지가 기다리고 있었다. 그녀는 곧바로 사연을 풀어 놓았다.

"아, 클린턴 경. 저는 오빠가 너무나 걱정됩니다. 어젯밤에 나가서 돌아오지 않고 있어요. 어떻게 생각해야 할지 정말 모르겠어요. 린든 샌즈처럼 할 일도 없고 밖에서 잠을 잘 이유도 없는 곳에서 오빠가 밤에 뭘 할 수 있었을까요? 만약 밖에서 잘 생각이었다면 오빠는 나가기 전에 제게 뭐라고 말을 하거나 전갈을 줄 수 있었는데 말이에요. 아주 쉬운 일이잖아요. 호텔을 떠나기 불과 몇 분 전에 제가 오빠를 봤으니까요. 이 일을 어떻게 생각하세요? 게다가 당신네 그 경위가 주변을 돌아다니며 모든 사람을 의심하는 통에 우리는 이미 충분히 힘든 상황인데 말이죠! 그 경위가 제 조카를 감시하는 것 말고는 할 일이 없다면, 시간 낭비하지 말고 오빠를 당장 찾도록 지시해 주셨으면 좋겠어요."

그녀는 말을 중단했다. 할 말이 없어서라기보다는 숨이 찬 모양이었다. 클린턴 경은 그 기회를 놓치지 않고 그녀에게 좀 더 정확한 세부 사항을 물었다.

"어젯밤 오빠가 언제 나갔는지 알고 싶다는 건가요?" 미스 포딩브리지가 물었다. "음, 늦은 시간이었어요. 어쨌든 11시는 지나서예요. 왜냐하면 저는 항상 11시에 잠자리에 드는데 제가 이 방을 나가기 직전에 오빠가 제게 잘 자라고 했으니까요. 또 오빠가 밖에서 잘 생각이었다면 제게 말을 했을 게 분명해요. 오빠는 늦도록 밖에 나가 있게 되면 보통 제게 말을 해주거든요. 그런데 아무 말도 하지 않았어요. 나가서 블로홀 쪽으로 산책을 좀 할 생각이라는 말만 했을 뿐이에요. 전 오빠가 자기 전에 바람 쐬러 간 줄 알았는데, 알고 보니 아예 돌아오지 않았더군요. 호텔에서는 아무도 오빠에 관해 들은 게 없대요. 제가 지배인에게 물어봤답니다."

"아마 곧 나타날 겁니다." 클린턴 경이 진정시키듯 말했다.

"아, 물론, 경찰이 무능하다면 더 이상 할 말이 없겠죠." 미스 포딩브리지가 쏘아붙이듯이 반박했다. "하지만 전 실종된 사람들을 찾는 것도 경찰 업무의 일부라고 생각했어요."

"뭐, 원하신다면, 조사해 보겠습니다." 그녀가 이 상황 때문에 마음고생이 심한 기색이 역력해 보이자 클린턴 경이 말했다. "하지만 사실, 미스 포딩브리지, 이 문제를 너무 심각하게 받아들인다는 생각이 드는군요. 아마도 포딩브리지 씨는 생각했던 것보다 더 오래 산책하다가 밤을 지내게 되었거나 발목을 삐끗했다든가 하는 무슨 일이 있어서 돌아오지 못했을 가능성이 큽니다. 조만간 무사히 돌아오실 겁니다. 그동안 우리는 할 수 있는 일을 하겠습니다."

그러나 그들이 그 방을 나왔을 때 웬도버는 친구의 얼굴이 그렇게 밝지 않다는 것을 알아차렸다.

"알아채겠나, 친구?" 아래층으로 내려가면서 청장이 말했다. "우리가 이 동네에서 걱정했던 모든 일들이 이 망할 놈의 포딩브리지 일가와 연관된 것 같다는 걸 말이야. 피터 헤이는 포딩브리지 저택의 관리인이고, 스테이블리는 가족 중 한 명과 결혼했었고, 이제 포딩브리지 노인 그 자신이네. 게다가 여기엔 이 수수께끼 같은 자칭 상속인과 그의 의심스러운 동료들, 그리고 플리트우드 부부의 수상쩍은 행동 방식 같은 건 빠져 있지. 이 사건의 진상이 밝혀진다면 그건 전적으로, 직접적이건 간접적이건 간에, 포딩브리지와 관련이 있는 걸로 드러날 거야. 마을의 바보 천치라도 분명히 알 수 있는 일이야."

"이 마지막 사건에서 자네는 뭘 할 생각인가?" 웬도버가 물었다.

"우선 포딩브리지의 낡은 신발을 한 켤레 챙기게. 그게 필요할 수도 있는데 가지러 돌아올 시간이 없을지도 모르니까. 지금은 그 부츠를 가지고 어떻게든 처리해 볼 거네. 미스 포딩브리지에게서 신발을 얻을 수도 있었겠지만, 내가 그렇게 했으면 그녀는 덜컥 겁을 먹었을 거야."

클린턴 경은 신발을 작은 가방에 넣고서 웬도버와 함께 블로홀을 향해 길을 나섰다.

"지금으로서는 별다른 지표가 없는 만큼," 그가 말했다. "그녀가 언급할 수 있었던 유일한 장소부터 시작하는 게 좋겠지."

그들이 만의 한쪽 뿔을 이루는 곶에서 돌출해 있는 블로홀에 도착했을 때, 그곳에서 어떤 흔적을 기대하는 건 너무나 어려워 보였다. 잔디밭에는 어떤 자국도 보이지 않았다. 클린턴 경은 웬도버의 기대하는 태도가 다소 원망스러운 모양이었다.

"흠, 자네는 내가 뭘 하길 기대하는 건가?" 그는 무뚝뚝하게 물었다. "내가 무슨 수색 전문가도 아니잖아. 그리고 담배꽁초나 담뱃재, 아니면 고전적인 무슨 단서가 주변에 있을 것 같지도 않네. 그런 것들을 찾는다면 써볼 수 있겠지만 말이지. 가능성은 딱 하나, 그가 모래사장으로 내려갔다는 거야."

그는 말을 하면서 절벽 가장자리로 걸어가 해변을 내려다봤다.

"만약 모래 위에 있는 저 발자국들이 그의 발자국이라면," 그가 말했다. "우리는 적어도 시작할 수 있는 약간의 운은 있는 셈이지."

청장의 옆에 온 웬도버의 눈에 해변을 따라 선명하게 뻗어 있는 두 사람의 발자국이 보였다. 그 발자국들은 점점 멀리 작아져 갔다.

"저기로 내려가서 어떻게 생각할 수 있는지 한번 보세." 클린턴 경이 제안했다. "내가 아마데일에게 전화해서 린든 샌즈에서 나와서 우리를 만나자고 해뒀네. 이 발자국들이 다른 만 쪽으로 나지 않고 저 방향으로 뻗어 있어서 편하게 됐어."

그들은 호텔 투숙객의 편의를 위해 절벽을 깎아 만든 가파른 계단을 내려갔다. 밑의 모래사장에 도착했을 때 그들은 그 발자국들이 계단 아래에서부터 시작된 것을 알게 되었다. 클린턴 경은 가방을 열어 호텔에서 구해 온 폴 포딩브리지의 신발을 꺼냈다.

"이 부츠를 보니 포딩브리지에게는 신발이 두 켤레 있는데, 모두 같은 패턴의 거의 새 신발이라는 것을 알 수 있어. 따라서 여기 있는 게 그 신발이라면 그의 발자국을 찾아내는 건 아주 쉬울 거야." 그는 신발 한 켤레를 꺼내 모래에 대고 밑창의 모양을 살폈다. "괜찮군, 친구. 신발에 있는 발톱 무늬가 오른편에 있는 한 쌍의 발자국과 똑같아."

"그리고 자네가 방금 만든 자국은 그 발자국보다 음영이 더 크군." 전날 클린턴 경의 수업에서 배운 게 있음을 보여주기 위해 웬도버가 한마디 했다. "잘 맞는군. 그건 그렇고, 이 두 사람은 계단 맨 위에서 만나서 같이 내려온 게 너무나 명백해, 클린턴. 만약 그들이 여기서 만났다면, 2번 남자가 계단 밑부분을 향해 올 때 만들었을 두 번째 발자국이 있었을 거야."

클린턴 경은 고개를 끄덕여 이 추론에 동의하여 신발을 다시 가방에 넣고 모래사장을 가로지르는 발자국을 따라 출발했다. 얼마 지나지 않아 그들은 '포세이돈의 좌'를 지났는데, 클린턴 경은 그곳에서 잠시 멈춰 서서 자기가 지시한 굴착 작업을 점검했다.

"자네가 그들에게 시킨 작업은 끝이 나지 않을 것 같네." 다시 걸어가면서 웬도버가 말했다.

"조수 간만 때문에 작업이 힘들지. 썰물과 밀물 사이에만 작업을 할 수 있는데 밀물이 들어올 때마다 많은 모래가 밀려와서 이미 파낸 곳에 모래가 퍼지니까 말일세."

"젠장, 자네는 뭘 찾고 **있는** 건가, 클린턴? 이건 지독하게 힘만 허비하는 일 같네."

"극악무도한 악당의 흔적을 찾고 있는 거라네, 친구. 내가 크게 잘못 생각하지 않았다면 말이야. 하지만 찾을 수 있을지 없을지는 또 다른 문제야. 순전히 어둠 속에서 손을 휘젓고 있는 거니까. 그리고 난 상대가 꽤 똑똑한 놈이라고 생각하기 때문에 어떤 정보도 유출하지 않을 걸세. 자네한테조차 말이야. 그자가 자기에게 도움이 될 만한 뭔가를 추론할 수 없도록 하려는 거야. 그자는 어쩌면 이미 내가 뭘 찾는지 — 탁 트인 해변에 뭔가를 숨길 수 있는 사람은 없잖아 — 짐작했을지도 몰라. 그러나 가능하면 난 그자가 계속 추측하게 만들고 싶네. 따라오게."

발자국의 궤적은 만의 모래사장을 가로지르며 해변에서 제일 두드러진 지형인 낡은 난파선 방향으로 선명하게 나 있었다. 청장과 그의 동료는 한동안 그 발자국을 따라갔지만, 설명이 필요한 건 아무것도 발견하지 못했다.

"이 사람들은 서두른 것 같지 않군." 클린턴 경은 한 지점에서 발자국들을 조사하며 말했다. "그냥 설렁설렁 걸어가다가 한두 번 잠시 멈췄던 것 같아. 뭔가 이야기를 나누고 있었을 거로 예상하네."

"발자국 크기로 보아 두 번째 남자는 덩치가 꽤 큰 친구인 게 틀림없네." 웬도버가 조심스럽게 말했다. "그것 말고는 별로 볼 게 없는걸."

"없다고?" 클린턴 경이 반박했다. "그의 발자국이 아주 얕게, 포딩브리지보다 훨씬 얕게 찍혔다는 것만 빼면 그렇지. 그리고 그의 보폭 역시 포딩브리지보다 길지 않고. 또 밑창이 찍힌 모양을 보면 상당히 매끈한 게 생고무 밑창이나 그 비슷한 걸로 보이네. 그렇다면, 그 신발에서 얻을 수 있는 건 아무것도 없어. 그런 종류의 신발은 수없이 팔리니까 말이야."

웬도버는 아무 대답도 하지 않았다. 바로 그때 해변 위 도로를 따라 터벅터벅 걷는 경위의 모습이 보였기 때문이었다. 클린턴 경이 날카롭게 휘파람을 불자 아마데일은 그들을 발견하고는 길을 벗어나 모래사장으로 내려왔다. 잠시 후 그는 그들에게 다다랐고 클린턴 경은 자기가 전화하고 난 뒤 드러난 사실을 요약해 줬다.

"제가 청장님을 지난번에 뵙고 난 뒤 알게 된 일이 하나 있습니다, 청장님." 이번에는 경위가 보고했다. "지시하신 대로 저는 플랫의 별장을 감시했습니다. 지금 거기엔 세 번째 남자가 있습니다. 그는 대부분 얼굴을 가리고 있지만, 제가 삽코트에게 좋은 야전 망원경을 하나 줬더니 그 남자를 보자마자 바로 알아봤습니다. 잘 아는 사람이었거든요. 그의 이름은 사이먼 에어드입니다. 폭스힐스의 고용인이었는데 어떤 이유에선지 해고당해서 그 후로는 린든 샌즈 부근에 있지 않았답니다. 보트를 빌리러 갔을 때 문을 열어준 남자가 아는 사람이었는지 어부들에게 물었더니 에어드였다는 걸 기억해 냈어요. 물론 제가 묻기 전까지 그들은 그에 관해 생각도 하지 않고 있었죠."

"저런, 그건 뭔가 생각해 볼 만한 일이군." 클린턴 경은 호의를 보이며 말했다. "그렇지만 눈앞에 있는 일부터 시작하자고.

밀물이 빠르게 밀려들고 있으니 서두르지 않으면 이 발자국들을 다 휩쓸어 버릴 거야. 하루에도 두 번씩 물이 밀려들고 나가는 이곳에서는 꼼꼼하게 작업할 시간은 전혀 없을 것 같군그래."

그들은 발자국을 따라 해변을 서둘러 걸었다. 특별히 흥미로운 점은 없는 것 같았다. 낡은 난파선 근처까지 왔을 때 클린턴 경의 눈이 앞을 향하더니 새로운 뭔가를 집어내기 전까지는 그랬다.

"저기 새로운 발자국 한 쌍, 그러니까 세 번째 사람의 발자국이 낡은 난파선 선체 뒤에서 나와서 다른 두 발자국에 합류하는 게 보이나?" 그가 물었다. 말을 하면서 그는 손가락으로 그곳을 가리켰다. "저기로 다가갈 때 육지 쪽으로 잘 붙어서 우리 발자국으로 저 발자국들을 뭉개지 않도록 해야 해. 난파선 위로 올라가서 위에서 전체적인 조사를 하는 게 최선으로 생각되는군."

그들은 그의 조언을 따랐다. 곧 세 사람 모두 선체의 갑판으로 올라갔고 보기 좋은 위치인 그곳에서 세 개의 발자국이 만나는 지점을 거의 똑바로 내려다볼 수 있었다.

"흠!" 클린턴 경이 생각에 잠겨 말했다. "제일 먼저 3번을 봅시다. 그는 분명 도로에서 내려와 다른 두 사람으로부터 몸을 숨길 수 있는 난파선 선체에 자리를 잡았어. 달이 서너 시간 전에 떴을 테니 해변은 충분히 밝았을 거야. 경위, 우리가 여기 있는 동안 자네는 이 발자국들을 대충 그리는 게 좋겠어. 밀물이 모든 걸 씻어내기까지 시간이 많지는 않을 거야."

경위는 클린턴 경이 조사를 계속하는 동안 아래쪽 모래 위에 난 여러 발자국을 그리는 작업에 착수했다.

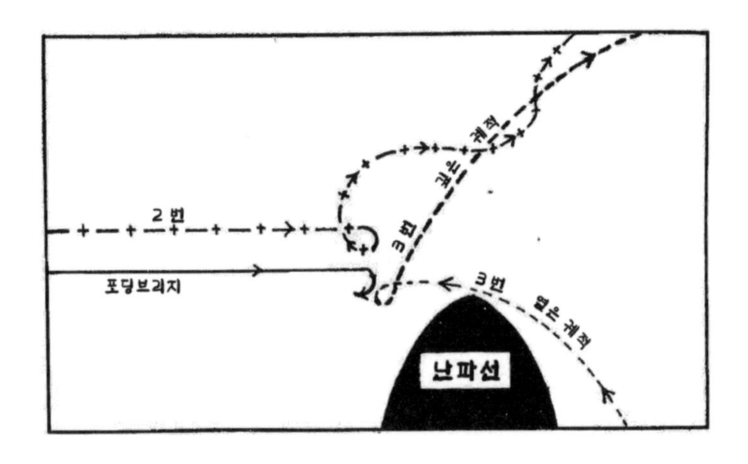


"3번은 난파선 뒤에서 한참을 어슬렁거렸던 것 같군." 청장이 지적했다. "기다리는 동안 몸을 따뜻하게 유지하려고 이리저리 움직이느라 모래가 마구 짓이겨진 게 보일 거야. 이제 포딩브리지와 2번이 다가오고 있다고 가정해 보지. 그들의 발자국을 봐, 친구. 난파선 밑까지 거의 다 왔다가 되돌아가려는 듯이 오른쪽으로 돌아섰어. 걷던 길이 끝났으니 돌아가려는 것처럼 보이네. 하지만 그들은 한동안 거기 서 있었던 것 같아. 자국이 또렷하지 않은 걸 보면 그래. 이건 젖은 모래 위에 오래 서 있으면 일어나는 현상이야. 모래 입자가 오랫동안 밀려나 있으면 물이 스며들지. 그리고 발을 들어 올리면 서 있던 자리에는 깨끗한 자국이 아니라 곤죽이 된 덩어리가 남게 되는 거야."

그는 말을 이어가기 전에 발자국들을 다시 한번 훑어봤다.

"나라면 이런 식으로 읽겠네. 그들이 난파선을 등지고 서 있는 동안 3번이 움직이기 시작했어. 그는 선체에서 벗어나서 그들이 서 있는 곳까지 걸어갔어. 그들이 그를 맞이하러 돌아선 것 같지 않은 걸로 봐서 그는 살며시 갔던 게 분명해. 그건 보이나, 친구? 또 다른 건?"

웬도버는 당황스러운 표정으로 발자국을 바라보고 있었다. 약도를 그리면서 이 지점에 막 도달한 경위는 자기 밑의 모래를 살펴보면서 놀란 감탄사를 숨죽여 내뱉었다. 목소리를 먼저 낸 것은 웬도버였다.

"포딩브리지의 나머지 발자국은 어디 있지?" 그가 물었다. "저기서 그냥 딱 멈췄어. 그는 방향을 돌리지도 않았고 걸어서 나가지도 않았어. 그리고 젠장, 날아갈 수도 없었을 거잖아. 어디로 간 거지?"

클린턴 경은 그의 개입을 무시했다.

"우리가 찾은 대로 궤적을 따라가 보지. 3번이 다른 사람들 뒤에 나타난 후 2번과 3번이 나란히 바다 쪽으로 간 건 아주 분명해. 여기서 봐도 그들이 동행했다는 걸 알 수 있는데, 한 번씩 발자국들이 교차하고 있어. 그리고 2번이 3번 위에 발자국을 남겼고 좀 더 가면 3번이 2번 자국 위에 발을 올려놓았다는 걸 볼 수 있어. 자네는 다 그린 건가, 경위? 그럼 이 발자국들을 따라 물가장자리까지 가보세."

그는 말을 마치고는 난파선에서 가만히 내려와서 다른 사람들이 합류하기를 기다렸다.

"2번과 3번 모두 생고무 밑창 신발이나 그 비슷한 걸 신고 있었나 봅니다." 경위가 허리를 굽혀 발자국들을 보며 말했다. "그리고 둘 다 발이 상당히 큰 것 같습니다."

"3번은 발끝으로 걷고 있었던 것 같군." 웬도버가 지적했다. "뒤꿈치보다 발가락이 더 깊이 파고든 것 같거든. 그리고 그의 발은 발끝이 바깥쪽을 향하지 않고 양발이 상당히 평행하게 걷고 있어. 그건 아메리카 원주민들이 걷는 방식이지." 그는 유익한 정보를 주는 말을 덧붙였다.

클린턴 경은 발자국 궤적의 전반적인 방향에 더 관심이 있는 듯했다. 그는 발자국들의 한쪽에서 궤적을 따라 이동하면서 그 찍힌 모양을 쭉 훑어갔다. 반대편에서 좀 더 빠르게 움직이던 아마데일은 물결의 끄트머리에 다다르자 갑자기 멈춰 섰다. 나머지 궤적이 밀물에 의해 사라지고 없었던 것이다.

"흠! 끊어졌어요." 그가 넌더리를 내며 말했다.

클린턴 경이 고개를 들었다.

"자넨 운이 좋았네, 경위. 썰물에서 자네가 그런 속도로 서둘러 걸었다면, 자네는 곧장 유사(流沙)에 빠지게 됐을 거야. 내가 착각한 게 아니라면 말이지. 그 모래가 바로 저 밑에 있어."

"어떤 생각이 드십니까, 청장님?"

"가능성을 고려하기 시작하면 많은 걸 생각할 수 있지. 그들은 지금은 밀물에 휩쓸린 부분에서 해변을 따라 걸어 나갔을 수도 있어. 아니면 보트를 타고 그 길로 집으로 돌아갔을 수도 있고. 우리가 실제로 아는 건 그들이 발자취를 남기지 않고 여기를 빠져나갔다는 것뿐이네. 물론 우리는 해안선을 따라 뒤지면서 그들이 물 밖으로 나온 지점을 찾아볼 수도 있겠지. 하지만 내 생각에 그들은 상당히 머리가 좋아. 그래서 육지로 왔다면 만조선 위쪽의 조약돌 위를 걷는 수고를 했을 가능성이 클 거야. 이제는 이미 우리가 할 수 있는 게 거의 없는 만큼 시간 낭비할 필요가 없어. 만난 장소로 돌아가 보지."

그는 다시 해변을 향해 앞장섰다.

"샘 로이드의 <지구를 떠나라>[9] 퍼즐이 좀 생각나지 않나?" 세 개의 궤적이 만났던 지점으로 돌아왔을 때 그가 말했다. "사람 수가 세 명인 걸 잘 셌는데, 그다음엔 — 탁! — 두 명밖에 없는 거야. 이걸 자네는 어떻게 설명하겠나, 친구?"

웬도버는 그 궤적들을 세밀하게 살폈다.

"싸움은 벌어지지 않았어, 어쨌든 말이야." 그가 단언했다. "포딩브리지의 마지막 발자국들은 그걸 보여줄 만큼 아주 선명해. 그러니까 어디로 갔든지 그는 자발적으로 간 게 분명하네."

"그럼 자네가 설명해 보게. 그는 어떻게 간 거지?"

웬도버는 잠시 생각하다가 대답했다.

"가능성을 하나씩 다 고려해 보자고." 그가 모래 위를 응시하며 말했다. "제일 먼저, 그는 어떻든 정상적으로는 모래 속에 가라앉지 않았어. 표면이 말짱하니까 말이야. 둘째, 그는 걸어서 나가지 않았어. 그랬다면 발자국이 남았을 테지. 그렇다면 허공으로 날아갔을 가능성만 남게 되는군."

"난 이런 유사 수학적 추론을 좋아하네, 친구. 아주 설득력 있게 들려." 클린턴 경이 말했다. "계속해 보게. 자네의 설명은 흥

[9] 1898년 미국인 샘 로이드가 만든 퍼즐. 열세 사람이 그려진 두 장의 지구 모양 원형 카드가 겹쳐져 있는데 위의 카드를 살짝 회전시키면 동일한 상태에서 사람의 수가 달라진다.

미와 매력을 겸비하지 않은 적이 없단 말이지."

웬도버는 이 따뜻한 찬사에 감격하지 않은 모양이었다.

"그가 허공으로 날아갔다면 스스로 했거나 다른 두 사람의 도움을 받은 게 틀림없어. 그건 자명해. 자, 그렇다면 난파선 위는 너무 높으니까 그가 뒤로 뛰어 그 위로 올라갔을 가능성은 제외할 수 있어. 그리고 그가 D. D. 홈[10]같이 혼자 힘으로 공중 부양의 묘기를 부리고 허공으로 날아갔다는 건 있을 법하지도 않아. 따라서 그가 외부의 도움 없이 감쪽같이 사라졌을 거라는 생각은 배제되지 않을까?"

"'가슴에 진실을 품고 있으면 말로 설득하지 못할까 봐 두려워할 필요가 없다.' — 러스킨." 클린턴 경은 도덕경을 읽는 분위기로 인용문을 읊었다. "자네는 사태를 아주 분명히 정리했네, 친구. 한두 가지 사소한 점을 제외하면 말이야. 그건 이런 것들이지. 첫째, 그토록 빈틈없고 사무적인 폴 포딩브리지 씨가 왜 성인인 — 추정컨대 말이야 — 친구들과 어울려 놀기 시작한 걸까? 둘째, 그는 왜 이 작은 놀이를 마치고 집으로 돌아가지 않았을까? 셋째, 그는 지금 어디 있는 걸까? 혹은, 간단히 말하자면, 이건 다 무슨 일일까? 첫눈에는 아주 이상해 보인단 말이지. 하지만 차차 알게 되겠지."

웬도버가 말을 할 때 아마데일은 예의상으로라도 귀를 기울이지 않고서 모래 위의 궤적들을 조사하고 있었다. 그는 이제야

[10] 다니엘 던글라스 홈(1833-1886). 스코틀랜드 출신의 19세기 가장 유명한 영매 중 한 사람. 공중 부양을 하고 죽은 자와 대화를 나누는 등의 신통력을 보였다고 한다.

말에 끼어들었다.

“청장님, 3번 발자국을 보시면, 포딩브리지 바로 뒤에 온 지점까지는 자국이 아주 옅다가 바다로 내려가는 구간에서는 깊게 나 있다는 걸 알게 되실 겁니다.”

“아주 정확하네, 경위.” 클린턴 경이 동의했다. “그리고 다시 보면 그 발자국이 옅을 때는 발끝이 어느 정도 선명하게 드러나 있는 걸 발견할 거야. 하지만 3번이, 웬도버 씨가 지적한 것처럼, 아메리카 원주민처럼 걸었던 부분은 발자국이 더 깊어. 관심이 가는가?”

경위는 고개를 가로저었다.

“잘 모르겠습니다, 청장님.”

“프랑스에 가본 적 있나, 경위?”

“그냥 여행으로요, 청장님.”

“아, 그럼 자네는 프랑수아 영감과 마주칠 기회는 없었겠군. 그를 만났다면 이 공중 부양 문제를 설명하는 데 조금이나마 도움이 되었을 텐데 말이야.”

웬도버는 귀를 쫑긋 세웠다.

“자네의 그 프랑스 친구는 누구지, 클린턴?”

“프랑수아 영감 말인가? 이런, 그는 어떤 면에서는, 비행술의 선구자 중 한 명이었지. 사람들에게 나는 법과 그런 모든 걸 가르쳤거든. ‘지구를 떠나라.’가 그의 좌우명이었어.”

“자네는 조용하면서 강한 남자와는 거리가 멀군, 클린턴.” 웬도버가 침울하게 말했다. “말은 많이 하는데 아무 말도 하지 않는 걸로 자네를 이길 사람은 듣도 보도 못했네.”

"고전에 프랑수아 영감이 나와 있지 않다고? 이런, 이런, 물론, 모든 게 다 나와 있을 수는 없지. 하지만 거기 집착하지는 말자고. 눈앞에 있는 일은 어찌 된 거지? 논리가 없으면 일을 진행할 수 없잖아. 폴 포딩브리지의 기이한 행동을 자네는 어떻게 설명하겠나? 그게 정말 중요한 문제란 말이지."

웬도버는 한참 생각한 끝에 친구의 암묵적인 도전을 받아들였다.

"3번이 포딩브리지 뒤로 다가왔을 때 그의 손에 클로로포름 패드가 있었다고 가정해 보지." 그가 마침내 안을 제시했다. "그는 뒤에서 그걸로 포딩브리지의 입을 막았어. 그런 다음 그가 의식을 잃자 두 사람이 그를 보트로 데리고 간 거지."

"아무런 저항 없이 클로로포름을 씌울 수 있는 건 사람이 자고 있을 때나 가능하죠." 경위가 신랄하게 한마디 했다. "하지만 보통 사람을 상대로 몸싸움을 하지 않고 클로로포름을 씌울 수는 없습니다. 여기엔 몸싸움의 흔적이 전혀 없어요."

웬도버는 그 결함을 인정해야 했다.

"흠, 그럼," 그가 수정했다. "그가 자진해서 배에 실려 갔다고 봐야겠군요."

아마데일은 비웃음을 애써 감추려 하지 않았다.

"대체 그럴 이유가 뭐가 있겠습니까?" 그가 따졌다. "여기 그의 궤적은 뒤쪽 모래사장에 거의 1.6km가량이나 쭉 나 있습니다. 그 마지막 부분에서 그를 20미터 정도 둘러업을 이유는 없을 것 같은데요. 게다가 제가 그 궤적을 살펴보니 그건 불가능합니다. 궤적의 두 번째 부분에서 2번 발자국은 3번 발자국과 뒤섞여 있고, 때로는 한 쪽이 앞서고 때로는 다른 쪽이 앞서기도 합니다. 두 남자가 누군가를 둘러업고 갈 때는 보통 저렇게 왈츠를 추지 않죠. 그건 불가능해요. 왜냐하면 만약 두 사람이 함께 사람을 들고 있었다면 앞사람이 뒤로 방향을 바꾸면 어떻게든 발자국의 방향이 반대로 바뀌어야 했는데, 그들의 발자국을 보면 둘 다 계속 앞으로 곧장 걷고 있기 때문이죠. 그건 아니에요, 웬도버 씨."

"그럼 당신 생각은 뭡니까, 경위?" 웬도버는 화난 목소리를 감추려 하지도 않고 물었다.

"할 수 있다면 저는 그들의 발자국 본을 떠서 일치하는 신발을 찾아보겠습니다."

"방해해서 미안한데, 경위." 클린턴 경이 끼어들었다. "이 발자국들을 보게. 이건 살 수 있는 가장 큰 사이즈의 신발인 것 같네. 찍힌 자국이 옅어. 그건 비정상적으로 큰 면적에 중간 정도의 무게가 분산되어 있었다는 걸 보여주는 듯하네. 다시 말해, 이 신발들은 발에 전혀 맞지 않았다는 거야. 아마도 발에 맞게 심을 덧대거나 정상적인 신발을 신은 채 신은 특대 사이즈의 신발이었을 거야. 보폭도 비교해 보게. 만약 이 남자들의 키가 신발 크기에 비례한다면 합리적인 가능성으로 보면 180cm가 넘을 텐데, 그들의 보폭은 나보다 크지 않아. 물론 확실한 건 아니네. 하지만 신발을 찾는 걸로는 아무것도 얻지 못할 거라는 데 돈을 걸어도 좋아. 그리고 지금쯤이면 이 신발들은 이미 없앴거나 절대 찾을 수 없는 곳에 버렸을 거야. 이 친구들은 자네가 생각하는 것보다 똑똑한 놈들이야."

경위의 실패에 태도가 다소 누그러진 웬도버는 청장의 입을 열게 해보려고 시도했다.

"자네 자신은 어떻게 생각하는 건가, 클린턴?"

클린턴 경은 논의 주제를 넓혔는데, 듣고 있던 두 사람 모두 예상하지 못했던 얘기였다.

"현재 나의 관심사는 동기라네." 그가 털어놓았다. "우리에게는 피터 헤이 사건, 스테이블리 사건, 카길 총격 사건, 포딩브리지의 혼란스러운 실종 사건이 있네. 이 모든 사건의 뒤에는 분명 어떤 동기가 있었을 거야. 카길 사건은 당장은 지워버리지. 그러면 나머지 세 건은 모두 폭스힐스 사람들 중 누군가와 관련되어 있어. 우연히 그런 일이 일어날 확률은 희박하지 않을까?"

"당연하지." 웬도버가 인정했다.

"그렇다면 폭스힐스 일가의 문제에서 동기를 찾는 게 합리적이지 않겠나?" 클린턴 경이 계속해서 말했다. "폭스힐스 사람들 간에 대립각이 생길 만한 큰일이 뭘까? 그건 바로 그 노인의 유언이지. 그게 마찰을 일으킨 걸 자네들은 이미 봤네. 폴 포딩브리지는 그의 이 조카 — 간단히 자칭 상속인이라고 하겠네 — 의 주장을 인정하지 않으려 했어. 그는 위임장을 가지고 현 상황을 고수하면서 물러나지 않으려 했네. 그걸 보고 난 몇 가지 생각이 번쩍 들었어. 아마 자네들도 같은 느낌일 거야."

그는 시계를 쳐다보더니 모래 위를 걷자는 몸짓을 했다.

"그런데 말이야," 그들이 움직이기 시작하자 그가 말했다. "그림에 3번 발의 옅은 자국과 깊은 자국 사이의 차이를 표시하는 게 좋겠어, 경위. 깊은 발자국은 좀 더 어둡게 처리하게."

경위는 하라는 대로 했다.

“그렇게 가정하고 시작하면,” 그들이 모래사장을 가로질러 이동하기 시작했을 때 웬도버가 짚어 말했다. “포딩브리지 사람들은 두 진영으로 나뉜다는 결론에 도달하게 되네.”

“자네의 진영 구성은?” 클린턴 경이 물었다.

“자칭 상속인, 스테이블리, 미스 포딩브리지가 한 진영이 되겠지. 스테이블리는 별장에 살고 있었고 미스 포딩브리지는 자칭 상속인의 신원을 인정했으니까 말이야. 다른 진영은 플리트우드 부부와 폴 포딩브리지가 될 거고.”

클린턴 경은 생각에 잠겨 고개를 끄덕이며 다른 질문을 또 던졌다.

“그걸 근거로 해서 이 사건들의 동기를 찾을 수 있겠나, 친구?”

“몇 가지는 찾을 것 같네.” 웬도버가 자신 있게 대답했다. “제일 먼저, 피터 헤이는 옛날에 그 상속인을 실제로 아주 잘 알고 있었어. 따라서 그의 증언은 어느 쪽에게든 매우 유용하겠지. 그러니 어느 쪽이든 그가 도움이 되지 **않는** 쪽은 그를 침묵시켜야 한다고 생각했을 거야. 내가 틀리지 않았다면, 피터 헤이가 잘 아는 사람이 그를 살해한 거야. 어쨌든 그자는 우리 계급의 사람이야. 드러난 사실들이 그걸 말해주지.”

“가능한 얘기야, 친구. 계속 분석해 보게.”

“폴 포딩브리지가 없어졌다고 가정하면 누가 자칭 상속인과 대립하게 되지?” 웬도버가 물었다.

“플리트우드 부부죠.” 경위가 말했다. “그들이 다음 계승자거든요. 그리고 스테이블리도 자칭 상속인에게 어느 정도 중요한 증인이었죠. 그래서 그를 제거한 겁니다. 모든 게 한 가지를 가리키고 있습니다, 선생."

웬도버는 경위의 주장이 무너질 것으로 생각하고 있었기에 이 편파적인 태도를 우호적으로 받아들였다.

"계속해 보자고." 그가 말했다. "카길 사건이 있지."

"거기 대해서는 제 나름대로 생각한 게 있습니다." 경위가 끼어들었다. "생각을 정리할 시간이 아직 없었기는 하지만 말입니다."

"카길은 자칭 상속인과 체격이 거의 비슷하네." 웬도버는 경위가 끼어든 것에 개의치 않고 계속해서 말했다. "카길을 습격한 건 내가 볼 때는 사람을 잘못 봐서 생긴 일일 가능성이 커. 아니면… 그래, 당연하지! 그는 상속권 주장자에게 유리한 증인이었어! 전쟁에서 그를 만났잖아, 기억하겠지. 그래서 그가 공격당한 것일 수도 있어."

"제 생각에는 선생의 첫 번째 생각이 더 맞습니다." 경위가 반색하며 끼어들었다. "아까도 말했듯이, 모든 것이 같은 방향을 가리키고 있습니다. 이 사건 전체에는 처음부터 끝까지 플리트우드 부인이 얽혀 있다는 걸 아실 텐데요."

클린턴 경은 사건에 대한 이런 견해를 무시하고 웬도버를 향해 말했다.

"폴 포딩브리지가 단순히 상속권 주장자에게 돈을 주지 않으려고, 그리고 폭스힐스에서 그를 쫓아내려고 살인까지 저질렀다고 가정하는 건 다소 과하지 않나?" 그가 부드럽게 물었다. "그렇게 전제하는 건 사실 너무 지나친 감이 있네."

"뭐, 그럼 자네는 어떻게 더 잘 추측할 수 있겠나?" 웬도버가 물었다.

"내가 추측을 해야 한다면 이런 종류인데 틀린 셈 치고 모험을 하는 거로 생각하네." 청장이 대답했다. "그 친구 폴이 위임장을 이용해서 뭔가 나쁜 짓을, 그러니까 배임 같은 어떤 일을 저질렀다고 가정해 보지. 그는 감히 폭스힐스를 팔지는 못하겠지만, 유가증권은 안전하게 처분할 수 있을 거야. 기억하겠지, 감사가 없었다는 것 말이야. 그 유능한 친구는 모든 것을 직접 관리했어. 그리고 상속인이 나타나지 않는 한 아무 문제 없었지. 나머지 가족 중 누구도 돈이 절실히 필요한 것 같지 않았고 아무도 그 부동산이 이도 저도 아닌 상태로 있는 것에 대해 항의하지 않았거든. 그러나 이 자칭 상속인이 나타나자마자 폴은 그가 자기주장을 입증할 수 있다면 '골치 아프게' 된 셈이었어. 그러면 모든 것이 드러날 테니까 말이야. 충분한 동기 아니겠어?"

"그보다 더한 게 있습니다, 청장님." 경위가 끼어들었다. "만약 그가 돈 때문에 곤궁했다면, 상황을 감당하지 못할 것 같을 때는 사라질 수 있다면 간단할 겁니다. 아마도 이것 전체가," 그는 돌아서서 의문스러운 발자국들을 향해 손을 휘저었다. "그냥 야반도주를 감추기 위한 눈가림인 겁니다. 그가 안전한 곳에 숨어 있는 동안 우리 보고 머리나 긁적거리라고 남겨둔 것일 수 있습니다."

클린턴 경은 경위가 그린 그림을 약간 재미있어하는 것 같았다.

"난 머리를 긁적거린 적은 없네, 경위. 그건 예의가 아니야. 심지어 폴 친구라고 해도 나를 그런 습관의 유혹에 들게 하지는 못해. 난 그가 그리 멀리 있다고 생각하지는 않아. 하지만 빨리 그를 찾아낼 수 있을지는 의문이야. 내 느낌은 그가 아주 안전한 곳에 숨어 있다는 거야."

경위는 그 말에 뭔가가 생각난 것 같았다.

"그건 그렇고, 청장님, 플랫의 별장에 나타난 그 새로운 친구는 아마 밤중에 차를 타고 내려왔을 겁니다. 별장 옆 보트 창고에 차를 넣어 뒀더군요. 오늘 아침 제가 그곳을 지나가면서 보닛이 튀어나와 있는 걸 봤습니다."

"에어드 씨는 굉장히 현명하군, 경위. 이 근방의 오랜 친구들이 자기를 알아보지 않도록 피하는 걸로 보이네. 기차를 타고 왔다면 역에서 누군가가 그를 봤겠지."

클린턴 경은 그 문제에 더는 관심을 기울이지 않고 화제를 전환했다.

"호텔로 돌아가면 우리는 플리트우드 가족을 조사하게 될 것 같네, 경위. 지금쯤 그들은 할 말을 충분히 다듬었을 거야. 하지만 자네에게 한 가지 살짝 말해주지. 그리고 이건 진심이네, 경위. 자네의 그 주장을 너무 확신하지는 말게. 그리고 플리트우드 부부를 신문하게 되면 열정에 휩쓸려서는 안 되네. 자네는 대단히 미끄러운 얼음 위에 있는 거야. 만일 자네가 그들을 너무 몰아세우면 우리는 핵심적인 증언을 그들에게서 얻어내지 못할지도 몰라."

경위는 잠시 침묵하며 이 말을 생각했다. 그는 자기가 이런 식으로 통제받는 게 마음에 들지 않는 모양이었다.

"글쎄요, 청장님," 결국 그는 그 말을 받아들였다. "제가 그게 뭔지 몰라서 일을 망칠 것 같다고 생각하신다면, 살짝 알려주시면 안 될까요?"

"자네가 웬도버 씨에게 물어보면 그가 그리 해줄 수 있을 것 같군, 경위."

아마데일은 삐친 표정을 숨기지 않은 채 몸을 돌려 웬도버에게 말했다.

"감추어 둔 비책 같은 게 있으신가요, 선생?"

웬도버는 그 불손한 말투에 전혀 신경 쓰지 않았다. 우려했던 어려움 없이 자신의 목적을 달성할 방법이 보였던 것이다.

"당신에게는 논거가 전혀 없어요, 경위." 그가 강하게 말했다. "클린턴 경이 한참 전에 당신의 주장에는 결함이 있다고 말했잖소. 모든 게 다 실패예요. 난 당신이 엉망진창인 그런 상태로 돌진하도록 하고 싶지 않은 거요, 아시겠소? 조심하지 않으면 당신은 그러고 말 겁니다. 이번 조사에서 클린턴 경이 대화를 하도록 해보죠? 그는 원하는 걸 얻을 겁니다. 클린턴 경이 마치고 난 뒤 당신과 내가 하고 싶은 질문을 하면 되죠. 그리고 모든 게 끝나면 내가 당신에게 당신 주장의 결함을 보여주겠소. 그러겠소?"

"난 웬도버 씨의 제안이 정말 괜찮다고 생각하네, 경위." 아마데일이 그 상황을 받아들이기를 주저하자 클린턴 경이 끼어들었다. "지금 손에 있는 증거로는 자네의 주장을 입증할 수 없는 게 사실이야."

"아, 좋습니다, 그럼." 아마데일은 다소 분한 표정으로 동의했다. "그렇게 처리하길 원하신다면 저도 이의는 없습니다. 하지만 이 사건은 돌파해야 할 일이 참 많을 것 같네요."

"이 조사를 통해 자네는 자기 의견을 굳히게 될 가능성이 농후하네, 경위. 하지만 자네는 그 모든 것에 대해 잘못 생각하고 있어." 클린턴 경이 어찌나 확신에 찬 목소리로 단호하게 말했던지 그 확신은 경위의 마음속까지 전해질 정도였다.

# 13

## 크레시다의 이야기

클린턴 경이 크레시다에 대한 조사를 경위의 손에서 넘겨받았다는 사실에 안도한 웬도버는 자신의 추론을 한 단계 더 끌어올릴 새로운 어떤 일이 플리트우드 부부를 통해 밝혀질지 자못 궁금했다. 크레시다의 살인 혐의를 벗겨줄 수 있다고 확신한 웬도버는 플리트우드 부부의 스위트룸으로 안내되기까지 30분 동안 조바심을 참기 어려웠다.

크레시다를 처음 본 순간 그는 지난 하루 이틀간의 긴장감이 그녀에게 얼마나 큰 부담을 줬는지 알 수 있었다. 그녀의 어두워진 눈과 지쳐 있는 온몸의 자세는 그 자체로 긴장과 불안의 긴 시간을 말해주고 있었다. 그리고 그녀의 얼굴에서 그는 헛되이 감춰보려 애쓰는 불안감을 분명히 읽을 수 있었다. 무엇보다도 그가 당혹스러웠던 것은 양심의 가책을 풍기는 인상이었는데, 명확히 분석할 수는 없지만 이상하게도 그런 것이 느껴졌다.

다리에 부목을 대고 소파에 누워 있는 스탠리 플리트우드 역시 분석하기 어려운 건 매한가지였다. 그의 얼굴에도 역시 긴장의 흔적이 있었다. 또한 그의 표정 전체는 예상대로 공범 관계를 추정케 하는 것이었다. 그것은 모든 것을 잃었음을 알면서도 조금만 방향을 틀면 더 안전한 지점으로 갈 수 있으리라는 희망을 품고 뻔뻔스럽게 일을 처리하기로 마음먹은 자의 태도였다.

방에 있던 세 번째 사람은 예리한 얼굴의 예의 바른 변호사였는데, 그는 서류 몇 장을 앞에 두고 테이블에 앉아 있었다. 그의 얼굴에는 사건에 대해 어떤 생각을 하는지가 전혀 드러나지 않았다.

“웬도버 씨는, 물론, 여기 있을 입장이 전혀 아닙니다만,” 변호사가 그들에게 소개되자 클린턴 경이 설명했다. “사건과 공식적으로 관련이 없는 사람이 이 조사에 증인으로 있는 편이 이로울 수도 있다고 저는 생각합니다. 이의 있으신가요, 칼더 씨?”

변호사는 크레시다, 그리고 그녀의 남편과 조용히 상의한 후 이러쿵저러쿵하지 않고 동의를 표했다. 스탠리 플리트우드는 동의의 뜻으로 고개를 끄덕였다.

“칼더 씨와 상의해 본 결과,” 이 문제가 해결되자 그가 말했다. “우리는 솔직함이 최선의 방책이라는 결론에 도달했습니다. 우리는 숨길 것이 없습니다. 자 이제, 알고 싶으신 게 뭔가요?”

한 사람씩 차례차례 쳐다보던 웬도버의 시선이 크레시다의 얼굴에 이르렀다. 그리고 그는 그녀가 다가올 시련을 두려워하고 있다는 것을 분명히 알 수 있었다. 그녀는 마치 최악의 상태를 예상하며 마음을 정한 것처럼, 신문을 무사히 통과하리라는 희망이 없는 것처럼 보였다.

“플리트우드 부인이 이 사건에 대해 아는 것을 우리에게 말해줄 수 있겠죠?” 클린턴 경이 말했다. “그리고 우리가 그녀의 진술을 듣고 난 다음, 플리트우드 씨가 본인이 직접 관계된 부분에서 그녀의 이야기에 살을 붙여주시면 됩니다.”

임무를 앞둔 크레시다는 용기를 냈지만 목소리를 조절하는 것이 어려워 보였다. 마침내 그녀가 있는 대로 애를 써서 자신을 추스르고 말을 시작했다.

"제가 여러분께 상황을 분명히 전달해야 한다면," 그녀는 믿음이 없는 시선으로 모인 사람들을 하나씩 보며 말했다. "여러분이 사태를 제대로 이해할 수 있도록 조금 거슬러 올라가야 할 것 같아요. 여러분은, 물론, 1917년에 제가 니콜라스 스테이블리와 결혼했다는 걸 아실 겁니다. 그때 그는 부상에서 회복하던 중이었죠. 제 결혼 생활이 완전히 실패했다는 것은 누구나 다 아는 사실입니다. 최악이었죠. 한 달도 채 되지 않아 그는 제가 가졌던 거의 모든 이상을 산산조각 내버렸어요. 저는 그를 혐오했어요. 한 사람이 다른 사람을 혐오할 수 있을 거로 생각했던 수준을 뛰어넘을 정도로요. 그리고 그는 저를 겁에 질리게도 했어요.

그는 다시 전선으로 돌아갔죠. 우리가 들은 다음 소식은 그가 전투 중 사망했다는 것이었어요. 이런 말을 하면 끔찍하게 들리겠지만, 그 소식을 들었을 때 정말이지 기쁘지 않은 척할 수가 없더군요. 그는 끔찍한 생명체였어요. 모든 면에서 말이에요. 그토록 짧은 시간이었는데도 그와 함께했던 삶은 깨어 있는 악몽 같았죠. 그래서 전 그에게서 벗어나게 된 걸 알고는 무한한 안도감을 느꼈어요. 그런 뒤에, 저는 1926년에 플리트우드 씨와 결혼했습니다."

그녀는 말을 잠시 멈추고 변호사에게 눈길을 줬다. 마치 그의 격려라도 받으려는 듯이. 그녀의 이야기 순서는 그들 사이에 미리 조율된 것이 분명했다. 웬도버의 시선이 그녀에게서 스탠리 플리트우드에게 옮겨갔다. 그리고 그는 플리트우드의 표정에서 크레시다로 인해 그가 죽은 남자를 얼마나 미워했는지 알 수 있었다.

"지난주에," 크레시다는 조금 더 절제된 어조로 말을 이어갔다. "저는 '니콜라스 스테이블리'가 서명한 편지를 받았어요. 그 글씨를 다시 보는 건 끔찍한 충격이었어요. 그가 죽었다는 기록은 실수였던 것 같았어요. 하지만 그는 자기의 목적을 위해 그걸 그냥 내버려 뒀던 거죠. 그때 그로서는 사라지는 것이 적절했던 거예요. 이제는 다시 나타날 필요가 있었고요. 저에 관한 한 말이에요. 그게 제게 뭘 말하는지는 짐작하실 수 있을 겁니다. 그걸로 제 두 번째 결혼은 무효가 됐어요. 저는 그 짐승 같은 자의 손아귀에 들어가 버린 거죠. 아니면, 적어도, 제가 실제로 그의 손에 들어가지 않는다 해도, 그가 자기 목적을 위해 사용할 수 있는 무기를 준 거였어요. 그는 이기적인 짐승이었고 복수심도 있었죠. 그리고 저는 그가 일으킬 수 있는 온갖 문제를 일으킬 작정이라는 걸 알았어요. 그의 편지를 보면 이 순간 그가 다시 나타난 건 협박이 목적이라는 게 암암리에 너무나 명백했어요. 그는 제가 다시 결혼한 걸 알고는 자기에게 기회가 생긴 걸 알았던 거죠."

변호사가 종이 한 장을 꺼내서 맞은편의 클린턴 경에게 건넸다.

"이게 그 편지입니다." 그가 설명했다.

클린턴 경은 편지를 쭉 훑어본 후 테이블 위에 내려놓았다.

"아주 멋진 작품이군요." 그가 품평했다. "당신 심정이 이해됩니다, 플리트우드 부인. 계속하세요."

크레시다는 맞은편 소파를 한번 쳐다봤다.

"저는 당연히 플리트우드 씨와 의논했어요." 그녀가 계속했다. "우리는 그 남자와 만날 약속을 잡고 우리가 감당할 수 있는 수준으로 문제를 해결하는 것이 최선의 방법이라고 결정했습니다."

"우리가 원했던 건," 스탠리 플리트우드가 끼어들었다. "그를 설득해서 조용히 이혼을 진행하는 거였어요. 그러면 최대한 소란스럽지 않게 문제를 정상화할 수 있었을 겁니다. 내가 그에 관해 들은 말로는, 그는 뇌물을 거절할 사람 같지는 않았으니까요. 액수가 아주 크다면 —"

그는 변호사의 경고하는 눈빛을 보더니 갑자기 말을 중단했다.

"알겠습니다." 클린턴 경이 부드럽게 끼어들었다. "당신은 그와 어떤 합의를 하고 싶었군요. 그 조건에 대해 우리가 논할 필요는 없습니다. 계속하시겠습니까, 플리트우드 부인?"

"저는 그에게 편지를 썼어요." 크레시다는 계속해 나갔다. 클린턴 경이 경위처럼 대놓고 적대적이지 않다는 것이 분명히 보였기에 그녀의 어조는 좀 더 용감해졌다. "플리트우드 씨가 금요일 오후에 그걸 플랫의 별장으로 가져가서 우편함에 넣었어요. 플리트우드 씨가 이 남자와 직접 대면하고 싶지 않았다는 건 바로 이해하실 겁니다."

경위가 조사 내용을 속기로 적어 가던 수첩에서 고개를 들고 올려다봤다.

"우리가 시신에서 발견한 편지를 확인해 주시죠." 그가 말했다.

클린턴 경이 편지를 꺼냈고 크레시다가 그것을 살펴봤다.

"네, 그겁니다. 저는 해변에 사람이 없을 것 같은 밤늦은 시각에 '포세이돈의 좌'에서 그와 만나기로 했어요. 저는 당연히 그를 호텔 근처로 오게 하고 싶지 않았어요."

그녀는 말하기 힘든 지점에 다다랐다고 느낀 듯 잠시 말을 멈췄다.

"아마 여러분은 제가 다음에 해야 하는 말을 이해하지 못할 거예요. 그가 어떤 사람인지 제가 알려드릴 수 있다면 더 잘 이해하실 텐데요. 말할 수 없는 것들이 있잖아요. 하지만 제가 그를 정말 무서워했다는 것만은 알아주셨으면 해요. 저는 쉽게 겁을 먹지 않지만, 그와 함께 살았던 한 달여 동안 그는 제게 두려움을 각인시켰어요. 진짜 신체적 두려움, 개인의 폭력에 대한 완벽한 두려움 말이에요. 그는 술을 마셨는데, 술을 마시고 있을 때는 거의 사람이 아닌 것 같았죠. 그가 너무 무서워서 저는 그가 전선으로 복귀하기도 전에 그를 떠났어요."

그것이 그녀에게 어떤 의미였는지는 그녀의 얼굴이 말보다 훨씬 더 분명히 보여주고 있었다. 의도한 것은 아니지만 그녀는 한동안 말을 멈추는 것으로 듣는 사람이 그녀 말의 효과를 소화하도록 내버려 뒀다.

"그를 만나는 시간이 오자," 그녀가 계속해서 말했다. "플리트우드 씨가 저와 같이 가겠다고 고집을 부렸어요."

"당연하죠." 스탠리 플리트우드가 그 말을 끊었다. "저는 그 친구를 저 혼자 만나러 가고 싶었습니다. 하지만 아내는 제가 혼자 가는 것도, 자기와 같이 가는 것도 허락하지 않으려 했어요."

크레시다가 고개를 끄덕였다.

"만약 그들 두 사람이 만났다면 싸움이 일어나지 않을 수 없었을 거예요. 그리고 그 남자는 무슨 짓이든 서슴지 않았을 거고요. 저는 그가 무슨 짓을 할지 두려웠어요. 뭘 해도 둘이 만나게 하는 것보다는 나았어요. 하지만 아무런 보호 장치 없이 혼자서 그를 만나는 건 끔찍하게 두려웠죠. 전 이미 그를 충분히 겪었으니까요. 그래서 플리트우드 씨에게서 권총을 빌려서 품에 넣은 채 '포세이돈의 좌'로 갔어요. 그가 술 취한 기미가 보이면 겁을 줄 수 있을 기로 생각했던 거에요."

"어떤 종류의 권총이었습니까?" 아마데일이 스탠리 플리트우드를 바라보며 참견했다.

"콜트 38구경입니다. 어딘가 총 번호가 있을 겁니다."

"그건 나중에 확인하도록 하겠습니다." 아마데일은 이렇게 말하고는 크레시다에게 계속하라는 시늉을 했다.

"플리트우드 씨는 저와 함께 그 남자를 만나는 건 포기했어요." 크레시다가 말을 이었다. "하지만 그는 저를 우리 차로 해안까지 데려다주겠다고 고집을 부렸어요. 저는 그건 하도록 내버려 뒀습니다. 그가 가까이 있을 걸 아니까 좋았어요. 하지만 저는 그에게서 어떤 식으로든 개입하지 않겠다는 약속을 받았죠. 제가 '포세이돈의 좌'로 혼자 내려가는 동안 그는 차에 남아 있기로 했답니다."

"경위는 당신이 호텔을 떠나기 전에 정확히 뭘 했는지 알고 싶을 것 같군요." 클린턴 경이 개입했다.

"플리트우드 씨는 차를 가지러 차고로 갔습니다. 그사이에 저는 여자 탈의실로 갔어요. 거기 제 골프용품들이 보관되어 있었거든요. 이브닝드레스를 입고 있던 저는 슬리퍼를 골프화로 갈아 신고 골프 재킷을 입었습니다. 그리고 옆문으로 나가서 플리트우드 씨를 만나 차에 탔어요. 그는 '포세이돈의 좌'에서 가장 가까운 도로에 저를 내려줬습니다. 저는 그를 그곳에 두고 차에서 내려 모래사장을 가로질러 바위로 갔어요.

그 남자가 저를 기다리며 거기 있었죠. 한눈에도 그가 술을 마셨다는 걸 알 수 있었어요. 물론 취한 건 아니었지만 정상은 아니었어요. 그 모습을 보자 저는 겁이 났어요. 이건 설명할 수가 없지만, 그는… 아, 그가 그런 상태로 있을 때 어땠는지 생각만 해도 저는 몸이 떨리곤 했어요. 그런데 막상 거기서 그를 눈앞에서 보니 정말 무서웠어요. 저는 주머니에서 권총을 꺼내 손에 쥐었습니다. 그에게 보이지 않도록 하면서요.

그런 다음 저는 그에게 말을 했고 저와 어떤 합의를 하도록 그를 설득하려고 애썼어요. 하지만 아무 소용없는 일이었어요. 여러분은 그가 어떤 사람이었는지 전혀 몰라요. 그는 입을 다무는 대가로 돈을 원했어요. 이혼이 성사되면 저에 대한 지배력이 느슨해지기 때문이라는 게 그가 한 말이에요. 그리고 저를 계속 손아귀에 쥐고 있으려고 그는 이혼 얘기는 듣지도 않으려고 했어요. 그러고는 끔찍한 말들을 — 아, 저는 그가 플리트우드 씨와 저에 대해 했던 끔찍한 말을 되풀이하지는 않겠어요. — 했어요. 제가 보는 앞에서 제게 상처를 주고 저를 비하하려는 거였어요. 그리고 그런 식으로 엉망이 될수록 그는 점점 더 화를 냈어요. 술 취한 남자가 어떤지 아세요? 전 너무 잘 알아요."

그녀의 말보다 자기도 모르게 나온 몸짓이 그녀의 감정을 더 잘 드러내고 있었다.

"결국 그는 도를 완전히 넘어버렸죠. 저는 두려워서, 그리고 또 한편으로는 그가 한 말들에 분노가 치솟아서 온몸이 떨렸어요. 그 상태에 있는 그와는 어떤 것도 할 수 없다는 게 분명해졌죠. 그래서 저는 가려고 돌아섰어요. 그러자 그가 뭔가 중얼거리더니 — 그 말을 제 입으로 반복하고 싶지는 않으니 직접 상상해 보시면 됩니다 — 예기치 못한 순간 앞으로 튀어나와 저를 홱 잡았어요.

저는 완전히 정신이 나가버렸어요. 제가 뭘 하는지도 몰랐어요. 저는 그에 대한 공포로 거의 이성을 잃었어요. 어떻게 된 일인지 제 손에서 총이 발사되고 말았어요. 그리고 그가 제 발 앞에 쓰러져 미동도 없이 누워 있었어요. 너무 어두워서 아무것도 선명하게 보이지 않는 데다 벌어진 일 때문에 저는 혼비백산한 상태였어요. "내가 그를 쐈어!" 저는 혼잣말을 했죠. 그러자 불안감이 엄습했고, 저는 몸을 돌려 해변에 있는 차 쪽으로 달려갔어요. 저는 플리트우드 씨에게 무슨 일이 있었는지 바로 말했어요. 그가 내려가서 그 남자를 보길 원했지만, 그는 그 말을 듣지 않았어요. 그는 저를 호텔로 데리고 돌아왔고 우리는 옆쪽 골목길에 차를 세우고 나왔어요. 저는 탈의실로 들어가서 재킷을 벗고 골프화를 슬리퍼로 갈아 신었어요. 저는 너무 흥분한 상태여서 재킷 주머니에서 권총을 꺼내는 걸 잊어버렸어요. 그리고 호텔 복도로 나왔더니 플리트우드 씨가 계단에서 발을 헛디뎌 크게 다쳤다고 하더군요. 그 일로 인해 그 순간에는 권총 생각이 전혀 나지 않았어요. 다음 날 생각이 나서 찾으러 갔을 때는 누군가가 권총을 가져가 버린 뒤였죠. 누군가 제 뒤를 밟았다는 걸 알고 저는 너무 무서웠습니다."

그녀는 잠시 말을 멈췄다가 덧붙여 말했다.

"제가 해야 할 말은 정말 이게 전부입니다. 그건 그야말로 순전히 사고였어요. 그를 죽일 의도는 없었습니다. 해안으로 권총을 가져갔을 때 저는 단지 그를 겁주려고 했을 뿐이에요. 하지만 그는 술을 마신 상태였고, 그가 공격했을 때 저는 미처 대비하지 못했어요. 저는 겁에 질렸고 뭘 하는지도 모르는 상태에서 손가락이 방아쇠를 당겼던 게 분명해요. 저는 냉혹하게, 혹은 화가 나서 일부러 그를 쏜 게 절대 아니었어요. 그건 순전히 사고였습니다."

그녀는 거기서 말을 끝냈다. 모든 말을 다 한 것이 분명했다.

"잠깐만, 클린턴," 자기 차례가 된 청장이 스탠리 플리트우드에게 질문하려고 할 때 웬도버가 끼어들었다. "내가 한 가지 분명히 하고 싶은 게 있네. 플리트우드 부인, 스테이블리가 당신을 만났을 때 옷차림이 어땠는지 기억할 수 있을까요?"

크레시다가 재빨리 고개를 들었다. 웬도버의 얼굴에서 측은지심을 읽었는지 그녀는 바로 대답했다.

"달빛이 별로 밝지 않았어요. 이해하시나요? 그는 신사 정장 같은 것을 입고 있었는데 색깔은 모르겠어요. 제가 '포세이돈의 좌'로 내려갔을 때 그는 팔에 가벼운 외투를 걸치고 있다가 제가 올라가자 그 외투를 자기 옆의 바위 위로 툭 던지더군요."

"그걸 다시 입지는 않았던 거죠?" 웬도버가 추궁했다.

"제가 기억할 수 있는 한, 입지 않았어요." 크레시다는 그 순간을 기억해 보려고 애쓴 끝에 대답했다.

"당신이 호텔로 돌아오기 전에 비가 내렸죠?" 웬도버가 계속 물었다.

"네. 차가 출발한 후 금방 세차게 비가 왔어요."

이 대답에 웬도버가 너무도 확연히 흡족해했기에 크레시다는 관심을 보이지 않을 수 없었다. 그녀는 그가 자기를 도와주기를 기대하는 듯 희미한 희망의 빛이 어린 표정으로 그를 바라봤지만, 그가 청장을 향해 돌아서서 더는 할 말이 없다고 하자 실망하는 얼굴이 되었다. 클린턴 경이 그의 뒤를 이어 나섰다.

"자, 플리트우드 씨," 그가 질문했다. "당신은 약속대로 차 옆에 그대로 있지는 않았죠?"

스탠리 플리트우드는 대화에 끼어든 그를 의혹에 찬 눈빛으로 쳐다봤다.

"사실, 그러지 않았습니다." 그는 다소 불쾌한 표정으로 시인했다. "아내가 그 악당을 만나게 하는 것만으로도 나쁘기 이를 데 없었죠. 제가 멀리서 지켜볼 거라고 예상하지는 못하시겠죠? 아내에게는 개입하지 않겠다고 약속했지만, 그렇다고 해서 최대한 가까이 가지 않을 수는 없었습니다. 혹시 모를 사고에 대비해서 말입니다. 저는 '포세이돈의 좌' 쪽으로 뻗어 있는 방파제 뒤쪽으로 해서 계속 해안으로 내려갔습니다."

"우리도 그렇게 추측했습니다." 클린턴 경이 말했다. "콜트권총이 한 자루 더 있는 건 아니겠죠?"

"아뇨. 한 자루밖에 없습니다."

"그럼 혹시 당신이 방파제 뒤에서 총을 쏜 건 아닙니까?"

플리트우드와 크레시다는 이 질문에 완전히 혼비백산한 듯했다. 그들은 서로를 힐끗 쳐다봤다. 그런 다음 스탠리 플리트우드가 대답했다.

"아뇨, 당연히 그러지 않았습니다. 권총도 없는데 어떻게 그럴 수 있었겠습니까?"

"당연히 그렇겠죠." 클린턴 경이 수긍했다. "때로는 형식적인 질문을 해야 할 때도 있습니다. 자, 플리트우드 씨, 부인의 권총이 발사된 후에는 무슨 일이 일어났나요? 그러니까, 당신은 어떻게 했습니까?"

"저는 아내가 도로를 향해 해변을 서둘러 올라오는 것을 봤습니다. 제가 있을 거로 예상한 곳으로요. 그래서 저는 당연히 왔던 길로 얼른 돌아가서 차에서 아내를 만났습니다."

"그다음에는요?"

"아내가 제게 스테이블리를 쐈다고 말했어요. 물론, 저는 그를 애도하며 흘릴 눈물은 한 방울도 없었습니다. 단지, 혹시라도 총소리를 듣고 누가 올까 봐 최대한 빨리 아내를 데리고 떠나고 싶었습니다. 그래서 호텔을 향해 차를 몰고 갔습니다. 저는 멀리서라도 누군가의 눈에 띌까 봐 헤드라이트를 켜지 않았습니다. 가능하다면 차를 추적당하고 싶지 않았으니까요. 저기, 아주 솔직하게 말씀드리는 겁니다."

"우리가 설득해서 모든 사람이 **아주** 솔직해질 수 있다면 얼마나 좋을까요." 클린턴 경이 털어놓듯 말했다. "그러면 경찰 업무가 한결 가벼워질 텐데 말이죠. 그다음엔 무슨 일이 있었습니까?"

"차를 몰고 가는데 갑자기 우리가 모래 위에 이 모든 발자국을 남겼다는 것, 그래서 모든 것이 드러나면 우리 발자국들이 이 일과 우리를 연결하는 증거가 될 거라는 생각이 들었습니다. 그래서 저는 아내를 호텔에 내려준 후 다시 차를 타고 돌아가서 스테이블리가 살아 있는지 확인하기로 마음먹었습니다. 정말 솔직하게 말씀드리는 겁니다. 만약 그가 살아 있지 않다면 어떻게든 발자국을 뭉개고 흔적을 깨끗이 지울 생각이었습니다. 그러다가 스테이블리가 살아 있는 게 죽은 것보다 낫다는 생각이 들었습니다. 그가 다치기만 했다면 이 사건을 어떤 식으로든 무마할 수 있을 테니까요. 그건 그렇지만, 솔직히 저는 차라리 그가 죽었으면 했습니다. 어쨌든 저는 호텔에 도착하자마자 비상용으로 보관해 둔 브랜디 한 병을 가져오려고 위층 제 방으로 뛰어올라갔습니다. 그가 살아 있으면 살려내려고요, 됐습니까? 그리고 다시 아래층으로 전력 질주하다가 미끄러져 넘어졌고, 그 바람에 해변으로 다시 갈 수 있는 기회가 사라졌죠. 제가 차를 바깥에 세워 둔 건, 물론, 나중에 해변에 내려가 문제를 해결한 후 차고로 가져가려 했기 때문이었고요."

"굉장히 명쾌한 설명 같습니다." 클린턴 경은 원하는 정보를 모두 얻었음을 내비치는 어조로 말했다. "뭐 물어볼 것 있나, 경위?"

"딱 한 가지 있습니다." 아마데일이 설명했다. "호텔과 그 바위 사이에서 스테이블리 외에 다른 사람이 오가는 걸 봤습니까?"

스탠리 플리트우드는 고개를 가로저었다.

"아무도 못 봤습니다. 돌아오는 길에는 당연히도 눈을 부릅뜨고 사방을 살폈답니다."

클린턴 경은 자신이 아는 한 그 문제는 매듭되었음을 시사했다. 이를 더 명확히 하기라도 하는 듯 그는 이 과정에 참여하지 않은 것이나 마찬가지였던 변호사 칼더에게 물었다.

"당신은 혹시 포딩브리지 씨의 변호사입니까?"

칼더는 그 질문에 다소 놀란 표정이었다.

"저희 로펌이 한 세대 이상 포딩브리지 가문의 법률문제를 담당해 왔습니다." 그는 약간 딱딱하게 설명했다. "하지만 그게 이 일과 무슨 상관이 있는지 모르겠군요."

클린턴 경은 그 딱딱한 태도를 무시했다.

"우리는 지금 포딩브리지 씨 실종 사건을 조사 중입니다." 그가 설명했다. "그래서 도움이 될 만한 정보를 우리에게 알려주셨으면 합니다. 잠시 시간을 내주시겠습니까?"

칼더는 그럴 준비가 되지 않았음이 분명했지만 이의를 제기하지는 않았고, 클린턴 경과 그의 동료들이 방을 나서자 그들을 따라갔다.

클린턴 경은 그들만 있게 된 곳에 도착하자마자 자신의 목적을 분명히 밝혔다.

"포딩브리지 씨의 실종에 관해 한 가지 가능성이 점쳐지고 있는 상황입니다, 칼더 씨. 그는 위임장에 따라 다른 사람들 소유의 거대한 자금을 관리하고 있었습니다. 이 자금의 상태를 알 수 없다면 우리는 무엇을 찾아야 할지 갈팡질팡하게 됩니다. 그러니, 비공식적이긴 합니다만, 이 점에 관해 아는 정보가 있으신지, 혹은 일의 정황에 대해 추측되는 바가 있으신지요? 이해하시겠지만, 일분일초가 중요한 상황입니다. 이게 상관없는 일**이라면**, 우리는 헛다리 짚고 싶지 않거든요.”

변호사는 일에 연루되고 싶지 않은 게 분명했다.

“배임의 가능성은 항상 있죠.” 그가 시인했다. “어떤 사람이 다른 사람의 돈을 관리하는 어떤 경우든 말입니다.”

“당신은 포딩브리지 저택의 상황을 잘 알고 계셨던 것 같은데요. 폴 포딩브리지가 얼마 전 당신 로펌이 거기서 손을 떼게 하기 전까지는 말이죠? 제 말은, 제가 그의 서류를 입수한다면, 거기 어떤 부정직한 행위가 있었는지 대략 알 수 있으시냐는 겁니다.”

“그건 가능하다고 생각합니다.”

클린턴 경은 잠시 생각한 후 다시 말했다.

“가족이나 당국으로부터 그의 서류를 조사할 수 있도록 허가 받았다고 가정할 때, 검토할 시간이 있다면 어떤 잘못이 있는지 알아낼 수 있을까요?”

“시간은 좀 걸리겠지만, 가능할 겁니다.”

“그럼 제가 어떤 식으로든 허가받겠습니다. 어떤 서류든 런던에 있는 그의 집에 있겠죠?”

“아마도요.”

“그럼 오늘 오후에 제가 당신과 함께 런던으로 가서 당신의 도움을 받아 조사를 하겠습니다, 칼더 씨.”

변호사는 그 제안에 대해 아무런 말도 하지 않았고 클린턴 경은 그를 더 이상 붙잡아 둘 의사를 보이지 않았기 때문에 그는 의뢰인에게 돌아갔다. 그가 등을 돌리자마자 아마데일은 웬도버 쪽으로 휙 몸을 돌렸다.

“이제 당신이 뭘 하려는지 알겠군요, 선생.” 그가 다소 경멸하는 어조로 말했다. "당신은 그녀가 살인이 아닌 과실치사로 풀려날 거로 생각하시는군요. 그리고 물론, 단순 과실치사라면, 그녀는 불운한 사연을 가진 착해 보이는 여자고, 그래서 온정적인 배심원들이 무죄 평결을 내릴 것을 기대하는 거고요. 그렇죠?"

웬도버는 진심으로 즐거워했다.

"지독하게 기발한 생각인데요, 경위." 그가 인정했다. "난 그런 생각은 전혀 해본 적이 없습니다."

"아, 그런가요?" 아마데일이 대답했다. "뭐, 어쨌든 그렇게 큰 기대는 할 필요가 없습니다. 그걸 뒷받침할 증거가 뭡니까? 피고인과 공범이 준비한 진술과 예리한 변호사의 방어 말고는 없습니다. 어떤 검사라도 그 진술의 신빙성을 5분 만에 논파할 것입니다."

"난 그녀의 진술에 의존하는 게 아니오, 경위. 그녀가 입을 열기도 전에 난 이미 사건의 전모를 머릿속에 다 정리해 놓았어요. 그녀의 진술은 모든 점에서 내 생각을 확인해 준 것뿐입니다. 당신 주장은 완전히 실패예요."

아마데일은 이 퉁명스러운 단언에도 흔들리지 않는 것 같았다.

"선생의 생각을 듣게 된다면 저는 기쁠 겁니다." 그는 버릇없는 아이와 화해하려고 할 때 사용할 법한 말투로 대답했다. "비전문가가 이 사건에 대해 어떻게 생각하는지 들어보면 아주 유익할 테니까요, 선생."

웬도버는 '비전문가'라는 단어를 약하긴 하지만 틀림없이 강조하는 경위의 말에 살짝 화가 났다.

"때로는 구경꾼이 경기를 잘 보게 되는 법이죠." 그는 정중하게 반박했다. "그게 이 경우에는 충분히 맞는 말이고요. 당신은 결정적인 증거를 놓쳤어요, 경위. 플리트우드 부인이 당신에게 스테이블리가 외투를 입지 않았다고 한 말을 못 들었습니까? 하지만 그가 맞은 총은 외투를 관통했어요. 외투의 구멍이 시신의 상처 위치와 일치합니다. 그게 납득되나요?"

"그가 외투를 입은 후에 총에 맞았다는 겁니까? 아뇨, 선생, 저를 설득하는 문제에서 그건 효과가 없습니다. 그녀와 플리트우드는 그런 건수를 살짝 끼워 넣어 솜씨 좋게 이야기를 만들어 낼 시간이 충분했습니다. 그런 증거가 무슨 가치가 있을까요? 증거가 범죄자의 입에서 나왔는데 그걸 독립적으로 뒷받침할 만한 게 전혀 없다면 그건 아무것도 아닙니다."

웬도버의 미소는 장난기 어린 웃음으로 크게 번졌다.

"당신은 결정적인 증거를 놓쳤다고요, 경위. 로랑-데루소 부인에게 부탁만 했어도 그녀가 줄 수 있었을 텐데 말이죠. 그러나 당신은 그런 생각을 하지 못했던 겁니다. 내가 했죠."

"그럼 이 귀중한 증거라는 게 뭔지 물어봐도 될까요?" 경위가 아주 정중하게 물었다.

이제 웬도버는 두말하지 않았다.

"금요일 밤에 비가 내리기 시작했던 때죠." 그는 멍청한 학생을 바로잡아주는 듯한 분위기로 설명했다. "로랑-데루소 부인은 플리트우드의 차가 해변에서 출발한 **후에** 갑자기 비가 내리기 시작했다고 했습니다."

경위는 웬도버의 말이 어디로 향하는지 알았다고 생각했다.

"스테이블리는 비가 내리자 외투를 입었던 것이고 그 전에 플리트우드 부인이 그를 만났을 때는 외투를 입고 있지 않았다는 말이죠? 하지만 당신은 그녀의 말에만 의존하고 있잖아요."

"아닙니다, 경위. 그가 처음에는 외투를 팔에 걸치고 있었다는 사실을 목격한 중립적인 목격자가 있습니다. 로랑-데루소 부인이 11시 전에 그를 만났을 때 그가 그런 식으로 외투를 들고 있었다고 했으니까요."

"그녀가 떠나자마자 입었을 수도 있죠." 경위가 자기주장을 열심히 방어하며 이의를 제기했다.

웬도버는 고개를 가로저었다.

"소용없는 일이에요, 경위. 증거가 더 있습니다. 기억하겠지만, 스테이블리의 재킷은 레인코트를 입고 있었는데도 비에 흠뻑 젖어 있었어요. 그는 외투를 관통해서 총을 맞았어요. 그는 비가 내리기 시작한 **후에** 외투를 입었던 거죠. 하지만 비가 내리기 시작했을 때 플리트우드 부부는 차를 타고 호텔로 향하고 있었어요. 더 나아가, 비가 내리기 시작한 후에 그가 외투를 입었다면, 로랑-데루소 부인이 들은 총성은 스테이블리를 죽인 총성이 아닌 게 분명합니다. 이제 아시겠소, 경위?"

아마데일은 이 마지막 일격에 당혹스러운 기색이 역력했다.

"획기적이군요." 그는 설득당했다는 것은 인정하지 않은 채 무뚝뚝하게 수긍했다. "선생 말은, 스테이블리가 플리트우드 부인과 이야기하는 동안 외투를 들고 있었다는 거군요. 그녀가 권총을 발사했지만, 총알이 빗나갔고요. 그녀는 차로 도망쳤어요. 그러고는 차가 떠난 후 비가 쏟아져 스테이블리는 온몸이 흠뻑 젖었습니다. 비에 흠뻑 젖고 나서야 그는 비가 쏟아질 때 깜빡 잊고 있던 외투를 다시 입는 수고를 합니다. 그러자 다른 사람이

와서 총을 쏴버렸어요. 이게 선생의 견해입니까?"

"그 비슷한 거죠."

"흠!" 아마데일은 그가 생각하기에 약점인 듯한 점을 공격하며 말했다. "저는 보통 천둥 번개가 치면 급히 외투를 입는 쪽이랍니다. 외투가 있다면 말이죠. 선생의 방식대로라면, 이 스테이블리라는 사람은 별난 친구였음이 틀림없군요."

웬도버는 고개를 저었다. 타박을 주고 난 뒤여서 대답하는 그는 말투는 우월감의 흔적을 지울 수가 없었다.

"그건 논리적으로 추론하는 수고를 해보면 쉽게 설명할 수 있습니다, 경위. 실제로 일어난 일은 이런 거죠. 플리트우드 부인의 이야기는 권총이 발사된 시점까지 정확합니다. 그녀가 총을 쏘자 스테이블리는 미끄러지거나 바위에 걸려 뒤로 넘어졌습니다. 거기 타박상이 난 거 기억하죠? 그건 그가 이렇게 처음 쓰러졌을 때 생겼던 겁니다."

경위는 웬도버에게 경의를 표하며 그의 이론을 열심히 들어줬다. 아까 보였던 희미한 경멸의 분위기는 사라졌다. 아마데일은 이제 자기주장의 견고함에 대해 심각하게 동요하고 있음이 분명했다.

"계속하세요, 선생." 그가 요청했다.

"스테이블리는 넘어지면서 바위에 머리를 세게 부딪혀 기절했습니다." 웬도버가 설명했다. "그는 쓰러진 곳에 죽은 듯이 누워 있었죠. 빛이 희미했던 거 기억하겠죠. 그럼 이제, 플리트우드 부인이 어떤 생각이 들었을지 한번 생각해 보세요. 그녀의 권총이 탕 발사됐죠. 스테이블리는 바로 그 순간 쓰러졌어요. 그리고 그는, 어느 모로 보나, 그녀의 발밑에 죽어 있었던 겁니다. 자연히 그녀는 자기가 그를 쐈고 아마도 그를 죽였을 것이라는 결론에 도달했습니다. 그녀는 즉시 차에 두고 온 남편에게 달려가 의논했습니다. 그 상황에서는 전혀 부자연스럽지 않죠."

경위의 얼굴은 자기주장에 균열이 생긴 것을 느끼기 시작했음을 보여주고 있었다. 그러나 그는 아무 말도 하지 않았다.

"한편," 웬도버가 계속해서 말했다. "그녀의 남편 눈에는 바위 위에서 실랑이 같은 게 벌어지는 모습이 보였을 뿐이고 — 명심하세요, 빛이 희미했다는 것을요 — 권총이 폭발하는 소리가 들렸던 겁니다. 아마도 그는 스테이블리가 쓰러지는 걸 봤겠죠. 그 다음 아내가 차를 향해 서둘러 돌아왔고 남편은 방파제를 따라 달려가서 아내를 다시 만났죠. 아내가 스테이블리를 쐈다는 것 말고 그가 무슨 생각을 할 수 있었을까요? 그리고 그녀도 그렇게 생각했죠. 플리트우드 부부가 차를 출발시키기 전에 나눈 대화의 내용을 전한 로랑-데루소 부인의 말이 그 증거가 될 겁니다."

"거기엔 뭔가 있을지도 모르겠군요." 아마데일은 자신의 의지에 반해 설득당한 듯한 어조로 인정했다. "그러면 그 후 무슨 일이 일어난 거죠? 누가 진짜로 살인을 저질렀습니까?"

웬도버는 자신의 일련의 논거들을 매우 신중하게 생각했다. 그는 경위를 완전히 설득해서 크레시다를 더 이상 괴롭히지 못하게 하고 싶은 마음이었다.

"서두르지는 말죠." 그가 말했다. "일단 당시의 상황을 둘러봅시다. 스테이블리는 바위에 쓰러져 기절한 채, 아니면 어쨌든 즉시 일어나지 못할 정도로 정신을 잃은 채 누워 있습니다. 그의 손목시계는 충돌로 인해 11시 19분에 멈췄지만 유리는 깨지지 않았습니다. 손목시계가 충격에 얼마나 쉽게 멈추는지 잘 아실 겁니다. 손목에 시계를 차고 골프장에서 골프를 칠 때 클럽을 휘두르다가 멎기도 하니까 말이죠.

그리고 비가 내립니다. 비는 스테이블리를 흠뻑 적시죠. 하지만 그는 너무 멍해서 일어나지 못합니다. 머리가 깨진 까닭인지 그는 한동안 의식을 잃은 듯 가만히 있습니다. 이윽고 스테이블리는 의식을 되찾고 두 발로 기어서 일어납니다. 그리고 비가 쏟아지는 것을 알고는 기계적으로 레인코트를 집어 들어 입습니다. 그때쯤 플리트우드의 차는 호텔로 향하는 중입니다. 가까이에는 단 한 사람이 있었을 뿐이죠."

"로랑-데루소 부인을 말하는 건가요?" 경위가 다그쳤다. "그녀에게 살인을 뒤집어씌우려고 하는 겁니까, 선생? 그녀는 스테이블리에게 원한을 품고 있었는데 그가 거기 그녀의 손에 넘겨져 있었군요. 그녀가 원한다면 말이죠. 그 말인가요?"

웬도버는 아마데일에게 마지막으로 빈정거리고 싶은 마음을 참지 못했다.

"나라면 너무 성급하게 누구를 고발하고 싶지는 않을 겁니다." 그는 풀이 죽은 경위에게 기분 좋게 미소 지으며 말했다. "근거를 확신하기 전까지는 절대로요. 알겠습니까?"

아마데일은 증거를 재검토하는 데 너무 몰두한 나머지 웬도버의 조롱에 주의를 기울이지도 못했다.

"그럼 손목시계는 그가 처음 쓰러진 11시 19분에 멈췄지만, 유리는 나중에 총에 맞을 때까지 깨지지 않았다는 게 선생의 주장인가요?"

"그게 사실에 부합하는 것 같네요." 웬도버는 단언했지만, 확실하게 못 박지는 않았다.

"이 일을 바라볼 한 가지 방식인 건 분명하군요." 경위는 마지못해 인정할 수밖에 없었다. "선생의 생각을 당장 뒤집을 방법은 보이지 않습니다. 제가 심사숙고해 보겠습니다."

클린턴 경은 무심한 분위기로 그 모든 설명을 듣고 있었다. 이제 그는 웬도버를 향해 말했다.

"아주 깔끔하게 정리했군, 친구, 인정하지 않을 수가 없어. 시계가 멈춘 부분에 대한 처리는 자네의 고전 탐독이 얼마나 유익했는지를 보여줬어. 나도 추리 소설을 읽을 시간이 있었으면 좋겠군. 지적 능력을 깨어나게 해주는 게 분명하니 말일세."

웬도버는 자신의 능력을 칭찬하는 이 찬사에 속지 않았다.

"아, 물론 자네가 나보다 훨씬 먼저 그 결함을 포착한 건 잘 알고 있네. 며칠 전에 결함이 하나 있다고 하지 않았나. 경위가 플리트우드 부인이 재킷에서 권총을 찾아냈을 때였던 걸로 기억하네."

"순전히 정황 증거에만 의존하는 주장에는 거의 언제나 어떤 결함이 있다네, 친구. 그래서 모든 증거를 종합하기 전까지는 그 결함이 얼마나 큰지 결코 짐작할 수가 없지. 모든 증거가 나오기 전까지는 결론을 내리지 않고 기다리는 것이 가장 안전하다는 게 내 지론이야. 실수는 그리 중요하지 않아. 혼자만 알고 다른 사람을 오도하지 않는 한 말이야."

그는 여전히 깊은 생각에 잠겨 있는 아마데일을 향해 말했다.

"경위, 난 오늘 오후에 포딩브리지 건을 조사하러 런던으로 갈 걸세. 그동안 자네가 두 가지 일을 해줬으면 하네."

"알겠습니다, 청장님." 경위가 생각에서 깨어나며 말했다.

"우선, 우리가 쌓은 모래 더미를 아주 고운 체에 걸러서 혹시 38구경 탄피가 있다면 놓치지 않도록 하게. 아닐 가능성이 크지만, 혹시라도 발견된다면 내게 필요한 거네."

"그러니까 자네가 계속해서 찾고 있던 게 **그거**였군?" 웬도버가 물었다. "클린턴, 내 기억으로 자네는 거짓말을 한 거나 마찬가지야. 껍데기라느니, 아니면 지니가 들어 있는 놋쇠 마법 램프라느니 했잖아. 게다가 그 말이 진짜라고 우겨서 더더욱 오해하게 했고."

"전혀 그렇지 않아, 친구. 난 엄연한 사실을 말한 거야. 그런데 자네가 내 말의 의미를 잘못 이해했다면 그게 누구 탓이지? 미국인이 빈 탄피를 '껍데기'라고 하는 걸 못 들어봤나? 그리고 지니의 놋쇠 마법 램프도 그렇지. 탄피를 그보다 더 깔끔하게 묘사할 수 있을까? 지니는 연기에서 나와서 아무도 그 놋쇠 마법 램프 안에 있을 거로는 생각지 못할 정도로 커지지 않았나? 한데, 총을 발사하면 총알 크기에 압축될 수 있다고 생각했던 것보다 훨씬 많은 양의 가스가 나오지 않나? 그리고 지니는 총알처럼 사람을 죽일 수 있지 않았나? 나는 정말로 셰익스피어가 만들어 낸 최고의 효과와 견줄 정도로 탄피를 시적으로 묘사해 냈다고 생각했네. 그런데 자네는 그에 관해 겨우 할 말이 자네를 오도했다는 것뿐이라니! 이런, 이런! 슬프군그래."

그 말의 진짜 해석을 알게 된 지금 웬도버는 더 이상 항의할 수가 없었다. 그는 자신을 오도하는 데 기여한 그 독창성을 인정하지 않을 수 없었다.

"그리고 훨씬 더 중요한 일이 하나 더 있네, 경위. 자네는 즉시 치안 판사에게 가서 플리트우드 부인을 살인 혐의로 기소하겠다는 점을 분명히 하고 체포 영장을 발부받게. 즉시 해야 하는 일이네. 그 영장을 집행할 준비를 하되 내가 자네에게 '목요일에 플리트우드 보트를 탈 것.'이라고 전보를 보낼 때까지는 실제로 체포해서는 안 되네. 그 전보를 받는 즉시 지체 없이 영장을 집행하게. 사활이 걸린 일이야, 알겠나? 물론, 체포하는 순간까지는 이 일을 입도 뻥긋해선 안 되네."

이 지시를 들은 경위는 마지막 순간에 불구덩이를 빠져나온 사람처럼 웬도버를 노려봤다. 깜짝 놀란 웬도버는 자기 귀를 믿을 수 없다는 듯이 클린턴 경을 바라봤다.

# 14

## 전보

클린턴 경이 출발하자 웬도버는 고립된 처지에 놓였다. 플리트우드 부부와 미스 포딩브리지는 자기들의 방에만 있으면서 공개적인 곳에 모습을 드러내지 않았다. 그러나 호텔 전체는 최근의 비극들에 대한 소문과 그에 관한 투숙객들 사이의 논쟁으로 떠들썩한 상태였다. 웬도버는 누구와도 가까이 어울리지 않으려고 몸을 사렸다. 그는 자신이 신뢰받는 지위에 있다고 느꼈기에 최대한 숨겨야 할 뭔가를 질문의 압박 속에서 무의식적으로 누설하게 될까 봐 두려웠던 것이다. 제일 가까이 있는 도시의 어떤 신문 기자가 뭔가 유도할 수 있을 것이라는 희망을 품고서 그에게 인터뷰를 요청하기도 했다. 하지만 웬도버는 둔한 사람으로 보이는 재주가 있었던 덕분에 그 기자는 자기의 먹잇감에게 독점적인 정보가 있는지 아닌지 확신하지 못하고 난감해하며 물러갔다. 아마데일만이 웬도버가 자유롭게 대화할 수 있는 유일한 사람이었는데, 그는 완전히 적대적이었다.

웬도버는 가능한 한 호기심 많은 투숙객들이 접근하지 못할 곳으로 멀리 산책하러 나가서 최대한 많은 시간을 보냈다. 그는 얽힌 실타래를 풀어보려는 마음으로 사건들을 전체적으로 검토했지만, 수많은 지점이 엇갈릴 수 있어서 대략적인 해결마저도 자기의 능력 밖이라는 것을, 그래서 가장 간단한 추측 이상은 할 수가 없다는 것을 스스로 인정해야 했다.

제일 먼저, 피터 헤이 사건이 있었다. 최소한, 동기는 아주 분명했다. 누군가에게는 피터 헤이를 침묵하게 해서 데릭 포딩브리지의 주장과 관련한 그의 증언을 막아야 할 이유가 충분히 있었던 것이다. 그런데 안타깝게도 그럴 만한 근거가 있는 사람이 최소한 두 사람일 수 있었다. 자칭 상속인과 폴 포딩브리지가 그들이다. 둘 중 어느 쪽이든 한쪽은 사실에 확실히 부합할 것이었다.

다음으로, 폭스힐스 저택 침입과 여러 가지 물품 도난이 있었다. 은은 값어치가 거의 없었으므로 도난당한 귀중품의 주요 부분이 아니었다. 피터 헤이의 오두막에서 발견된 그 몇 가지 잡동사니는 그저 추적에 혼선을 일으키려고 거기 심어 놓은 것이 분명했다. 도둑이 원했던 진짜 물건은 데릭 포딩브리지의 일기장이었다. 하지만 여기에도 두 가지 가능성이 열려 있었다. 가짜 상속인에게는 그 일기장이 중요한 정보의 원천일 것이었다. 그래서 만약 플랫의 별장에 있는 남자가 사기꾼이라면 그런 보물을 손에 넣기 위해 최선을 다할 것이 분명했다. 반면, 그가 진짜 데릭이라면 폴 포딩브리지는 조카의 기억을 확인하는 데 활용될 수 있는 문서를 없애는 데 모든 관심을 쏟을 것이었다.

스테이블리의 죽음이라는 문제는 퍼즐을 맞춰보려는 웬도버의 모든 시도를 무력하게 하는 퍼즐 한 조각이었다. 스테이블리를 제거해서 이익을 얻는 사람은 누구일까? 경위의 생각에 따르면 플리트우드 부부였다. 그리고 웬도버는 배심원단이 경위의 관점에서 사건을 바라볼 수 있다는 점을 인정하지 않을 수 없었다.

확실한 것은, 크레시다를 과실치사 혐의로조차 기소할 수 없을 만큼 충분한 정황 증거를 자신이 직접 제시했다는 점이다. 크레시다가 스테이블리를 그 바위에서 만난 시점을 꼼짝달싹 못할 만큼 밝혀 놓았기 때문이었다. 그러나 클린턴 경이 아마데일에게 그런 지시를 내리자 웬도버는 완전히 놀라고 말았다. 그래서 그는 사건 전체를 피고 측에 유리하게 뒤집어엎을 수 있는 연쇄적인 증거의 어떤 중요한 고리를 자신이 놓친 것은 아닌지 걱정스러웠다.

다음으로, 대안적인 가설이 있었다. 바로 로랑-데루소 부인이 스테이블리를 쏜 사람이라는 것이었다. 또다시 두 가지 열린 해결책이 가능한데, 어떤 답을 선택할지 결정할 길이 없는 것 같았다. 그리고 문제를 더 복잡하게 만드는 것은 방파제에서 발견된 두 번째 탄피였는데, 스탠리 플리트우드는 자신이 사용한 것이 아니라고 했다. 마지막으로, 클린턴 경은 모래사장 어딘가에서 또 다른 탄피를 발견할 것으로 예상하는 것이 거의 확실했다. 웬도버는 두 손 들고 말았다. 그러다 문득 그는 새로운 생각에 사로잡혔다. 경위가 암시했던 것처럼, 스테이블리는 상속권 주장자에게 훌륭한 증인이 될 것이며, 따라서 이전과 마찬가지로 가정하면, 폴 포딩브리지로서는 그를 침묵하게 하는 것이 이익이었다. 하지만 폴 포딩브리지를 그 사건과 연관시킬 증거는 전혀 없었다. 다른 모든 것들처럼 이 역시 별무소득인 것 같았다.

일련의 사건에서 다음 연결 고리는 카길에 대한 공격이었다. 웬도버는 그 문제를 생각하면 할수록 카길이 상속권 주장자로 오인돼서 총을 맞은 게 분명한 것 같았다. 그 남자의 얼굴이 끔찍하게 훼손되었다는 것을 제외하면 두 사람은 매우 흡사했다.

게다가 당연히도, 어둠 속에서는 훼손된 얼굴이 잘 보이지 않았을 터였다. 상속권 주장자가 사라지는 순간 폴 포딩브리지는 배임이 폭로되는 절박한 상황을 모면할 것이었다.

그러나 갑자기 웬도버의 머릿속에 새로운 각도에서 빛이 번쩍였다. 데릭, 크레시다, 폴 포딩브리지 — 그것은 바로 상속 순서였다. 폴 포딩브리지가 어떤 방법으로든 자칭 상속인뿐만 아니라 그의 조카까지도 제거할 수 있다면 그 자신이 폭스힐스를 차지할 것이고 그 누구도 문제를 제기할 수 없을 것이었다. 크레시다는 이중으로 — 한 번은 스테이블리 사건으로, 그리고 카길이 총에 맞은 직후 그녀의 차가 나타난 것으로 다시 한번 — 사건에 연루되어 있었다. 폴 포딩브리지가 마지막 범죄에서 일석이조의 효과를 노리려 했을 가능성이 있을까? 크레시다가 살인을 할 수 있다고 믿는 경위가 기꺼이 그의 도구가 되었을 것이다.

그다음으로, 알쏭달쏭한 그 모든 발자국들과 함께 폴 포딩브리지 자신이 실종되었다. 남자는 날아가지 않았다. 그와 마찬가지로 몸싸움도 없이 적에게 자신을 내맡겼을 리도 없었다.

그가 모래 위에서 일부러 수수께끼 같은 사건을 연출하는 걸 도와준 두 명의 공범이 있었을까? 그리고 클린턴 경이 프랑수아 영감과 샘 로이드의 <지구를 떠나라> 퍼즐에 관한 힌트를 통해 말하려고 했던 건 무엇이었을까? 웬도버는 그 퍼즐을 떠올렸다. 겹쳐진 두 원판에 사람들이 그려져 있고, 하나의 원판을 돌리면 그에 따라 사람 수가 한 명씩 늘어났다 줄어들었다 하는 퍼즐이었다. 한 위치에서는 원판에 세 명이 있었는데 원판을 살짝 틀면 두 명이 되어 있는 것이다. 클린턴 경이 그런 종류의 속임수

같은 것을 염두에 두고 있었다는 건 모래 뒤의 세 번째 남자는 실제로 존재하지 않았다는 뜻일까? 웬도버는 포기하고 말았다.

그는 저녁을 먹으러 호텔로 돌아왔다. 그리고 호기심 많은 손님들과 어울리기보다는 자기 방에서 가능한 한 많은 시간을 보냈다. 그가 그 일에 다시 곧장 끌려 들어간 것은 수요일 저녁 식사가 끝나고 난 뒤였다. 질문하는 사람들을 피할 요량으로 외투를 입고 외출하려던 찰나에 경위가 나타난 것인데, 그는 마음이 좌불안석인 것 같았다.

"방금 클린턴 경에게서 전보를 받았습니다. 집주인 할멈 때문에 이만저만 낙심한 게 아니랍니다. 저는 우체국 직원들에게 제게 오는 전보는 어떤 것이든 즉시 보내달라고 단단히 일러뒀지만, 전보가 왔을 때 외출 중이었던 거예요. 그랬더니 그 바보 같은 할멈이 그걸 부엌 시계 뒤에 놓고는 잊어버렸지 뭡니까. 제가 물어보니까 그제야 기억하고는 그걸 주더라고요. 결과적으로 시간을 허비하고 말았어요."

그가 웬도버에게 전보를 건네자 웬도버는 그 내용을 읽었다.

'중대 횡령. 목요일에 플리트우드 보트를 탈 것. 차로 마지막 기차를 마중 나올 것.'

"그럼, 지시는 이행한 겁니까?" 그가 다그쳐 물었다.

"아뇨, 재수가 없었어요!" 아마데일이 자백했다. "그 바보 할멈의 실수 때문에 그녀가 빠져나가 버렸어요."

경위가 과오를 인정한 것으로 사건에 대한 웬도버의 생각은 통째로 뒤집혔다. 그는 크레시다가 유죄일 수도 있다는 것을 마음속으로도 인정하지 않으려 했지만, 있음 직한 일들을 죄다 떠올려

봐도 무고하다면 이렇게 갑작스럽게 도주할 수는 없는 일이었다.

"무슨 일이 있었는지 말해봐요, 경위."

아마데일은 매우 괴로운 듯했다. 자기의 원래 이론이 입증되려던 순간에 일을 그르쳤다는 생각이 얼굴에 확연히 드러나 있었다.

"저는 그녀를 감시할 사람을 여기 붙여 놓았어요. 그는 사복 차림으로 얼쩡거리며 최대한 주의를 끌지 않는 것 외에는 별로 할 수 있는 게 없었죠. 그래서 그는 엘리베이터와 계단을 함께 지켜볼 수 있는 현관 복도를 감시 초소로 선택했습니다. 오늘 밤 저녁 식사 후, 그는 그녀가 엘리베이터를 타고 내려오는 것을 목격했습니다. 그녀는 이브닝드레스를 입고 있었고 머리에 모자를 쓰지도 않았기 때문에 당연히 그는 그녀가 호텔 안에서 움직일 거로 생각했어요. 그래도 그는 복도로 그녀를 따라갔습니다. 그녀는 복도 끝에 '여자 탈의실'이라고 적힌 문을 열었어요. 물론 그는 그곳에 들어갈 수가 없었죠. 그래서 그녀가 다시 나오기를 기다리며 서 있었습니다."

"그리고 그건 외부에서 들어오는 옆쪽 출입구가 있는 골프 탈의실이었고요?"

"물론입니다. 그가 무슨 일인지 알아챘을 때는 그녀는 이미 빠져나간 뒤였습니다. 그녀의 골프화와 재킷이 사라졌어요. 그녀는 우리에게 사기를 친 겁니다. 결코 있을 수 없는 일이었어요."

웬도버는 어떤 공감도 해주고 싶지 않았다.

"내게는 왜 온 거죠?" 그가 물었다. "난 그녀에 관해 아무것도 모릅니다."

아마데일은 전보의 마지막 구절을 손가락으로 짚었다.

"청장님이 원하시는 건 본인 차인 것 같습니다. 저보다는 선생이 차고에서 그 차를 꺼내는 편이 더 무난하겠죠."

웬도버는 그 말에 동의했고, 청장의 기차가 올 시간이 30분 남았다는 것을 알고는 방으로 올라가서 옷을 갈아입었다. 그들은 제시간에 린든 샌즈 역에 도착했다. 기차가 들어오자마자 클린턴 경이 서류 가방을 손에 들고 내렸다.

"그래, 경위! 새는 잘 가뒀겠지?"

"아뇨, 청장님." 경위는 부끄러운 표정으로 자백했다. "깨끗이 사라져 버렸습니다."

클린턴 경은 이 소식에 깜짝 놀라고도 당황한 모양이었다.

"도망쳤다고? 그게 무슨 말인가? 자네는 가서 그녀를 체포하기만 하면 됐어. 왜 그렇게 하지 않았지?"

아마데일은 상황을 설명했다. 그가 이야기하는 동안 청장의 얼굴이 어두워졌다.

"흠! 자네 집주인은 이걸로 그녀의 인생을 엉망으로 만들었어. 난 시간이 충분하다고 생각했는데 말이야! 차에 타게. 한순간도 지체할 수가 없어. 제일 먼저, 플랫의 별장이야."

웬도버가 그 곳 지대까지 차를 몰고 가자, 클린턴 경은 차가 서기도 전에 차에서 뛰어내렸다. 그는 서류 가방을 열었다.

"자네들 각자에게 줄 콜트권총이네. 첫 번째 탄창은 총신에 있으니 안전장치에 신경 쓰게. 필요 없을 수도 있지만 대비하는 게 최선이지."

그는 동료들에게 각각 권총을 한 자루씩 건네고는 서류 가방을 다시 차 안으로 집어 던졌다.

"자, 따라오게."

그들이 별장 문 앞에 도착했을 때 그곳은 텅 빈 것 같았다.

"꽝이군." 클린턴 경은 별반 다를 것으로 예상하지 않았다는 듯이 말했다. "확실히 하기 위해 이곳을 훑을 거야. 지금은 예의 따위는 지킬 시간이 없어."

그는 권총 뒷부분으로 유리창을 깨고 그 구멍에 손을 넣어 걸쇠를 빼낸 다음 창틀을 들어 올려 안으로 들어갔다. 아마데일과 웬도버가 그의 뒤를 바짝 쫓았다. 클린턴 경은 주머니에서 손전등을 꺼내 방을 밝혀줄 등잔을 찾을 때까지 불빛을 이리저리 비췄다. 아마데일이 성냥을 꺼내 등잔에 불을 붙였다. 그런 다음 그는 클린턴 경을 따라 집의 다른 부분으로 들어갔다.

혼자 남겨진 웬도버는 뭘 찾는지 자기도 알지 못한 채 거실을 한 바퀴 둘러봤다. 벽난로 한쪽에 있던 커다란 문서 보관함이 눈에 들어왔다. 그는 서랍 하나를 되는대로 골라 열고는 카드 중 하나를 꺼내 살펴봤다.

"1917/04/15 — 스테이블리의 결혼식. 신부가 서약서에 서명하면서 부케를 떨어뜨림. 결혼 행진곡은 멘델스존. P. 포딩브리지가 신부를 신랑에게 인도함. 신부 들러리는…."

그는 또 다른 카드를 되는대로 골라 읽었다.

"1916/02/11 — 프랑스로 떠남. 저녁 식사에는 크레시다, J. 포딩브리지, P. 포딩브리지, 키티 글렌루체 양(23세, 단발머리, 전령병, 몇 가지 자기 업무 이야기를 들려줌) 참석…."

그는 더는 읽을 시간이 없었다. 클린턴 경과 경위가 집 안에서 아무도 발견하지 못하고 되돌아왔던 것이다. 청장의 손에는 병이 하나 들려 있었는데 그는 그걸 웬도버에게 건네며 병의 라벨을 가리켰다.

"아질산 아밀?" 웬도버가 부지불식간에 물었다. "그럼 피터 헤이를 죽인 독성 물질이 거기서 나온 건가?"

클린턴 경이 고개를 끄덕였다. 그의 시선은 손으로 쓴 원고가 놓여 있는 테이블로 내려갔다. 그는 그 원고를 집어 들고 펼쳐서 동료들에게 보여줬다.

"데릭 포딩브리지의 일기장이군요?" 경위가 물었다.

"그렇네. 그리고 그들의 색인 카드가 있어. 거기에는 폭스힐스 사람들에 관해 그들이 여기저기서 수집할 수 있었던 모든 정보가 시간순으로 기록돼 있어. 특정 인물에게서 진짜 데릭 포딩브리지와 그 **사람** 사이에 있었던 일에 관한 질문을 받아야만 한다면 그들은 색인을 찾아보고 정확히 무슨 말을 해야 할지 알 수 있었다는 게 확인된 거지. 한 사람의 순간적인 기억에만 의존하는 것보다 이게 훨씬 안전했던 거야. 난 그들이 훔친 일기장의 항목들을 그대로 베껴 적어서 문서 보관함에 넣었을 거로 생각하네. 허비할 시간이 없어. 따라오게. 다음은 경찰서야. 이것들은 샵코트가 반드시 수거해서 우리에게 가져와야 해, 경위."

웬도버가 차를 몰았고, 거의 같은 때 샵코트는 가용할 수 있는 순경들을 모두 모아서 호텔로 데려오라는 지시를 받았다.

"거기가 다음 목적지야, 친구. 악마 같은 솜씨로 운전하게." 클린턴 경이 순경에게 지시를 끝내면서 명령했다.

그러나 그들이 마을을 채 벗어나지도 못했을 때 그는 반대 명령을 내렸다.

"별장에 다시 들르게, 친구."

웬도버는 순순히 차를 세웠고 세 사람 모두 뛰어내렸다.

"저 배의 노를 가져와." 클린턴 경이 그들에게 지시했다. "그리고 서둘러!"

그들은 곧 노를 찾아 차에 실었고 웬도버가 바로 차를 출발시켰다. 도로를 따라 몇백 미터쯤 가다가 클린턴 경은 노가 도로에 떨어지지 않도록 주의를 기울이며 노를 물속으로 던졌다.

운전에 집중하던 웬도버의 귀에 경위가 그의 상관에게 하는 말이 들렸다.

"모래를 체에 거르다가 원하시던 탄피를 찾았습니다. 플리트우드 부인의 권총과 같은 38구경입니다. 제가 안전하게 보관하고 있습니다."

클린턴 경은 그 문제를 제쳐 두었다.

"잘됐군, 경위. 그 일당은 곧 우리 수중에 들어오게 될 거야. 하지만 그사이에 놈들이 어떤 피해를 끼칠지는 아무도 모르지. 지금 당장 놈들을 잡을 수 있다면 얼마나 좋겠나."

호텔에 도착한 클린턴 경은 형식적인 절차에 시간을 낭비하지 않고 계단을 뛰어올라 플리트우드 부부의 방으로 갔다. 그들이 방에 들어서자 스탠리 플리트우드는 읽고 있던 책에서 고개를 들고는 깜짝 놀라 그들을 쳐다봤다.

"이건 무슨 —" 그가 화난 어조로 말을 시작했다.

클린턴 경이 그의 말을 끊었다.

"부인은 어디 계시죠?"

스탠리 플리트우드의 눈썹이 날카롭게 치켜 올라갔다.

"정말이지, 클린턴 경 —"

"지금 말 돌리지 마시죠." 청장이 딱 잘라 말했다. "부인에게 무슨 일이 생겼을지도 모릅니다. 아는 내용을 우리에게 말하세요. 빨리요. 부인은 오늘 밤 왜 호텔에서 나갔나요?"

스탠리 플리트우드의 얼굴에 놀란 표정이 나타났는데 클린턴 경의 태도를 보고 뭔가 크게 잘못되었다는 생각이 강하게 드는지 두려움이 뒤섞여 보였다. 그는 소파에서 몸을 조금 일으켰다.

"아내는 블로홀에서 만나자는 삼촌의 편지를 받았습니다."

클린턴 경의 얼굴이 일그러졌다.

"그건 내가 생각했던 것보다 더 나쁘군요." 그가 말했다. "그 편지를 좀 봅시다."

스탠리 플리트우드는 벽난로 위 선반을 가리켰다. 그러자 청장은 두세 장의 서류를 뒤진 끝에 원하던 것을 찾아냈다.

"흠! 이 편지에는 날짜가 없군. 그냥 '오늘 밤 블로홀에서 만나자.'라고만 적혀 있어." 그는 잠시 말을 중단하고 편지를 주의 깊게 살펴봤다. "'밤 9시에 혼자 오도록 해.' 밤 9시지, 아닌가?"

그는 편지를 경위에게 넘겼다.

"밤 9시인 것 같습니다." 아마데일이 확인해 줬다. "하지만 좀 번져 있군요. 이건 포딩브리지 씨가 쓴 거겠죠?" 그는 스탠리 플리트우드에게 고개를 돌리며 덧붙였다.

"거의 틀림없습니다. 그리고 서명도 문제없습니다." 대답이 돌아왔다.

클린턴 경은 급하게 생각을 하는 게 분명했다.

"먼저 블로홀로 가보지. 거기엔 아무것도 없을 것 같기는 하지만 말이야. 그런 다음, 다른 곳을 찾아봐야겠지. 이 편지는 통상적인 우편으로 온 거겠죠?"

"저는 잘 모르겠습니다. 아내에게 와서 아내가 제게 보여줬습니다."

"자, 지금은 기다릴 시간이 없습니다. 당신이 우리와 함께 가지 못해 유감입니다."

세 사람이 서둘러 방에서 나가자 스탠리 플리트우드는 소파에 누워 몸을 다친 자기 처지에 욕을 퍼부었다. 불로홀에서 그들은 아무것도 발견하지 못했다. 거대한 분출 작용은 일어나지 않았고 절벽 아래 해변에서 파도치는 소리만 들릴 뿐이었다. 수평선의 안개를 막 걷어내고 있던 달빛은 텅 빈 곶 지대가 다 보일 만큼 밝았다.

"놈들은 도망쳤어." 아무것도 없는 것을 보자 클린턴 경이 말했다. "그들에게는 자기들 차가 있었어. 우리가 별장에 있을 때 보트 창고가 빈 것을 봤네. 그 말은 지금쯤이면 그들이 30km 이내 어디든 있을 수 있다는 거지. 경계령 발령 외에는 우리가 할 수 있는 게 별로 없어. 호텔로 돌아가면 일제 경계령을 내리게, 경위. 하지만 그렇게 해선 승산이 너무 없어. 그러니까 우리가 뭐라도 하려면 직접 할 수 있는 뭔가를 생각해야 해."

그는 잠시 숙고한 후 다시 말을 이어갔다.

"그들은 지금은 별장으로 돌아가지 않을 거야. 안전하지 않을 테니까 말이지. 몇 시간이라도 숨어 있고 싶다면 작업을 할 수 있는 집이 필요할 거야. 그리고 내가 잘못 파악한 게 아니라면 그건 조용한 곳에 있는 빈집이어야 할 거고."

그는 다시 한번 생각에 잠겼다가 결론을 내렸다.

“이건 그저 우연일 뿐이긴 하지만, 폭스힐스와 피터 헤이의 집이 여기 있는 유일한 빈집 두 군데네. 하지만 폭스힐스는 미스 포딩브리지가 가끔 올라가곤 하지. 그러니까 피터 헤이의 집이 더 가능성이 커. 혹시 모르니까 거기로 가지. 따라오게.”

호텔에서 그들은 삽코트가 가용 순경들을 모두 소집해서 도로에 배치했다는 것을 알게 되었다. 그 자신도 나가기 전에 이런 내용을 전화로 남겼다. 아마데일은 본부에 전화해서 의심스러운 차량이 있는지 감시하라고 명령했지만, 수배 차량에 대한 가장 일반적인 설명조차 제공할 수 없었기 때문에 그 차가 발견될 가능성은 거의 없어 보였다.

그는 전화박스에서 나와서 차에서 기다리고 있던 클린턴 경과 웬도버를 찾았다.

“타게.” 청장이 지시했다. “저 순경들을 만나서 후속 명령을 내리려면 도로를 따라가며 1, 2분 정도 시간을 써야 하네. 가속 페달을 밟게, 친구. 그리고 우리를 도랑에 빠뜨리는 것만 아니라면 뭐든지 해. 지금은 일분일초가 급하네.”

웬도버는 재촉이 필요 없었다. 그들은 린든 샌즈를 향해 번개같이 도로를 달려가다가 경찰을 만나면 차를 세웠고, 클린턴 경이 순경들에게 폭스힐스로 직행하라는 명령을 내리면 곧바로 다시 출발하곤 했다. 차는 몇 분도 되지 않아 폭스힐스 정문에 도착했고 거기서 웬도버는 클린턴 경의 신호를 받고 차를 세웠다. 청장은 차에서 뛰어내려 휴대용 손전등으로 노면을 살폈다.

“하나님, 감사합니다! 차 한 대가 이 길로 올라갔어. 이제 놈들을 잡을 수 있겠군.”

# 15

## 조종의 수단

크레시다는 그날 오후 삼촌의 편지를 받고는 안도하면서도 동시에 당혹스러웠다. 일주일도 채 되지 않는 기간 동안 그녀는 극심한 충격과 긴장을 겪었기에 어떤 일이 일어나도 놀라지 않을 정도가 되었다. 그래서 정상적인 상태였다면 놀랐을 게 분명한 폴 포딩브리지의 편지에도 그녀는 거의 놀라지 않았다. 그녀가 그 편지에서 취합한 전부는 그가 수수께끼처럼 사라졌다가 돌아왔다는 것, 그리고 자기의 도움이 필요한 게 분명하다는 것이었다. 그녀는 그에게 특별한 애착이 있지는 않았다. 그러나 비록 그가 최근 그녀 자신의 곤란한 상황에 별다른 온정을 보이지 않았다고 해도 그녀는 긴급한 상황에 놓인 사람을 돕지 않을 그런 사람이 아니었다.

그녀는 호텔에 떠도는 소문이 어떤 것인지 잘 알고 있었기에 삼촌을 만난다는 사실을 알리고 싶지 않았다. 쪽지의 마지막에 있는 혼자 오라는 문구를 보면 그가 비밀리에 만나고 싶어 한다는 것을 충분히 짐작할 수 있었다. 그리고 그녀는 사복 순경이 자기를 감시하려고 배치되어 있다는 것을 잘 알고 있었다. 로비를 지나다니면서 한두 번 그를 봤는데 그가 자기의 움직임에 보이는 관심을 감지하는 것은 전혀 어렵지 않았던 것이다. 그를 따돌리는 방법을 찾아내지 못하는 한 그는 블로홀까지 그녀를 따라올 것이었다. 그때 그녀의 머리에 호텔 외부로 나가는 편리한 문이 있는 여자 골프 탈의실이 떠올랐고 그걸로 눈을 피할 방법이 생겼다. 그녀는 엘리베이터를 타고 내려와 감시자를 대담하게 지나쳐서 복도를 돌아 탈의실로 들어갔다. 그런 다음 모자와 재킷, 골프화를 집어 들고 옆문으로 빠져나와 슬리퍼를 갈아 신을 수 있는 곳으로 서둘러 갔다.

돌아오면서 찾으려고 슬리퍼를 남겨 둔 채 그녀는 호텔 정원을 가로질러 블로홀이 있는 곳 지대로 갔다. 아주 맑은 밤이었지만 달은 여전히 매우 낮게 떠서 빛이 희미했다. 블로홀을 향해 다가가자 어떤 사람의 형체가 앞으로 나와 그녀를 맞았다.

"삼촌이에요?" 그녀가 물었다.

말을 하는 순간 그녀는 숨어 있던 누군가가 뒤에서 나타난 것을 알아차렸다. 한쪽 팔이 뒤에서 그녀를 휘감으며 양손을 꼼짝 못 하게 했고, 부드러운 젖은 패드가 얼굴을 덮었다. 입술에 타는 듯한 액체가 느껴졌고, 얼굴을 덮은 천 아래에서 숨을 헐떡이자 역겨우면서도 달콤한 증기가 폐 속으로 스며드는 것 같았다. 그녀가 풀려나려고 몸부림치며 울부짖자, 앞에 있던 남자가 한 걸음 앞으로 움직여서 동료가 그녀를 붙잡는 걸 도왔다.

"목은 조르지 마, 이 바보야!" 그녀는 새로 등장한 공격자가 말하는 소리를 들었지만 그 목소리는 희미하게 들렸다. 그리고 잠시 후 그녀는 의식을 잃었다.

다시 정신이 들었을 때 그녀는 아무것도 덮여 있지 않은 침대에 자기가 누워 있다는 것을 알았다. 조금만 움직여도 머리가 어지러웠고 극심한 통증이 느껴졌다. 호기심과는 거리가 멀었지만, 그녀는 방에 몇 명의 사람들이 있다는 걸 알았고 그다음 다시 의식을 잃고 말았다.

영겁의 시간이 흐른 후 그녀는 또다시 목소리들을 들으며 의식이 돌아왔고 지금의 상태를 초래한 사건들이 천천히 기억나기 시작했다. 좀 더 제어력이 생기자 그녀는 움직여 보려 했지만, 손목과 발목이 묶여 있다는 것을 알았다. 그리고 정신을 차려 상황을 파악하려고 어렴풋이 더 움직이려 하자 재갈이 뒤통수를 꽉 조이며 이 사이에 끼어 있다는 것이 확인되었다.

한참 동안 그녀는 통증과 어지러움을 느끼며 명징하게 생각할 수 없는 상태로 누워 있었다. 그러나 혼미한 상태가 서서히 가셔가자 주변을 좀 더 잘 파악할 수 있게 되었다. 방 안에 있던 인물 중 한 명이 침대 옆으로 와서 촛불을 비추며 허리를 굽혀 그녀를 살폈을 때 그녀는 막 주의를 집중할 수 있는 단계에 도달한 상태였다. 얼굴의 이목구비가 희미하긴 했지만 익숙하게 느껴졌다. 그녀는 약에 취한 상태였기 때문에 그 남자가 한때 폭스힐스의 고용인이었던 사이먼 에어드라는 것을 알아차리기까지 시간이 좀 걸렸다.

"정신이 들었나요, 아가씨? 한참 정신을 잃고 있었거든요. 정신 차리는 게 좋을 거예요."

그녀는 멍한 상태에서도 그의 어조가 뭔가 우호적이지 않다는 것을 알아챘다. 그녀는 가만히 누운 채로 정상적인 상태로 회복되기 위해 안간힘을 썼다. 에어드는 그녀가 불안해질 수 있는 시도는 전혀 하지 않고 차갑게 그녀를 지켜봤다. 마침내 마취제의 연기가 그녀의 뇌에서 사라진 것 같았다.

"아픈가요, 아가씨?" 에어드가 차갑게 물었다. "클로로포름 때문이겠죠. 금방 괜찮아질 겁니다."

머리는 여전히 어질어질했지만, 그녀는 고개를 살짝 돌려 방 안에 있는 다른 두 인물을 볼 수 있었다. 그중 한 명은 그녀에게 등을 돌리고 있어 알아볼 수 없었다. 얼굴이 보이는 다른 한 명은 전혀 모르는 사람이었다.

에어드는 그녀의 눈빛을 보고 큰 소리로 해석했다.

"삼촌을 찾고 있군요, 아가씨?"

그의 비열하고 작은 눈동자는 알 수 없는 장난기로 반짝이는 것 같았다.

"그는 약속대로 아가씨를 만나러 올 수가 없었어요. 예기치 않게 구금되었거든요. 안 그런가, 친구들? 폴 포딩브리지 씨는 예기치 않게 구금되어 조카를 만나러 올 수가 없었지?"

그들이 거칠게 웃는 것으로 보아 그 농담이 무엇이든 나머지 두 사람도 공유하고 있는 모양이었다. 에어드는 그들의 격려 속에서 한층 더 즐겁게 말했다.

"아가씨는 얼굴에 표정이 풍부했죠. 항상 그랬어요. 아니, 난 아가씨를 책처럼 읽을 수가 있어요. 어떻게 해서 여기 오게 된 건지 그 예쁜 머리로 걱정하고 있는 거 맞죠? 여자의 생각을 이해하려면 사이먼 에어드를 믿으라고요. 나한테는 예쁜 여자가 인쇄물처럼 빤하거든요. 항상 그랬어요. 한데, 내가 아가씨를 계속 조마조마하게 하고 있군요. 그건 예의가 아니죠. 말해줄게요. 우리는 아가씨를 저기 곶에서, 블로홀 근처에서 발견했어요. 아가씨는 술에 취해 아무것도 할 수 없는 상태였죠. 그건 위험한 짓이에요, 아가씨. 왜 그런 짓을 하게 됐는지 난 도통 모르겠군요. 하나님! 그런 상태에서는 무슨 일이 일어날지 모르잖아요. 생각만 해도 끔찍해요! 하지만 아가씨는 좋은 사람들을 만난 거예요. 우리는 아가씨를 둘러업고 우연히도 가까운 곳에 있던 우리 차에 태웠어요. 우리는 금덩이라도 되는 것처럼 신경 써서 아가씨를 여기로 데려왔어요, 아가씨. 단언컨대, 우리는 젖 먹던 힘까지 다했다고요."

마취제로 인해 멍한 상태에서도 크레시다의 마음속에는 두려움이 커졌고, 이제 그 두려움에 다른 모든 감정이 압도당할 정도가 되었다. 그녀는 자신의 운명이 이 세 남자의 손에 전적으로 달려 있다는 것을 알았다. 그들을 보는 것만으로도 극심한 공포에 휩싸이기 충분했다. 에어드의 매끄러운 말투는 작은 돼지 같은 그의 눈에 드러난 표정과는 어울리지 않았다.

"약간, 그 뭐지, 심리 뭐시기라나 그런 게 되는 건 멋진 일이죠, 아가씨. 아가씨 마음속에 무슨 생각이 스쳐 지나가는지 정확히 알 수 있거든요." 그가 계속 말했다. "아가씨는 지금 자기가 어디 있는지 궁금해하고 있죠. 아가씨를 깨우쳐 주는 게 아주 즐겁군요. 아가씨는 에어드 상사 본부에 오는 놀랍도록 큰 행운을 얻은 거예요. 우리 회사는 도덕을 정화하고, 상속녀들을 호사스러운 남자들의 손아귀에서 구출하고, 미래에 성스러운 삶을 살도록 가르치는 선한 목적을 위해 설립된 순수한 자선 단체랍니다. 아가씨네 사건이 우리가 기획한 첫 번째 일이죠. 그래서 우리는 지대한 관심을 기울일 수 있는 거예요. 그리고 그렇게 할 거랍니다!"

그는 자만심에 취해 너무나 즐거워하며 킥킥 웃었다. 크레시다는 이 모든 억지스러운 익살 뒤에 숨은 위협을 느꼈다. 에어드는 촛불을 그녀의 얼굴에 더 가까이 가져다 대고 그녀의 얼굴을 살피는 척했다.

"아!" 그가 계속 말했다. "긴장되나요, 아가씨? 나처럼 마음을 읽는 훈련이 된 사람의 눈에는 불을 보듯 훤히 보여요. 벌벌 떨고 있는, 그런 게 말이에요. 당연하죠, 아가씨. 거의 일 년 동안이나, 진짜 남편이 슬퍼하며 살아 있던 그 시간 내내 아가씨는 그 젊은 플리트우드와 죄를 저지르며 살았으니까 말이죠. 충격적이에요! 어떻게 그런 일이! 하지만 두려워하지 말아요, 아가씨. 아까도 말했듯이, 아가씨는 좋은 사람들을 만난 거예요. 결혼 전문 대행사인 에어드 상사가 아가씨 사건을 맡아서 아가씨를 정직한 여성으로 만들어 줄 테니까 말이에요."

그의 유쾌함 뒤에서 크레시다는 무시무시한 위협을 느낄 수 있었다. 그녀는 얼굴을 돌려서 흡족해하는 그의 작은 눈을 피하고 싶었다.

"그 정도면 됐어, 에어드." 그녀가 전혀 알지 못하는 새로운 목소리가 말했다. "내가 설명할게. 넌 말이 너무 많아."

그녀에게 등을 돌리고 있던 남자가 침대로 건너와서 에어드에게서 촛불을 가져갔다. 그런 다음 그는 몸을 숙인 채 자기 얼굴을 불빛에 비추면서 크레시다의 고개를 손으로 억지로 돌려서 그 얼굴을 똑바로 쳐다보도록 했다. 처음 봤을 때 그녀는 자기가 여전히 클로로포름에 취해 있는 게 틀림없다고 생각했다.

"제 소개를 하죠." 그 망가진 얼굴이 말했다. "당신의 미래의 남편이자 사촌인 데릭 포딩브리지입니다. 나를 또 못 알아보시나요? 음, 지난번에 작별 인사를 나눈 후에 내가 변했나 보군요."

그는 그녀가 그 무시무시한 모습을 조금이라도 놓칠까 봐 산산조각 난 얼굴을 한참이나 촛불로 비추고 있었다. 그러다가 그녀가 눈을 감자 손을 놓았다. 그러자 그녀는 그의 모습을 보지 않으려고 고개를 돌렸다.

"조만간 내가 익숙해질 겁니다." 그 반응에 대해 그는 그렇게 한마디 했을 뿐이었다. "상황은 이런 거죠. 우리 삼촌은 내게서 돈을 빼앗기로 마음먹습니다. 내가 이걸 법에 호소하면 대부분의 현금이 법률적 비용으로 낭비될 거예요. 삼촌은 아니겠지만 나는 괴롭죠. 자, 다음 상속인은 당신이죠. 그러니까 내가 떨어져 나가면 당신 차례가 돼요. 만약 당신이 나와 결혼하면 당신 재산은 내 것인 거죠. 내가 바라는 건 그 부분이에요. 무슨 생각인지 알겠죠? 당신이 나와 결혼하면 난 상속 청구를 취하할 거예요. 그리고 우리 둘이서 서로 나눠 갖는 거죠. 삼촌은 반대하지 않으실 거예요. 장담하죠. 그리고 자상한 제이 이모도 기뻐하실 거예요."

그는 잠시 말을 멈추고 크레시다의 얼굴에 나타난 혐오스러운 표정을 살폈다.

"난 극단으로 가는 건 원치 않아요." 그가 냉정하게 말했다. "하지만 당신은 시키는 대로 하게 될 거예요."

그는 약간 뒤로 물러나 에어드를 가까이 오게 했다.

"에어드가 재갈을 빼서 말을 하게 해줄 겁니다. 하지만 그는 계속 당신 목에 손을 대고 있을 거고 당신이 소리를 지르려고 시도하는 순간 당신은 바로 목 졸려 죽을 거예요. 알겠어요?"

에어드는 지시를 따랐고 크레시다는 멍든 입술을 혀로 한번 훑었다. 그녀는 지금 무시무시한 공포에 휩싸인 상태에서 머리를 빠르게 굴리고 있었다. 자신을 내려다보는 세 남자의 눈빛만으로도 그녀는 그들에게 자비를 기대해 봐야 소용없다는 것을 알 수 있었다. 그녀는 완전히 그들의 손아귀에 들어 있었다. 만약 그녀가 굴복하지 않는다면 그들은 어쩌면…. 그러나 그녀는 에어드의 얼굴에서 너무나 선명하게 읽을 수 있는 온갖 가능성을 마음 한구석으로 밀쳐 버렸다.

그러자 어떤 생각이 그녀의 머릿속에 스쳐 지나갔고, 그녀는 자기가 느낀 안도감이 얼굴에 드러나지 않도록 최대한 노력했다. 만약 그녀가 즉시 굴복하고 하라는 대로 하겠다고 약속한다면 당분간은 안전할 것이다. 그리고 약속을 이행하려면 공개적으로, 아니면 최소한 성직자나 공직자 앞에서 결혼식을 치러야 할 것이었다. 그때 그녀가 거부하는 것을 막을 방법은 없을 것이다. 교회나 등기관 앞에서 그들이 강제로 결혼을 강행할 수는 없었다. 강제 결혼은 오늘날 책에서나 찾아볼 수 있는 일인 것이다.

그녀는 재갈의 압박을 받았던 탓에 입이 아파서 그의 말대로 하겠다는 말을 만들어 내는 것이 어려웠다.

"어쩔 수가 없군요. 하지만 당신은 내 사촌 데릭이 아니잖아요."

얼굴 없는 생명체가 웃었다.

"연애가 빨리 진행되는군요!" 그가 비웃었다. "하지만 에어드가 말한 그 심리 뭐시기인지 뭔지가 되지 않아도 난 당신 마음속을 볼 수 있답니다."

그의 목소리에는 에어드의 유치하게 들리던 말투와는 또 다른 위협적인 분위기가 감돌았다.

"당신은 지금은 '네.'라고 대답하기만 하면 된다고 생각하고 있죠. 그런 다음, 때가 되면 우리를 배신하고 쇼를 집어치우려고? 우린 그 정도로 바보가 아니에요. 내게는 당신 다리를 묶을 끈이 있어요. 그것 때문에 당신은 내게 다시 달려올 거고 아무도 의문을 제기하지 않을 거예요."

그는 마치 그녀의 말을 기다리는 듯이 잠시 말을 멈췄다. 그러나 그녀가 아무 말도 하지 않자 같은 어조로 계속 말했다.

"당신은 우리가 당신에게 할 수 있는 최악의 일이 당신을 에어드에게 넘기거나 아니면 우리끼리 나눠 갖는 거라고 생각하죠? 편하게 생각해요. 그렇게 되지는 않을 거니까."

이 암시의 말을 듣자 크레시다에게 밀려들었던 안도의 물결은 섬뜩한 불안으로 바뀌었다. 그의 말의 완전한 의미를 깨달았던 것이다. 그는 그녀의 조마조마한 상태를 오래가게 하지 않았다.

"광견병이라고 들어본 적 있어요? 잘 아나요? 아니라고요? 그럼 내가 좀 알려주죠. 당신은 미친개에게 물린 겁니다. 제일 먼저 피곤함을 느끼고 안절부절못하게 되죠. 그러면 당연히 약간 걱정되지 않을 수가 없죠. 그러다 하루나 이틀이 지나면 상황이 좀 더 명확해집니다. 삼킬 수가 없고 갈증이 나서 괴롭습니다. 그러다가 뭘 마실 생각만 해도 경련이 일어나고 끔찍하게 두려움을 느끼는 상태가 되죠. 책에는 말로 표현할 수 없는 공포라고 나와 있습니다. 그 후에는 입에서 거품이 나고 나머지 온갖 재미있는 일이 벌어지는 거죠. 그리고, 물론, 적절한 약을 투여하더라도 결국에는 상당한 고통 끝에 죽습니다. 당신처럼 예쁜 여자가 그런 식으로 고통받는 건 보고 싶지 않답니다. 좋은 재료를 끔찍하게 낭비하는 거니까요."

그는 이런 그림이 그녀의 머릿속에 펼쳐질 수 있도록 일부러 말을 잠깐 멈췄다. 그리고 자신이 만들어 낸 효과를 확인하려고 그녀의 얼굴을 훑어봤다.

"물론 여기는 미친개가 없어요. 하지만 프랑스에는 있죠. 내게는 프랑스인 의사 친구가 있거든요. 그가 친절하게도 그중 한 마리에서 추출한 추출물을 제공했답니다."

그는 자신이 기대한 효과가 발휘되도록 다시 한번 말을 멈췄다.

"추출물이든 뭐든 당신이 이 주사를 맞으면 희망은 하나뿐입니다. 일정 시간 내에 파스퇴르 연구소에 가서 치료받아야 하는 거죠. 그 외에는 방법이 없어요. 게다가, 그 시간을 넘긴다면 파스퇴르 연구소라 해도 아무것도 해줄 수가 없습니다. 입에서 거품이 나고 목에 경련이 일어나고 역겨운 죽음을 맞이할 때까지 그냥 가는 거예요."

그는 크레시다의 얼굴을 내려다봤다. 그녀의 눈은 공포로 어두워져 있었다. 그의 부서진 얼굴 위로 미소인지 모를 뭔가가 스쳐 지나갔다.

"제 프랑스인 의사 친구는 독과 해독제를 다 제공해 줬어요. 적어도 첫 번째 투여량에 충분할 만큼의 해독제는요. 요점이 뭔지 알겠죠? 정확하게 하는 게 좋겠네요. 여기 피하 주사기가 있어요."

그는 주머니에서 작은 니켈 상자를 꺼내 작은 유리 주사기를 꺼내더니 거기에 속이 빈 바늘을 끼워 넣었다.

"내가 미친개의 추출물을 여기 채워서 팔에 주사할 거예요. 이 주사를 맞는 순간 일정 시간 내에 파스퇴르 연구소의 치료를 받는 게 아니라면, 시간이 다 되기 전에 해독제를 투여해 줄 나만이 당신이 가진 유일한 기회인 거죠. 치료받지 않은 채 시간이 지나면 아무것도 당신 목숨을 구할 수가 없어요. 해독제가 있어도 나도 할 수가 없다는 거죠. 당신은 그냥 내가 말한 모든 단계를 거쳐서 죽게 될 겁니다."

그는 작은 주사기를 조심스럽게 만지작거렸다.

"이제 내 계획이 얼마나 기발한지 알겠죠? 이제 당신의 정맥에 내가 약물을 주입할 거요. 그런 다음 당신은 안전한 마지막 순간까지 여기 있게 되는 거죠. 그리고 나와 같이 가서 결혼 허가를 받을 겁니다. 그때쯤이면 연구소에 가기엔 너무 늦게 되겠죠. 그러니 내가 가진 해독제 외에는 방법이 없을 거예요. 그리고 당신은 아무런 소란을 일으키지 않고 안전하게 결혼하기 전까지는 그 약을 받지 못해요. 당신은 공개적인 곳에 서서 '네, 그럴게요!'라고 말하게 될 거예요. 그게 경련과 나머지 그 모든 것에서 벗어날 수 있는 유일한 기회니까 말이죠. 기발하지 않나요? 혹시 요점을 놓쳤다면 내가 다시 반복할까요? 전혀 어려운 일이 아니에요."

크레시다는 혹시라도 그들에게서 마음이 약해진 기미가 보일까 싶어 그들의 얼굴을 번갈아 봤지만, 세 사람 모두 희미한 연민의 흔적조차 보이지 않았다.

"현명하게 굴어요, 아가씨." 에어드가 다루기 힘든 아이를 타이르듯 말했다. "아가씨처럼 젊고 예쁜 여자가 입에 거품을 물고 뛰어다니며 사람들을 물어뜯는 모습을 보이고 싶지는 않을 거예요. 좋은 모습은 아니잖아요."

그의 느글거리는 말투에 크레시다는 남은 힘을 모두 끌어냈다.

"넌 감히 그럴 수 없을 거야." 그녀는 숨을 헉헉거렸다.

"그렇게 생각해요?" 얼굴 없는 남자가 무심하게 물었다. "글쎄, 조금 있으면 알게 되겠죠."

그는 피하 주사기를 손에 들고 일어나서 방 밖으로 나갔다. 그녀는 그가 세면대에서 뭔가를 하는 소리와 물소리를 들을 수 있었다. 그 소리에 그녀의 신경은 무너지고 말았다.

"아, 그러지 말아요! 제발, 제발 하지 말아요! 그것만은! 제발요!"

처음으로 그녀는 이 끔찍한 계획이 정말 진심이라는 것을 깨달았다. 머릿속을 스쳐 지나가는 그림들에 그녀는 경악했다. 죽는 것은 죽는 것이지만 미쳐서, 그리고 그런 형태로 미쳐서 죽는 것은 견딜 수 없을 것 같았다. 미친개처럼 죽다니, 어떤 죽음이 그보다 더 나쁠 수 있단 말인가!

"아, 안 돼!"

그녀는 이 순간에 그들이 이 더러운 일을 그만둘지도 모른다는 희망을 품고서 자기 옆에 서 있는 두 남자의 얼굴을 올려다봤다. 그러나 그녀의 눈에 위안이 될 만한 건 보이지 않았다. 에어드는 그녀의 고통을 만끽하고 있는 게 분명했다. 뭔가가 그에게 쾌감을 주는 것 같았다. 그 낯선 남자는 이 문제는 이미 정해진, 돌이킬 수 없는 일이라는 듯 어깨를 으쓱했다. 두 사람 다 그녀의 히스테릭한 애원에 아무런 대답도 하지 않았다.

그 남자가 피하 주사기를 들고 다시 방으로 들어왔다. 그녀는 그가 침대 옆으로 건너오자 얼굴을 숨겼다. 그녀의 팔이 거칠게 잡혔고 그가 바늘을 찌르기 전에 피부를 꼬집는 것이 느껴졌다. 그리고 그가 주사기의 내용물을 주입하면서 날카로운 통증이 찾아왔다.

그런데 신경이 극도로 긴장된 그녀가 기절 직전에서 떨고 있던 바로 그 순간, 장면이 통째로 뒤바뀌었다. 유리창이 깨졌고 희미하게 들리는 익숙한 목소리가 날카롭게 명령했다.

"손 들어!"

몸싸움, 두 발의 총성, 고통의 비명, 그리고 무거운 몸이 바닥에 쓰러지는 소리, 방 안에서 빠르게 움직이는 소리, 방향을 외치는 목소리, 집 밖에서 들린 또 다른 총성 — 이 모든 것이 그녀의 의식을 강타했지만, 그녀는 무슨 일이 일어났는지 정확히 파악할 수 없었다. 그녀는 마지막 의지를 불태워 침대 위에서 몸을 비틀었고 그렇게 해서 그 방을 볼 수 있었다.

클린턴 경이 권총을 손에 들고 바닥에서 신음하는 세 번째 남자 위로 몸을 구부리고 있었다. 열린 창문에서 방으로 올라오는 웬도버의 모습이 보였다. 그가 뛰어내리자 아마데일 경위가 열린 문을 통해 뛰어 들어왔다. 너무 늦게 온 구조대였다. 이 사실을 깨닫자 그녀는 저항할 힘이 사라져 기절하고 말았다.

클린턴 경은 웬도버에게 의식을 잃은 여자를 맡으라는 손짓을 하고 자신은 다시 포로에게 향했다.

"내가 그 한 방으로 자네 어깨를 박살 낸 것 같군, 빌링포드." 그가 말했다. "이제 내가 총을 빼앗았으니 자네는 아주 안전해,

이 친구야. 내 순경들이 올 때까지 그 자리에 그대로 있어. 웬도버 씨가 자네를 계속 지켜볼 거야. 그래서 만약 자네가 소동을 피운다면 한 치도 망설이지 않고 자네를 쏴버릴 거야."

빌링포드는 더 당면한 고통 때문에 정신이 없어 보였다.

"아! 아파서 뒤지겠어!" 그가 중얼거렸다.

"다행이네." 클린턴 경이 무자비하게 말했다. "그것 때문에 조용하게 있겠군. 자, 경위?"

아마데일은 피가 흐르는 손을 들었다.

"놈들에게 당했어요." 그가 짤막하게 말했다. "전 그냥 살갗만 다쳤을 뿐입니다. 하지만 놈들은 차를 타고 달아났어요. 죽어라 달리더군요."

클린턴 경은 웬도버를 향해 말했다.

"자네는 그녀를 잘 돌보게. 순경들이 곧 올 거야. 빌링포드가 조금이라도 움직일 기미가 보이면 다리를 쏘게. 별로 그럴 것 같지는 않지만 말이야. 난 도망친 두 놈을 추격해야 해."

그는 서둘러 어둠 속으로 나갔고 경위가 그의 뒤를 따라갔다.

# 16

## 해변의 인간 사냥

그들이 오두막에서 약간 떨어진 곳에 세워 둔 차에 올라탔을 때 클린턴 경이 맹렬하게 차를 몰지 않아서 경위는 무척 놀랐다. 그가 상관의 조심성을 이해한 것은 다가오는 경찰 분대와 거의 부딪힐 뻔하고 난 뒤였다.

"자네 둘은 차에 타게." 클린턴 경이 말했다. "네 명은 오두막으로 올라가고 나머지는 최대한 빨리 호텔로 가서 지시를 기다리게."

두 순경이 차에 올라타자 그는 다시 차를 몰고 출발했다. 이번에는 속도가 느리다고 불평할 틈도 없었다. 클린턴 경이 진입로를 빠져나와 도로로 접어들자 경위는 간이 떨어질 것만 같았다.

"차 번호는 자네가 알고 있지?" 청장이 다그쳐 물었다. "그럼 순경 중 한 명에게 호텔에서 본부에 전화해서 그 차에 수배령을 내리라고 하게. 내가 거기 내려줄 테니까. 그리고 그에게 말해서 플리트우드 부인을 편안하게 내려보낼 수 있도록 오두막으로 즉시 차를 보내도록 해. 빌링포드도 데려가도록 하고. 하지만 같은 차에 태워서는 안 되네." 클린턴 경이 호텔 정문에 차를 세우자마자 경위는 순경을 차에서 내리게 하면서 이 지시를 전달했다. 청장은 지체 없이 린든 샌즈를 향해 차를 돌려 전속력으로 달리기 시작했다.

"그들이 이쪽으로 가고 있는 게 확실합니까, 청장님?" 아마데일이 물었다.

"아니, 그냥 운에 맡기는 거지. 우리가 차량 번호를 알아낸 이상 그들은 가능한 한 빨리 차를 버리고 달아나려고 할 거야. 물론, 내가 틀릴 수도 있지."

그 큰 차는 달빛 아래서 도로를 가르며 달렸고 그 속도에 질려 경위는 말을 할 여유조차 없었다. 차가 모퉁이를 휙휙 돌자 그는 한두 번 헉하고 숨을 들이마셨는데, 그 시간대에는 도로에서 아무도 만날 가능성이 없다는 사실에 감사하는 마음뿐이었다. 차가 마지막으로 휙 돌자 아마데일과 순경은 제일 가까이 있는 손잡이를 미친 듯이 움켜잡았다. 그리고 그들은 만의 가장자리로 나왔다.

"보세요!" 경위가 외쳤다. "거의 다 따라잡았어요, 청장님."

전방 300m도 안 되는 지점에 그들이 사냥하던 차가 달빛을 받으며 모습을 드러냈다. 그 차는 아마데일이 예상했던 것보다 훨씬 느리게 움직이고 있었지만, 달리면서 속력이 붙는 것 같았다.

"그들은 갈라졌어." 클린턴 경이 짧게 말했다. "한 사람을 내리게 하려고 속도를 줄였던 거야. 이제 차에는 운전자만 타고 있어."

도로와 해변의 높이가 거의 같아지는 지점에서 그들의 사냥감이 갑자기 도로를 벗어나 모래사장으로 돌진했다.

"저자는 도로를 따라 돌지 않고 해변을 가로질러 곧장 달려서 어딘가로 빨리 가려 하고 있습니다, 청장님."

클린턴 경도 똑같이 할 것으로 추측했던 아마데일은 도로를 벗어날 때 받을 충격을 예상하며 차의 옆을 꽉 잡았지만, 청장은 도로를 고수했다.

“그는 플랫의 별장으로 가고 있어. 보트를 타고 우리를 따돌리려고 하는 거지.” 그가 말했다. “노가 없어진 걸 발견하면 깜짝 놀랄 거야.”

경위가 상관의 선견지명에 감탄할 겨를도 없었다. 그들이 사냥하던 차는 이제 낡은 난파선과 밀려오는 조수의 가장자리를 따라 달리고 있었다. 차는 단단한 모래 위에서 엄청난 속도를 올리고 있었다. 이 추격전에 흥분하여 몸을 앞으로 기울인 아마데일의 눈에 헤드라이트의 긴 궤적이 난파선의 선체를 잠깐 비추는 것이 보였다. 그러더니 그 빛줄기가 공중으로 훽 치솟았다. 차가 순간적으로 멈추는 듯하더니 모래를 따라 옆으로 굴러떨어졌다. 그러고는 마치 땅이 집어삼키기라도 한 듯이 사라졌다.

“유사(流沙)야!” 무슨 일이 일어난 건지 깨달은 아마데일이 외쳤다.

클린턴 경은 차의 속도를 줄였다.

“모래에 살짝 튀어나온 바위에 부딪힌 걸 거야.” 그가 말했다. “아마 전방 차축이나 조타 장치가 나갔을 거고 그는 으깨어지고 말았겠지. 자, 둘 중 하나는 사라졌어.”

그는 장소를 신중하게 고른 뒤 모래사장을 향해 차를 돌렸고 난파선 근처까지 달려갔다.

“너무 가까이 가선 안 돼.” 그가 조언했다. “위험 지대는 아무도 확신할 수가 없어.”

그들은 차에서 내려 재난의 현장으로 내려갔다. 자동차 바퀴 자국을 보자 클린턴 경의 추측이 옳았음을 한눈에 알 수 있었다. 사냥당하던 차는 돌출된 낮은 바위에 앞바퀴가 부딪쳤고, 그 지점에서부터 바퀴 자국은 차 전체가 전복되어 해변을 따라 미끄러진 흔적으로 바뀌어 있었다. 그 흔적은 갑자기 끝이 났고 차가 가라앉은 곳에는 밀려난 검은 진흙이 보였다.

"욱!" 경위가 역겨운 표정으로 진흙을 살펴보며 말했다. "진흙 속에 빠지면서 눈과 입에 진흙이 들어오는 걸 느낀다고 상상해 봐요. 그리고 그 점액에 질식하는 것도요! 생각만 해도 소름이 끼치네요." 그는 눈앞에 펼쳐지는 그림에 진저리를 쳤다.

"시신을 수습하는 게 가능할까요?" 잠시 후 그가 물었다.

클린턴 경은 고개를 저었다.

"글쎄. 물론 시도는 해봐야 하겠지. 보트에 있는 쇠갈고리로 하는 게 가장 좋을 것 같군. 하지만 성공할 거로 생각할 수는 없네. 어쨌든, 그건 별로 중요하지 않아. 그는 응분의 대가를 치른 거야. 이제 나머지 놈 차례야. 따라오게!"

그들은 다시 차로 돌아와서 올라탔다. 클린턴 경은 다음 행보를 정한 듯 모래사장을 따라 호텔 방향으로 차를 몰았다. '포세이돈의 좌'에서 도로 쪽으로 나가지 않고 해안을 따라 더 멀리 가서 블로홀이 있는 곶 지대로 향하자 경위는 다소 놀랐다.

아마데일은 지난 한 시간 동안 무슨 일이 일어났는지 아직도 잘 모르는 상태였다. 그들이 피터 헤이의 오두막에 도착했을 때 클린턴 경은 그들의 사냥감이 타고 온 차를 찾으라고 경위를 따로 내보냈었다. 그런데 그 차는 세심하게 숨겨져 있었기 때문에 아마데일은 그걸 찾느라고 꽤 시간을 보낸 것이다. 그사이 클린턴 경과 웬도버는 조심스럽게 오두막으로 갔다. 경위의 귀에 들린 다음 소리는 총소리였다. 그리고 그가 미처 그 도망자들의 차에 손을 쓸 생각도 하기 전에 두 남자가 그에게 달려들었다. 그들은 그의 손에 총을 쏘고 그를 쓰러뜨린 다음 그가 그들을 막기 위해 뭔가를 할 시간조차 없이 그 차를 타고 탈출해 버렸던 것이다. 오두막에 들어갔을 때 그는 무슨 일이 벌어지고 있는지 깨닫지 못했다. 그가 사태를 파악하기도 전에 클린턴 경은 다시 서둘러 그를 나가게 했다.

"여기가 우리가 차로 갈 수 있는 마지막 지점이야." 클린턴 경은 차 문을 열고 나가면서 말했다.

바로 그 순간 달이 구름을 벗어나 나오면서 빛을 비추었다. 그리고 해안을 바라보던 클린턴 경은 흡족한 듯 감탄사를 내뱉었다.

"경위, 우린 운이 좋아! 놈이 보이나? 저기 절벽 바로 밑에 있네. 멀리 가지 못했어."

그는 권총을 꺼냈다.

"난 종종 이 총들의 사정거리가 얼마나 되는지 궁금했어. 난 그를 다치게 하고 싶지는 않아. 그러니 이 정도 거리라면 충분히 안전할 것 같군. 우리에게 필요한 건 그냥 겁만 주는 거지. 놈은 곶 아래 동굴 입구를 향해 가고 있어."

그는 총을 들고 그 형체 쪽으로 발사했다. 총소리가 나자 도망자는 몸을 돌렸고 추적자들을 보고는 바위 위로 비틀거리며 달려갔다. 밀물이 절벽으로 바짝 밀려들고 있었다.

"서두를 것 없어." 아마데일과 순경이 발걸음을 재촉하자 클린턴 경이 지적했다. “놈은 조수에 갇혔어. 빠져나갈 구멍은 동굴밖에는 없네. 그리고 난 놈이 그쪽을 택하길 바라는 바야.” 사악함이 묻어나는 즐거운 말투로 그가 덧붙여 말하자 경위는 놀라고 말았다.

그들은 동굴 입구를 향해 느긋하게 움직였다. 그리고 그들이 그렇게 하자 도망자는 한 번 뒤를 돌아본 다음 동굴 입구에서 거품을 일으키고 있는 물속으로 허리 깊이까지 뛰어들었다. 그는 낮은 아치 아래로 잠기더니 사라졌다. 그러자 클린턴 경은 걸음을 멈추고 밀려오는 물살을 주의 깊게 살핀 후 다시 차에 올라탔다.

“서 있으나 앉아 있으나 돈 안 들긴 매일반이지.” 그가 운전석에 편안하게 앉으며 한마디 했다. “우리는 밀물이 그가 지나간 터널을 메워 그의 문이 닫힐 때까지 여기서 기다려야 해. 그 후에 그는 못 견디게 초조하겠지.”

“하지만 동굴에는 출구가 하나 더 있습니다.” 아마데일이 지적했다. “놈은 아마 지금쯤 블로홀의 관을 타고 올라가고 있을 겁니다. 곧 꼭대기에서 깨끗하게 사라질지도 모릅니다.”

클린턴 경은 담뱃갑을 꺼내더니 담배에 여유롭게 불을 붙였다.

“그게 내가 바라는 바야.” 그가 이렇게 대답하자 경위는 놀라움을 금치 못했다. “잠깐만 기다리게. 그러면 알게 될 테니까.”

그는 그 말뜻을 분명히 하려는 수고를 전혀 하지 않고 잠시 담배를 피웠다. 그때 ‘수플뢰르’가 스스로 답을 주었다. 아마데일의 귀에 머리 위 높은 곳에서 콸콸거리는 깊은 물소리가 들리더니 거인이 숨을 고르는 듯한 소리가 났다. 그리고 이윽고 블로홀에서 물기둥이 솟구쳐 올랐다. 달빛을 받아 하얗게 우뚝 솟은 물기둥은 위협적이었다. 물줄기가 떨어지자 클린턴 경은 차의 시동을 걸었다.

"저게 뒷문에 빗장을 지를 거야, 경위. 놈이 그 문턱에 걸렸길 바랄 뿐이네. 이제 우리는 호텔로 돌아가서 한두 가지 유용한 것들을 구할 수 있는지 보면 되네."

그는 바위 앞의 마지막 모래사장에서 차를 돌려 '포세이돈의 좌' 쪽으로 한 바퀴 빙 돌았다. 잠시 둘러보다가 그는 무리 없이 도로로 올라갈 수 있는 지점을 찾았다.

"나는 썰물 때 호기심으로 저 블로홀 동굴을 한번 조사해 봤었네, 경위." 그는 호텔을 향해 차를 몰고 가면서 설명했다. "이런 식으로 일이 일어나는 거야. 입구가 낮아서 밀물이 금방 동굴에 가득 차게 돼. 동굴 안의 공기는 여전히 블로홀로 이어지는 좁은 터널을 통해 빠져나갈 수 있어. 하지만 1, 2분 만에 이 두 번째 터널 입구에 물이 차오르지. 그러면 동굴에서 탈출할 방법이 없어. 측면은 매끄럽고 밀물이 빠르게 상승하기 때문에 물에 빠지거나 아니면 탈출하려고 블로홀 터널로 기어들어 가게 되지. 밀물이 조금 더 상승하면 동굴의 공기가 압축돼. 그 단계에서 '수플뢰르'가 작동하기 시작하는 거야. 동굴의 기압이 블로홀 터널을 통해 뿜어져 나갈 수 있을 만큼 커지면서 간헐적으로 그 앞에 있는 물을 운반하는 거야. 물과 압축 공기가 혼합되면 분출이 생기지. 그러니까, 그 친구가 동굴에 있다면 그는 양동이 속의 쥐처럼 헤엄칠 수밖에 없겠지. 그리고 그가 터널에 있다면 물줄기가 분출될 때 지옥 같은 고통을 겪게 될 거야. 그 위력이 어떨지 알 거야. 터널의 돌덩이들에 매달리지 못하면 분출되는 물줄기에 그는 측면에 강하게 부딪히게 되고, 물줄기가 그를 뱉어낼 때쯤에는 심각한 부상을 당하게 될 거야."

"맙소사!" 경위가 말했다. 그의 머릿속에는 그 일이 재현되어 떠오르고 있었다. "빠지기엔 너무 끔찍한 함정이네요. 놈은 분명 천벌을 받겠군요."

그들은 호텔에 도착했고 클린턴 경은 순경에게 밧줄이 있으면 가져오라고 지시했다.

"그를 구출할 열의는 없어 보이시네요, 청장님." 기다리는 동안 경위가 대담하게 말했다.

"난 오늘 밤 피터 헤이의 집에서 무슨 일이 있었는지 정확하게 알지 못하네." 클린턴 경이 대답했다. "하지만 그들이 그 여자에게 하려던 짓이 극도로 나쁜 어떤 짓이라는 건 잘 알고 있었어, 경위. 통상적으로 여자를 괴롭히는 것 이상의 어떤 짓이었을 게 분명해. 블로홀에 있는 우리 친구는 그런 짓을 하는 데 전혀 거리낌이 없었어. 그래서 어쩐지 그 친구를 구하는 문제를 생각하면 좀 느긋해진단 말이지. 그는 그냥 내버려 두자고. 게다가 그는 거기 오래 있을수록 — 만일 그가 혹시라도 살아서 나온다면 말이야 — 더 불안정해질 것이고 그러면 그에게서 진실을 짜내기가 더 쉬워질 거야. 그 일의 효과가 사라지기 전에 자네가 바로 그를 처리하면 되네. 그리고 난 이번에는 자네에게 신문을 온건하게 하라고 할 생각이 없어. 우리가 그보다 우위에 있는 동안 할 수 있는 모든 걸 얻어내야 해. 빌링포드는 기회만 있다면 공범에게 불리한 증언을 할 게 분명해. 그는 그런 류의 인간이야. 하지만 그 나머지 친구는 더 깊이 관여되어 있었어. 그러니까 제

때 그를 잡을 수 있다면 더 많은 걸 얻게 될 거야. 따라서 별로 서두를 필요가 없지. 이건 내 인도주의적 본능이 조금이라도 꿈틀거릴 일이 아니란 말이지."

그는 웬도버가 호텔에서 나오는 것을 보고는 말을 중단했다.

"모든 게 문제없이 잘 수습됐나, 친구?" 그가 물었다.

웬도버는 고개를 끄덕였다. 그러고는 클린턴 경이 오라고 하자 큰 소리로 소식을 전했다.

"플리트우드 부인은 아주 편안하게 여기 도착했어. 지금은 위층에 있어. 물론 많이 놀랐지. 하지만 그녀는 당찬 여자이고 예상했던 것과는 달리 지금으로서는 그렇게 심한 신경 쇠약 상태는 아니야."

"이제 내가 그녀를 직접 만나볼 생각이야." 클린턴 경이 신중하게 말했다. "그들이 그녀에게 한 짓에 대해서는 아무 말도 없었나?"

"그렇네. 하지만 그녀는 래포드를 즉시 보내달라고 부탁했어. 난 질문을 해서 그녀를 괴롭히고 싶지는 않았네."

클린턴 경의 얼굴이 어두워졌다.

"가서 그 인간을 블로홀 밖으로 끌어내야 한다니 성가시군. 나야 그냥 놔두는 쪽이 훨씬 좋거든. 그는 최대한 오래 꼼짝달싹 못하고 있어도 싼 놈이야. 하지만 죽게 내버려 둔다면 울부짖겠지. 게다가 난 할 수만 있다면 그를 교수형에 처하고 싶어. 그건 그렇고, 그의 유쾌한 동료 빌링포드는 어떤가?"

"그도 여기 있어." 웬도버가 설명했다. "우리는 그를 호텔로 데려와서 자네 지시를 기다릴 생각이었어. 그는 아주 안전하네."

"좋아. 이제 순경이 밧줄을 가져왔으니까 움직여야 할 것 같네."

클린턴 경은 전혀 서두를 기색이 아니었다. 웬도버 역시 상황을 알게 되자 서두를 기색이 없었다. 두 사람 모두 예의가 허락하는 한 고통의 시간을 연장하려는 분위기였다. 웬도버는 피터 헤이의 오두막에서 본 크레시다의 표정을 머릿속에서 지울 수가 없었다. 그 기억이 다시 떠오르자 블로홀 터널 안에 있는 그 남자는 범죄에 대한 정당한 보복을 당하고 있다고 느껴졌다.

그들이 '수플뢰르'의 입에 다다르자 거대한 분수가 밤하늘로 솟구쳐 오르며 달빛에 물보라를 일으키고 있었다. 클린턴 경은 서둘러 앞으로 나아가 허리를 굽혀 구멍에서 나는 소리에 귀를 기울였다.

"놈은 저기 있어. 아직 살아 있군." 그가 알렸다. "그의 호소하는 소리를 들어보니 좀 불안하군. 이제 놈을 꺼내야겠어."

아마데일 역시 밑에서 들리는 울부짖는 소리에 귀를 기울이고 있었다.

"놈을 저 상태로 끌어낸다면," 그가 흡족해서 말했다. "신문을 시작했을 때 별로 버틸 수 없을 겁니다. 놈은 완전히 무너졌어요."

그들이 뭔가를 더 할 수 있기도 전에 '수플뢰르'가 다시 물을 내뿜기 시작했다. 웬도버의 상상은 경위보다 더 예리했는데, 갑자기 땅에서 솟구치는 거친 분수가 그의 머릿속에 펼쳐 놓은 그림에 그는 순간적으로 전율하고 말았다. 그는 자신들의 발 저 밑 터널 안에서 목숨을 부지하기 위해 평평하지 않은 어떤 부분에 매달려 버둥거리고 있는 비참한 모습을 마음의 눈으로 볼 수 있었는데, 그사이 '수플뢰르'는 지속적으로 폭발하면서 놈을 찢고

때렸으며, 놈은 쏟아지는 물줄기 속에서 숨을 쉬기 위해 사투를 벌이고 있었다. 그에 비하면 덫에 걸린 쥐가 행복할 지경이었다.

"아이고, 놈을 꺼냅시다!" 그가 외쳤다. "다음 물줄기를 기다리며 저 밑 어둠 속에 있는 건 지독한 일일 거야."

"놈을 교수형에 처할 마음이라면, 내가 최선을 다하겠네." 클린턴 경이 그의 말을 받아들였다. 그의 말투에는 연민이라고는 없었다.

하지만 최선을 다하는 것으로도 죽음의 덫에 걸린 그들의 사냥감을 구해내기는 어려웠다. 마침내 그를 수면 위로 끌어올렸을 때 그는 살아 있다기보다는 죽은 것에 가까운 상태였다. 터널의 측면으로 그를 튕겨낸 마지막 급류에 갈비뼈 세 개가 부러져 버렸던 것이다.

그들이 그를 안전한 곳으로 들어 올렸을 때 삽코트가 호텔에서 부리나케 달려 올라왔다. 찢어지고 초췌한 그 얼굴에 눈길을 준 그는 그 죄수를 알아봤다.

"저건 에어드입니다, 청장님. 예전에 폭스힐스의 고용인이었죠."

"자, 에어드 씨를 데려가도 좋네, 경위." 클린턴 경이 언질을 줬다. "브랜디를 좀 주면 아마 정신을 차리고 자네가 원하는 정보를 다 털어놓을 거야. 동정심에 사로잡히지는 말게. 할 수만 있다면 교수형에 처할 수 있을 만큼 정보를 얻어내야 해. 그리고 그건 그의 정신이 혼미한 상태에서 그를 얼마나 몰아붙이느냐에 달려 있어."

그는 바닥에 쓰러진 인물을 두 번 다시 쳐다보지 않고 자리를 떠서 호텔 쪽으로 발길을 돌렸다. 웬도버가 그를 따라갔다.

"그는 분출이 일어나기 전에 꼭대기로 올라갈 수 있을 거라고 계산했을 거야." 그가 말을 이었다. "뭐, 착각한 대가를 치른 셈이지." 단호한 결론이었다.

호텔 문 앞에서 웬도버는 곧장 플리트우드 부부의 스위트룸으로 갈 것이라고 예상했지만, 클린턴 경은 오히려 순경 한 명을 불러 낮은 목소리로 몇 가지를 지시했다. 그런 다음 웬도버를 동반하고 계단을 올라갔다.

"카길을 잠시 만나고 싶군." 2층을 지나면서 클린턴 경이 설명했다. "그에게 할 말이 좀 있어."

웬도버는 좀 당황한 상태로 그를 따라 그 호주인의 방으로 들어갔다.

"지나가는 길인데," 그는 들어오라는 카길의 대답에 방으로 들어가면서 말했다. "당신이 어떻게 지내는지 보려고 들렀습니다. 다리는 이제 괜찮습니까?"

"조금 나아졌습니다." 카길이 대답했다. "앉으시지요?"

"책 많이 읽으셨나요?" 클린턴 경은 카길의 소파 근처에 놓인 책 더미로 다가가서 책 한 권을 집어 들며 물었다. "당신에게 빌려줄 수 있는 책이 내게 한두 권 있는데요."

웬도버는 놀라 자빠질 뻔했다. 클린턴 경이 말투도 바꾸지 않고서 느닷없이 앞으로 몸을 굽혀 카길의 손목을 잡았기 때문이었다.

"근처에 권총이 있는지 찾아보게, 친구. 만약을 대비해서 조심해."

그가 날카롭게 호루라기를 불었다. 그러자 두 명의 순경이 방으로 돌진해 들어왔다. 그것은 그 갑작스러운 공격에 그 호주인이 정신을 차리기도 전에 벌어진 일이었기에 그는 몸싸움을 시도하는 것조차 불가능했다. 클린턴 경은 잡은 손의 힘을 풀었다.

"내가 자네라면 발길질은 하지 않겠네, 카길. 그렇게 해서 자네가 해낼 수 있는 건 상처를 다시 터지게 하는 것뿐이야. 보다시피, 게임은 끝났어. 그러니 조용히 받아들이는 게 좋을 거야. 우리에겐 네 친구들이 좀 있거든."

그 말에 카길은 초조한 얼굴이 되었다.

"내 동생은 떠났어?"

"가짜 데릭 말이겠지? 그래, 그는 깊이 숨었어." 카길의 표정에 잠시 안도감이 감돌았지만, 그것은 클린턴 경이 말을 이어가자 사그라졌다. "자네가 폴 포딩브리지를 뒀던 바로 그곳에 말이야."

이 소식에 카길은 고개를 숙였다.

"난 여기 계속 있을 수가 없을 것 같군." 클린턴 경이 거의 비꼬듯 정중하게 말했다. "최근에 자네가 내게 할 일을 너무 많이 줬잖아. 질문을 해서 자네를 귀찮게 하지는 않을 거야. 왜냐하면 우리가 원하는 모든 건 자네 공범들에게서 얻을 수 있을 것 같으니까 말이야. 필요한 게 있으면 순경들에게 부탁하게. 잘 있게."

복도에서 웬도버는 홍수처럼 질문을 퍼부었지만, 클린턴 경은 이를 무시했다.

"좀 있으면 시간이 남아돌 거야." 그가 퉁명스럽게 말했다. "먼저 이 일의 핵심을 파악해야 해. 가서 플리트우드 부인을 잠시 볼 수 있는지 물어볼 거네."

플리트우드 부인이 방에 들어갔을 때 웬도버는 크레시다가 최악의 충격에서 벗어나고 있는 듯해서 기뻤다. 두 사람이 들어오는 것을 보자 크레시다는 얼굴이 환해지더니 곧바로 감사의 인사를 건넸다. 클린턴 경은 그런 인사는 제쳐 두었다.

“아무것도 아닌 일입니다.” 그가 말했다. “우리가 조금만 더 일찍 갔다면 좋았을 텐데 말이죠.”

그 말에 크레시다는 끔찍한 일이 다시 떠오른 듯 표정이 변했다. 클린턴 경은 주머니에 손을 넣어 유리 주사기를 꺼냈다.

“이게 무슨 역할을 한 겁니까?” 그가 부드럽게 물었다.

그걸 보자 모든 공포가 크레시다에게 되살아났다.

“아, 여러분은 **너무 늦었어요!**” 그녀는 절망적으로 외쳤다. “전 아직도 그 모든 일 때문에 몽롱한 상태인데 그걸 보니 모든 게 되살아나요.”

클린턴 경이 가여워하며 묻자 그녀는 곧 자신이 겪게 될 시련을 말할 수 있게 되었다. 그녀의 말이 끝나자 청장은 몸을 굽혀 테이블에서 피하 주사기를 집어 들었다.

“오늘 밤은 평온하게 주무시면 됩니다.” 그가 말했다. “여기에는 수돗물 외에는 아무것도 없었습니다. 제가 창문을 지나다가 그 친구가 세면대에서 물을 채우는 걸 봤어요. 그때 그를 막고 싶었지만, 그들은 셋인데 우리는 둘밖에 없었기 때문에 그들이 모두 한 방에 들어올 때까지 기다려야 했어요. 피하 주사 때문에 제가 당황했다는 건 말해야겠군요. 약물이 더 있었다면 모를까, 전 그들이 뭘 하려고 하는지 알 수가 없었습니다. 하지만 주사기 안에는 아무것도 없었어요. 주사기를 채우기 전에 그가 수돗물로 씻는 걸 봤어요. 최악의 경우 팔이 아플 수도 있지만 주사기 안의 세균은 수돗물에 있을 수 있는 세균뿐이랍니다. 이 모든 일은 처음부터 끝까지 허풍이었어요. 하지만 당신이 거기에 넘어간 건 당연합니다. 그들이 일을 잘 연출했던 게 분명해요. 더 나쁜 일은 없으니 다행으로 생각하세요, 플리트우드 부인."

"아, 그렇군요! 제가 얼마나 마음이 놓이는지 모르실 겁니다, 클린턴 경. 저는 내일 아침 일찍 파스퇴르 연구소로 가서 치료받을 생각이었어요. 제때 치료받으면 살 수 있다는 것을 알았기 때문에 이 끔찍한 사람들의 손에서 벗어나게 됐을 때 전 그렇게 겁에 질리지는 않았어요."

"무척 현명하시군요. 하지만 어쨌든 광견병을 두려워할 필요는 전혀 없습니다. 그건 그저 뻥을 친 것일 뿐 아무것도 아니었어요."

크레시다는 다시 한번 고맙다고 했고 클린턴 경은 그런 감사 인사를 피하려고 알고 싶은 게 있으면 다음 날 아침에 와서 뭐든 말해주겠다고 약속하고 잘 자라는 인사를 했다.

웬도버는 그 이야기에 소스라치게 놀랐다. 그리고 에어드가 그 터널 안에서 운명을 맞도록 해야 했다는 생각이 들었다.

"저런 짐승들은 살 자격이 없어." 문이 닫히자 그가 씁쓸하게 말했다.

"그중 일부는 오래 살지 못할 거야, 친구. 내가 처리할 수 있다면 말이지." 클린턴 경은 그 문제는 의심의 여지가 없다는 말투로 장담했다.

아래층 복도에서 그들은 로랑-데루소 부인을 만났는데 클린턴 경을 보자 그녀의 얼굴에는 지인을 만나서 기분 좋은 것 이상의 표정이 떠올랐다. 그녀는 앞으로 나와서 그들 사이에 끼어들었다.

"내가 운이 아주 좋네요." 그녀는 그들을 만나게 된 게 정말 감사하다는 미소를 지으며 설명했다. "내일 아침 첫 기차로 떠나는데 당신을 만나지 못할까 봐 걱정했거든요. 그건 당신처럼 따뜻한 친구에겐 너무 무례한 일이었겠죠. 게다가 난 너무 행복해서 온 세상 사람들을 상냥하게 대하고 싶은 심정이랍니다. 두렵고 곤란한 상황이 다 해소됐고 모든 게 행복하게 정리됐으니까요."

클린턴 경의 얼굴에서 조금 전까지만 해도 굳어 있던 표정이 사라졌다.

"다가오는 결혼을 내가 가장 먼저 축하하는 행운을 누리고 싶군요, 부인. 행복하시기 바랍니다."

로랑-데루소 부인은 몸에 박힌 태도 때문에 경탄하듯 손을 들어 올리지는 못했지만, 얼굴에는 놀라움이 드러났다.

"정말 대단하세요!" 그녀가 외쳤다. "그렇게 잘 알려면 마법사가 되어야 할 텐데요! 당신 말이 맞아요. 이제 스테이블리가 죽었으니 난 정말 훌륭한 친구와 결혼할 수 있어요. 오랫동안 동경해 온 착한 사람이에요. 난 정말 믿을 수가 없어요. 너무 행복해요."

클린턴 경은 미소를 지었다.

"그리고 당신은 다른 모든 사람이 행복해지길 바라시겠죠? 그럼 당장 시작하세요. 위층으로 올라가서 플리트우드 부인을 만나자고 하세요. 내가 보냈다고 하시고요. 그녀를 만나면 당신이 1915년에 스테이블리와 결혼했다고 하세요. 그 이상은 말할 필요 없습니다."

로랑-데루소 부인은 약간 어리둥절했지만 두 사람에게 작별 인사를 하고 계단을 올라갔다. 클린턴 경은 그녀의 뒷모습을 바라봤다.

"그 수수께끼는 풀기 너무 쉬웠지. 때로는 돈 들이지 않고도 명성을 얻게 되는군그래. 그녀는 스테이블리와 인연을 맺었지만 몇 년 동안 완전히 떨어져 지냈어. 그런데 갑자기 어떤 '곤란한 상황'을 해결하기 위해 그를 다시 만나야 했던 거야. 그녀는 그와 결혼했던 게 분명하고 다시 결혼하려면 이혼해야 했던 거지. 대부분의 문제가 이렇게 간단하면 얼마나 좋겠나."

"그리고, 당연히도, 그녀가 1915년에 스테이블리와 결혼했다면 그는 플리트우드 부인과 결혼하면서 중혼을 한 거군그래?"

"그 말은 플리트우드 부인은 플리트우드 부인**이라는** 뜻이고, 지금의 결혼이 합법적이라는 거지. 그 말을 듣고 나면 그녀는 부끄럽지 않을 거야. 그래서 내가 지금 로랑-데루소 부인을 거기로 보낸 거라네. 서류보다야 직접 듣는 게 낫지. 물론 나중에 서류가 필요하면 제출하게 되겠지. 세 명의 이 악당들은 분명 일이 이렇게 꼬였다는 걸 몰랐을 거야. 그렇지 않았다면 어젯밤에 했던 속임수를 시도하지는 않았겠지. 그랬다면 아마도 그녀를 붙잡았을 때 더 나쁜 짓을 했을 거야. 그녀가 죽어서 사라지면 그 사기꾼의 주장에 이의를 제기할 사람은 미스 포딩브리지 외에는 아무도 없게 돼. 그리고 그녀는 그에게 너무 빠져서 그런 일은 꿈도 꾸지 못했을 거야."

그는 그 경우를 고려하는 듯 잠시 말을 멈췄다. 하지만 말을 다시 꺼냈을 때 그는 다른 지점에 가 있었다.

"자네는 때때로 내가 드러난 사실에서 추론한 내용을 자네에게 말해주지 않고 알쏭달쏭하게 군다고 야유하곤 하지. 때로는 그것 때문에 짜증이 나기도 하겠지, 그건 내 인정하네. 가끔은 내가 마치 대단히 잘난 척하는 것처럼 보일 거야. 하지만 실제로는 전혀 그런 게 아니야. 이런 종류의 사건에서는 다음에 어떤 일이 벌어질지 알 수가 없어. 그리고 사람은 비밀을 유지해야 할 바로 그 사람들에게 힌트가 될 어떤 걸 무심결에 말하기도 하는 법이거든."

"자네 때문에 자주 짜증이 나는 건 사실이야, 클린턴." 웬도버가 인정했다. "난 자네가 자기 패를 왜 보여주지 않아야 하는지 모르겠어. 어쨌든, 사실은 사실인데 말이야."

"자네에게 한 가지 예를 들려주지." 클린턴 경이 진지하게 말했다. "내가 로랑-데루소 부인의 결혼에 대해 유추한 걸 흘렸다고 해봐. 그건 그녀가 들려준 이야기에 암시되어 있었지만 운 좋게도 나를 제외한 아무도 그 비밀을 알아채지 못했어. 만약 그게 공공연하게 알려졌다면 오늘 밤에 무슨 일이 일어났을지 생각해 보게. 이 악당들은 플리트우드 씨 부부가 합법적으로 결혼한 상태라는 걸 알았겠지. 스테이블리와 결혼한 게 불법이었으니까 말이야. 그렇다면 그들은 강제 결혼을 시도하는 대신 그녀를 블로홀 절벽 아래로 던졌을 거야. 그녀는 지금쯤 죽어 있었겠지. 그녀가 살아 있어야 할 유일한 이유는 자칭 상속인과 강제로 결혼하게 해서 어려운 문제를 타파해야 했기 때문이었으니까 말이야. 만약 내 부주의로 그녀가 죽음으로 내몰렸다면 지금 내 기분이 어땠겠나? 편할 수가 없었을 거야."

웬도버는 비밀 엄수 노선이 정당했음을 받아들여야 했다.

"그랬다면 끔찍했겠지." 그가 인정했다.

복도 한쪽에서 아마데일 경위가 나타났다. 그는 클린턴 경을 발견하고는 두 사람이 서 있는 곳으로 다가왔다. 좋은 소식을 전하고 싶은 얼굴이었다.

“그들에게서 사건 전모를 거의 다 알아냈습니다. 빌링포드가 자기가 아는 걸 전부 털어놓았거든요. 다른 놈은 신경이 완전히 무너져서 신문을 견뎌내지 못했어요. 이건 더할 나위 없이 명쾌한 사건입니다.”

그는 뭔가 의아한 듯 잠시 말을 멈추더니 이렇게 덧붙여 말했다.

“하지만 카길이 일당 중 하나였다는 걸 청장님은 어떻게 아셨는지 놀라울 따름입니다.”

클린턴 경은 이 근원적인 질문을 무시했다.

“그가 이 작품의 두뇌였던 건가?” 그가 물었다. “난 그저 의심한 것뿐이네.”

“네, 그가 계획을 세웠습니다.”

“그럼 그 얼굴 없는 신사가 실제 살인에서 에어드와 협력한 건가? 스테이블리 사건에 관한 한 추측이지만, 다른 사건들에 대해서는 근거를 꽤 확신하고 있네.”

“그 사건도 맞습니다, 청장님. 에어드와 그 사기꾼이 진짜 살인자들이었습니다. 에어드는 교수형에 처해질 게 확실합니다.”

“이건 자네에게 아주 좋은 사건이 될 거야, 경위. 그리고 난 자네가 검찰을 위해 잘 일해줄 거라고 확신하네. 저 어디쯤 월계관이 보이는군.”

“하지만 대부분의 일은 청장님이 하셨죠. 저보다 그걸 더 잘 아는 사람은 없습니다.” 경위가 반론을 제기했다. 자기가 달리 사양하지 않고 공로를 받아들이는 걸로 클린턴 경이 생각할까 봐 걱정하는 것이 분명했다.

“난 순수한 관객의 입장이어야 한다는 걸 철저히 알고서 이 일에 들어온 걸세. 한 번씩 내가 너무 열성적이었던 건 아닌가 싶기는 하지만, 이건 자네 사건이지 내 사건이 아니야. 만약 우리 둘 사이에 일이 엉클어지면 자네가 그걸 감내해야 했을 테니 성공은 당연히 자네 몫이지. 이 얘긴 종결된 거네.”

경위가 이 말에 적절하게 답하기 어려워하는 것을 보고서 웬도버가 끼어들어 화제를 바꾸었다.

“클린턴, 이 사건의 주요 맥락은 충분히 알겠네.” 그가 말했다. “하지만 자네가 어떻게 사건을 해결했는지 듣고 싶군그래. 나한테 말하는 게 싫은가? 물론, 소문내지는 않겠네.”

청장의 얼굴에 약간 지겨운 표정이 어렸다.

“자네는 일주일 내내 이 사건과 함께 살았어. 지금쯤이면 지긋지긋하지 않나?”

웬도버는 끈질기게 요구했다. 그러나 클린턴 경은 거기에 응하는 대신 손목시계를 힐끗 봤다.

“<스나크 사냥>이라고 내가 아주 좋아하는 탐정 이야기가 있네, 친구. 내가 그 작품을 특히 높이 평가하는 건, 인용할 수 있는 적절한 문구가 아주 많다는 거야. 이게 그 하나야.

> 내가 어떤 방법을 썼는지 기꺼이 설명해 줄 텐데.
> 내 머릿속에서 그건 너무나 명확하지만,
> 내가 시간만 있다면, 그리고 네가 두뇌만 있다면 —
> 할 말은 여전히 많이 남아 있지.

오늘 밤은 긴 이야기를 시작하기에 너무 늦었네. 난 너무 졸리거든. 자네가 내일 다시 그 얘기를 꺼내면 내 최선을 다하지. 하지만 자네를 기쁘게 해주려고 앉아서 밤을 새울 수는 없어."

경위도 웬도버만큼이나 상관의 결정에 실망한 모양이었다.

"괜찮으시다면 저도 듣고 싶습니다, 청장님."

클린턴 경은 하품을 힘겹게 억누르며 말했다.

"괜찮고 말고, 경위. 내일 오전 11시에 '포세이돈의 좌'에서 보지. 내가 추측했던 몇몇 지점이 얼마나 틀렸는지 듣는 것도 흥미로울 거야. 자네는 오늘 밤 그 귀중한 두 악당에게서 많은 것을 알아냈으니 내게 말해주게. 자 이제, 내가 자네를 린든 샌즈로 태워주겠네. 그러면 자네는 힘들게 걸어가지 않아도 되겠지. 그 후에 난 정말 자야겠어."

# 17

## 사건의 실타래

“엄밀한 의미에서 이번 사건은 깔끔한 건 아니었지.” ‘포세이돈의 좌’에서 편안한 지점을 골라 자리에 앉으면서 클린턴 경이 혼잣말을 했다. “이건 정말 잡다한 것들의 향연이야. 사건은 우리가 현장에 등장하기 훨씬 전에 시작된 거였어. 경위는 이전 단계의 사실관계를 아는 반면 나는 추측만 하는 거라네.”

“우리가 주요하게 알고 싶은 건 자네가 이 일의 여러 단계에서 각각 어떻게 생각했냐는 거야.” 웬도버가 짚어 말했다. “피터 헤이 사건부터 쭉 연결해 나가면, 자네는 알았는데 우리는 놓친 것을 말해줄 수 있겠지. 그리고 마지막에 이번 사건들 이전에 일어난 일에 관한 자네의 추측을 알려주면 돼. 그러면 경위가 자기가 받아낸 자백을 통해 그걸 확인해 줄 수 있을 거야.”

클린턴 경은 알겠다는 시늉을 하고 곧장 말을 시작했다. 그는 요점을 정리하고 싶은 열의는 전혀 없이 그저 선의를 베푸는 것이 분명했다.

“피터 헤이 사건은 한편에서는 너무나 명백했어. 놀라운 통찰력 같은 게 없어도 무슨 일이 일어났는지 알 수 있었지. 그건 한 사람이 저지른 살인은 절대 아니었어. 피터를 제압하고 묶어 두려면 적어도 두 명의 남자가 그 자리에 있었던 게 틀림없어. 그들 중 적어도 한 명은 상류 계급의 친구였지. 그렇지 않았다면 피터 헤이는 재킷을 입지 않고 셔츠만 입고 있었을 거야. 그리고 그 재킷은 그들이 그날 저녁에 온다는 걸 그가 알고 있었다는 것을 시사하지. 더 나아가, 그들이 주머니에 아질산 아밀을 미리 준비했다는 사실은 두 가지를 증명하기에 충분해. 그가 뇌의 울혈에 취약하다는 것을 아는 것으로 보아 그들은 임의의 낯선 자들이 아니었던 거야. 그리고 그들은 특정 상황에서 그를 죽일 계획을 세웠다는 거지. 그의 죽음을 초래한 사건의 과정은 꽤 확실하게 알아냈기 때문에 다시 언급할 필요가 없어. 중점 사항에서 우리가 옳았던 것 같은데, 경위?"

에어드로부터 얻은 정보로 무장하고 있던 아마데일이 이를 확인해 줄 수 있었다.

"그들은 피부에 흔적을 남기지 않으려고 수술용 붕대를 사용했던 거겠지?" 클린턴 경이 물었다.

"그런 생각이었다고 에어드가 인정했습니다. 그는 성공했다고 생각했고 자신들이 일을 망친 것을 알고는 놀라더군요."

클린턴 경은 에어드의 낭패감을 생각하며 미소 지었다.

"글쎄, 그들이 사건의 한 측면을 엉망으로 만들었다면 두 번째 측면, 즉 살인 동기에 대해서는 확실히 우리를 헤매게 했어. 강도가 아닌 건 분명했지. 원한도 아니었어. 우리가 조사한 모든 사람은 피터 헤이를 좋게 말했으니까 말이야. 살인광이었을 수도 없지. 두 사람이 같이 광기에 휩싸였을 리는 없으니까. 그렇다면, 내가 알 수 있는 한, 일의 배경이 된 동기는 단 한 가지만 남게 돼. 피터 헤이가 하기 싫은 걸 강제하고 싶었거나, 아니면 그들이 두려워하는 뭔가를 그가 알고 있었던 거지.

우리가 피터 헤이에 관해 알게 된 모든 것으로 보면, 그는 사람을 협박하는 유형이 아니었어. 그런 생각은 일말의 타당성도 없었어. 따라서 그의 입을 다물게 해야 했다면, 그건 그가 자기도 모르는 상태로 어떤 정보를 알고 있기 때문이었어. 그게 뭔지 난 짐작할 수가 없었어. 사실, 그런 생각 전체가 내 머릿속에서는 아주 막연한 상태였어. 그 생각을 뒷받침할 만한 확실한 증거가 없었으니까 말이야. 우리가 정원에 앉아 사건을 논의했을 때 나는 그런 단계에 있었던 거지.

하지만 뭔가 새로운 실마리로 보이는 게 하나 있었어. 피터 헤이의 서랍에서 발견한 은 말이야. 그 은은 살인범의 실수였어. 즉, 살인범을 폭로해 주는 바보 같은 짓이었다는 거야.

상식적인 사람이라면 피터 헤이에게 배임 혐의를 씌우려 했을 리가 없어. 피터 헤이의 성품을 안다면 그건 겉보기에도 터무니없는 일이었지. 하지만 이 친구들은 사태를 객관적으로 바라보지 않았던 거야. 헤이의 입장이었다면 자기들은 그랬을 거거든. 그래서 자연히 사소한 절도 사건을 꾸며서 헤이에게 뒤집어씌우는 게 이상하다는 생각이 전혀 들지 않았지. 거기서 나는 이런 생각이 들었어. 왜 폭스힐스에 강도가 든 것처럼 한 거지? 경찰이 그걸 덥석 물게 할 생각이었겠지. 사실, 그것들을 그냥 내버려 두는 게 훨씬 나았을 거야. 증거를 위조한 건 실수였어. 항상 그런 법이지. 하지만 그들은 그렇게 했고, 난 그들이 왜 그랬는지 알고 싶었어. 포딩브리지 사람들이 도착했을 때 우리가 폭스힐스로 출발했던 건 그런 이유에서였어.

살인범들이 그 마대에 잡동사니 은을 가득 채워서 그럴듯하게 보이려고 한 걸 보고 난 놀라지 않았네. 뭔가 그런 종류의 일을 예상했었거든. 하지만 살인자들이 바랐던 정도로 속은 사람은 우리 중 아무도 없었을 것 같군. 그들은 우리가 피터 헤이의 부정행위 — 가져가려고 싸 놓은 덩어리 — 를 확인하면 좋아할 거로 생각했어. 하지만 한 가지 분명한 의문이 드는 거지. '이 모든 건 뭘 덮으려는 걸까?' 그리고 내가 알 수 있는 한, 답은 이거였어. '은에 정신이 팔린 나머지 없어진 게 눈에 띄지 않는 어떤 물건을 없애는 것' 말이야.

눈에 띄지 않는 그 물건이 뭔지는 오래지 않아 알게 됐지. 미스 포딩브리지가 알려줄 수 있었으니까. 하지만 알아야 할 건, 우리가 폭스힐스를 방문했을 때 미스 포딩브리지가 거기 오지 않았다면 그 일기장이 사라졌다는 걸 우리는 전혀 몰랐을 거라는 점이야. 그럼 사건의 주요 단서를 놓치게 됐겠지. 그게 우리에게는 정말 행운이었던 반면 에어드 상사로서는 지독히 운이 나쁜 부분이었어.

어쨌든 일기장이 사라졌어. 그럼 당연히 물어야 할 질문은 '쿠이 보노(누가 이득을 보는가)? 일기장을 제거하는 건 누구에게 이익이 되는가?'가 된 거지.

우리는 실종된 조카와 폴 포딩브리지가 받은 위임장 이야기를 들었어. 피터 헤이 사건의 배후에 있을 동기가 이것이었다는 당연한 결론을 내리지 않을 수가 없었지. 테이블 위에 놓인 판돈은 포딩브리지 사유지의 자산이었던 거야. 자네가 그런 종류의 일을 한 판 노리고 있었다면 그건 살인을 할 만큼 큰 금액이었어.

하지만 '쿠이 보노(누가 이득을 보는가)?'라는 질문을 하면, 이건 우리가 학창 시절에 풀었던 이차 방정식 문제 같다는 걸 알게 돼. 답이 두 개 있고 하나가 다른 답과 똑같이 정답인 그런 문제 말이야.

자칭 상속인이 사기꾼이라고 가정하면 어떤 결론이 나오는지 보게. 데릭 포딩브리지는 예전에 피터 헤이와 많은 시간을 함께 보냈지. 피터 헤이는 두 사람이 어울려서 했던 일들을 증언할 수 있는 유일한 사람이었고, 그 증언은 사기꾼에게 불리한 심문의 근거가 될 수 있어. 게다가 그 일기장은 사기꾼으로서는 손에 넣을 가치가 더없이 큰 물건이었어. 그 일기장을 통해 사기꾼은 자기의 거짓 기억을 뒷받침할 반박할 수 없는 증거를 무한히 갖게 될 테니까 말이야. 그 주장이 사기였다면 일기장의 도난과 피터 헤이의 침묵은 아주 깔끔하게 맞아떨어지는 게 분명하지.

다른 한편으로, 입장을 뒤바꾸어 생각해 보게. 폴 포딩브리지에게 그 자금에 대한 통제권을 유지하고 싶은 매우 강력한 이유가 있다고 가정하면 어떤 결론이 나오는지 말이야. 그가 이 주장을 조사하려는 의향을 전혀 보이지 않았다는 걸 기억하게. 그는 증거가 나오길 전혀 기다리지도 않고 그 남자가 자기 조카라는 걸 곧바로 부인했어. 신탁재산 관리인이 보이는 태도로는 신기해 보였지. 자네들도 같은 생각이었을 거야. 그리고 그는 피터 헤이의 죽음에 대해 별로 개의치 않는 것처럼 보였어. 기억날지 모르겠지만, 그걸 아주 당연한 일로 여기더군. 별로 깊이 생각하지 않아도 가짜 상속인에게 유리한 것이 속임수를 쓰는 신탁재산 관리인에게도 유리하다는 걸 알 수 있지. 일기장과 피터 헤이는 그로서도 두 가지 약점이 되는 셈이야. 만약 진짜 조카가 일기장과 피터 헤이의 기억으로 확인되는 검사를 통과할 수 있다면 거의 반박할 수 없이 승소할 수 있을 테니까 말이야.

그러니까, 사건을 어느 쪽으로 보든 말할 게 있는 거지. 결과적으로 그 단계에서 나는 세 가지가 가능하다고 말할 수 있었을 뿐 더 이상의 진전은 없었어. 첫째, 자칭 상속인이 사기꾼이고 폴 포딩브리지는 그저 고집불통인 빈털터리 영감일 수 있다. 둘째, 그가 진짜이고 폴은 부정직한 신탁재산 관리인일 수 있다. 아니면 셋째, 그와 폴 둘 다 나쁜 놈들일 수 있다.

미스 포딩브리지는 조카와 친밀한 사이였고, 그래서 조카를 바로 알아봤어. 그건 사실이야. 하지만 우리는 그런 일을 전에도 들어본 적이 있었네. 로저 티크본의 어머니가 아서 오튼을 자기 아들로 확신하고 끝까지 믿었던 것[11] 기억하겠지. 그런 종류의 착각은 실제로 일어나는 일이야. 그리고 미스 포딩브리지가 심령술 등등을 말하는 것을 보면 조카가 조만간 나타날 거라는 일종의 고정관념을 갖고 있었다는 걸 알 수 있지. 그걸로 그녀의 신원 확인은 상당히 가치가 떨어지긴 했지만 그렇다고, 물론, 완전히 믿지 않을 수도 없었네.

[11] 1860년대와 70년대 빅토리아 사회에 파장을 일으킨 것으로 유명한 '티크본 청구' 사건. 런던 푸줏간집 아들인 아서 오튼(후에 호주에서 토마스 카스트로라는 이름의 푸줏간 주인이 됨)이 자신이 12년 전 바다에서 실종된 티크본 가문의 상속자이자 남작인 로저 티크본이라고 주장하면서 벌어진 법정 소송이다. 아서 오튼은 상반된 증언 속에서 두 차례 재판을 받고 결국 재산을 노린 사기 및 위증죄로 14년형을 선고받았다.

이제 한 단계를 거슬러 올라가 보지. 피터 헤이의 집에서 2인 1조가 저지른 사건이 일어났지. 따라서 범인이 자칭 상속인이든, 아니면 포딩브리지든 우리는 공범 역할을 한 두 번째 친구를 찾아야 했어. 그 단계에서 우리는 자칭 상속인에 관해서는 아무것도 몰랐지. 그리고 내가 그의 일은 나중에 조사하자고 제안했고. 만일 폴 포딩브리지가 살인범 중 한 명이라면 공범은 누구였을까? 또다시 '쿠이 보노(누가 이득을 보는가)?' 상속권 주장자가 승계에서 제외될 수 있다면 다음 차례는 누구였나? 스탠리 플리트우드의 아내라네."

웬도버는 경위의 감정 따위는 아랑곳없이 이 대목에서 소리를 질렀다.

"젊은 플리트우드가 단지 돈 때문에, 아니면 다른 이유로 살인을 도왔다고 가정할 정도로 자네가 멍청한 사람이라고 나를 설득하려는 건 아니지, 클린턴?"

"개인적으로 좋아한다는 이유만으로 누군가를 어여뻐하면서 의심에서 제외하는 것은 내 일이 아니야, 친구. 많은 살인자가 실제로 다정다감한 사람들이지. 예를 들어, 크리픈[12]처럼 말이야. 양심적인 탐정의 유일한 모토는 '공평무사'라네.

하지만 피터 헤이 사건을 더 깊이 파고들기도 전에 스테이블리 살인이 발생했지. 사건의 전말을 자세히 말할 필요는 없을 거야. 자네들이 생생히 기억하고 있을 테니까. 하지만 살인 현장

[12] 홀리 하비 크리픈(1862-1910). 미국의 동종요법 전문가이자 약제사로서 아내를 살해한 혐의로 교수형에 처해졌다.

조사를 마쳤을 때 내게 인상적이었던 사항 몇 개를 말하겠네.

첫째, 스테이블리는 손목을 찔었고 그의 시계는 11시 19분에 멈췄어. 물론 그건 그가 그 순간 살해당했다는 증거가 되지는 못하네. 둘째, 레인코트 안에 있던 그의 옷이 젖어 있었어. 그리고 그는 레인코트와 재킷 모두를 꿰뚫고 총을 맞았기 때문에 총에 맞기 전에 비가 내렸던 게 틀림없어. 셋째, 비가 내려서 차 바퀴 자국이 선명해지기 전의 마른 땅에 남겨진 바퀴 자국이 있다는 것은 스테이블리가 차가 출발한 후 살해당했다는 뜻이지. 그러니 차에 있던 사람들은 실제로 살해에 관여하지 않았던 거야. 넷째, 바위 위에는 탄피가 하나밖에 없었어. 내가 그 장소를 수색했을 때 방파제에는 탄피가 없었어. 게다가 방파제 옆의 그 발자국은 차에 있던 남자의 것이었는데, 비 문제로 그는 혐의를 완전히 벗었지. 내 추론이 맞는다면 살인은 매끈한 신발을 신은 여자, 빌링포드, 아니면 **모래에 흔적을 전혀 남기지 않은 사람** 중 한 명이 저지른 게 분명했어.

우리가 스테이블리의 주머니에서 발견한 편지는 플리트우드 부인이 전날 밤 바위에 그를 만나러 갔었다는 것을 보여줬지. 그녀는 어떤 남자와 같이 움직이고 있었기에 플리트우드 부부의 차가 밤새도록 밖에 있었다는 소식을 듣자마자 플리트우드도 그 자리에 있었을 거로 추론하는 건 별로 어렵지 않았어. 경위, 자네는 플리트우드 부부가 사건의 배후에 있다는 결론을 내리고 매우 확신에 차서 그들에 대한 수사를 진행했지. 하지만 처음에 말했듯이, 그 주장은 철저하지 않았어. 물론, 난 얻을 수 있는 모든 자료를 원했기 때문에 자네의 기를 꺾지는 않았네. 결국 자네는 그날 밤의 사건에 관한 흥미로운 자료를 많이 끌어냈어.

그동안에 플리트우드 부부에 대한 조사가 별무소득으로 끝나면서 우리는 빌링포드에게 갔어. 내가 받은 인상은 그가 스테이블리의 살해 소식에 진짜로 놀란 것 같다는 거였네. 그렇지만 연기를 한 건지 누가 알 수 있겠나. 우리가 그에게서 알게 된 건 플랫의 별장에 불한당들이 살고 있다는 전반적인 인상이었어. 거기 몇 명이 있었지? 빌링포드의 말을 액면 그대로 믿는다면 세 명이야. 그 별장에 있던 자칭 상속인에게 물었을 때 그가 떠벌린 이야기를 믿는다면 네 명이지.

네 번째 남자가 오리무중이라는 건 누구나 알 수 있었어. 그가 아마도 그들이 보호하던 살인범일지도 몰랐어. 하지만 그가 사라진 것은 다르게 설명될 수도 있었어. 그가 그 지역 사람들이 잘 아는 사람이어서 숨겨두는 게 바람직할지도 모른다는 거지. 그렇다면 그건 이 일들과 어떻게 맞아떨어질까? 자칭 상속인이 사기꾼이라고 가정해 보지. 그는 자기를 알아보고 폭로할 수 있는 사람을 만나게 될까 봐 두려워서 마을 사람들을 만나고 싶은 생각이 별로 없었을 거야. 이웃을 보지 않는 편이 더 좋았던 거지. 망가진 외모는 낮에 그가 집 안에 머무는 좋은 핑계가 됐고 말이야. 스테이블리 역시 마을 사람들에게 아주 잘 알려져 있었어. 그러니까 아마도 그에게는 여기 있는 걸 알리고 싶지 않은 충분한 이유가 있었을 거야. 네 번째 사람이 같은 처지였다면 그들 중 누구도 쇼핑 같은 걸 하러 가고 싶지 않을 텐데, 그럼에도 필요한 물건은 일상적으로 구해야 했지. 따라서 편의상 주인 노릇을 하며 공적인 일을 처리하는 중개자 역할을 할 빌링포드 같은 사람이 있어야 했던 거야. 그게 내게 비친 상황이었어. 자연히 나는 네 번째 남자가 궁금했고, 그래서 경위, 자네에게 감시를 붙여 그가 누군지 알아보라고 한 거였네.

그러다 보니 이 친구들이 별장에서 어떤 사악한 짓을 획책하고 있을지도 모른다는 의심이 들었어. 그때 색인 카드가 눈에 띄었지. 어느 정도 실마리가 잡히더군. 색인 카드는 준비된 참고자료가 필요하다는 걸 의미해. 아서 오튼이 로저 티크본에 관한 모든 사실을 달달 외웠던 것처럼 자칭 상속인이 사기꾼이라면 실제 데릭 포딩브리지의 행적에 관해 가능한 모든 사실을 암기해야 했겠지. 그리고 색인 카드는 그들이 모을 수 있는 모든 소식을 가장 편리하게 저장할 곳일 테고. 자네들이 직접 봤다시피, 내 추측이 맞았던 거야, 친구.

당시에 나는 확실히는 알지 못했지만, 사건의 정황을 그렇게 가정하면 모든 게 제자리를 찾아가기 시작해. 빌링포드가 필요했던 이유에 대한 내 생각은 이미 말했네. 다른 세 사람은 어떨까?

자칭 상속인은 분명 데릭 포딩브리지로 등장해야 했어. 그리고 그가 그 배역에 채택된 건 두 가지 이유에서였지. 첫째, 그의 얼굴이 너무 많이 손상되어 아무도 그의 원래 모습을 확언할 수가 없다는 거야. 그는 데릭이 아니어도 다른 누구라도 될 수 있었을 거야. 그리고 손가락을 잃은 것도 그의 가치를 무한하게 했어. 절단된 손으로는 이제 진짜 데릭처럼 글을 쓸 수 없었으니까. 그에 더해서 필요했던 건 질문을 받을 때 필요한 엄청난 양의 사실들을 외울 수 있는 좋은 기억력이 다였어.

그다음, 스테이블리가 있었네. 그는 이 사건에서 뭘 하고 있었던 걸까? 자, 휴가 중에 진짜 데릭과 함께 폭스힐스에 머무는 동안 그는 폭스힐스 사람들에 관한 많은 정보를 얻었을 것이고, 때때로 플리트우드 부인을 통해 알게 된 사실도 몇 가지 더 있었을 거야.

그리고 마지막으로, 그 네 번째 남자가 있었지. 난 그가 정보의 두 번째 원천일지도 모른다고 생각했어. 그리고 그가 폭스힐스의 예전 고용인이라는 걸 어부들과 삽코트가 알아봤다는 경위의 보고를 들었을 때, 상당한 자신감이 들더군.

자, 그들이 성공한다면 전리품을 나눠 가질 사람은 네 명이었어. 하지만 1/4보다는 1/3이 좋은 법이지. 만약 그들이 스테이블리의 정보를 모두 빼내서 색인 카드에 기록해 뒀다면 스테이블리라는 친구가 무슨 필요가 있었을까? 전혀 없지.

만약 그들이 플리트우드 부부를 살인 사건에 엮어서 교수형에 처하게 한다고 가정하면, 자칭 상속인이 그 돈을 먹어 치우는 데 방해가 되는 일부가 제거되지 않을까? 그래서 나는 — 그들은 비록 부인했지만 — 스테이블리가 그날 밤 '포세이돈의 좌'에서 플리트우드 부인을 만난다는 걸 그들이 알고 있었을 가능성을 배제하지 않았어. '그들'이라는 건 그 얼굴 없는 친구와 에어드를 말하는 거야.

더 나아가 그들은 그보다 더 희박한 운을 노렸을 수도 있어. 그게 실제로 그들의 계획에 포함되었는지는 확실치 않지만, 자네들에게 말해주지. 그럴 만한 가치가 있으니까 말이야. 그들이 그날 저녁 빌링포드에게 모래사장을 한번 산책해보라고 하고, 그들이 살인을 벌이고 빠져나온 직후에 그가 바위에 도착할 수 있도록 상황을 만들어 놨다고 가정해 보지. 빌링포드로서는 궁지에 몰리는 일이 아니었을까? 총이 발사되었을 때 그 자리에 없었다는 것을 증명할 방법이 없었기 때문에 그들이 운이 좋다면 그가 살인 혐의로 교수형에 처해질 수도 있어. 그러면 그때는 전리품이 손에 들어오면 넷이 아닌 둘이 나눠 가지게 되겠지.

이제 내가 그 사건을 어떻게 보기 시작했는지 알겠지. 하지만 매끈한 신발을 신은 여자 때문에 상당히 불안했어. 이 일에서 그녀의 부분은 결국 해결해야 할 문제였지만, 난 당장은 그 문제를 제쳐 둬야 했어.

그런데 그때 우리 친구들은, 늘 그렇듯이, 너무 많은 것을 증명하려다 두 번째 실수를 하고 마네. 카길 친구가 아무것도 모르는 척 해수욕을 하러 현장에 온 거였지. 그는 방파제 위에 앉아 38구경 탄피를 파냈고, 오로지 경찰을 도우려는 열의를 가진 정직한 친구인 것처럼 내게 그걸 줬어. 흠, 우리 셋 모두 그 모래사장을 지나갔는데 그가 현장에 도착하기 전에는 탄피는 구경도 못 했단 말이지. 게다가, 내가 자네에게 지적했듯이, 권총 탄피는 급격하게 튕겨 나가서 자네들 뒤 저 너머로 홱 날아가네. 특히 딱딱한 모래 위에서는 통통 튀어갈 수 있어. 그 누구도 방파제 옆 플리트우드의 위치에서는 총을 쏠 수 없고 그가 쏜 총알의 탄피를 방파제 바로 아래, 그러니까 카길이 그걸 발로 차올렸다고 내게 말했던 곳에 있게 할 수 없다는 건 분명한 일이었어. 그래서 나는 자연히 일반적인 관심을 넘어 카길 씨를 바라보기 시작했던 거네. 그리고 자네들이 직접 본 것처럼 그는 자칭 상속인과 체격이 비슷했지. 그래서 난 두 사람이 가족 관계가 아닌지 의문이 들더군.

그때 우리 친구 카길이 우리에게 전쟁에서 데릭 포딩브리지를 만났던 이야기를 들려줬어. 그리고 소중한 옛 친구를 만나러 갔지. 나중에 그는 그 옛 친구와 대화를 나눴다고 먼저 나서서 말을 했어. 그때쯤 나는 그 옛 친구를 조금 더 의심하기 시작한 상태였어. 자연히 그 의심은 카길에게로 옮겨갔지. 자칭 상속인이 사기꾼이라면 그를 알아본 사람도 거짓말쟁이일 테고, 이런 종류의 사건에서 목적 없는 거짓말쟁이는 쓸모없기 때문에 나는 카길이 첩보 목적으로, 즉 포딩브리지 사람들을 지켜볼 목적으로 호텔에 배치된 무리 중 한 명일 것으로 추론했어. 이것으로 내가 겪던 제일 어려운 문제 중 하나, 즉 범인이 어떻게 플리트우드의 권총에 딱 맞는 38구경 권총을 사용했느냐는 문제가 해결된 거야. 당연히도, 카길이 플리트우드의 방을 뒤질 기회를 잡았거나 그를 유도해서 권총 이야기를 하도록 했다고 가정해 보면 그들은 확실한 근거를 확보했던 셈이지. 그건 나로서는 골칫거리였는데 말이야. 난 플리트우드의 권총과 시신의 총알이 같은 구경이었다는 우연을 단순한 우연으로 치부하고 싶지는 않았거든.

빌링포드가 했던 이야기를 가능한 선에서 최대한 확인하는 일이 남아 있었지. 거기서 그 도랑이 우리에게 어떻게 도움이 됐는지는 자네들도 아는 거고. 이 사건의 사실들을 통해 합리적 의심의 여지 없이 증명됐던 건 빌링포드는 밤 11시 19분에 '포세이돈의 좌'에서 약 1.2km쯤 떨어진 곳에 있었다는 거야. 바닷소리가 그의 귀에 들리고 있던 이상 그 거리에서 그에게 총소리가 들렸을 가능성은 거의 없어. 그리고 그의 궤적은 그가 그곳에서 상당히 꾸준하게 걷고 있었다는 걸 보여줬지. 그러다가 그 바위에 훨씬 더 가까운 지점, 즉 그가 밤 11시 35분경에 도착했을 것으로 추정되는 지점에서 그가 달리기 시작했다는 걸 그 발자국을 통해 알 수 있었어. 그러면 이제 그의 이야기는 맞아떨어지지. 그는 그 두 번째 지점에서 바위에서 난 총소리를 들을 수가 있었을 거야. 그랬다고 그가 말한 것처럼 말이야. 우리가 규명한 사실에 따르면, 그는 11시 37분이나 11시 38분 이전에는 바위에 도착할 수가 없었어. 그런데 그 시간쯤 살인이 일어났고 살인범은 도망가 버린 거였어.

그때쯤 나는 내 근거가 꽤 확실하다고 느꼈지. 그래서 스테이블리를 실제로 죽인 탄피를 혹시라도 확보할 수 있을지 모른다는 생각에 모래를 파기 시작했어. 그건 이 사건에 꼭 필요한 건 아니었네. 하지만 만약 발견된다면 내 생각을 확인하는 데 도움이 될 것이었어. 그 탄피는 만조선 아래에 있을 수밖에 없었기 때문에 정확한 위치를 찾으려고 하는 건 의미 없는 일이었지. 총이 발사된 후 썰물의 파도에 씻겨 내려갔을 테니까 말이야. 그래서 나는 나중에 조사할 수 있도록 일대의 모래 전체를 파서 만조선 위로 던져 쌓았던 거야.

그러는 한편, 자네들이 기억하는 것처럼, 난 매끈한 신발, 즉 235 사이즈 신발을 신은 여인을 찾고 있었네. 그 사이즈의 신발을 신는 투숙객은 여러 명 있었어. 하지만 난 로랑-데루소 부인을 제일 먼저 선택했네. 제일 그럴싸한 사람이었기 때문이지. 스테이블리는 프랑스에서 군 복무를 했어. 그녀는 프랑스 여성이었고 그녀가 있기에는 너무나 뜬금없어 보이고 아는 사람도 없는 린든 샌즈 호텔에 묵고 있었으니까 말이야. 그녀에 관해 알아내는 게 최선인 것 같더군.

난 그녀와 이야기를 나눴어. 그녀는 좀 외로워 보였고 언제든 산책하러 나가려는 분위기였네. 난 내 보폭을 잘 알고 있었기 때문에 주어진 거리에서 그녀의 걸음 수를 세고 내 걸음 수와 비교해서 그녀의 보폭을 나름대로 추측해 냈어. 모래 위에 찍힌 그 매끈한 신발 자국과 일치하더군. 부드러운 응대가 나머지를 해결했지. 그녀는 우리에게 아주 솔직하게 자기 사연을 말해줬고, 그건 이 사건을 밝히는 데 상당한 도움이 됐어. 난 그 이야기를 듣고 자네가 나중에 스스로 추론했던 걸 추론해 냈네. 11시 19분에 플리트우드 부인이 쏜 총, 스테이블리가 바위 위에 쓰러진 것, 차가 호텔로 향할 때 천둥이 친 것이 그거네. 그리고 결과적으로 그걸로 빌링포드의 이야기가 아주 깔끔하게 확인됐지. 왜냐하면 그는 너무 멀리 떨어져 있어서 11시 19분에 난 총소리는 들을 수 없었기 때문이야. 그가 들은 건 11시 35분경의 두 번째 총성이었어.

자 이제, 실제로 무슨 일이 일어났는지 재구성해 보지. 그런데 이걸 기억하게. 그날 밤에는 보름달이 떠 있었지만 구름에 가려서 달빛이 줄곧 흐렸다는 것 말이야. 스테이블리가 그 별장을 나서는 장면부터 시작하겠네. 그는 기분이 좋지 않았어. 술을 마시고 포커를 쳤었지. 그는 바위에 가서 로랑-데루소 부인을 기다리네. 그녀는 늦었어. 그러자 그는 기분이 더 나빠졌어. 그녀가 도착해서 이혼을 원한다고 말하지. 화난 기분과 그녀의 부탁을 들어줌으로써 얻을 달콤한 대가 사이에서 그는 그녀를 잔인하게 대하네. 그리고 고통스럽기도 하고 성이 나기도 한 그녀를 돌려보내 버려. 그다음 플리트우드 부인이 도착하고 그 만남은 그녀가 11시 19분에 우발적으로 쏜 총격으로 절정에 달하네. 그런 다음 로랑-데루소 부인이 엿듣게 된, 차 앞에서 나눈 플리트우드 부부의 대화가 나오지. 그들은 호텔로 돌아가고 그녀는 살인 현장이라고 생각되는 곳에서 서둘러 도망치지. 그렇게 해서 바위 위에는 기절해 쓰러진 스테이블리가 남아 있고, 모래사장에는 도랑 쪽으로 한가롭게 걸어 다니는 빌링포드가 있게 돼. 그 사이 에어드와 얼굴 없는 신사는 플랫의 별장에 있던 보트를 꺼내서 해수면 바로 위에 있는 '포세이돈의 좌'로 노를 저어 가네.

비가 내리지. 스테이블리는 비에 흠뻑 젖지. 그는 추워서 깨어나게 돼. 비틀거리며 일어나 레인코트를 입지. 그때 보트가 오고 그들이 그를 쏴버리는 거야. 그들은 바위에 배를 댈 필요도 없었어. 총이 발사되자 탄피는 물속으로 튀고 모래 속에 잠겼다가 파도에 덮여버리지. 살인범과 그의 친구는 어둠 속으로 노를 저어 사라지네. 한편 빌링포드는 총소리를 들었어. 이 작은 음모를 전혀 몰랐던 그는 무슨 일인지 확인하기 위해 서둘러 — 용감하다고 해야 할까 — 달려가지. 그리고 바위 위에 있는 시신을 발견하네. 이게 두 발의 총과 전반적인 사건에 대한 시간순 설명이네.

자, 이때쯤 카길 친구는 두 번째 실수를 저질렀어. 그는 호텔의 상황을 주시하고 있었는데, 로랑-데루소 부인이 스테이블리에게 썼다가 휴지통에 버린 봉투를 손에 넣었어. 그는 내게 새로운 냄새를 제공해서 내가 추적하도록 할 수 있다고 생각했지.

그리고 막 그러려고 하는 순간에 로랑-데루소 부인이 우리와 함께 있는 걸 봤어. 그래서 그때는 포기했다가 나중에 건넸던 거지. 그 모든 걸로 나는 그가 그 무리 중 한 명이라는 생각을 확실하게 하게 됐어.

그 지점까지는 모든 것이 순조로워 보였어. 내가 믿었던 대로 — 그리고 마지막에 밝혀진 대로 — 별장에 있던 일당에 대한 확실한 사실을 확보했으니까. 하지만 두 명의 실제 살인범 중 한 명에 대한 직접적인 증거가 부족했기에 이 사건은 완결되지 않았어. 어떻게 해야 사건을 완전히 물샐틈없이 마무리할 수 있을지 알 수가 없었어. 그들이 배심원들의 상대로는 너무 영리한 것 같아서 걱정됐지. 그리고 물론, 이 친구들이 수단 방법 가리지 않았을 거라는 걸 짐작할 수 있다면 피터 헤이 사건 역시 점점 더 분명해지고 있기는 했네.

그러다가 느닷없이 카길 총격 사건이 터졌어. 그건 나머지 사건들과 전혀 어울리지 않는 일이었어. 카길은 스테이블리나 빌링포드 같은 하수가 아니었거든. 그는 그들을 위해 일의 한쪽 끝을, 즉 우리를 일단 감시하고 있었고, 난 그가 그 얼굴 없는 친구의 형제라는 것, 그리고 그 일당의 두뇌일지도 모른다는 걸 점점 확신해 가는 중이었어. 그들에게는 그가 필요했어. 그러니 그들이 쏘지는 않았을 거야. 하지만 그렇다면 누가 쏜 걸까?

그리고 나는 그 시점에서 전에 있었던 일을 다시 찬찬히 조명하면서 이전 단계에서 일축했던 가능성을 다시 긁어모았네. 자칭 상속인, **그리고** 폴 포딩브리지가 둘 다 나쁜 놈들이라고 가정하면 어떻게 될까? 폴이라는 친구가 조카의 신탁 자금으로 어떤 부정행위를 하고 있었다고 가정해 보지. 그렇다면 그 상속권 주장자가 사기꾼이든 아니든, 그가 이 세상을 떠난다면 폴로서는 아주 편할 거야. 그리고 자칭 상속인과 카길은 체격이 매우 비슷했지. 카길은 별장을 나온 후에 총에 맞았어. 거기에 뭔가 있을 수가 있는 거지. 그리고 폴이 주머니에 권총을 넣어 다니고 그의 재킷 모양을 볼 때 그는 누가 그 사실을 아는 것에 개의치 않는다는 걸 알게 됐을 때 나는 열심히 생각하기 시작했어.

나는 폴이 무기를 갖고 다니는 걸 탓하지는 않았네. 그의 입장이라면 바로 앞 별장에 그 일당이 있는 이상, 그게 현명한 예방책이었다고 생각해. 왜냐하면 그는 자기가 자칭 상속인의 길을 막는 주요 걸림돌이라는 점을 알고 있었을 게 분명하기 때문이지. 그러나 그가 예방 조치에만 머물렀다고 생각되지는 않아. 그는 상속권을 주장하는 그를 없애버리는 것으로 그들보다 한발 먼저 움직이기로 마음먹은 것 같네. 그러면 그 후에는 이전처럼 마음 편하게 살 수 있을 테니까 말이야.

하지만 그다음에 폴이 실종되었기 때문에 그 문제를 더 이상 조사할 시간이 없었어. 그게 어떻게 된 일인지는 나름대로 잘 알고 있다고 생각하네.

그들은 그에게 접근해서 면담을 요청해. 그는 자칭 상속인에게 쪽지를 보내지.

'오늘 밤 11시에 블로홀에서 만나자. 혼자 오도록 해.'

마지막 문구를 보면 폴이 그들을 어떻게 느끼고 있었는지 알 수 있네. 한 사람이면 그가 계속 주시할 수 있을 테니까 더 많은 사람이 오지 않아야 한다고 한 거지. 물론, 그들은 그 쪽지를 보관하고 있다가 나중에 다시 사용했네. 기억하겠지.

자칭 상속인은 아마도 블로홀에서 그를 만나서 다른 사람들이 엿듣지 않도록 탁 트인 모래사장을 걷자고 했을 거야. 폴은 개방된 곳이 더 안전하다고 느꼈겠지. 그들이 낡은 난파선에 도착했을 때 그 상속권 주장자는 그에게 흥미로운 이야기를 했거나 아니면 다른 식으로 그의 현실적인 두려움이 사라지도록 했을 거야. 선체 앞에서 자칭 상속인은 모래사장을 가로질러 되돌아갈 것처럼 방향을 돌린 게 틀림없고 폴도 그와 함께 몸을 돌렸지. 그때 선체 뒤에서 에어드가 슬그머니 나와서 '프랑수아 영감의 공격'을 감행했던 거야."

"그게 뭔가?" 웬도버가 물었다. "자네는 프랑수아 영감과 샘 로이드의 <지구를 떠나라> 퍼즐 얘기를 많이 했었지. 기억나는군."

"자네가 어쩌다 밤늦게 파리에 있는데 험악하게 생긴 사람이 시간을 물어보거나 성냥을 좀 빌려달라고 한다면, 긴 수건을 들고 뒤에서 다가오는 그의 친구 — 프랑수아 영감이라고들 하지 — 를 조심하는 게 좋아. 첫 번째 남자가 자네를 붙잡고 말을 하는 동안 프랑수아 영감은 수건 밧줄로 자네에게 올가미를 씌우고 양쪽 끝을 잡아당겨 자네 목을 묶을 거야. 그런 다음 순간적으로 몸을 숙여 등을 자네 쪽으로 해서 어깨 아래로 밧줄을 잡아당기지. 이렇게 하면 자네는 아래로 끌려 내려와 그의 등에 등을 대게 되고, 그가 다시 정상적으로 일어서면 자네는 석탄 나르는 사람의 등 위에 얹힌 자루가 되어 발이 땅에서 떨어지지. 그러면 첫 번째 남자가 여유롭게 자네 주머니를 뒤지는데, 그가 일을 끝내기도 전에 자네가 질식하여 죽으면 그거야말로 최악인 거지. 싸워봐야 아무

소용없으니 말이야.

그들이 폴이라는 친구를 잡은 건 그런 식이었던 것 같네. 그리고 에어드가 폴을 등에 업고 유사(流沙)에 던져버렸던 거지. 에어드의 발자국을 보면 무거운 짐을 짊어지고 있었던 게 분명해. '프랑수아 영감'의 묘기를 부린 후 발자국은 깊어졌고 발은 제멋대로 딛지 않고 똑바로 움직였어. 이제 '지구를 떠나라.'라는 말이 무슨 의미인지 알겠나? 땅에서 몸싸움이 벌어진 게 아니기 때문에 당연히 몸싸움의 흔적이 없었던 거야. 그리고 흔한 종류의 제일 큰 사이즈 신발을 신어서 단서를 남기지 않도록 주의를 기울였던 건 물론이지. 그들은 흔적을 남기지 않기 위해 보트를 타거나 물속을 헤엄쳐서 도망쳤어. 사건을 그들에게 귀속시킬 방법이 보이지 않더군. 유일하게 확실한 방법은 그들 중 한 명에게서 어떻게든 증언을 짜내는 것뿐이었어. 그런데 그때는 그걸 어떻게 처리할 수 있을지 도무지 몰랐던 거야. 게다가 카길 사건에 대해 의혹 이상의 것을 확보하지도 못했어. 제대로 처리할 수만 있다면 난 그도 잡아넣고 싶었지.

다음 일은 포딩브리지 집안의 변호사가 온 거였어. 난 런던에 가면 폴이 저지른 배임 행위를 추적할 수 있다는 사실을 알게 됐지. 난 그 문제를 확실히 알고 싶었네. 왜냐하면 만약 거기서 내가 틀렸다면 내 생각의 후반부 전체가 무너질 것이기 때문이었어. 그래서 난 런던으로 가기로 마음먹었네.

하지만 난 무척 불안했어. 이제 폴 포딩브리지가 영원히 사라졌으니 자칭 상속인과 현금 사이에는 플리트우드 부인만 있을 뿐이었지. 그녀가 다음 차례로 사라지면 미스 포딩브리지는 오랫동안 잃어버렸던 조카를 기쁨에 넘쳐 환대할 것이고 그가 살아남은 것에 감사했을 거야. 그래서 그가 폭스힐스로 들어와서 그 나머지 재산을 차지하는 걸 반대할 사람은 아무도 남지 않았을 거야. 그런 까닭에 나는 내가 없는 동안 그녀가 해를 입지 않도록 몇 가지 대책을 마련하고 싶었어.

그녀에게 경고하는 건 응당 해야 할 일이었네. 하지만 그건 플리트우드 부부에게 내 주장을 알려줘야 한다는 걸 의미했어. 그런데 앞서 지적했듯이, 난 피할 수 있다면 굳이 비밀을 털어놓고 싶지 않다네. 게다가 경찰은 플리트우드 부부와 좋은 분위기가 아니었어. 그러니까 경고한다고 해서 근거도 없는 상황에서 그들이 신경을 쓸지 확신할 수가 없었네. 그래서 난 사람을 하나 붙여서 플리트우드 부인을 지켜보면 되겠다고 생각했지. 그리고 추가 예방책으로, 내가 원할 때 그녀를 즉시 체포할 수 있도록 그 전보 계획을 세웠던 거야. 그러면 그녀는 경찰의 안전한 보호 아래 그 일당의 손이 미치지 않는 곳에 있게 될 테니까 말이야.

런던으로 가보니 예상대로 폴이라는 친구는 별다른 의심을 받지 않고 모든 자산을 탕진하고 있었더군. 그는 되는 대로 이것저것 투자를 했지만 대부분 실패한 것 같았어. 어쨌든 그의 동기에 대해서는 내가 옳았던 거야.

하지만 그 젊은 여성이 그냥 돌아다니도록 한 건 모험이라는 생각을 떨쳐버릴 수가 없었어. 그래서 결국은, 미스 포딩브리지는 텔레파시 같은 것이라고 말하겠지만, 덜컥 겁이 나서 그녀를 체포하도록 유선으로 연락한 거야. 그러고 나자 더 안전하다는 느낌이 들었지.

자네들이 알다시피, 그들은 나보다 빨랐어. 그들은 폴 포딩브리지가 그 상속권 주장자에게 보낸 쪽지를 꺼내 시간을 바꾼 뒤 마치 폴이 직접 보낸 것처럼 그녀에게 보냈어. 그녀는 삼촌이 곤경에 처했다고 생각하고 삼촌을 도우러 갔지. 순경을 따돌리고는 곧장 그들이 설치한 함정에 빠졌던 거야. 나머지는 자네들이 다 아는 바야. 아마 지금쯤이면 자네들은 내가 왜 에어드 씨를 분출구 굴뚝 안에서 죽을 정도로 내버려 뒀는지 이해가 될 거야. 배심원을 설득하는 데는 자백만큼 좋은 게 없는데, 난 가능한 한 그를 교수형에 처하고 싶었거든. 단지 정황 증거라는 이유만으로 그가 풀려날 위험을 감수하고 싶지는 않았어."

"고맙네." 청장이 요약을 끝내는 것을 보고 웬도버가 말했다. "자네가 좋아하는 그 추리 소설에 나오는 구문 하나 내 읊어보지.

> 한순간에 나는 보았네.
> 지금까지 완전히 수수께끼였던 것의 정체를.

그런데 자네에게 듣고 싶은 게 하나가 더 있네. 스테이블리가 전사한 뒤에 부활한 건 어찌 된 일인가? 혹시 그 일의 진상은 규명했나?"

클린턴 경은 잠시 머뭇거리다가 대답했다.

"나는 순수한 추측 같은 건 별로 좋아하지 않네, 친구. 하지만 자네가 추측으로 받아들여 준다면 내 생각을 말하지. 이런 일이 있었다고 가정해 보지. 스테이블리와 데릭 포딩브리지는 함께 작전에 투입되었을 거야. 그리고 당시 스테이블리는 눈 밖에 나서 의심받고 있었어. 그는 아마 전쟁이 지긋지긋해서 탈출구를 찾고 있었을 거야. 데릭 포딩브리지는 그 전투에서 전사했고, 아마도 그 과정에서 형체를 알아볼 수 없을 정도로 부상을 당했겠지. 스테이블리는 그가 죽는 것을 목격하고 기회를 포착하네. 그는 데릭의 신원 인식표를 시신에서 떼어내고 자기 인식표를 대신 남기지. 아마도 그는 주머니에 있던 것들도 가져가고 자기 서류를 죽은 자의 주머니에 넣었을 거야. 그들은 친구였고, 그래서 누가 그 일을 하는 그를 봤다고 해도 변명할 수 있었을 거야. 아무도 그가 시체를 털고 있다고는 생각하지 않았을 테니까 말이야. 그런 다음 나와서 적에게 그냥 투항해 버려. 데릭의 이름으로 전쟁 포로가 되는 거지.

그는 탈출에 성공하고, 그 탈출은 데릭의 것으로 기록돼. 하지만, 당연히, 데릭은 다시는 나타나지 않았고, 사람들은 자연히 그가 마지막 시도에서 들켜서 죽었거나 국경에서 총에 맞았거나, 그런 식으로 죽었을 거라고 추측하지. 한편 독일을 떠난 스테이블리는 빌린 신분을 버리고 이름을 바꾼 후 사라져 버려. 군 당국 때문에 곤란한 상황이었던 그는 영원히 사라질 수 있는 기회가 고맙기만 했겠지.

전쟁이 끝난 후 그는 괴상한 패거리와 어울렸던 게 분명해. 그리고 자기가 할 수 있는 한 최선을 다해 살았겠지. 빌링포드의 증언이 그걸 말해주지. 그리고 이 괴상한 패거리들 틈에서 그는 어디선가 우리 친구 카길을 만나게 된 거야. 내가 판단하기로는, 어쩌다 보니 스테이블리는 — 아마 술에 취해서 그랬겠지 — 내가 지금 추측한 어떤 정보를 흘렸을 거야. 카길은 얼굴이 망가진 동생을 떠올리고는 동생을 폭스힐스 부지의 상속인으로 내세워 거대한 계략을 꾸민 거지.

그건 티크본 사건만큼 터무니없는 계획은 아니었어. 자네는 그게 처음에 어떻게 진행되었는지 알고 있잖아. 그래서 그들 셋은 일을 관철하기 위한 작업에 착수했어. 스테이블리는 옛날에 폭스힐스에서 있었던 모든 일에 관한 귀중한 정보를 가진 에어드와 연락했을 거로 추정되네. 그런 다음 그들은 색인 카드를 만들어 체계적으로 일하기 시작했고, 에어드와 스테이블리는 이 범죄와 관련하여 기억할 수 있는 모든 걸 기록했어.

그러면 데릭의 등장이 미루어진 게 설명돼. 스테이블리가 카길과 인연을 맺은 것은 아마도 아주 최근이었을 거야. 그렇다면 일이 그렇게 미루어진 건 분명히 스테이블리가 그 계획을 구상한 사람이 아니라는 걸 보여주네. 그렇지 않았다면 그는 훨씬 일찍 일에 착수했을 테니까. 그는 데릭 역할을 하기에 적합한 형제가 있는 카길을 만나고 나서야 무슨 일이든 할 수가 있었던 거지. 그런 다음 그들은 에어드를 발굴하느라 시간을 보냈을 거야.

자, 이제 드디어 준비가 됐어. 그들은 색인 카드를 들고 린든 샌즈로 내려왔어. 자칭 상속인은 최대한 사람들 앞에 나서려고 하지 않아. 낯선 모든 사람이 그에게는 위험할 수 있기 때문이지. 오랜 친구를 알아보지 못할 수도 있고, 그러면 불에 기름을 붓는 격이 될 수가 있거든. 스테이블리도 모습을 드러내고 싶지 않은 건 마찬가지야. 그의 존재로 그 상속권 주장자가 어디서 정보를 얻었는지 암시되기 때문이지. 에어드도 같은 처지야. 카길은 포딩브리지 일가가 호텔에 있다는 사실을 알게 되자 그들을 감시할 목적으로 거기로 파견되네. 따라서 그들에게는 중간 다리 역할이 필요했고, 빌링포드는 그걸 위해 내려온 것이었어. 또, 자칭 상속인이 첫 번째 행보를 하자마자 마을에 많은 소문이 돌고 그의 지난 일화 등이 떠돌아다닐 건 분명한 일이야. 빌링포드는 그런 것들을 수집해서 나머지 일당에게 보고할 수 있을 테지. 스테이블리와 에어드는 런던에 남겨 두는 게 더 안전했겠지만, 내가 볼 때, 무슨 일이 터질까 봐 두려웠고 자신들의 참고 자료가 바로 옆에 있기를 원했던 것 같네.

그들은 피터 헤이를 가장 위험한 증인으로 보고 그에게 집착한 것 같아. 아마도 에어드가 약속을 잡았을 것이고, 그들은 밤에 그 불쌍한 노인의 오두막을 찾아갔어. 그는 그들과 엮이기를 거부한 게 분명해. 그러면 그를 살려 두는 건 너무 위험했지. 그래서 그를 죽인 거야. 그런 다음 그들은 일기장을 찾으러 갔어. 아마도 에어드가 알고 있었거나 피터 노인이 어쩌다 그 정보를 유출했을지도 모르지. 그래서 그들은 그 노인의 열쇠를 가지고 폭스힐스에 들어갔어. 은을 심어 놓은 건 명백한 혼선이었어. 그때는 카길이 옆에 있지 않았기에 그들은 순간적으로 실수를 저질렀던 거야.

그때쯤 그들은 미스 포딩브리지와 접촉했어. 에어드는 그녀가 심령술에 심취해 있다는 걸 잘 알고 있었고, 그래서 그걸 이용했던 거지. 하지만 곧 그들은 자신들이 폴 포딩브리지와 대적하고 있다는 사실을 알게 됐고 그를 제거하는 건 아무 일도 아니라는 걸 깨닫기 시작해.

한편 스테이블리는 플리트우드 부부에게 협박을 시도하는 것으로 자기만의 일을 벌일 생각을 하게 돼. 그리고 자네들이 아는 일이 일어난 거지. 나머지 일당들은, 적어도 빌링포드를 제외한 나머지는 그걸 일석이조로 생각했어. 내 생각에 빌링포드는 그야말로 도구였을 뿐이네.

자, 경위, 어젯밤에 자네가 그 소중한 한 쌍의 악당들에게서 얻어낸 그 모든 비밀스러운 내용과 이게 얼마나 상응하나? 이 대회에서 내가 초콜릿 한 상자를 받게 될까, 아니면 겨우 담배 파이프 하나를 받게 될까?"

경위는 감탄을 전혀 숨기지 않는 말투로 말했다.

"놀라울 정도로 정확합니다, 청장님. 중요한 모든 사항, 심지어 전쟁에서 일어난 일까지도 정확하게 맞추셨습니다."

"다행이군." 청장이 웃으며 시인했다. "난 조금 걱정했거든. 내가

… 너무 요약을 잘해서 목격자들이
말한 것보다 훨씬 많은 얘기를 한 줄 알았지 뭔가!

이제 호텔로 돌아가서 플리트우드 부부에게 손을 내밀어 봐야겠네. 난 그들을 좋아하네. 그래서 그들의 마음속에 내 성품에 대한 잘못된 인상을 남기고 싶지는 않거든. 같이 가겠나, 친구?"

**옮긴이** 최호정

서울대학교 미학과와 한국외국어대학교 통번역대학원 한노과를 졸업하고 뉴욕주립대학교 빙엄턴에서 번역학 박사과정을 수료했다. 옮긴 책으로는 『반투 스티브 비코』, 『도스또예프스키와 함께 한 나날들』, 『무엇을 할 것인가』, 『킬러스 와이프』, 『리슐리외 호텔 살인』, 『크림슨 레이크 로드』, 『샤론 저택의 비밀』, 『거울 자매』 등이 있다.

린든 샌즈 미스터리



**초판 펴낸 날** 2023년 8월 8일

**지은이** J. J. 코닝턴
**옮긴이** 최호정
**디자인** 이명아
**편집** 이경희
**인쇄** 프로메테우스미디어
**펴낸이** 김찬휘
**펴낸곳** 키멜리움
**주소** 04025 서울 마포구 월드컵로3길 39 합정빌딩 3층
**전화** 02) 544-9294
**팩스** 070) 7614-2454
**전자우편** cimeliumbooks@gmail.com
**등록** 2021년 4월 23일 (제2019-000016호)
**ISBN** 979-11-983812-9-3 (03840)

* 책값은 뒤표지에 있습니다.
* 잘못된 책은 구입하신 곳에서 교환 가능합니다.